릴리트

Lilít e altri racconti

by Primo Levi

릴리트

프리모 레비 지음 한리나 옮김
2017년 4월 24일 초판 1쇄 발행

펴낸이 한철희 펴낸곳 돌베개 등록 1979년 8월 25일 제406-2003-000018호
주소 10881 경기도 파주시 회동길 77-20 (문발동)
전화 031-955-5020 팩스 031-955-5050
홈페이지 www.dolbegae.co.kr 전자우편 book@dolbegae.co.kr
블로그 imdol79.blog.me 트위터 @Dolbegae79

주간 김수한
책임편집 윤현아
표지디자인 김동신 본문디자인 김동신·이연경
마케팅 심찬식·고운성·조원형 제작·관리 윤국중·이수민
인쇄·제본 영신사

이 도서의
국립중앙도서관 출판시도서목록(CIP)은 CIP제어번호: CIP2017009271
서지정보유통지원시스템과 http://seoji.nl.go.kr
국가자료공동목록시스템에서 http://www.nl.go.kr/kolisent
이용하실 수 있습니다

ISBN 978-89-7199-812-0 03880

책값은 뒤표지에 있습니다.

릴리트

프리모 레비 소설집
한리나 옮김

돌베개

일러두기

1 이 책은 프리모 레비Primo Levi의 *Lilìt e altri racconti*(Giulio Einaudi editore s.p.a., 2016)를 우리말로 번역한 것이다.
2 외국 인명과 지명, 도서명은 국립국어원 외래어 표기법과 용례를 따랐다. 다만 국내에서 이미 굳어진 인명과 지명의 경우에는 통용되는 표기로 옮겼다. 또한 이미 국내에 번역 출간된 도서는 원저 제목과 다르더라도 번역서 제목을 그대로 썼다.
3 단행본과 정기간행물에는 겹낫표(『 』)를, 단편과 시 제목에는 낫표(「 」)를, 노래 제목에는 홑꺾쇠(〈 〉)를 썼다.
4 본문 내 쓰인 '라거'와 '수용소'는 의미가 동일하다. 다만 번역자가 동어반복을 피하기 위해 또한 '아우슈비츠 수용소'를 상기시키기 위해 구분해서 썼다.
5 본문 내 ( )는 레비가 넣은 것이고, 〔 〕는 옮긴이가 이해를 돕기 위해 넣은 것이다.
6 본문 내 각주는 이해를 돕기 위해 모두 번역자가 넣은 것이다.

차례

가까운 과거

어느 누구도 발레리오를 사랑하거나 미워할 수 없었을 것이다. 그가 지닌 부족함과 결핍은 사람들 간의 평범한 관계를 벗어난 수용소에서의 첫 만남에서부터 그를 멀리하게 될 정도로 두드러졌다. 그는 키가 작고 뚱뚱했다. 작은 키는 예전 그대로였지만, 한때 비대했던 몸집은 서글프게도 그의 얼굴과 몸에 흐물흐물한 주름을 남기며 옛 시절을 말해주고 있었다. 우리는 질척거리는 폴란드 수용소의 진흙탕에서 오랫동안 함께 일했다. 당시에는 너나없이, 미끄럽고 발이 쑥 빠지는 작업장의 진흙탕에서 넘어지기 일쑤였다. 하지만 고립된 상황 속에서도 살아남은 탁월한 인간의 동물적 본성 덕분에 우리는 어떻게든 넘어지는 걸 피하려고 애쓰거나, 아니면 불상사를 최소한 줄여보려고 애썼다. 실제로 누군가 땅에 넘어지거나 몸이 기우뚱해지면 그 사람은 즉시 위험에 처하게 된다. 그 모습은 지배자의 난폭한 본성을 자극하고, 자비보다는 조롱을 먼저 불러일으킨다. 그런데 발레리오는 누구보다 더 자주 계속해서 넘어졌다. 아주 가벼운 충돌만 일어나도 쉽게 넘어져서 아예 그런 핑계조차 필요하지 않을 지경이었다. 간혹, 누군가가 그에게 무례하게 굴거나 그의 심기를 건드리는 행동을 한다면 아마 그는 일부러 진흙탕에 넘어지는 것

---

[*] 그리스신화 속 인물로, 도시국가 테베를 공격한 일곱 장군 중 한 사람이다.

이 틀림없어 보였다. 그는 키가 작아, 마치 자기 엄마의 가슴이라도 되는 듯이 진흙탕에 잠겨 있었다. 그의 자세는 죽마를 타는 사람이 잠시 숨을 고르기 위해 허리를 펴는 것처럼 보일 정도였다. 진흙탕은 그의 피난처이자 방어수단이라 추측되었다. 그는 진흙탕의 작은 인간이었고, 진흙탕 색깔이 곧 그의 색깔이었다. 그는 그 점을 알고 있었고, 고통이 그에게 남긴 희미한 빛으로 타인에게 웃음을 줄 줄 알았다.

발레리오는 수다스러웠기 때문에 그 사실을 떠벌리고 다녔다. 그는 자신이 겪어온 역경과 넘어짐, 매질과 조롱에 대해 가엾은 병아리의 울음소리처럼 끝없이 수다를 늘어놓았다. 자기 자신의 체면을 조금이라도 지키려 한다든가, 가장 부끄러운 치부를 감추려 든다든가 하는 부질없는 욕심을 부리지 않았다. 오히려 자신이 겪은 고초 가운데 가장 듣기 거북한 면을 강조하면서 말했다. 그가 아량 있게 베푼 희극적 만찬의 흔적을 청중이 짐작하게끔 극적인 묘미를 드리우면서 말이다. 그와 같은 유형의 인물을 잘 아는 사람은 그들이 대책 없는 아첨쟁이들임을 안다. 만약에 우리가 평범한 삶에서 만났다면, 내게 어떤 아첨을 떨었을지 모를 일이다. 그곳에서 그는 매일 아침마다 내 얼굴의 건강한 혈색을 칭찬했다.

내 처지가 그의 처지보다 훨씬 나은 건 아니었지만, 나는 그에게 알 수 없는 거리낌과 연민을 동시에 느꼈다. 하지만 그 시기의 연민은 구체적으로 드러나지 못했고, 바람에 휘날리는 연기처럼 생겨나자마자 금세 어디론가 사라져버렸다. 그러고는, 어딘가 배고픔 같은 헛헛함을 입안에 남겼다. 다른 모든 사람이 그러했듯이 나 역시 어느 정도 그를 의식적으로 피하려 했다. 그는 너무나 도움이 절실한 상태였고, 그런 사람에게는 언제나 부채 의식이 느껴지기 마련이다.

어둡고 안개 낀 9월의 어느 날, 수용소의 진흙투성이 땅 위로 공습경보 사이렌이 울려 퍼졌다. 야수의 긴 울음소리처럼 사이렌 소리는 오르락내리락했다. 그건 어제오늘의 일이 아니었다. 그런 때를 위해 나에게는 비밀 은신처가 있었는데, 빈 자루 더미를 쌓아놓은 곳 밑에 난 비좁은 통로였다. 나는 그곳으로 내려갔다가 거기서 발레리오를 맞닥뜨렸다. 그는 조금도 머뭇거리지 않고 항상 그랬듯이 장황한 인사말로 나를 반갑게 맞아주었다. 내가 졸음을 이기지 못해 잠에 빠져드는 동안 그는 자신에게 일어난 서글픈 고난을 내게 들려주기 시작했다. 바깥은 사이렌의 끔찍한 굉음이 한바탕 몰아친 후에 위협적인 적막감이 감돌고 있었다. 하지만 이내 우리 머리 위에서 어떤 발소리가 들렸다. 우리는 곧바로 계단 꼭대기에서 어른거리는 라포포트의 어둡고 거대한 형체를 보았다. 그는 우리가 있다는 걸 알아차리고 소리쳤다. "이탈리아인들!" 그러고는 양동이를 두고 갔는데, 그 양동이는 곧장 계단 아래로 소란스럽게 굴러 떨어졌다.

양동이에는 원래 죽이 들어 있었지만, 내용물이 쏟아지는 바람에 거의 말끔하게 비워져 있었다. 나와 발레리오는 양동이 안쪽 벽과 바닥에 붙어 있는 죽을 수저로 조심스럽게 긁어모았다. 당시에 우리는 발생하지도 않을 모든 비상사태에 대비해서 템플기사단이 검을 들고 다니듯이 밤낮으로 수저를 몸에 지니고 다녔다. 그사이 라포포트는 위엄을 부리며 우리가 있는 곳으로 내려왔다. 그는 선뜻 죽을 내줄 사람도 아니었고, 반대로 죽을 우리에게 요구하며 선심을 베풀라고 청할 사람도 아니었다.

당시 라포포트는 서른다섯 살쯤이었다. 그는 원래 폴란드 출신이었지만 피사대학교 의학부를 졸업했다. 그래서인지 이탈리아인들에게 호감이 있었고, 피사에서 태어난 발레리오와는 기묘한 우정을 나누는 사이였다. 그는 놀랍도록 강하게 단련된 사람이었다. 머리회전이 빠르고 난폭했으며 옛날 해적들처럼 유쾌했다. 그는 수용소 생활의 방해물에 불과한 정규교육의 지식을 쉽사리 뒤로할 줄 알았다. 그는 밀림의 호랑이처럼 라거에서 살았다. 가장 약한 자들을 넘어뜨리고 약탈하는 반면, 가장 강한 자들을 피해 가면서, 언제든지 주변 상황에 따라 상대를 매수하고, 훔치고, 주먹을 휘두르고, 허리띠를 졸라매고, 거짓말을 하거나 아첨할 준비가 되어 있었다. 그러니까 그는 강력한 적수이었던 셈이다. 그러나 비겁하지도 비위를 거스르지도 않았다. 그는 천천히 계단을 내려왔다. 그가 가까이 오자 양동이의 내용물이 어디에서 났는지 분명해졌다. 그것은 그의 특기 가운데 하나였다. 첫 번째 공습 사이렌이 울리자, 그는 평상시와 같은 혼란을 틈타 작업장의 주방으로 재빨리 향했고, 감시병이 도착하기 전에 전리품을 가지고 도망쳐 나온 것이다. 라포포트는 이 일을 세 번이나 성공적으로 해냈다. 이후에 이 신중한 도둑은 사이렌소리에 온통 신경이 쏠린 자신의 작업팀과 함께 얌전히 머물렀다. 안타깝게도, 그를 흉내 내려 했던 릴리엔탈은 절도를 저지르다 붙잡혀 다음 날 공개 처형을 당하고 말았다.

　　"어이, 이탈리아인들"
　　그가 말했다.
　　"안녕, 피사 토박이."
　　이후 다시 침묵이 흘렀다. 우리는 자루 더미 위에 나란히 드러누웠다. 얼마 지나지 않아 발레리오와 나는 여러 영상이 출몰하는 나른한 잠 속으로 빨려 들어갔다. 반드시 누운 자세일 때만 이런 상태에 이르는 건 아니었다. 잠깐 휴식을 취할 때에도 선 채로 잠이 드는 일이 벌어졌다. 하지만 라포포트는 예외였다. 비록 노동을 죽도록 싫어하지만, 가만히 있는 걸 도저히 못 견디는 다혈질 기질의 사람들 중 한 명이었다. 그는 주머니에서 작은 칼을 꺼냈고, 간간이 칼에다 침을 뱉어가며 돌멩이에 칼을 갈기 시작했다. 하지만 이것 역시 그의 성에 차지 않았다. 벌써 코를 골고 있던 발레리오를 그가 흔들어 깨웠다.
　　"이봐, 일어나. 무슨 꿈을 꿨어? 라비올리* 꿈이지? 그리고 키안티 포도주겠지. 비아 데이 밀레 거리에 있는 학생식당에서

* 만두 모양의 파스타.

는 키안티 한 잔과 라비올리 한 접시에 6.5리라*였지. 그리고 접
시 가득 담긴 큼직한 비프스테이크 하며, 아무튼 이탈리아는 대
단한 나라야. 마르게리타**는 또 어떻고……." 이 지점에서 그는
상상만 해도 괴로운 듯 얼굴을 찡그리더니 주먹으로 자기 허벅
지를 세게 내리쳤다. 잠에서 깨어난 발레리오가 작고 창백한 얼
굴에 씁쓸한 미소를 지으며 그 옆에 웅크렸다. 아무도 선뜻 그에
게 말을 건네지 못했지만, 지금 생각해보면 그가 상상 때문에 몹
시 괴로운 상태는 아니었던 것 같다. 오히려 라포포트는 그런 괴
로움과 별개로 피사에서의 기억을 마음껏 입 밖으로 꺼내 발레
리오에게 그 얘기를 빈번히 건넸다. 내가 볼 때, 라포포트에게 발
레리오는 정신적 일탈의 순간을 즐기기 위한 핑곗거리에 지나지
않아 보였다. 그러나 발레리오에게는 그것이 오히려 힘 있는 자
가 보여주는 소중한 우정의 증거였다. 반드시 대등하진 않더라
도 인간 대 인간으로서, 라포포트가 발레리오 그 자신에게 너그
러운 손길을 내밀어 최선을 다하는 순간이라 믿었다.

　"어떻게 마르게리타***를 몰라? 한 번도 알아본 적이 없어?
무슨 피사 사람이 그 모양이야? 죽은 사람도 벌떡 일어나게 하는
여자였다고. 그리고 밤에는 진정한 예술가였지……." 그때 사이
렌 소리가 들렸다. 곧바로 또 다른 사이렌이 뒤를 이었다. 그것은
아득히 먼 곳에서 들려오는 소리 같았지만, 미친 듯이 내달리는
기관차처럼 우리 위를 덮쳤다. 땅이 진동했고, 천장의 시멘트 대
들보가 잠깐 사이에 고무처럼 흔들렸다. 결국 파괴적인 굉음과

---

　* 유로화 이전의 이탈리아 통화.
　** 마르게리타 피자. 이탈리아 사보이 왕가의 마르게리타 여왕이 나폴리를 방문한 것을
　　기념하여 만들어진 피자. 토마토, 모짜렐라, 바질을 기본 재료로 한다.
　*** 마르게리타 여왕. 이탈리아 국왕 움베르토 1세의 부인.

함께 두 번의 폭발이 일어났다. 우리들 사이로 고통이 탐욕스럽게 퍼져나갔다. 발레리오는 한쪽 구석으로 숨어들어가, 따귀를 피하려는 것처럼 팔꿈치 사이로 얼굴을 파묻고는 낮은 목소리로 기도했다.

또다시 무시무시한 경고음이 울렸다. 유럽의 전후 세대는 이 날카로운 경고음을 알지 못한다. 누군가는 폭탄을 투하하며 전쟁을 갈망했고 상대를 위협하는 소리를 간절히 원했을 것이다. 나는 벽에 쌓인 자루 더미에서 굴러떨어졌다. 폭발이었다. 아주 가까이서 일어난 묵직한 폭발은 광대한 회오리바람을 일으켰다. 라포트르는 그 광경이 우스웠던지 폭소를 터트렸다. "맨 밑바닥으로 숨어들었군. 안 그래, 피사 토박이? 아직 아니라고? 기다려. 기다려보라고. 멋진 폭탄이 더 떨어질 테니까." "자네 참 느긋하군." 그 말을 하면서 나는 고등학교 때의 기억이 떠올랐다. 이미 오래전에 육화된 듯 빛바랜 기억이었는데, 지옥 밑바닥에서 제우스에게 도전장을 내밀고 그의 번갯불을 비웃은 카파네우스의 대담한 이미지가 고개를 내밀었다.

"기분 문제가 아니라 이론상의 문제야. 셈을 하는 거지. 그게 나의 비밀 무기야."

그 무렵 나는 피곤에 지쳐 있었다. 어느새 케케묵어 영영 사라질 것 같지 않던 육화된 피로에 사로잡혀 있었던 것이다. 그건 모두에게 나타나는 피로, 즉 건강을 압박하긴 하지만 일시적 마비처럼 건강한 상태를 정지시키는 그런 피로와는 달랐다. 그것

은 옴짝달싹할 수 없는 어떤 공허나 단절이 아니었다. 나는 발사
된 총처럼 텅 비워진 기분이었다. 아마도 의식하지 못했겠지만,
발레리오 역시 나와 같았다. 다른 모든 이가 우리와 같았다. 라포
포트의 생명력은 다른 상황에서라면 내가 존경해 마지않았을 성
질이었다(그리고 실제로 오늘에 와서는 그것을 존경한다). 그러
나 그때 내게는 그가 건방지고 무례해 보였다. 만약 유대인인 우
리가 형편없는 값어치라면, 그가 폴란드인에 지식인이라 해도
그보다 훨씬 더 많은 가치가 나가는 건 아니었다. 그가 그 사실을
인정하고 싶어하지 않는 것이 나를 화나게 했다. 이론이나 셈에
관한 얘기나 들으며 있고 싶지 않았다. 나에겐 다른 할 일이 있었
다. 잠을 자는 것이다. 만약 하늘의 주인들이 허락한다면 말이다.
그럴 수 없다면, 사리분별을 할 줄 아는 사람답게 조용히 나의 두
려움을 삭이고 싶었다.

하지만 라포포트를 참아내거나 피하거나 무시하기란 쉽지
않았다. "너희는 잠이 와? 나는 유언을 남길 테니까 너희들은 자
라고. 어쩌면 내 폭탄은 이미 날아오고 있을 테니, 난 그 기회를
놓치고 싶지 않아. 내가 자유의 몸이라면 나의 철학이 담긴 책을
쓸 텐데. 지금으로선 불쌍한 너희 두 녀석에게 내 철학을 들려주
는 수밖에 없어. 만약 너희에게 쓸모가 있다면 천만다행이지. 나
중에 만일 너희가 구사일생으로 살아남고 내가 그렇지 못한다
해도 이상할 건 없어. 너희가 다니면서 내 얘기를 계속 들려줄 수
있을 테고, 그러다 누군가에게서 끊기겠지. 그 문제에 크게 신경

쓰진 않아. 자선을 베푸는 데 소질이 없으니까.

내 얘기는 이거야. 난 할 수 있는 한 마셨고 먹었고, 사랑을 나눴고, 너희 이탈리아 때문에 단조롭고 침울한 폴란드를 떠났어. 이탈리아에서 나는 공부했고, 배웠고, 여행했고, 많은 걸 보았어. 나는 두 눈을 부릅떴고, 티끌 하나 낭비하지 않았어. 나는 부지런했고, 지금 생각해도 그보다 더 부지런하게 지낼 순 없었을 거야. 일이 아주 잘 풀려서 나는 꽤 많은 재산을 모았지. 그런데 이 모든 재산이 사라져버린 건 아니야. 하지만 이것만은 확실해. 그것을 쓸모없이 놔두지 않겠어. 난 재산을 잘 간수해뒀어. 아무도 내게서 그것을 빼앗아가지 못해.

그 후 난 이곳에 갇혔어. 여기서 지낸 지 20개월이나 됐고, 갇힌 뒤부터 내 나름대로 계산을 하고 있어. 모든 게 정확히 맞아떨어지고 있고, 몇 달 더 노역을 하게 될 거야. 내 계산이 틀리다면 라거에서 벗어나는 데 수개월, 아니면 수많은 형벌의 나날이 지나야겠지." 그는 자신의 배를 부드럽게 어루만졌다. "달리 생각하면, 여기서도 조금 꼼수를 쓰면 가끔은 좋은 걸 찾아낼 수 있어. 그러니까 만일의 경우 너희 중 한 명이 나 대신 살아남으면, 레온 라포포트가 자신의 이름으로 된 재산을 그대로 소유했었다고 말해도 좋아. 빚도 채권도 남기지 않았고, 눈물을 보이지도 않았으며, 동정을 구하지도 않았다고 말이야. 만약 저세상에서 히틀러를 만나면, 그자의 얼굴 정면에 대고 침을 뱉어버릴 거야……." 그때, 조금 멀리 떨어진 곳에서 폭탄이 떨어졌다. 그리고 산사태가 일어난 듯한 폭발음이 뒤따랐다. 창고들 중 하나가 붕괴된 것이 틀림없었다. 라포포트는 울부짖음에 가까운 목소리로 크게 외쳤다. "왜 나를 안 데려갔어!"

그 후 나는 라포포트를 딱 한 번 아주 잠깐 보았는데, 그의 영상이 생전의 마지막 모습을 담은 사진처럼 생생히 내게 남았다. 1945년 1월 당시, 나는 라거의 간염 병동에서 병을 앓고 있었다. 내가 누워 있던 병상에서 두 막사* 사이의 길을 언뜻 볼 수 있었다. 어느새 수북이 쌓인 눈밭 위로 길이 표시되어 있었고 거기로 둘씩 짝을 지은 간염 병동의 급사들이 이미 죽었거나 죽어가는 사람들을 수레로 나르며 빈번히 지나다녔다. 어느 날 두 명의 수레꾼을 보았는데, 그중 키가 크고 그곳에서는 보기 드물게 풍채가 있는 데다 유난히 살집이 많은 남자를 보고 충격을 받았다. 그는 한눈에 봐도 라포포트였다. 나는 창문으로 다가가 유리창을 주먹으로 두드렸다. 그는 걸음을 멈추고는, 내게 쾌활한 표정으로 얼굴을 찡긋하며 소리 없는 제스처를 취했다. 그리고 손을 들어 활달한 작별 인사를 건네고는 그의 비극적인 운반물 한쪽으로 황망히 몸을 기울였다.

이틀 뒤, 이후 잘 알려진 갑작스러운 전시 상황으로 인해 수용소에서 독일군이 물러났다. 아마도 라포포트는 살아남지 못했을 거란 생각이 든다. 그러므로 그가 내게 맡긴 임무를 최선을 다해 실행하는 것이 마땅하리라 여겨진다.

* 수감자 숙소.

우리는 그들을 '녹색 삼각형'Grüne Spitzen, 경범죄자, 베파우어Be-fauer**(공식적으로는 BV라는 약호로 지명되었다. '한시적으로 예방 차원에서 구류시키는 수감자들'의 경우처럼 뭔가 결여된 호칭이었다)라 불렀다. 우리는 그들과 살았고 그들에게 복종했고 그들을 두려워했고 또 증오했다. 하지만 그들에 대해 거의 아무것도 알지 못했다. 지금까지도 그들에 대해 알려진 바가 거의 없다. 그들은 '녹색 삼각형', 즉 일반 형무소에 이미 수감된 경험이 있는 독일인들이었다. 그들에게는 수수께끼 같은 규범에 따라 일반 감옥 대신에 라거에서 죗값을 치르는 대안이 주어졌다. 일반적으로 그들은 오합지졸에 불과했다. 그들 대다수가 집보다 나은 라거에 산다는 사실을 자랑했다. 왜냐하면 지배하는 데서 오는 희열을 넘어서서 우리에게 할당된 1인당 배급량을 마음대로 주무를 수 있었기 때문이다. 그들 대부분은 말 그대로 살인자들이었다. 그들은 그 사실을 감추지 않았고 자신들의 행태로 직접 드러냈다.

　에디(아마도 예명이었을 것이다)는 녹색 삼각형 소속이었지만, 살인자는 아니었다. 그는 두 개의 직업을 가지고 있었는데, 평상시에는 곡예사였고 이따금 강도짓을 했다. 1944년 6월에 그

**　좀도둑 같은 범죄자를 가리키는 수용소 은어.

는 우리의 부두목이 되었다. 곧 그의 평범치 않은 다양한 특성이 알려졌다. 그는 눈부신 아름다움을 지니고 있었다. 금발이었고, 보통 키에 날씬하고 다부진 데다 아주 민첩했다. 그는 귀족 같은 용모에 투명해 보일 정도로 밝은 피부를 지녔고, 모르긴 해도 스물세 살을 넘지 않았을 것이다. 그는 모든 것에 그리고 모든 사람에게, SS*에 대해서든, 노동이든, 우리에 대해서든 별다른 관심이 없었다. 그는 차분함과 생각에 잠긴 분위기를 동시에 가지고 있었는데, 그는 그 두 가지 성격을 구별지었다. 에디는 도착한 날부터 아주 유명해졌다. 그는 목욕실에서 옷을 홀딱 벗고 향기 나는 세숫비누로 몸을 정성스레 씻은 다음, 정수리에 비누를 올려놓은 채로 우리들처럼 면도를 했다. 그런 후 앞으로 고개를 숙이고는 등을 움직여 파도와 같은 미미하고 정교하며 정확한 움직임으로 값비싼 비누를 머리에서 목으로 천천히 미끄러져 내려오게 했다. 잠시 후 비누는 긴 등줄기를 따라 점점 아래로 꼬리뼈까지 내려왔고, 거기서 그는 비누를 손에 떨어뜨렸다. 우리 가운데 두세 명이 박수를 쳤지만 그는 전혀 아랑곳하지 않았고, 다시 옷을 주워 입으러 무덤덤하게, 천천히 자리를 떠났다.

노동에 있어서 그는 예측이 불가능했다. 때로는 여러 사람 몫을 해내며 열심히 일했다. 하지만, 아주 고단한 작업 중에도 자신의 직업적 기질을 불쑥 드러냈다. 가령 땅을 파다가 갑자기 멈추고 삽을 들어 기타마냥 붙잡고서는 느닷없이 노래를 부르며 돌멩이로 삽의 손잡이와 철판 부분을 번갈아가며 두드렸다. 벽

* 나치친위대.

돌을 운반하다가도, 짐을 놓고 돌아올 때는 멍한 눈빛으로 연신 춤을 추었다. 그러다 갑자기 몸을 회전하며 빠르고 극단적인 도약을 했다. 반면에 어떤 날은 손가락 하나 까딱하지 않고 한쪽 구석에 몸을 숨기고 있었다. 하지만 그는 비범하고 놀라운 일을 해낼 수 있었기 때문에 누구도 섣불리 그에게 뭐라 말하지 못했다. 그는 자기를 과신하는 사람이 아니었다. 놀이를 펼칠 때 그는 자기 주위에 있는 사람을 전혀 신경 쓰지 않았다. 자기 시詩에 만족하지 못하는 어떤 시인이 끝없이 시를 수정하는 것처럼, 오히려 그런 놀이를 반복하고 더 완성도 있게 해내면서 그것을 완전히 통달하게 될까 봐 걱정하는 것처럼 보였다. 가끔은 작업장에 흩어져 있는 고철들 사이에서 뭔가를 찾고 있는 그가 우리 눈에 띄었다. 바퀴 테두리나 바닥쇠, 금속판 조각 따위를 주워 조심스럽게 그것을 양손 사이로 돌리다가 한 손가락 위에 놓고 균형을 맞추고, 공중으로 휭 날려 보냈다. 마치 그 물질을 공중에 관통시켜 새로운 놀이 이상으로 완성시키려는 것처럼 말이다.

어느 날 펄프관이 가득 실린 화물기차가 도착했다. 펄프관 주변에는 천 조각으로 감싸인 비슷한 모양의 물건들이 있었다. 우리 조가 그 물건들을 하역하는 데 보내졌다. 에디는 흙을 메운 작업장으로 나를 데리고 갔다. 그는 작업동료들이 펄프관을 내려보낼 나무경사로를 창문 아래 배치했다. 그리고는 내가 어떻게 물건들을 벽면에 정확히 쌓아야 하는지 보여주고는 자리를 떠났다. 창문 너머로 동료들이 보였다. 평상시와 다르게 가벼운 작업을 맡아 기분이 좋아 보였지만 화물기차와 창고 사이를 오가는 그들의 행동은 불확실하고 어설펐다. 그들은 한 번 갈 때마다 스무 개 내지 서른 개의 펄프관을 옮기고 있었다. 에디의 경우, 때로는 적게 때로는 많이 운반했지만 양이 결코 일정하진 않았다. 그는 운반할 때마다 새로운 적재 구조와 구성을 궁리하는 듯했다. 그것은 마치 펄프관 요새처럼 불안정하지만 균형 잡혀 있었다. 그는 한 번 운반할 때 너덧 개의 펄프관을 공중에서 선회시켰다. 그 모습이 마치 곡예사들이 고무공으로 묘기를 부리는 것 같았다.

그 창고에는 나 혼자였고, 완수해야 할 중요한 일이 날 압박하고 있었다. 나는 종이와 몽당연필을 몰래 준비했는데, 꽤 오래전부터 잠깐이나마 이탈리아어로 편지 쓸 기회가 오기를 기다리고 있었다. 그 편지를 어느 이탈리아 인부에게 건네주어 그가 그대로 필사하고 자기가 쓴 것처럼 사인해서 이탈리아에 있는 내 가족에게 보내도록 할 참이었다. 실상 우리에게는 편지 쓰는 일이 엄격히 금지되어 있었다. 그러나 잠깐이면 가족들이 이해할 정도로 충분히 뚜렷한 내용이면서 동시에 검열을 피할 만한 아주 무난한 메시지를 작성할 수 있는 방법을 찾으리라 확신했다. 뭔가 쓰는 행위 자체가 근본적으로 의심을 받았기 때문에(그런 이유라면 우리 중 누군가는 써야 하지 않았을까?) 어느 누구의 눈에도 띄어서는 안 되었다. 게다가 라거와 창고는 밀고자들로

넘쳐났다. 펄프관을 옮기는 작업이 한 시간 남짓 지나서야 나는
편지 쓰기를 시작할 만큼 충분히 안심할 수 있었다. 펄프관은 거
의 쉼 없이 경사로에서 내려오고 있었고, 창고 안에서는 경계할
만한 어떤 소음도 들리지 않았다.

하지만 에디의 조용한 걸음을 미처 생각하지 못했다. 그가
있음을 알아차렸을 때 이미 그는 나를 지켜보고 있었다. 본능적
으로, 아니 어리석게도 나는 손가락을 펼쳤고 연필이 떨어졌다.
그런데 종이는 낙엽처럼 흔들리며 바닥에 내려앉았다. 에디가
그것을 주우러 급히 달려갔다. 그런 후 내게 세찬 따귀를 날려 날
땅바닥에 눕혔다. 오늘날 이 문장을 쓰고 '따귀'라는 단어를 타
자하는 동안에, 내가 거짓된 감정과 정보로 독자들을 기만하거
나 적어도 그런 것들을 전달했음을 깨닫는다. 에디는 난폭한 사
람이 아니었다. 나를 처벌하려하거나 괴롭히려는 의도가 없었
다. 라거에서 따귀를 때리는 것은 오늘 여기에 있는 우리들 사이
에서 통용되는 것과는 아주 다른 뜻을 지니고 있었다. 정확히 그
것은 어떤 의미를 지닌, 일종의 표현방식에 불과했다. 라거라는
특수한 상황에서 그 행위는 다음과 같은 의미였다. '정신 똑바로
차려. 네가 어떤 큰일을 저질렀는지 보라고. 의도하지 않았겠지
만, 너는 위험한 짓을 하고 있고 나까지 위험으로 몰아넣는 거
야.' 그러나 곡예사이자 강도인 독일인 에디와 젊고 서툴고 기진
맥진하고 혼란스러운 이탈리아인인 나 사이에서 그 같은 대화는
부질없고 이해되지 않으며(언어적인 이유에 불과하더라도), 뭔

가 어긋나는 불분명한 대화에 지나지 않았을 것이다.

　　바로 이 때문에 주먹질과 따귀가 일상적 언어처럼 우리 사이에 오갔다. 우리는 잔혹함 때문에 그리고 고통과 복종을 발생시키기 위해 가해지고 종종 죽음에 이르게 하는 여느 구타와 '표현이 담긴' 구타를 구별하는 법을 일찌감치 배웠다. 에디가 때린 것과 같은 따귀는 개를 살짝 치거나 당나귀에게 채찍질을 가하는 것과 비슷했다. 어떤 규율이나 금기를 따르거나 힘을 내게 하려는 행위처럼 말이다. 어떤 면에서는 비언어적 소통이라 할 수 있었다. 라거의 수많은 괴로움 중에서 이런 종류의 구타는 아주 큰 차이로 고통이 덜한 편이었다. 이것은 우리가 개나 당나귀와 별반 다르지 않은 방식으로 살았다고 말하는 것과 같다.

　　그는 내가 다시 일어서길 기다렸다. 그러고는 누구한테 편지를 쓰고 있었냐고 물었다. 나는 엉터리 독일어로 아무에게도 쓰지 않았다고 대답했다. 우연히 연필을 발견했고, 망상과 향수, 꿈 때문에 이것저것 글을 끄적이고 있었다고 덧붙였다. 라거에서는 쓰는 행위가 금지되어 있다는 걸 잘 알고 있었다. 그리고 편지를 보내는 건 불가능하다는 사실 또한 잘 알고 있었다. 내가 감히 수용소의 규칙을 위반하는 일 따위는 결코 없을 거라며 그를 안심시켰다. 틀림없이 에디는 나를 믿지 않았을 것이다. 하지만 그에게서 동정심을 얻으려면 뭔가를 당장 말해야 했다. 만약 그가 나를 정치국에 고발한다면 나는 교수형에 처해지리란 걸 알고 있었다. 하지만 교수대에 서기 전에 누가 내 공범이었는지 밝혀야 할 테고, 어쩌면 내게서 이탈리아의 수취인 주소를 알아내려는 심문(어떤 심문이란 말인가!)이 있을지 모른다. 에디는 나를 이상한 눈초리로 쳐다보았다. 그러더니 나더러 꼼짝 말고 있으라고 하고는, 한 시간 내로 돌아오겠다고 말했다.

기나긴 한 시간이었다. 에디가 창고로 돌아왔다. 손에 종이세 장을 쥐고 있었고 그중 한 장은 내 것이었다. 나는 그의 얼굴을 보고 최악의 일은 일어나지 않으리란 걸 직감했다. 에디는 결코 허점투성이가 아니었다. 어쩌면 그 자신의 파란만장한 과거가 그에게 앞잡이라는 서글픈 직업의 본성을 가르쳐주었는지 모르겠다. 그는 내 동료들 가운데 독일어와 이탈리아어를 아는 두명(단 한 명이 아니었다)을 찾아냈다. 그리고 그들에게 각각 내글을 독일어로 번역하라고 시켰다. 만일 두 명의 번역이 똑같은 결과로 나타나지 않을 경우, 나뿐 아니라 그들까지 정치국에 고발하겠다고 으름장을 놓았다.

그는 다시 옮기기에 어려운 이야기를 꺼냈다. 내게 말하길, 운 좋게도 그 두 사람의 번역이 일치했고, 편지 내용은 위험하지 않다고 말했다. 그리고 내가 정신이 나갔다고 했다. 그 후 다른 설명은 없었다. 다만 어떤 무모한 인간이 자기 생명을 그런 식의 위험한 놀이에 빠트렸다고 생각했을 것이다. 분명히 내게 달려 있던 이탈리아 공범자의 목숨과, 이탈리아에 있는 내 가족들의 목숨 그리고 두목으로서 자신의 경력까지 말이다. 그는 자신의 따귀 덕분이라 말했고, 오히려 내가 고마워해야 한다고 말했다.

그것이 천국으로 가는 선행에 속할 만한 좋은 행동이었기 때문이라는 것이다. 그리고 노상강도Strassenräuber라는 직업을 가진 그에게 선행은 매우 필요한 일이었다. 결국 그는 나를 고발하러 가지 않았지만 자신조차 그 이유를 잘 몰랐다. 어쩌면 내가 정신 나간 사람이라 그랬을 수 있지만 이미 이탈리아인은 모두들 이상하기로 유명하다. 오직 노래를 부르거나 곤경에 처했을 때만 좋은 사람인 것이다.

에디에게 고마움을 표시했던 것 같지는 않다. 하지만 그때 이후로, 녹색 삼각형을 단 '동료들'에게 어떤 긍정적 호의가 없음에도, 그들에게 표시된 상징 뒤에 숨겨진 인간적 면모에 대해 여러 번 스스로에게 질문한 적이 있었다. 그리고 그 기이한 집단의 어느 누구도 자신의 이야기를 들려주지 않은 사실이 안타까웠다.

그 후로 에디가 어떻게 됐는지는 알지 못한다. 내가 말한 사건이 지나고 불과 몇 주 후 며칠 동안 그가 자취를 감췄다. 그러다 어느 날 저녁, 우리는 다시 그를 봤는데 철조망과 전기 철조망 사이 통로에 그가 서 있었다. 그는 'Urning'이라고 적힌 푯말을 목에 걸고 있었다. 그 푯말은 곧 동성애자를 뜻했다. 하지만 그는 괴로워하거나 걱정하는 것처럼 보이지 않았다. 그는 무심하고 오만하며 괴로울 것 없다는 분위기로 다시 우리 무리에 들어왔다. 마치 그의 주변에 일어난 어떤 일도 개의치 않는다는 듯 말이다.

잠시 걷는 사이에 하늘이 어둑해지더니 비가 내리기 시작했다. 이윽고 비는 성난 폭우로 변해갔고, 창고의 질척한 땅은 손 한 뼘 깊이의 진흙탕으로 뒤덮였다. 상황이 이렇게 되자 삽으로 일하는 것만 힘든 게 아니라 두 발로 서 있기조차 힘들어졌다. 카포*가 십장에게 뭔가를 묻더니 우리를 향해 지시를 내렸다. 모두들 어디든 가서 비를 피하고 있으라는 내용이었다. 우리 주변에는 쇠파이프 더미가 드문드문 흩어져 있었다. 오륙 미터 길이에 지름이 일 미터 정도 되는 파이프들이었다. 나는 그중 한 파이프에 들어갔는데, 중간에 목수라는 별명의 티슐러Tischler와 마주쳤다. 그도 나와 똑같은 생각을 하고 반대편에서 들어온 것이었다.

'티슐러'란 이름은 '목수'를 의미했고, 우리 사이에서 티슐러는 그렇게밖에 알려져 있지 않았다. 이외에 별명을 가진 다른 수감자들로는 철공, 러시아인, 얼간이, 재봉사 둘(존중하는 뜻으로 '재봉사'와 '또 다른 재봉사'라고 하겠다), 갈리시아인, 또 키다리가 있었다. 그리고 나는 오랫동안 '이탈리아인'이라 불렸다. 그러다가 별 관심 없이 프리모나 알베르토라고 불렸는데, 그건 우리 둘이 혼동되었기 때문이다.

'목수'라는 명칭의 티슐러는 어쨌거나 티슐러였고 그뿐이었

---

* '대장'이라는 뜻.

다. 하지만 그가 목수 같은 외모가 아니라서 우리 모두는 그가 사실은 목수가 아닐 거라고 짐작하고 있었다. 당시에는 엔지니어가 기계공으로 기록되거나 기자가 인쇄공으로 기록되는 일이 흔했다. 그래서 실제 직업은 인부보다 더 나은 것이길 은근히 바라는 경우도 있었다. 지식인들에 대한 나치주의자의 화를 돋우지 말아야 했으니 말이다. 어찌 되었든 간에 티슐러는 목공 작업에 배정되어 그럭저럭 무난히 그 일을 해내고 있었다. 폴란드 유대인으로서는 보기 드물게 그는 이탈리아어를 조금 말했다. 이탈리아어는 그의 아버지가 가르쳐준 것인데, 그의 아버지는 1917년에 이탈리아 군인들에게 포로로 잡혀 토리노 근방의 수용소, 그러니까 어떤 라거로 이송된 적이 있었다.

그곳에서 그의 동료 병사 대다수가 스페인독감으로 사망했고, 오늘날에도 치미테로 마조레 묘지의 납골당에서 헝가리, 폴란드, 크로아티아, 독일 출신인 그들의 낯선 이름을 찾아볼 수 있다. 그곳을 방문할 때마다 그들의 쓸쓸한 죽음에 대한 생각으로 마음이 무거워진다. 그의 아버지 역시 병에 걸렸었지만 다행히 완쾌되었다.

티슐러의 이탈리아어는 재미있고 엉터리에 가까웠다. 그는 아버지가 열광했던 오페라의 소절들을 부분적으로 기억하고 있었다. 일할 때 종종 그의 흥얼거리는 노랫소리가 들려왔는데, "내 피로 죗값을 치르겠소"라든가 "흥겨운 잔을 들어 올리세"라는 구절이 그랬다. 그의 모국어는 이디시어였지만 독일어도 말할 줄 알아서, 이해하는 데 전혀 어려움이 없었다. 나는 티슐러를 좋아했는데, 그가 무력감에 굴복하지 않았기 때문이다. 나막신을 신고도 그의 걸음은 민첩했고, 말할 때는 사려 깊고 정확했으며, 활발하고 잘 웃으면서도 슬픔이 어린 얼굴이었다. 가끔은 밤에 이디시어로 짧은 이야기를 들려주거나 동요를 부르면서 공연을 펼치곤 했다. 나는 그의 말을 알아들을 수 없어서 몹시 안타까웠다. 어느 때는 그가 노래해도 모두들 아무런 반응 없이 땅을 쳐다보곤 했지만, 노래를 마칠 때면 다들 그에게 다시 불러달라고 청했다.

거의 개처럼 네 다리로 다니다 마주친 그날의 만남에 그는 무척 즐거워했다. 하루 종일 이렇게 비가 왔으면 좋겠다고 말할 정도였다. 하지만 그날은 특별한 날이었고, 비는 그를 위해 내린 것이나 마찬가지였다. 그날이 그의 25세 생일이었기 때문이다. 그런데 뜻밖에도 그날 나 역시 25세가 되는 날이었다. 우리는 쌍둥이였던 것이다. 티슐러는 축하파티를 벌여야 할 날이라고 말했다. 우리가 다음 생일을 장담하기 어렵다는 게 이유였다. 그는 주머니에서 사과 반쪽을 꺼내 그것을 잘라 한쪽을 내게 선물로 주었다. 그때가 수용소에서 지낸 일 년 동안 유일하게 과일을 맛본 순간이었다.

우리는 조용히 사과를 씹으면서 어느 교향곡에 심취하듯 새콤하고 귀한 그 맛을 음미했다. 그러다 어느 순간, 우리 맞은편 파이프 안으로 한 여자가 비를 피해 들어왔다. 검은 옷을 걸친 젊

은 여자였는데 아마도 토트 기구Todt*에 속한 우크라이나 사람이
었을 것이다. 붉고 넓적한 그녀의 얼굴은 비에 젖어 윤이 났다.
그녀는 우리를 쳐다보며 웃었다. 그러고는 도발적일 정도로 태
연하게 상의 안쪽으로 손을 넣어 몸을 긁었다. 그러다가 머리를
풀어 아주 차분하게 빗질을 하고는 다시 머리를 땋기 시작했다.
그 시기에 여자를 가까이서 보는 일은 드물었다. 그것은 보는 사
람을 소진시키는 달콤하고 잔인한 경험이었다.

　　내가 그녀를 쳐다보고 있음을 눈치 챈 티슐러가 내게 결혼
했냐고 물었다. 난 아니라고 대답했다. 그는 장난기 어린 심각한
눈길로 나를 빤히 보며 말했다. 우리 나이에 총각인 건 죄악이라
고 말이다. 그러나 그 역시 고개를 돌려 그녀를 한동안 눈여겨봤
다. 머리를 땋고 나자 그녀는 파이프 안에서 몸을 웅크리고는 고
개를 흔들며 노래를 불렀다.

　　"릴리트야."

　　티슐러가 느닷없이 말했다.

　　"저 여자를 알아? 이름이 그래?"

　　"모르는 여자야. 하지만 그녀를 알지. 아담의 첫 번째 부인
릴리트. 릴리트 신화 몰라?"

　　나는 알지 못하는 이야기였다. 그가 사람 좋게 웃으며 설명
했다.

　　"잘 알려진 얘기지. 서유럽 유대인들은 죄다 쾌락주의자들
에 '현세주의자들'이고 무신론자들이라니까."

---

　*　독일의 건축기구.

그가 계속해서 말했다.

"성경을 잘 읽었다면 여자의 창조 이야기가 두 번 언급된 걸 기억할 거야. 두 가지 다른 방식으로 말이지. 하지만 너희는 열세 살에 유대문화를 조금 배우고 그걸로 끝이라서……."

그의 이야기는 내가 좋아하는 특유의 상황과 놀이로 접어들고 있었다. 신앙과 불신앙 간의 논쟁이 그러했는데, 그의 얘기는 본성상 무지하고 상대에게 자기의 실수를 폭로하며 '이를 드러내게 하는' 논쟁을 예고하고 있었다. 나는 내 역할을 받아들였고, 당연하다는 듯 거만하게 대답했다.

"맞아. 두 번 묘사되었지. 하지만 두 번째는 첫 번째 이야기에 대한 부언일 뿐이야."

"틀렸어. 표면 아래를 볼 줄 모르는 사람들이 그렇게 이해하지. 자, 성경을 자세히 읽고, 읽은 말씀을 곰곰이 생각해보면, 첫 번째 이야기에 "하느님께서는 사람들을 남자와 여자로 창조하셨다."(「창세기」1장 27절)라고 쓰여 있다는 걸 알 거야. 이 말이 뭐냐면 신이 그들을 같은 흙먼지로 똑같이 만드셨다는 거야. 그런데 다음 장에 보면, 신이 아담을 만드시고, 남자가 혼자 있는 것이 좋지 않다고 생각하셔서, 그에게서 갈빗대를 빼내 그 갈빗대로 여자를 만드셨다는 말씀이 나와. 사실 그건 여성화된 아담, 아담의 여자 '맨닌'Männin이지. 이걸 보면 둘 사이의 동일성은 찾아볼 수 없어. 그러니까 단순히 두 개의 이야기가 아니라 상반된 두 여자가 있다고 믿는 사람이 있는 거야. 다시 말해, 남자의 갈

빗대로 생겨난 최초의 여자가 하와가 아니라 릴리트였다고 믿는
거지. 사실 하와의 이야기는 성경에 적혀 있고, 모르는 사람이 없
어. 그런데 릴리트의 이야기는 구전으로만 전해질 뿐이어서 소
수의 사람들만이 알고 있지. 하도 이야기가 많아서 한둘이 아니
야. 마침 우리들의 생일이고 비도 오니까 그중 몇 가지만 들려줄
게. 또 오늘은 내가 이야기를 들려주고 믿는 역할이고, 너는 안
믿는 역할이잖아.

　첫 번째 이야기는 신이 그들을 똑같이 만드신 것만이 아니
라 애초에 진흙을 빚어 하나의 형상으로 만드셨다는 내용이야.
그러니까 본래 그들은 형태가 없는 골렘Golem*이란 말이지. 골렘
은 하나의 얼굴에 두 개의 등을 가진 존재, 즉 이미 남자와 여자
가 결합된 존재였어. 이후 그들은 둘로 나뉘었는데 다시 하나로
결합하려는 열망에 사로잡혀 있었어. 그래서 아담은 서둘러 릴
리트가 땅에 눕기를 바랐어. 그러나 릴리트는 아담의 바람을 무
시했어. 왜 내가 아래여야 하지? 우리는 같은 진흙으로 만들어져
나뉜 똑같은 존재 아닌가? 아담은 그녀를 강제로 눕히려 했지만
그들은 힘에서도 똑같았기 때문에 성공하지 못했지. 그래서 아
담은 신께 도움을 청하러 갔어. 신 또한 남자였으니까 자기를 편
들어줄 거라 생각했지. 실제로 신은 그를 편들어주었지만 릴리
트는 반항했어. 똑같은 권리를 가졌는가, 아닌가 하는 물음이었
지. 그러나 두 남성이 고집을 꺾지 않자 그녀는 신의 이름을 저주
했어. 그러자 릴리트는 악마가 되어 그곳을 떠나 쏜살같이 날아

* 유대 신화에 등장하는 사람의 형상. 히브리어로 '태아'를 뜻한다.

가버렸고, 바다 깊은 곳에 자리를 잡았지. 더 잘 안다고 우기는 사람은 릴리트가 정확히 홍해에 산다고 말해. 그러나 밤이 되면 하늘을 날아다니면서 세상을 두루 돌아다니지. 갓난아이들이 있는 집을 보면 그 아이들을 괴롭히려고 창문을 흔들어. 아주 조심해야 해. 만일 그녀가 집에 들어오면 그릇을 덮어 붙잡아야 해. 그럼 아무런 해도 끼치지 못하지.

어떤 경우에는 남자의 몸에 들어가는데, 그러면 그 남자는 빙의가 돼. 그럴 때 가장 좋은 해결법은 그를 공증인에게나 랍비 재판소에 데려가서 악마와 헤어지고 싶다고 선언하는 조항을 작성하게 하는 거야. 왜 웃어? 물론 안 믿겠지만, 내가 좋아하는 이야기들이야. 사람들이 그 이야기들을 들려줄 때도 좋아. 이런 이야기들이 사라진다면 속상할 거야. 그건 그렇고, 이야기를 들려주는 동안 내가 뭔가를 덧붙이지 않았다고는 장담 못하겠어. 어쩌면 이야기를 들려주는 사람마다 거기에 뭔가를 더할지도 몰라. 이야기는 그렇게 탄생하는 거야.

멀리서 시끄러운 소음이 들리더니 잠시 후 무한궤도 트랙터가 우리를 지나갔다. 그것은 제설차를 뒤따라가고 있었지만 기계가 떠나자마자 갈라진 진흙탕은 곧바로 다시 고여 들었다. 나는 그것이 아담과 릴리트 같다고 생각했다. 우리에게는 좋은 일이었고, 지금 상태라면 얼마간 더 쉴 수 있었다.

"그리고 또 정자에 관한 이야기가 있어. 릴리트는 인간의 정자를 몹시 탐내서 정자가 흩뿌려져 있을 만한 곳, 특히 침대 시트

사이에 항상 몸을 숨기고 있어. 유일하게 허락된 장소, 그러니까 아내의 자궁 안으로 들어가지 못한 모든 정자가 그녀의 소유야. 꿈 때문이든 악습이나 간통 때문이든 남자 한 사람 한 사람이 자기 생애에서 뿌렸던 모든 정자가 그녀의 것이 되는 거야. 그것을 많이 차지한 그녀는 언제나 임신 상태가 되어 출산을 거듭하지. 악마이기 때문에 또 악마를 낳는 거야. 하지만 이들은 자기네가 원해도 인간에게 큰 해를 입힐 수 없어. 그저 육신 없는 사악한 혼령들이라 우유와 포도주를 돌리거나 밤이면 다락방을 뛰어다니고 여자들의 머리를 풀어헤치는 정도야.

　그렇지만 그들 역시 인간의, 아니 모든 남자의 자식들, 그러니까 사생아들이지. 그래서 자기 아버지가 죽으면 그 형제인 아버지의 자녀들과 함께 장례식장에 가지. 밤의 나비들처럼 장례식장 촛불 주위를 날아다니며 울부짖기도 하고 유산에서 자기들 몫을 요구해. 네가 웃는 건 어쩔 수 없는 쾌락주의자라서 그래. 네 역할이 웃는 것이긴 하지만. 어쩌면 넌 다른 남자들처럼 그래 본 적이 없을지도 몰라. 하지만 네가 여기서 나가게 되면, 살아가다가 언젠가 장례식에서 랍비가 일행과 함께 시신 주위를 일곱 번 도는 걸 보게 될 수도 있어. 그럼 그건 죽은 이의 육신 없는 자식들이 자기에게 해를 끼치지 못하도록 죽은 이 주위에 장막을 세우는 거라고 보면 돼.

　그렇지만 가장 이상한 이야기가 아직 남아 있어. 카발라 학자들의 책에 쓰여 있는 이야기인 데다, 이들은 겁이 없는 사람들이라 이상한 게 당연하지. 네가 아는 대로 신은 아담을 창조하셨고, 곧 아담이 혼자 있는 게 좋지 않다는 걸 아셔서 그에게 짝을 만들어주셨어. 그런데 카발라 학자들에 따르면 신 역시 혼자 있는 게 좋지 않았다는 거야. 그래서 세상 처음부터 창조주와 동일한 존재인 셰키나Shekina*를 짝으로 맞아들이셨대. 그렇게 해서 셰키나는 신의 아내가 되었고, 모든 민족의 어머니가 되었다는 거야. 로마인들의 침략으로 예루살렘 성전이 파괴되었을 때 우리 유대인들은 뿔뿔이 흩어졌고 노예살이를 하게 되었지. 이에 셰키나는 몹시 화가 나서 하느님에게서 떨어져 나와 우리와 함께 유배생활을 하게 됐어. 사실 이런 생각은 나도 몇 번 했었는데, 셰키나 역시 노예가 되었고, 여기 우리 주위에, 유배생활 중의 유배생활인 이곳, 진흙탕과 고통으로 가득한 이 집에 있다는 거야.

　　그래서 신은 혼자가 되었고, 많은 사람이 그렇듯이 고독과 유혹을 견디지 못해 또 다른 연인을 얻었지. 그게 누구인 줄 알아? 바로, 악마 릴리트야. 이 사실은 전대미문의 추문이 되었어. 그들 사이에 한쪽이 모욕을 가하면 상대편이 더 심한 모욕으로 응수하는 말다툼이 벌어진 것 같았고, 그 싸움은 끝없이 이어져 산사태처럼 커져만 가지. 이 음탕한 관계가 끝나지 않았고, 쉽게 끝나지도 않을 거라는 걸 알아야 해. 한편은 세상에서 악을 일으키는 존재이고, 다른 한편은 자신의 사랑을 전하는 존재인 거야. 신이 릴리트와 잘못을 저지르는 한 지상에서는 피 흘림과 고통

---

* "신께서 거처하시다"라는 뜻.

이 계속되겠지. 그러나 언젠가 모두가 기다리는 구원자가 오면 그가 릴리트를 죽일 거고, 신의 탐욕도 우리의 유배생활도 끝이 날 거야. 그래, 너와 나의 유배생활도 말이야. 마젤 토브Màzel tov, 행운을 빌어.”

행운은 티슐러가 아니라 내게 적잖이 다가왔다. 정말, 오랜 세월이 흐른 뒤 어느 장례식장에서 장례예식을 도울 일이 생겼는데, 그가 내게 묘사해준 대로 죽은 이를 지키는 춤을 내가 추게 되어 관 주위를 돌았던 것이다. 운명이 이 신화를 재현하기 위해 어느 쾌락주의자를 선택했다는 것이 선뜻 이해되지 않는다. 믿음과 불신앙, 무지와 과감한 통찰력 그리고 잃어버린 문명의 폐허에서 자라는 치유될 수 없는 슬픔이 시가 된 이 신화를 말이다.

헝가리인들은 몇 명이 아니라 대규모 집단으로 우리들 가운데 도착했다. 1944년 5월과 6월, 이 두 달 동안 그들은 라거를 점령하다시피 했다. 이 시기, 행렬에 또 행렬이 이어졌고, 독일인들이 광기 어린 선별을 거듭하여 부지런히 만들어놓은 수감자들의 빈자리를 그들이 다시 메웠다. 그들은 모든 수용소의 체계에 근본적 변화를 일으켰다. 아우슈비츠에서는 헝가리인들의 집단 유입으로 다른 모든 국적이 소수로 전락했다. 그러나 다수의 독일인과 폴란드인 범죄자들의 손에 남겨진 '나치 선전화'의 영역을 침범하지는 못했다.

모든 수용시설과 작업조가 헝가리인들로 가득했다. 여느 집단에서 새로 온 신참자들에게 으레 그런 일이 일어나듯, 헝가리인들을 대상으로 한 비웃음과 험담 그리고 미묘한 편견의 분위기가 우리 사이에 급속히 형성됐다. 그들은 노역을 두려워하지 않는 단순하고 다부진 노동자와 농민들이었다. 하지만 풍성한 먹을거리에 익숙한 사람들이었다. 그래서인지 그들은 몇 주 만에 해골 같은 안쓰러운 모습으로 변했다. 또 다른 헝가리인들은 부다페스트나 다른 도시 출신의 전문가와 학생 그리고 지식인이었다. 그들을 개개인으로 보면 온순하고 행동이 느린 대신 인내심 있고 질서정연했다. 그들에게는 굶주림이 그나마 덜 가혹한 것이었다. 하지만 그들의 섬세한 피부는 얼마 가지 않아 학대당한 말처럼 상처와 멍투성이가 되었다.

6월 말에 우리 작업조는 아직 영양 상태가 좋고 여전히 낙관주의와 활기로 가득 찬 유능한 헝가리인 인부들로 절반 가까이가 채워졌다. 그들은 우리와 이야기를 나눌 때 노래하듯 발음을 길게 끄는 이상한 독일어를 사용했다. 자기네끼리는 그들의 기이한 언어를 사용했다. 특이한 굴절이 많아 까다로운 그들의 언어는 무한한 단어들로 이루어진 듯하고, 화를 불러일으킬 법한 느린 속도로 발음되는 데다, 모든 단어가 첫 번째 음절에 악센트가 들어가 있는 듯했다.

그들 중 한 명이 나와 일할 작업동료로 배치되었다. 그는 다부지고 얼굴이 발그레한 보통 키의 청년이었다. 모두들 그를 반디라고 불렀는데, 엔드레, 즉 안드레아의 약칭이었다. 그는 그 사실이 세상에서 가장 자연스러운 일인 것처럼 내게 설명했다. 그날 우리의 임무는 앞뒤에 각각 두 개의 횡목이 쳐진 허름한 나무 손수레에 벽돌을 실어 나르는 것이었다. 한번 운반할 때마다 스무 개의 벽돌을 날라야 했다. 가는 도중에 감독관이 있어서, 우리가 짐을 규정대로 운반하는지 확인했다.

스무 개의 벽돌은 무거웠다. 그래서 벽돌을 내려놓으러 갈 때 우리는(아니면 내 편에선) 말할 겨를이 별로 없었다. 하지만 돌아올 때는 이야기를 나누었고, 반디의 생각을 통해 호감 가는 부분이 많음을 깨달았다. 지금 그것들을 전부 그대로 옮길 수는 없을 것 같다. 기억마다 희미해지긴 하지만 반디에 대한 기억들은 소중한 것들을 간직하듯 붙잡고 있다. 나는 그 기억들을 한 장의 기록으로 새겨놓는 데 만족한다. 다만 어떤 기적은 반드시 불가능하지만은 않으므로, 세상 어딘가에 아직 살아 있을지 모를 그에게 이 기록이 다다르기를 바란다. 그래서 그가 이 글을 읽고 우리가 다시 만나게 되기를 바란다.

　　그는 자기 이름이 엔드레 스잔토라고 밝혔다. 이탈리아어로 '산토'*와 비슷하게 발음되는 그의 성은 빡빡 깎은 그의 머리 주위를 감싸는 어떤 후광의 어렴풋한 이미지를 강하게 불러일으켰다. 나는 그 얘기를 그에게 전했다. 그는 아니라고 대답하고는 웃으면서 설명했다. 그의 성 스잔토는 '경작인', 아니 더 일반적으로는 '농부'라는 뜻이었다. 헝가리에서는 매우 흔한 성이며, 의미와는 다르게 그는 경작인이 아니라 공장에서 일했다고 했다. 삼년 전 독일인들에게 체포당했는데 유대인이라서가 아니라 그의 정치적 활동 때문이었다. 독일 군인들은 그를 토트 기구에 배치했다가 우크라이나 쪽 카르파치 산맥에 목재 인부로 보냈다고 했다. 거기서 그는 세 명의 작업동료들과 소나무를 벌목하느라 숲속에서 겨울을 두 번이나 보냈다. 아주 고된 일이었지만 그곳에서 행복하다고 느낄 만큼 잘 지냈다고 했다. 그러나 나는 반디가 행복을 느끼는 데 독특한 재능이 있음을 금방 알아차렸다. 억압과 모욕, 고단함, 유배생활 같은 것은 바위를 흐르는 물처럼 그

* 이탈리아어로 '성인'聖人을 뜻함.

에게서 미끄러져가는 것 같았다. 그것은 그를 파멸시키거나 상처 주는 일 없이, 오히려 그를 정화시키고 그의 내면에 타고난 기쁨의 능력을 고양시키는 듯했다. 이리 랑헤르Jiří Langer*가 『아홉 개의 문』에서 묘사한 대로 순수하게 기쁘고 자비로운 하시딤Chassidim**들에게 일어난 일을 말해주는 듯했다.

그는 라거에 도착한 경위를 들려주었다. 역에 수감자 행렬이 도착하자, SS가 모든 사람에게 신발을 벗어 목에 걸라고 명령했다는 것이다. 그러고는 맨발 상태로 철로의 자갈 위를 걷게 했다고 한다. 그들은 수용소와 역 사이의 칠 킬로미터 거리를 온전히 그 상태로 걸었다. 그는 수줍은 미소를 지으며 그날의 에피소드를 이야기했다. 동정심을 구하지도 않고, 오히려 '해냈다'는 데 대한 어린아이 같은 당당한 우쭐함이 엿보였다.

우리는 함께 벽돌을 세 번 운반했다. 그동안 나는 어쩌다 생긴 그 수용소가 친절한 사람을 위한 곳도 침착한 사람들을 위한 곳도 아니라는 사실을 틈나는 대로 그에게 설명하려 애썼다. 나는 최근 들어 알게 된 몇 가지 사실(솔직히 말해 여전히 잘 소화되지 않은 사실들)에 관해 그를 납득시켜 보려 했다. 저 밑바닥 세계에서는 위험을 모면하기 위해 해야 할 일이 있다. 규칙에 어긋난 식량을 몰래 구축해야 하고, 가급적 노동을 피하고, 영향력 있는 친구를 만들고, 자신을 숨겨야 하고, 특히 생각을 드러내서는 안 되며, 훔치고 속이는 것이 필요하다. 그렇게 하지 않는 자는 일찍 죽게 된다. 그리고 내가 보기에 그가 지닌 미덕은 매우

---

* 유대인 시인이자 수필가, 언론인, 교사.
** 탈무드에 자주 등장하는 '존경받는 유대인', '의인'.

위험하고 그곳과 맞지 않는다고 했다. 그러고는 앞서 말했던 것처럼 벽돌 스무 개는 너무 무겁기 때문에 네 번째 운반에서는 기차에서 벽돌 스무 개를 꺼내는 대신 열일곱 개를 꺼내자고 말했다. 나는 내부에 빈 곳을 만들고 수레에 벽돌을 요령껏 쌓으면서 어느 누구도 그것이 스무 개가 아니라고 의심하지 못할 것임을 그에게 보여주었다. 내가 고안해냈다고 믿었던(나중에 가서야 공공연히 알려진 방법이란 걸 알았다) 그 방법은 악의적 술책이었고, 나는 여러 번 성공을 거두었다. 그렇지 않은 경우에는 통을 운반할 때 그 방법을 썼다. 어쨌거나 벽돌에 관한 시범은 방금 전 그에게 설명한 이론을 삽화로 그리는 것처럼 교육적인 목적을 달성하는 데 아주 적합한 듯했다.

반디는 '신참자'Zugang라는 자신의 신분에 매우 민감했다. 달리 말해 그는 처음부터 새로 도착한 수감자이고, 거기서 발생하는 사회적 위계질서를 따랐다. 그래서인지 그는 반발하지 않았다. 하지만 내가 발견한 사실에 조금도 기뻐하는 기색이 없었다. "만약 열일곱 개라면 어째서 스무 개라고 믿게 해야 하는 거죠?" "벽돌 스무 개는 열일곱 개보다 무거우니까." 나는 인내심을 가지고 재차 반복해서 말했다. "그리고 잘 쌓기만 하면 아무도 그 사실을 눈치채지 못해. 솔직히, 네 집이나 내 집을 짓는 데 필요한 게 아니잖아." "그렇죠." 그가 대답했다. "그렇지만 항상 열일곱 개지 스무 개가 아니죠." 그는 좋은 제자가 아니었다.

우리는 같은 조에서 몇 주 더 일했다. 그는 자신이 공산주의자였음을 밝혔다. 그는 등록된 당원이 아니라 지지자였지만 그의 언어는 경건한 그리스도인의 언어였다. 노동에 있어 그는 솜씨가 좋고, 힘이 셌다. 우리 조에서 가장 뛰어난 일꾼이었지만, 그는 자신의 탁월함에서 이득을 취하려 하거나 독일인 조장들에게 잘 보이려고도, 우리에게 거들먹거리지도 않았다. 나는 그에게 그렇게 열심히 일하는 건 쓸데없이 힘만 낭비하는 것이고 정치적으로도 옳지 않다고 말했다. 하지만 반디는 동의하는 기색이 아니었다. 그는 속이고 싶지 않았던 것이다. 그곳에서는 우리가 일한다고 여기고 있었으므로 그는 자기 방식대로 최선을 다해 일했다. 반디는 어린아이같이 밝은 얼굴에, 힘 있는 목소리 그리고 서툰 걸음걸이 때문에 짧은 시간에 아주 많은 인기를 얻었고, 모든 사람의 친구가 되었다.

8월이 되자 내게 아주 특별한 선물이 도착했다. 집에서 온 편지였는데, 전례가 없는 사건이었다. 6월에 어쩌다 예기치 않게, '자유인'이 된 이탈리아인 벽돌공의 도움으로 나는 이탈리아에 은신 중인 어머니께 짧은 편지를 썼다. 그리고 그 편지를 '비앙카 귀데티 세라'라는 이름의 한 친구에게 보냈다. 나는 이 모든 것을 성공에 대한 별다른 희망 없이, 마치 의례적인 일처럼 행했다. 그런데 내가 보낸 편지가 아무런 방해 없이 어머니에게 도착했고, 어머니도 똑같은 방법으로 내게 답장을 보냈다. 달콤한 세상에서 온 편지는 주머니에서 나를 애태우고 있었다. 나는 침묵하는 것이 가장 기본적인 신중함이라고 생각했다. 그렇더라도 그 얘기를 안 한다는 건 불가능했다.

그즈음 우리는 탱크를 청소했다. 나는 내게 맡겨진 탱크로 내려갔는데 반디가 나와 함께했다. 희미한 전등 불빛 아래서 나는 어설픈 독일어로 편지 내용을 번역해 들려주면서 그 기적의 편지를 읽었다. 반디는 내 말을 주의 깊게 들었다. 그러나 독일어는 내 모국어도 그의 모국어도 아니었기 때문에 확실히 많이 이해하지 못했다. 편지 내용이 짧고 말을 삼가고 있어서 더욱 그랬다. 하지만 그는 자신이 이해한 것이 얼마나 중요한지 알았다. 내 손에 들려 있는 그 작은 종이가 그토록 아슬아슬하게 내게 도착했다는 것을, 그리고 저녁이 되기 전에 없애버릴 것임을 그는 알았다. 그 편지는 희망이 지나갈 수 있는 어두운 세계의 빈틈이라는 것을 말이다. 반디는 '신참자'임에도 이 모든 걸 깨닫고 직감했으리라 생각한다. 왜냐하면 편지를 다 읽었을 때 그가 내게 다가와서는, 자기 주머니를 한참 뒤적이다 마침내 뭔가를 조심스럽게 꺼냈기 때문이다. 작은 무였다. 그는 붉게 달아오른 얼굴로 그것을 내게 선물했다. 그러고는 수줍게 자랑하며 말했다. "배운 대로 했어요. 이건 당신 겁니다. 그게 내가 훔친 첫 번째 물건이에요."

우리들의 인장

수용소의 아침은 이렇게 시작된다. 기상소리가 울리면(그러나 여전히 한밤중이다), 맨 먼저 신발을 신는다. 만약 누군가 당신의 신발을 훔쳐 가지 않았으면 다행이지만, 훔쳐갔다면 이루 말할 수 없는 비극이다. 그다음에는 먼지와 비좁은 공간 틈새에서 규정에 따라 침상을 정리하려 애쓴다. 그런 후 즉시 화장실과 목욕실로 향하고, 빵을 배급받기 위해 줄을 서러 달려간다. 그리고 마침내 소집 광장으로 서둘러 집결한다. 거기서 우리는 작업반별로 배열되고, 어서 인원 파악이 끝나고 날이 밝길 기다린다. 어둠 속에서 한 사람 한 사람 우리의 동료들이 유령처럼 다가온다. 우리 작업조는 뛰어나다. 우리는 끈끈한 연대감을 가지고 있고, 풋내기에 어설프고 눈물 글썽이는 이들이 없다. 그리고 우리 사이에는 짓궂은 우정이 흐른다. 아침이면 예의를 갖춘 친밀한 인사말이 오간다. 가령, 안녕하세요, 헤어 독토어Herr Doktor*, 아보카토Avvocato** 씨가 당신께 안부를 전하라는군요. 프레지덴테Presidente 씨***는 지난밤 어떻게 보내셨어요? 아침 식사 하시겠습니까? 등등.

　잠시 후 프랑크푸르트의 골동품 전문가 롬니츠가 도착했고, 이어서 파리의 수학자 줄티, 코펜하겐의 의문의 투자가 히르슈,

---

*　독일어로 '박사님'을 뜻한다.
**　이탈리어어로 '변호사'를 뜻한다.
***　이탈리아어로 '사장, 회장' 등을 뜻한다.

크라쿠프의 거구 철도원 야넥 라리아노가 도착했고, 뒤이어 바르샤바의 소인이자 무례하고 정신 나간 스파이로 의심되는 엘리야가 도착했다. 늘 그렇듯 마지막에는, 매부리코에 안경을 쓴 베를린의 약사 볼프가 음악 모티브를 흥얼거리며 도착했다. 유대인다운 그의 코는 어느 배의 뱃머리처럼 어두운 공기를 가르고 나타났다. 그는 자신의 매부리코를 히브리어로 'Hutménu', 즉 '우리들의 인장印章'이라 불렀다.

엘리야가 정중하게 알렸다. "드디어, 옴의 해결사, 치료자께서 오십니다. 환영합니다. 존귀하신 전하Hochwohlgeborener시여. 잘 주무셨습니까? 밤사이 새로운 소식은 무엇인지요? 히틀러가 죽었습니까? 영국인들이 상륙했습니까?"

볼프는 대열에서 자기 자리를 잡았다. 그의 흥얼거림이 브람스의 〈알토 랩소디 Op.53〉의 마지막 소절임을 알아챈 동료 몇 명이 가세해서 그 소리는 점점 더 높아졌고 풍요로워졌으며 음조가 한층 더 풍요로운 색채를 띠었다. 마흔 살쯤이던 폐쇄적이고 자부심 강한 볼프는 음악에 빠져 살다시피 했다. 그는 음악에 파고 들었고, 항상 새로운 모티브들이 그의 내면에서 연이어 나타났다. 어떤 것들은 수용소의 공기에서 끄집어내어 그의 유명한 코로 빨아들이는 것 같았다. 우리의 위가 허기를 분비하듯이 그는 음악을 분비했다. 그는 각각의 악기들을 섬세하게(그러나 아무런 기교를 부리지 않고) 재현했다. 어느 때는 바이올린이었고, 어느 때는 플롯, 또 어느 때는 오케스트라 지휘자가 되어 심각하게 일그러진 표정으로 그 자신을 지휘했다.

그 모습에 누군가는 깔깔거리며 웃었고, 볼프(이디시어식으로 발음하면 볼레프Wòlef였다)는 그를 조용히 시키려고 화난 기미를 보였다. 아직 공연이 끝나지 않았기 때문이다. 그는 음악에 심취하여 몸을 앞으로 숙이고 시선은 땅을 향한 채 노래를 불렀다. 그러면 어느새 그의 곁에서 너덧 명의 동료들이, 마치 화로 앞에 앉아 자기들의 발에 온기를 전하듯이, 서로 어깨를 맞대고 똑같은 자세로 모여 앉았다. 바이올린 소리를 내던 볼프는 비올라가 되어 장엄한 삼중주 테마를 세 번이나 반복했다. 그리고 마지막에는 화려한 후반부 화음으로 마무리했다. 볼프는 혼자서 점잖게 박수를 쳤다. 그러면 다른 사람들은 갈채를 보내는 데 여념이 없었고 그는 정중하게 허리를 굽혀 인사했다. 박수 소리는 사라졌지만 엘리야는 계속해서 거칠게 박수를 치며 외쳤다. "볼프, 볼프! 볼레프, 옴볼레프, 만세. 볼레프는 누구보다 능력자야. 왜인 줄 알아?"

볼프는 다시 죽음의 집단이 있는 현실세계로 돌아와 엘리야를 의심스러운 눈으로 바라봤다.

엘리야가 말했다. "왜냐하면 옴이 있는데도 긁지 않아서야! 이건 기적이야. 복되시어라, 우주의 왕이신 우리의 주님. 나는 이런 프러시아인*들을 알아. 수용소 고참이 프러시아인인데, 옴 전문가인 프러시아 의사지. 그러니 프러시아인 볼프도 옴치료사가 되는 거야. 옴볼프가 되는 거지. 이건 변명의 여지가 없어. 비범

* 독일 북부 도시에 사는 사람.

한 재능을 지닌 치료사가 유대인 엄마처럼 병을 치료해줘. 그가 치료하는 건 꿈 같아. 나를 낫게 해줬다고. 하느님께 찬미, 그리고 모든 의인께 찬미를 드릴 일이야. 그래서 볼프는 모두를 치료하려고 지금 옴에 걸린 거야. 그러고는 스스로를 치료하지. 안 그런가요, 선생님? 그렇다니까. 그는 배를 문지른다고. 왜냐하면 거기서 옴이 퍼지기 시작하니까. 매일 밤 몰래 배를 문질러. 내가 직접 봤는데, 나한테는 아무것도 튀지 않았어. 그런데도 그는 강한 남자라 몸을 긁지 않아. 의인들은 몸을 긁지 않으니까."

"헛소리야." 야넥 라리아노가 말했다. "옴에 걸린 사람은 긁기 마련이야. 사랑에 빠진 연인들처럼 옴에 걸리면 다 알게 돼."

"좋아, 그렇다고 치자. 하지만 옴볼프 선생께서는 옴에 걸렸는데도 긁지 않아. 그래서 누구보다 가장 훌륭하다고 말하지 않았나?"

"엘리야, 넌 거짓말쟁이야. 이 수용소에서 가장 지독한 거짓말쟁이라고. 옴에 걸렸는데 긁지 않는 건 불가능해." 그렇게 말하면서 야넥은 자기도 모르게 몸을 긁기 시작했다. 그러자 다른 사람들도 하나둘씩 몸을 긁기 시작했다. 실은 모두가 옴이 옮아 있었거나 옮아가는 중이거나 이제 막 나은 상태였을 것이다. 엘리야는 야수 같은 폭소를 터트리며 야넥을 공개적으로 망신시켰다. "우헤헤. 보라고. 볼레프가 철인인지 아닌지 잘 보란 말이야. 멀쩡한 사람들도 몸을 긁적이는데 그는 옴에 걸렸는데도 저기 왕처럼 서 있잖아!" 그런 후 엘리야는 갑자기 볼프에게 덤벼들어 그의 바지를 내리고 셔츠를 들어 올렸다. 새벽의 어렴풋한 빛에 볼프의 배가 언뜻 보였다. 창백하고 주름진 데다 긁은 자국과 염증이 가득했다. 볼프는 엘리야를 떠미는 동시에 뒤로 흠칫 물러났다. 하지만 엘리야는 볼프보다 머리 하나 크기가 더 작았기 때문에 펄쩍 뛰어올라 그의 목을 휘감았다. 두 사람 다 땅으로 넘어져 검은 진흙탕에 처박혔다. 엘리야가 위에 있었고, 볼프는 질식할 지경으로 숨을 헐떡였다. 일부는 둘 사이를 말리려 애썼지만, 엘리야가 힘이 센 데다 강장동물처럼 팔과 다리로 상대방을 감싸고 짓눌렀다. 볼프는 눈이 가려진 상태에서 엘리야에게 발길질을 하고 무릎으로 올려치기도 했지만 그의 저항은 점점 더 약해졌다.

그때 카포가 도착했다. 볼프에게는 천만다행이었다. 카포는 땅바닥에 뒤엉켜 있는 둘에게 발길질과 주먹을 솔로몬처럼 공평하게 날렸다. 그리고 둘을 떼어놓고는 모두를 대열에 세웠다. 이제 노동을 위한 행진을 시작할 시간이었다. 그날의 사건은 기억에 남을 만한 사건에는 끼지 못했다. 그래서 금방 잊히긴 했지만, '크레처볼프'Krätzewolf[옴볼프]라는 별명은 당사자인 볼프에게 끈질기게 따라붙었다. 옴이 나아서 옴치료사라는 굴레에서 벗어난 지 여러 달이 지났는데도 그 별명은 여전히 그의 체면을 구기고 있었다. 그는 눈에 띌 정도로 참았고 별달리 그에 반발하지 않은 탓에 자신의 불명예스러운 별명을 힘겹게 짊어졌다.

마침내 봄이 수줍게 다가왔다. 해가 길어지는 초봄의 어느 날, 때마침 노동을 쉬는 복숭아꽃처럼 연약하고 소중한 일요일 오후였다. 다들 그 시간에 잠을 자면서 보내는데, 그중 혈기왕성한 사람들은 서로 막사를 방문하거나 철사로 넝마 같은 옷들을 수선하고 단추를 꿰맬 방법을 궁리하면서, 또는 자갈에 손톱을 문지르면서 그 시간을 보냈다. 하지만 멀리서 습한 대지의 냄새와 온기를 머금은 변덕스러운 바람과 함께 낯선 소리가 들려왔다. 전혀 예상치 못한 갑작스러운 소리에 모두 고개를 들어 귀를 기울였다. 그날의 하늘과 태양처럼, 아름답고 화사한 그 소리는 아득히 멀리서 들려왔지만, 수용소 울타리 안에서 들리는 것이 분명했다. 쉬고 있던 어떤 이들은 게으름의 유혹을 떨치고 부자연스러운 걸음걸이에 귀를 쫑긋 세우고는 사냥개처럼 그 소리의 근원지를 찾아 나섰다. 마침내 그들은 열 지어놓은 식탁에 앉아 무아지경으로 바이올린을 연주하고 있는 옴볼프를 발견했다. '그의 인장'은 태양 아래서 떨리고 있었고 근시인 그의 눈동자는 철조망 너머, 폴란드의 흐린 하늘 저 너머를 향하고 있었다. 그가 어디서 바이올린을 구했는지는 미스터리였지만, 노련한 수감자들은 라거 안에서 무슨 일이든 일어날 수 있다는 걸 알고 있었다. 어쩌면 그것을 훔쳤을 수도 있고, 어쩌면 빵을 주고 빌렸을 수도 있다.

볼프는 자신을 위해 연주하고 있었지만, 지나가는 모든 사람이 발길을 멈추고 그의 연주를 들었다. 그들은 꿀 냄새를 맡게 되어 흥분감에 어찌할 바 모르는 곰들처럼 갈망이 담긴 반응을 보였다. 울프에게서 몇 걸음 떨어진 곳에 엘리야가 있었는데 그는 땅바닥에 배를 대고 누워 거의 넋이 나간 표정으로 그를 바라보고 있었다. 로마의 검투사 같은 볼프의 얼굴에 기쁨에 찬 경이로움의 너울이 머물렀다. 죽은 자들의 얼굴에서 이따금 볼 수 있는 그 모습은 진실로 그들이 잠시 죽음의 문턱에서 더 나은 세상의 이상을 보았다는 생각을 불러일으켰다.

어느 날 막사 입구에 통지문이 붙어 있었고 다들 그것을 읽으려고 모여들었다. 전부 독일어와 폴란드어로 적혀 있는 탓에, 한 프랑스인 수감자가 모여든 군중과 막사의 나무 벽 사이에 끼어 그것을 번역하고 설명하느라 진땀을 빼고 있었다. 통지문의 내용은 이랬다. 매우 예외적으로, 모든 수감자들이 가족 친지에게 편지를 쓸 수 있도록 허락한다는 내용이었다. 단, 독일어만을 사용해야 하며 상세한 규정을 따를 때에만 가능했다. 그리고 각 막사별로 배당되어 모든 수감자에게 한 장씩 배포될 양식에만 편지를 쓸 수 있었다. 그러므로 허용되는 유일한 언어는 독일어였다. 또한 유일하게 허락된 수신자들은 독일에 거주하거나 점령지에, 또는 이탈리아 같은 동맹국에 사는 이들이었다. 생필품이 담긴 소포를 보내달라고 부탁하는 건 금지되었지만, 우연찮게 받은 소포에 대한 감사 인사는 허용되었다. 이 지점에서 프랑스인은 분노하며 외쳤다. "레 살로, 앙Les salauds, hein![비열한 것들, 안 그래!]" 그리고는 입을 다물었다. 군중이 모여들어 더욱 소란스러워졌고 다양한 언어로 설전이 벌어져 떠들썩했다. 누가 공식적으로 소포를 받은 적이 있었는가? 아니면 적어도 편지 한 통이라도 받았던가? 더욱이 우리의 주소가 '아우슈비츠 수용소'KZ

Auschwitz라면, 누가 그 주소를 알겠는가? 그리고 누구에게 편지를 쓸 수 있단 말인가? 우리들의 가족과 친척은 죄다 우리들처럼 라거에 수감되어 있거나 죽었거나, 우리의 운명을 따르게 될까 두려움에 떨면서 유럽 전역 이곳저곳에 흩어져 숨어 있지 않은가? 그것이 속임수라는 건 의심의 여지가 없었다. 아우슈비츠 우표가 붙은 감사편지는 적십자위원회나, 모르긴 몰라도 다른 어떤 중립적 기관에 제출될 가능성이 높았다. 아우슈비츠의 유대인들이 집에서 보낸 소포를 받고 있음을 근거로 해서, 소문만큼 그토록 가혹한 대우를 받지는 않는다는 걸 증명하기 위해서 말이다. 비열한 거짓말이었다.

　군중은 세 부류로 나뉘었다. 절대 쓰지 않겠다는 부류와 감사 글은 빼고 쓰겠다는 부류 그리고 감사 글과 편지를 다 쓰겠다는 부류였다. 이 마지막 부류(사실은 소수였다)의 지지자들은 편지가 적십자로 넘어갈 수도 있지만 확실하지 않다고 주장했다. 그리고 아주 적은 가능성이라 하더라도 편지가 수신인에게 도착할 가능성이 있으며, 편지에 적힌 감사 글이 소포를 보내달라는 요청으로 해석될 수 있다고 주장했다. 나는 감사 글을 빼고 편지를 쓰기로 결심했다. 그것을 그리스도인 친구들에게 보낼 작정이었고, 어떻게든 그들이 나의 가족을 찾을 수 있도록 할 생각이었다. 나는 몽당연필을 챙겨 편지 양식을 받아들고는 일터로 향했다. 편지를 쓰기 전에 우선 시멘트 포대조각에 짧은 초안을 적었고, 바람도 막을 겸 그것을 가슴에(불법으로) 지니고 다니다가 편지 양식에 내용을 다시 옮겨 적기 시작했다. 하지만 곧 당혹스러움을 느꼈다. 나는 체포된 이후 처음으로 나의 가족과 소통하고 내 상황을 공유하는(비록 추상적인 생각에 불과하더라도) 기분을 느꼈다. 그런 까닭에 내게는 고독이 필요했다. 하지만 라거에서 고독은 빵보다 귀하고 드물었다.

그때 누군가가 나를 지켜보는 것 같은 불쾌한 느낌이 들었다. 나는 고개를 돌렸다. 막사에 새로 온 내 침상 옆 동료였다. 그는 내가 편지를 쓰는 동안 조용히 나를 바라보고 있었는데, 시선을 두는 것이 결례임을 모르는 어린아이처럼 순진하지만 도발적인 눈길이었다. 그는 불과 몇 주 전에 헝가리인과 슬로바키아인 이송 때 수용소에 도착했다. 그의 외모는 아주 젊고 날렵한 데다 갈색머리였다. 그에 대해서는 아무것도 알지 못했고, 심지어 이름조차 몰랐다. 나와는 다른 조에서 일하는 데다 소등시간이 되어서야 잠을 자러 오기 때문이었다.

우리 사이에는 **카마라더리**camaraderie[**동료애**] 감정이 부족했다. 그것은 같은 나라 사람들에게 한정된 감정이었으나, 그들을 향한 감정 역시 가장 밑바닥에 처한 삶의 조건 때문에 약화되었다. 새로운 수감자들의 입장에서 카마라더리는 무의미하고, 그런 감정을 갖는 것에 대해서도 부정적이었다. 이런 감정뿐 아니라 다른 많은 면에서 우리는 심하게 퇴보했고 완고해졌으며, '새로운' 동료를 관심 밖의 인물 또는 꼴사납고 방해되는 야만인쯤으로 보는 경향이 있었다. 그들은 우리 몫의 공간과 시간 그리고 빵을 빼앗아가고, 암묵적이지만 엄격한 라거의 공동생활과 생존의 법칙들을 모르는 이들이었다. 더군다나 그들은 보는 이에게 화를 불러일으킬 만한 꼴불견의 방식으로 과장되게 자기 탄식을 늘어놓으며 쉽게 비탄에 잠겼다. 왜냐하면 며칠 전만 해도 자기 집에 있었거나 아니면 최소한 철조망 밖 세상에 있었기 때문이다. 그러나 이런 신출내기에게 한 가지 유일한 장점이 있다. 바로 바깥세상의 최근 소식을 전해주는 것이다. 얼마 전까지 신문을 읽었고 라디오를 들었기 때문에 가능한 일이었다. 어쩌면 연합군의 라디오까지 들었을지 모른다. 하지만 만약 안 좋은 소식이라면, 예를 들어 전쟁이 이 주 내에 끝나기 어려울 거라는 소식이라면, 그의 무지함 때문에 조롱당하거나 기피 인물로 낙인찍히거나 잔인한 농담 대상으로 천덕꾸러기가 되고 만다.

　내 등 뒤에 있던 그 신출내기는 나를 몰래 지켜보고 있었지만 오히려 내게 묘한 동정심을 불러일으켰다. 무방비 상태에서 어찌할 바를 몰라 어리둥절해 보였는데, 흡사 어린아이처럼 도움의 손길을 필요로 하는 것 같았다. 자신이 행해야 할 선택의 중요성을 깨닫지 못한 게 틀림없었다. 편지를 써야 할지 그리고 쓴다면 무슨 내용을 써야 할지 모른 채, 거기에 따르는 어떤 긴장감이나 의심도 없는 눈치였다. 나는 편지지가 보이지 않게 그에게 등을 돌리고 하던 일을 계속해나갔다. 하지만 순조롭지 않았다. 전달받기 불가능한 수신인에게 최대한 많은 정보를 전하고, 분명히 있을 검열자에게 의심스러워 보이지 않도록 낱말 하나하나를 신중히 고려했다. 게다가 독일어로 써야만 하는 편지 규정은 어려움을 가중시켰다. 독일어라고는 고작 라거에서 배운 것이 전부여서 생각지 못한 사이에 수용소의 천박하고 빈약한 은어를 그대로 옮기고 있었다. 나는 많은 말을 생략했는데, 특히 감정을 표현하는 데 꼭 필요한 말은 제쳐두었다. 그래서 마치 편지로 바위치기를 하는 듯한 무력감이 들었다.

옆에 있던 동료는 내가 편지를 끝마칠 때까지 인내심 있게 기다렸다. 그런 후 내가 알아듣지 못하는 언어로 뭔가를 말했다. 나는 그에게 무슨 뜻인지 독일어로 말해달라고 했다. 그러자 그는 자기가 받은 백지 상태의 양식을 내게 보여주었다. 그런 후 빼곡히 적힌 내 편지지를 가리켰다. 그러니까 그는 자기를 위해 편지를 써달라고 부탁하는 것이었다. 그러기 위해서 그는 내가 이탈리아인이라는 사실을 이해해야만 했고, 자신의 요구를 더욱 분명히 밝히기 위해 간단한 이탈리아어로 듬성듬성 자기 뜻을 내비쳤다. 그것은 이탈리아어라기보다는 스페인어에 훨씬 가까웠다. 그는 독일어로 쓸 줄 모를 뿐만 아니라 아예 글을 몰랐다. 그는 집시였고 스페인에서 태어났으며, 이후 독일과 오스트리아 그리고 발칸반도를 떠돌아다니다 헝가리에서 나치의 포위망에 걸려들었다. 그는 정중하게 자신을 소개했다. 이름은 그리고, 나이는 열아홉이었으며, 자기 애인에게 편지를 써달라고 부탁했다. 하지만 그 대가로 그는 내게 보답해야 했다. 무엇으로? 선물로요. 그는 정확한 답변을 피한 채 대답했다. 나는 그에게 한 사람 몫의 빵에서 그 절반을 요구했다. 그것이 공정한 대가로 여겨졌다. 지금에야 그때의 내 요구가 조금 부끄럽게 여겨지지만, 이 글을 읽는 독자에게 (그리고 나 자신에게) 일러둬야 할 사실은, 아우슈비츠에서 통용되던 원칙이 지금 우리가 아는 예의와는 달랐고 더욱이 그는 이제 막 도착한 신참자여서 나보다는 허기가 덜했다는 점이다. 실제로 그는 제안을 받아들였다. 편지를 써주려고 그에게 손을 내밀었지만 그가 종이를 뒤로 뺐다. 대신 그는 다른 종이 포대조각을 내밀었다. 중요한 편지였으므로 초안을 써두는 편이 낫겠다 싶었던 것이다. 그는 애인의 주소를 불러주기 시작했다. 그러고는 품 안에서 사진 한 장을 꺼내 내게 자랑스럽게 보여주었는데, 내 눈에는 그것이 호기심이나 시기심을 불러일으킬 의도로 여겨졌다. 사진 속 그의 애인은 어린 소녀에 가까웠고, 웃는 눈매에, 작고 흰 고양이를 곁에 두고 있었다. 사진 덕분에 잠시 동료를 향한 나의 호감이 커졌다. 사진을 숨기고 라거에 들어오기란 쉽지 않았다. 그러고는 변명을 둘러대듯이, 자신이 선택한 여자가 아니라 실은 자기 아버지가 고른 여자라는 사실을 분명히 했다. 그녀는 부랴부랴 납치한 여자가 아니라 정식 약혼녀였던 것이다.

　　그가 불러준 글은 연애편지인 동시에 집안일을 상세히 묻는 내용이 복잡하게 섞여 있었다. 받아 적기 힘들 만큼 많은 질문과 라거에 관한 소식을 전하고 있었다. 나는 그에게 라거에 관해 쓴 부분은 너무 위험하니까 빼자고 조언했지만 소용없었다. 그리고는 한 가지를 고집했는데, 애인에게 '무녜카'mugneca를 보내겠다는 계획을 어떻게든 알리고 싶어했다. mugneca라고? 네, 인형이요. 그리고는 최선을 다해 설명했다. 그것은 두 가지 이유에서 날 당황시켰다. 첫 번째는 독일어로 '인형'을 뭐라 하는지 몰랐기 때문이고, 두 번째는 그가 그 위험하고 무모한 작업을 어떤 이유로 또 어떻게 실행하겠다는 건지 쉽게 납득이 가지 않았기 때문이다. 나에게는 이 모든 이유를 그에게 설명해야 할 의무가 있는 것 같았다. 어쨌거나 라거에서는 내가 그보다 더 경험이 많았고, 내가 맡은 필경사의 역할이 어떤 의무감을 느끼게 했다.

그리고는 내게 '신참자'다운 환한 미소를 지었다. 하지만 나를 충분히 설득시키지는 못했다. 그것이 그의 능력 부족 때문이었는지 아니면 언어적 충돌 탓이었는지 혹은 어떤 뚜렷한 의지 때문이었는지는 모르겠다. 그는 반드시 애인에게 인형을 보내야 한다고 말했다. 인형을 구하는 건 문제가 아니었다. 그곳에서 인형을 만들 작정이었다. 그는 내게 멋진 주머니칼을 보여주었다. 맙소사. 그리고란 인물은 전혀 어설픈 사람이 아니었다. 나는 다시 한번 그에게 감탄했다. 그는 라거로 들어서는 입구에서 이미 모든 걸 알아차렸음이 분명하다. 몸에 걸친 모든 것, 심지어 손수건과 머리카락마저 빼앗는 그 짧은 순간에 말이다. 어쩌면 그는 그 점을 염두에 두지 않았을지 모르겠다. 하지만 그가 지닌 칼은 최소한 다섯 사람의 몫에 해당되는 빵의 가치가 있었다.

그는 가지를 잘라낼 만한 나무가 어디쯤 있는지 알려달라고 했다. 왜냐하면 인형을 만들 때 '드 마데라 비바'de madera viva, 즉 살아 있는 나무로 만들면 더 좋기 때문이었다. 이번에도 나는 그가 지상의 현실로 내려와 그 계획을 단념하게 만들려고 노력했다. 그곳에 나무는 없었다. 게다가 아우슈비츠의 나무로 만든 인형을 애인에게 보낸다는 건 그녀를 여기로 불러들이는 게 아닌가? 그러나 그리고는 수수께끼 같은 분위기로 눈을 치켜뜨며 검지로 코를 만지작거리더니 입을 뗐다. 어쩌면 정반대의 일도 일어날 수 있다는 것이다. 인형이 그를 밖으로 불러낼 것이고, 애인은 어떻게 할지 방법을 알고 있다는 것이다.

편지를 다 쓰자, 그리고가 한 사람 몫의 빵을 꺼내 칼과 함께 내게 건넸다. 빵을 기초로 한 모든 지불에 있어 약속한 당사자 둘 중 한 사람이 빵을 자르고 나머지 한 사람이 선택하는 것이 수용소의 관례, 아니 불문율이었다. 그럼으로써 빵을 자르는 쪽이 최대한 공평하게 몫을 나누도록 이끌게 된다. 그리고가 벌써 그 규칙을 알고 있다는 데 놀랐다. 하지만 그것이 라거 바깥의 세상에서도, 그리고 그가 떠나온 내가 알지 못하는 세상에서도 효력이 있을지 모른다는 데 생각이 미쳤다. 나는 빵을 잘랐고 그는 나를 기사처럼 정중하게 추켜세웠다. 두 쪽으로 나뉜 빵이 똑같은 건 그에게 손해였다. 하지만 나는 잘 잘랐고 그뿐이었다.

그는 내게 감사를 전했고, 나는 그를 다시는 보지 못했다. 굳이 덧붙일 필요는 없지만, 그날 우리가 쓴 편지 가운데 단 한 통의 편지도 수신인에게 전달되지 않았다.

새로운 막사대장은 독일인이었다. 그러나 독일어 방언 억양이 심해서 그의 말을 알아듣기란 거의 불가능했다. 그는 쉰 살 남짓이었고 키가 큰 데다 근육질에 다부진 체격이었다. 그가 독일 공산당의 오래된 수비대 출신이라거나 스파르타쿠스단Sparta-kusbund* 봉기에 참여했다가 상처를 입었다는 소문이 돌았다. 하지만 라거에는 스파이들이 득시글해서 그런 얘기를 공공연히 소리 내어 말할 수는 없었다. 짙은 금발 눈썹 사이에 비스듬히 흉터가 나 있는 그는 확실히 베테랑이었다. 라거에서 지낸 지 칠 년째였고, 정치범을 의미하는 붉은 삼각형** 밑에 믿을 수 없을 정도로 작은 단위의 수감자 번호***인 14번을 자랑스럽게 달고 다녔다. 그는 아우슈비츠에 오기 전에 다하우Dachau****수용소에 있었다. 그가 바로 아우슈비츠를 건설한 창설대원 가운데 한 사람이었다. 그는 서른 명의 수감자로 구성된 전설적인 정찰대의 일원이었다. 그들은 다하우 수용소에서 실롱스크Śląsk*****의 늪지대에 초기 막사를 건설하도록 파견되었다. 그러니까 그는 인간이 있는 곳의 모든 공동체에서 '내 전성기'에 대해 말할 권리를 요

---

* 제1차 세계대전 후 독일에서 출현한 공산당.
** 수용소의 정치범들은 붉은 삼각형을 죄수복에 달았다. 수감자의 죄목에 따라 삼각형의 색깔이 달라졌다.
*** 수감자 번호는 수감자의 출신 시기와 보직 빌싸 등의 정보가 넘서 있어서 보롱 여섯 자리 이상이었기 때문에 '14'번은 '작은 단위'였으리라고 본다.
**** 독일 남부 뮌헨 근처의 도시.
***** 폴란드 남서부의 산악 지역.

구하면서, 자신의 전성기로 인해 타인에게 존경받을 자격이 있다고 주장하는 부류의 사람이었다. 실제로 그는 영향력 있는 사람으로 여겨졌다. 그의 화려한 행적 때문이 아니라, 상대에게 큰 타격을 입히는 주먹과 아주 민첩한 순발력 때문이었다. 그의 이름은 오토였다.

그즈음 블라덱은 몸을 전혀 씻지 않았다. 그 사실은 꽤 유명해서 막사의 수감자들 사이에서 농담과 수군거림의 화젯거리로 떠올랐다. 오히려 그건 희극적 사건에 가까웠다. 왜냐하면 블라덱은 유대인이 아니었고 집에서 라드*며 과일과 모직 양말 등이 담긴 소포를 받는 폴란드 시골 청년이었기 때문이다. 그러니까 그는 잠재적으로 영향력 있는 인사였다. 그렇더라도 그는 씻지 않았다. 뼈대가 두드러지고 볼품없는 그는 일터에서 돌아오자마자, 아무와도 얘기를 나누지 않고 자기 침대에 웅크려 있었다. 문제는 가엾은 블라덱의 지능은 닭보다 조금 나은 정도로 많이 떨어져 있었다는 것이다. 그가 소포를 받는 — 내용물 중 대부분을 도둑맞긴 했지만 — 특권을 누리지 못했다면, 그가 정치범을 뜻하는 붉은 삼각형을 지니고 있다 하더라도 진작 가스실에서 삶이 끝났을 것이다. 그러니 틀림없이 블라덱은 대단한 정치인이었을 것이다!

오토는 그에게 여러 차례 규칙을 지키라고 명령했다. 왜냐하면 막사대장은 자신이 거느린 수감자들의 위생을 책임졌기 때문이다. 처음에는 호의적으로, 이를테면 자기의 독일어 방언으

---

* 돼지고기 지방을 녹인 기름.

로 소리치며 욕설을 퍼붓다가 그다음에는 따귀와 주먹으로 다그쳤다. 하지만 아무 소용이 없었다. 매번 블라덱이 보인 반응에 따르면(더군다나 그는 독일어를 거의 알아듣지 못했다), 그는 원인과 결과를 연관 지어 생각할 수 없었거나, 아니면 그날 당한 구타를 다음 날까지 기억하지 못했던 것 같다. 그러다 9월의 흐릿한 일요일이 다가왔다. 그날은 드물게 노동이 없는 일요일이었다. 그날 오토는 우리에게 생전 처음 보는 공연이 열릴 거라고 알려주었다. 그가 막사 48호의 모든 수감자에게 무료로 베푸는 공연, 즉 블라덱의 공개목욕을 선보이겠다고 했다. 오토는 대강 헹군 죽통 하나를 밖으로 가져오게 하고는, 샤워할 때 받아놓은 따뜻한 물을 거기 채우라고 시켰다. 그러고는 발가벗은 채로 서 있는 블라덱을 그 안으로 밀어 넣었고, 직접 그를 씻겼다. 마치 말을 씻기듯이 머리부터 발끝까지 처음에는 큼직한 솔로, 그다음에는 바닥을 닦는 걸레로 닦았다.

  온몸이 멍과 찰과상으로 뒤덮인 블라덱은 눈을 질끈 감은 채 목석처럼 거기에 있었다. 구경꾼들은 모두들 폭소를 터트렸고, 오토는 흡사 정교한 작업이라도 하는 냥 눈살을 찌푸린 채로 동물에게 내는 거친 목소리를 블라덱에게 쏟아냈다. 대장장이들이 말발굽을 박는 동안 말이 움직이지 못하도록 할 때 내는 바로 그 소리였다. 그것은 배고픔을 잊게 만들고 다른 막사의 동료들에게 이야기를 늘어놓게 할 만큼 정말 우스꽝스러운 공연이었다. 마지막에 오토는 통에서 블라덱을 들어 올려 밖으로 끄집어

내고는 통 안에 남아 있던 죽에 관해 독일어 방언으로 뭐라고 중 얼거렸다. 목욕을 끝낸 블라덱은 피부색이 달라져 있었고 본래 의 모습을 알아보기 어려울 만큼 말끔해졌다.

우리는 이러한 오토가 그리 형편없는 부류는 아니라고 결론 내리면서 자리를 떠났다. 다른 사람이 그런 위치에 있었다면 분 명히 얼음같이 차디찬 물을 사용했을 것이다. 아니면 블라덱을 수용소 감옥*으로 이동시켰거나 그에게 앞뒤 가릴 것 없이 심한 구타를 가했을 것이다. 왜냐하면 라거에서는 어딘가 부족한 이 들이라 해도 특별히 봐주지 않기 때문이다. 오히려 그런 사람들 은 공식적으로 관리대상 리스트에 올라, (평가에 대한 독일의 국 가적 열정에 따라) '블뢰트'Blöd, 즉 멍청이라 적힌 흰 팔찌가 채 워질 위기에 처한다. 만일 그것이 붉은 삼각형과 짝을 이루는 경 우 그 표적은 SS 대원들에게 끝없는 오락의 샘을 만들어주었다.

오토가 형편없는 부류의 인간이 아니라는 사실은 일찌감치 분명해졌다. 며칠 후면 용서와 정화의 날인 키푸르Kippur**였다. 하지만 당연히 그날도 노동을 해야 했다. 그 날짜가 어떻게 라거 에서 흘러나왔는지 설명하기는 어렵다. 유대인의 달력은 음력이 고, 또 일반 달력과는 일치하지 않기 때문이다. 어쩌면 매우 신앙 심 깊은 유대인 중 누군가가 지나가는 날짜를 정확히 셈해뒀었 는지 모르겠다. 아니면 새로 도착한 수감자 중 누군가를 통해 그 정보가 알려졌었는지도 모를 일이다. 떠난 사람들의 빈자리를 메우기 위해 수감자들이 늘 새롭게 도착했기 때문에 가능한 일

---

* 수용소 내 감옥인 11번 블록을 가리킨다.
** 유대인들이 단식하며 속죄하는 날.

이었다.

키푸르 전날 저녁 우리는 매일 저녁에 그랬듯이 죽을 배급
받기 위해 줄을 섰다. 내 앞에는 리투아니아의 유서 깊은 마을에
서 시계 상점을 운영하면서 안식일의 성가대원을 맡았던 에즈라
가 있었다. 그는 망명에 망명을 거듭하고 내가 묘사하지 못할 여
러 여정을 거쳐 이탈리아에 도착했다. 그리고 이탈리아에서 붙
잡혔다. 그는 키가 크고 마른 체형이었지만 구부정하지 않았다.
동양적인 눈매의 눈동자는 변화무쌍하고 생기가 있었다. 그는
말수가 적었고, 결코 언성을 높이지 않았다. 그는 차례가 되어 오
토 앞에 서게 되자 반합을 내미는 대신 이렇게 말했다. "막사대
장님, 오늘이 저희에게는 속죄일입니다. 그래서 전 죽을 먹을 수
가 없습니다. 내일 저녁때까지 제 몫을 맡아주시길 정중히 청합
니다."

오토는 에즈라만큼 키가 컸지만 행동이 훨씬 더 빨랐다. 그
는 벌써 일인분의 죽을 통에서 퍼 올렸다가 국자를 든 채로 갑자
기 동작을 멈췄다. 그의 입이 벌어진 채로 턱이 서서히 흔들림도
없이 내려가는 것이 보였다. 그가 라거에서 지낸 몇 년을 통틀어,
음식을 거부하는 수감자를 만난 적은 단 한 번도 없었다. 그는 알
지 못하는 비쩍 마른 키다리를 비웃어야 할지 아니면 따귀를 때
려야 할지 잠시 망설였다. 혹시 그가 자기를 놀리고 있는 게 아닐
까? 하지만 그런 유형으로는 보이지 않았다. 오토는 그에게 멀찌
감치 떨어져 있으라고 하고는 마지막 배급 시에 다시 자기에게

오라고 말했다.

에즈라는 참을성 있게 기다렸다. 그런 뒤 때가 되자 문을 두드렸다. 오토는 그를 들어오게 했고 자신의 추종자들과 아첨꾼들을 방에서 내보냈다. 에즈라와의 대화를 위해 혼자 있고 싶었던 것이다. 그렇게 그는 자기 역할에서 벗어나자 무례함이 조금 덜해진 목소리로 에즈라에게 말을 건넸다. 그리고 그에게 속죄일이라는 것이 도대체 무슨 이야기인지 물었다. 혹시 그날은 다른 날보다 배고픔이 덜하기라도 하단 말인가?

에즈라는 속죄일이라 해서 배고픔이 덜한 건 아니라고 대답했다. 또 키푸르에는 단식 외에도 일을 삼가는 것 역시 의무라고 대답했다. 그러나 만일 그렇게 했다가는 고발당하거나 죽임을 당하리라는 걸 알고 있다. 그래서 일은 할 것이라고 말했는데, 율법에서 자기 목숨이나 다른 이의 목숨을 구하려는 경우에는 거의 모든 규정과 금기사항을 거스를 수 있도록 허락하기 때문이다. 그러나 그는 그날 저녁부터 다음 날 저녁까지 율법에서 정한 금식을 지키려 했다. 왜냐하면 단식이 그의 죽음을 초래할 것 같지는 않았기 때문이다. 오토는 그에게 속죄해야 할 죄가 어떤 것들인지 물었다. 그러자 에즈라는 그중 일부는 알고 있지만, 혹시 알지 못한 사이에 지은 죄들이 있을지 모른다고 대답했다. 더욱이 일부 율법학자들의 의견에 따르면, 자기가 참여하는 회개와 금식은 엄밀히 말해 개인적 문제가 아니라고 했다. 그러한 속죄 의식은 남들이 저지른 죄악에 대해서도 그들이 신에게서 용서받도록 기여하는 것일 수 있었다.

오토는 경악과 웃음 그리고 거기에 보태진 또 다른 감정 사이를 오가며 점점 더 당황스러워졌다. 더는 뭐라 이름 붙일 수 없는, 자기 내면에선 이미 죽었다고 믿었던 감정이 꿈틀거렸다. 라거에서의 불분명하고 야만스러운 삶을 여러 해 사는 동안 살해당한 줄 알았던 그 감정은 자신의 혹독했던 정치 활동 이전에 이미 죽었다고 믿었었다. 에즈라는 잠긴 목소리로 오토에게 설명하기 시작했다. 키푸르 당일에는 요나 예언서를 읽는 관습이 있다는 설명이었다. 그렇다. 큰 물고기에게 삼켜졌었던 바로 그 인물이다. 요나는 엄격한 예언자였다. 물고기에게 삼켜졌다 다시 나온 일이 있은 후 요나는 니네베 왕에게 회개하라고 선포했었다. 그러나 왕이 자신과 백성의 죄를 뉘우치고 모든 니네베 사람들과 심지어 가축들에게까지 단식을 명하는 칙령을 공표하자, 요나는 그것이 속임수라고 내내 의심하면서 영원하신 분을 불신하며 그분과 힘겨루기를 계속했다. 그러나 신은 용서로 기울었다. 그렇다. 신은 용서했다. 심지어 우상 숭배자에, 오른쪽과 왼쪽도 구분할 줄 모르는 니네베 사람들까지 말이다. 신은 용서했다. 오토가 불쑥 그의 말을 막았다.

"지금 무슨 뜻으로 그런 얘기를 하는 거야? 네가 굶는 게 나를 위해서 그런 것이기도 하다는 거야? 그리고 모두를 위해서, 그들……을 위해서도? 아니면 나 또한 굶어야 한다는 말이야?"

에즈라는 자신이 요나와는 다르게 예언자가 아니라 시골의 성가대원일 뿐이라고 대답했다. 하지만 자신의 죽을 다음 날 저녁을 위해 보관해줄 것과 그런 식으로 다음 날 아침 빵 또한 맡아줄 것을 막사대장에게 거듭 요청한다고 말했다. 하지만 죽을 따뜻하게 보관할 필요는 없으며, 그냥 차갑게 놔둘 것을 그에게 부탁했다. 오토는 이유를 따져 물었고, 에즈라가 다시 설명했다. 그것에는 두 가지 이유가 있는데 하나는 종교적인 이유였고 하나는 세속적인 이유였다. 첫 번째 이유는, 일부 율법 해석자들의 주장에 따르면, 비록 그리스도인들의 손을 빌린다 하더라도 속죄일에 불이나 그에 해당하는 것의 사용은 합당하지 않았다. 두 번째는, 더 간단히 말해서, 라거의 죽은 따뜻하게 보관하면 금세 쉬어버리기 때문이었다. 그래서 모든 수감자는 쉰 것보다는 차라리 차갑게 먹는 것을 선호한다는 게 이유였다.

오토는 여전히 이의를 제기했다. 즉 죽은 아주 묽어서 물이나 마찬가지였다. 그래서 먹는 것이라기보다는 차라리 마시는 것에 가깝다는 내용이었다. 그렇게 말하면서 그는 오래전 잃어버린 시절의 또 다른 맛, 그가 속한 정당 집회에서 지역 방언으로 격렬히 벌이던 논쟁의 맛을 되찾아가고 있었다. 에즈라는 그에게 그러한 구별은 중요하지 않으며, 단식 기간에는 아무것도 먹지 않고, 심지어 물조차 마시지 않는다고 설명했다. 그렇다 하더라도, 대추야자 정도 되는 양의 음식이나 입안 한가득 담길 정도의 마실 것을 삼킨다고 해서 신의 형벌이 내리지는 않는다고 했다. 죄악에 관한 계산에 그 정도 음식과 음료수는 들어가지 않는다는 설명이었다.

오토는 알아들을 수 없는 문장을 불평하듯 내뱉었다. 이디시어로 '정신 나간 놈, 미친 놈'을 의미하지만 독일인들도 모두 알고 있는 '메슈게'meschugghe라는 단어가 언뜻 들렸다. 그렇지만 오토는 에즈라에게 반합을 내놓게 하고는 거기에 죽을 담아 자신이 관리하는 개인 사물함에 넣어두었다. 그러고는 다음 날 저녁 그것을 다시 꺼내 주겠다고 말했다. 에즈라에게는 자기 몫으로 남겨진 죽 일 인분이 특별히 많아 보였다.

만약 에즈라가 구체적으로 말해주지 않았다면 나는 그들의 대화를 자세히 알지 못했을 것이다. 이것은 어느 날 우리 둘이 한 창고에서 또 다른 창고로 함께 시멘트 포대를 날랐던 날 그가 들려준 이야기였다. 당시 에즈라는 전혀 **메슈게**가 아니었다. 그는 오랜 세월 이어져온 어느 고통스럽고 이상한 전통의 계승자였다. 그 핵심은 악으로 기우는 것을 혐오하고 '율법 주위에 장벽 세우기'를 주장하는 것이다. 그 장벽의 간격으로 인해 악이 율법 자체를 침범하지 못하도록 말이다. 수천 년의 세월을 지나오면서, 이러한 율법의 핵심을 둘러싸고 광적일 정도로 세분화된 구별과 주석, 추론 그리고 이면에 깃든 규율과 금기들이 만연하면서 부차적 외피가 거대하게 형성되었다. 그리고 수천 년 동안 무수히 많은 이주와 학살을 거치면서도 많은 사람이 에즈라처럼 그것을 따랐다. 이런 이유로 유대민족의 역사는 그토록 오래되고 고통스러우며 이상한 것이다.

아브롬 이야기

요즘 들어 이탈리아인이라는 사실이 부끄럽다고 말하는 사람들의 얘기를 자주 듣게 된다. 사실, 우리에게는 부끄러움을 느끼기에 충분한 이유들이 있다. 그중 가장 큰 이유는 우리를 대표하는 정치인 집단을 표명하는 데 소극적이었던 점, 반면에 우리를 대표하지 않는 어떤 계층에게는 삼십 년째 관용을 베풀지 못했다는 점이다. 그러나 우리는 미처 깨닫지 못하지만, 적어도 유럽이나 세상에서 보기 드문 미덕을 우리 이탈리아인은 지니고 있다. 이 미덕을 떠올릴 때마다 내 기억에서는 매번 아브롬(그를 이렇게 부르겠다)의 이야기가 되살아난다. 그것은 우연히 알게 된 이야기였다. 이제 그 이야기는 입에서 입으로 전해진 영웅담과 같이 생생히 살아 있다. 왜곡되거나 미화될 위험을 무릅쓰고, 중세 기사소설처럼 꾸며낸 이야기로 탈바꿈될 위기를 넘기면서 말이다. 또한 그것은 내가 좋아하는 이야기이기도 한데, 천진난만한 외국인의 눈에 비친 이탈리아의 이미지를 담고 있기 때문이다. 그것이 구원의 확실한 빛 속에서, 더 나아가 아브롬의 가장 아름다운 시간 속에 비친 모습이기 때문이다. 그의 이야기를 여기에 다시 옮겨보려 하는데, 간혹 있을 부정확한 묘사에 대해서는 미리 양해를 구한다.

1939년에 아브롬은 열세 살이었다. 그는 폴란드 유대인이었고, 레오폴리의 매우 가난한 모자장수의 아들이었다. 폴란드에 독일군이 진입했을 때, 아브롬은 그들이 올 때까지 가만히 집에 있으면 안 된다는 사실을 금세 깨달았다. 그의 부모는 집에 남아 있다가 곧바로 체포되어 어딘가로 사라지고 말았다. 홀로 남겨진 아브롬은 그 지역 암흑가의 구석에 몸을 숨겼다. 그는 폭격당한 집들의 창고를 전전하며 잠을 해결했고, 좀도둑질과 자잘한 밀수, 암거래 그리고 막연하고 불안정한 직업으로 생계를 이어 갔다. 레오폴리에 이탈리아 군부대가 있다는 사실을 알게 될 때까지 그의 생활은 그랬다. 아마도 아르미르Armir*군 기지들 중 한 군데였을 것이다. 도시에서는 이탈리아 군인들이 독일 군인들과 다르고, 마음이 따뜻하고, 아가씨들과 잘 어울리며, 허가와 금지 사항에 대해서는 군대 규정의 세부사항을 크게 신경 쓰지 않는다는 소문이 즉시 퍼졌다. 1942년 말에 아브롬은 그 군부대 안에서 어느 정도 자리를 잡아 반공개적으로 살았다. 그는 이탈리아어를 조금 배웠고 통역자, 구두닦이, 잔심부름꾼 등으로 다양하게 일을 하면서 이탈리아어를 쓸모 있게 활용하려고 노력했다. 그는 부대의 마스코트가 되었지만 여전히 혼자였다. 그처럼 부모도 집도 생계수단도 없이 버려진 소년이나 아이 열두 명가량이 그곳에 더 살고 있었다. 그들은 유대인과 그리스도교인이었다. 이탈리아인들에게는 유대인이든 그리스도교인이든 별반 다르게 여겨지지 않았고, 그런 면에서 아브롬은 계속해서 놀라움

---

* 제2차 세계대전 중에 러시아와 동유럽에 주둔한 이탈리아 군대.

을 감추지 못했다.

1943년 1월에 아르미르 군대가 참여한 전투가 벌어졌다. 군부대는 패잔병들로 가득해졌고, 이후 군대는 해산되었다. 모든 이탈리아인이 고국으로 돌아가게 되었는데, 장교들은 만약 병사들 중 누군가가 돌봐줄 사람 없는 그 아이들을 데려가기 원한다면 눈감아주겠다는 뜻을 내비쳤다. 아브롬은 카나베제Canavese* 출신의 산악대원과 친분이 있었다. 그들은 같은 군 수송열차를 타고 타르비시오Tarvisio**를 지나왔고, 파시스트 정부는 그들을 메스트레Mestre***에 있는 검역수용소에 격리시켰다. 위생검역이라는 명분이었고, 더군다나 모두가 이에 옮아 있었다. 하지만 실제로는 정치 검역이었다. 무솔리니는 귀환자들이 너무 많은 정보를 외부에 발설하는 걸 원하지 않았기 때문이다. 거기서 그들은 독일군이 도착한 날짜인 9월 12일까지 체류했다. 마치 그들은 유럽 전역의 은신처에서 아브롬을 몰아 뒤쫓아 오기라도 한 것 같았다. 독일군은 수용소를 포위하고는 그들 모두를 독일로 데려가기 위해 한 사람도 빠짐없이 화물열차에 실었다.

열차에서 아브롬은 산악대원에게 말했다. 그는 독일에 가지 않을 것인데, 왜냐하면 독일인들을 잘 알고 그들이 어떤 일을 저지를지도 알기 때문이라고 말했다. 독일에 가느니 차라리 기차에서 몸을 던지는 게 낫다는 얘기였다. 산악대원은 자신 역시 독일인들이 러시아에서 무슨 일을 저질렀는지 보았다고 대답했다. 하지만 기차에서 뛰어내릴 만한 용기는 없다고 말했다. 만약 아

---

   * 이탈리아 북부 피에몬테 주의 산악 지방.
  ** 이탈리아 알프스 산악 마을.
*** 베네치아 인근의 도시.

브롬이 뛰어내릴 작정이라면 카나베제에 계신 부모님 앞으로, 이 소년이 자신의 친구라는 것, 그러니 소년에게 자기 침대를 내어주고 자기처럼 소중히 보살펴달라는 내용으로 그에게 편지를 써주겠다고 했다. 아브롬은 편지를 주머니에 넣고서 기차에서 뛰어내렸다. 그는 이탈리아에 있었지만 그곳은 그림엽서와 지리책에 등장하는 눈부시고 고색창연한 이탈리아가 아니었다. 독일 정찰대가 돌아다니는 한밤중에 베네치아와 브렌네로Brennero 사이 어딘지 모르는 지역의 철로 자갈길 위에서 그는 돈 한 푼 없이 혼자였다. 다만 그의 머릿속에는 카나베제를 찾아가야 한다는 생각뿐이었다. 다들 그를 도왔고 그를 고발한 사람은 아무도 없었다. 그는 밀라노행 기차를 찾아냈고, 이후 토리노로 향하는 기차에 올랐다. 그리고 토리노의 포르타 수사Porta Susa 역에서 카나베사나Canavesana**** 지역열차로 갈아타고, 쿠오르녜Cuorgné*****에서 내렸다. 거기서부터 친구의 고향마을을 향해 걸어갔다. 당시 아브롬은 열일곱 살이었다.

산악대원의 부모는 그를 반갑게 맞아주었지만, 많은 말을 하지는 않았다. 그들은 그에게 입을 것과 먹을 것 그리고 침대를 주었다. 그리고 젊은 일손이 필요했기 때문에 그에게 농사일을 시켰다. 그 시기에 이탈리아는 패잔병들로 넘쳐났다. 그들 중에는 9월 8일에 전쟁포로 수용소에서 탈출한 영국인, 미국인, 호주인, 러시아인도 있었다. 그래서 어느 누구도 이 외국인 소년에게 별다른 관심을 두지 않았다. 그에게 질문하는 사람이 아무도 없

**** 카나베제와 인근 마을들을 연결하는 지역 철도 노선.
***** 피에몬테 주의 마을.

었지만, 마을의 본당 신부는 그와 이야기를 나누면서 그를 영민하다고 여겼다. 그래서 산악대원의 부모에게 그를 공부시키지 않는 게 안타깝다고 말했다. 그러자 그들은 아브롬을 신학교에 보냈다. 그간 많은 일을 겪은 그는 학교에 다니며 공부하는 것이 즐거웠다. 그에게는 그것이 평온함과 정상적인 일상으로 다가왔다. 그러나 라틴어 수업은 우습게 느껴졌다. 이탈리아 학생들이 라틴어를 배우는 게 무슨 소용인가? 이탈리아어와 라틴어는 거의 같지 않은가? 하지만 그는 책임감을 다해 공부했고, 모든 과목에서 최고 성적을 거두었다. 3월에 본당 신부가 미사를 도우라며 그를 불렀다. 미사를 돕는 유대인 소년이라니, 그 일은 생각만 해도 더더욱 우스꽝스럽게 여겨졌다. 앞일은 장담할 수 없어서, 그는 자신이 유대인이라는 소문이 돌까 봐 매우 조심했다. 어쨌거나 그는 십자성호 긋는 법과 모든 가톨릭 기도문을 즉시 배워 익혔다.

4월 초순이 되자 마을 광장에 독일인들을 가득 실은 트럭 한 대가 들이닥쳤고, 마을 사람 모두가 도망쳤다. 그러나 이윽고 그들이 이상한 독일인들이라는 점을 눈치챘다. 고함치며 명령을 내리거나 위협하지 않았고, 독일어가 아니라 전혀 들어보지 못한 언어로 말했다. 그들은 자신들을 이해시키려고 예의 바르게 노력했다. 마을 사람들 중 한 명이 외국인인 아브롬을 불러와야겠다는 데 생각이 미쳤다. 아브롬이 광장에 도착하자, 그와 그 이상한 독일인들은 서로를 너무나 잘 이해했다. 왜냐하면 그들은 결코 독일인이 아니었기 때문이다. 그들은 독일인들이 베어마흐트Wehrmacht*에 강제 징집한 체코슬로바키아인들이었다. 그들은 이제 군용 트럭을 타고 탈영했고, 이탈리아 파르티잔**과 합류하기를 원했다. 그들은 체코어로 말했고 아브롬은 폴란드어로 대답했지만, 서로 이해하는 데 아무런 문제가 없었다. 아브롬은 카나베제 친구들에게 고마움을 전하고는 체코인들과 함께 떠났다. 그에게는 뚜렷한 정치적 이념이 없었지만, 독일인들이 자기 나라에서 저지른 일을 보았고, 그들과 대항해서 싸우는 것이 옳아 보였다.

체코인들은 오르코Orco 계곡에서 저항하던 이탈리아 파르티잔 부대에 합류했다. 그리고 아브롬은 통역자 겸 급사로 그들과 함께 남았다. 이탈리아 파르티잔 중 한 명이 유대인이었는데, 그 사람은 자신이 유대인이라는 사실을 모두에게 말했다. 아브롬은 짐짓 놀랐지만 자신 역시 그와 마찬가지로 유대인이라는 사실을 아무에게도 말하지 않고 계속 숨기며 생활했다. 이후 소탕작전이 벌어져서 아브롬의 부대는 체레솔레 레알레Ceresole Reale로 이어지는 계곡을 다시 올라가야 했다. 이탈리아인들은 그곳이 이탈리아 왕이 사슴 사냥을 하러 오던 곳이라 레알레라고 불린다는 얘기를 들려주었다. 그리고 망원경으로 사슴들과 그란 파라디소Gran Paradiso 해안가를 보여주기까지 했다. 아브롬은 산맥과 호수 그리고 숲의 아름다움에 황홀감을 느꼈다. 그리고 그런 곳에서 전쟁을 한다는 것이 부당하게 느껴졌다. 하지만

---

* 제2차 세계대전 당시 독일 국방군.
** 파시즘에 대항한 저항군.

당시의 이탈리아인들은 아브롬까지 무장시켰다. 그곳에서 로카나Locana에서 올라온 파시스트들과의 전투가 벌어졌다. 이후 파르티잔은 콜레 델라 크로체타Colle della Crocetta를 거쳐 란초 골짜기로 후퇴했다. 게토의 공포를 겪었으며 우울한 폴란드에서 온 소년에게는 거칠고 황량한 산을 넘는 것과 뒤따라 일어난 다른 많은 사건이야말로 눈부시게 아름답고 새로운 어떤 세상을 드러내 보여주는 것이었다. 그를 도취시키고 혼란케 하는 수많은 경험을 스스로 담아두고 있는 그 세상은 창조주의 아름다움이고 자유이며 전우들에 대한 믿음이었다. 전투와 행군이 연이어 이어졌다. 1944년 가을, 그의 부대는 발 수사Val Susa로 내려가 촌락과 촌락을 지나 산탐브로조Sant'Ambrogio까지 행진했다.

어느덧 아브롬은 흠잡을 데 없는, 용감하고 다부지며 뼛속 깊이 단련된 파르티잔이 되었다. 그는 기관총과 권총을 다루는 데 민첩했고, 여우처럼 영리했다. 그를 알게 된 미국 비밀경호국의 한 요원이 무전기 한 대가 든 가방을 그에게 맡겼다. 그는 그것을 등에 지고 전파탐지기와 분리되지 않도록 계속해서 위치를 옮겨야 했다. 그와 동시에 이탈리아 남부에서 다시 북진하는 연합군 군대, 특히 안데르스Anders 장군이 이끄는 폴란드군과 계속해서 연락을 취해야 했다. 아브롬은 몸을 숨겨가며 토리노에 도착했다. 거기서 그에게 특별한 명령과 함께 산 마씨모San Massimo 교구 성당의 주소가 주어졌다. 4월 25일, 그는 무전기와 함께 그곳 종탑에 숨어들었다.

해방이 된 후 연합군은 사실상 잃어버린 아브롬의 지위를 되찾아주려고 그를 로마로 불렀다. 그는 지프차에 올라 당시 공습으로 끊긴 도로를 지났다. 전쟁에 지친 남루한 사람들이 거리로 쏟아져 나와 환호를 보내는 도시와 마을 들을 차례로 지난 후, 드디어 그는 리구리아Liguria에 도착했다. 거기서 그는 자신의 짧은 인생에서 처음으로 바다를 보았다.

순수한 저항군이었던 열여덟 살 아브롬의 업적은 오래전의 북유럽 여행가들처럼 때 묻지 않은 시선으로 이탈리아를 발견한 것이었고, 자신의 조국이 아닌 한 나라의 자유를 위해 리소르지멘토Risorgimento*의 많은 영웅처럼 싸운 것이었다. 이야기는 여기, 평화로운 지중해의 아름다움 앞에서 끝이 난다.

현재 아브롬은 이스라엘의 어느 키부츠에 살고 있다. 여러 언어에 능통한 그는 진실로 자기만의 언어를 더는 가지고 있지 않다. 그는 폴란드어와 체코어는 물론 이탈리아어를 거의 잊어버렸고, 히브리어에는 아직 완전히 익숙해지지 못했다. 그는 이 새로운 언어를 통해 공간과 시간의 간격으로 흐릿해진 자신의 기억을 짧고 조심스러운 비망록 형태로 기록해나갔다. 그는 소박하고 겸손한 사람이다. 문학자나 역사가처럼 되려는 욕심 없이 자녀와 손자 들을 생각하며 자신이 보았고 경험했던 것들을 기록으로 남기고자 써내려갔다. 그 기억들이 어딘가 깃들어 있을 자신들의 광활하고 깨끗한 숨결을 누군가의 도움으로 되찾게 되길 바라는 마음으로 말이다.

* 이탈리아 통일 운동.

변장에 지친 남자

어떤 작가의 실제 모습을 마주할 기회가 있었던 사람은 작가의 글에서 연상되었던 그의 인상과 실제 이미지가 불일치하는 경우가 얼마나 자주 일어나는지 알 것이다. 진동회로처럼 흔들리는 인간내면을 꿰뚫어보는 예리한 탐구자가 거만하고 병적으로 자기중심적이며 돈과 아첨에 굶주려 있고 이웃의 고통에 냉담한 촌뜨기의 모습을 드러낸다. 흥청망청하고 방탕한 시인은 인간세계와 범신론적 세계 사이에서 금주禁酒를 지키며 절제 있는 삶을 사는 인간이다. 다만 금욕적 선택이 아니라 의사의 처방에 따라서 말이다.

하지만 정반대로, 글에서 상상되는 그 자신의 이미지와 일치하는 작가를 만나는 경우는 얼마나 반갑고 흐뭇하며 마음이 놓이는가! 비록 그가 천재적인 작가가 아니라 하더라도 우리의 호감은 즉시 그에게 향한다. 거기에는 위선이나 가식이 없다. 허세를 부리지도 않으며, 그의 가면이란 곧 얼굴이다. 그 모습이 독자에게는 높은 곳에서 맑고 투명한 물을 바라보고 바닥에 있는 알록달록한 자갈을 구별하는 것처럼 느껴진다. 여러 해 전에 나는 어느 독일어 수기를 읽으면서 이러한 인상을 받았다. 그 수기는 이후 이탈리아어로도 출간되었는데, 1973년에 '나치즘의 포위망에서 탈출하다'라는 제목으로 무르시아 출판사에서 출간되었다. 작가의 이름은 요엘 쾨니히Joel König인데, 첫 번째 장은 '변장에 지친 남자'라는 의미심장한 제목이었다. 쾨니히는 직업작가가 아니라 생물학자였다. 그가 펜을 든 이유는 오직 하나, 자신의 이야기가 그냥 묻히기에는 너무나 특별했기 때문이다.

요엘은 독일계 유대인으로 1922년 독일 슈바벤 주 하일브론 Heilbronn에서 태어났다. 그의 이야기는 꾸밈없이 솔직하지만, 직업작가가 아닌데서 나타나는 약점이 곳곳에서 보였다. 종종 자잘한 에피소드를 길게 늘여놓거나 중요한 사건들을 간과했다. 책에서 그는 중산층 가정의 소년이고 그 지역 랍비의 아들이며, 어린 시절부터 유대교의 전체 의례를 익혔다. 글에 나타난 그의 삶에는 전통에 대한 어떤 강요나 반항이나 야유가 없었고, 오히려 유쾌하며 상징적인 시로 넘치는 오랜 역사의 전통을 다시 사는 듯해 보였다.

그의 아버지는 그에게 모든 사람이 각자 신에게서 단 하나의 고유한 영혼을 받았다고 가르쳤다. 그런데 안식일이 되면 신은 신앙심이 깊은 모든 이에게 두 번째 영혼을 허락한다고 가르쳤다. 그것은 안식일 전날 해 질 녘부터 다음 해 질 녘까지 신을 비추고 거룩하게 하는 영혼이었다. 그래서 안식일은 단지 일하지 않는 것만이 아니라 망치와 가위 그리고 펜과 같은 도구를 비롯해 아주 적은 액수의 돈도 건드려서는 안 된다. 안식일의 영혼을 훼손하지 않기 위해서다. 또한 아이들은 나비를 잡아서도 안

된다. 그 행위가 사냥의 범주에 들어가고, 사냥은 가장 광범위한 노동의 개념 안에 있기 때문이다. 더욱이 안식일은 모든 사람뿐 아니라 동물에게도 자유의 날이기 때문에 이러한 행위가 금지된다. 동물 또한 창조주를 경외하는 까닭에, 암탉이 물을 마실 때에도 한 모금씩 삼킬 때마다 부리를 하늘로 들어 올려 신께 감사를 드린다. 1933년, 이러한 '슈바벤의 목가'에 히틀러의 검은 그림자가 드리워지기 시작했다. 그 무렵 그의 아버지는 아우슈비츠에서 그리 멀지 않은 실롱스크 지역의 어느 작은 도시로 (이번에도 랍비로서) 자리를 옮기게 되었다. 하지만 그 당시 아우슈비츠는 여느 평범한 국경도시가 아니었다. 요엘과 그의 아버지는 새로운 도시 분위기에 매우 교육적인 방식으로 반응한다. 그 시대와 오늘날의 독일에 관해 본질적인 것들을 가르친다는 의미에서 그렇다.

  랍비 아버지는 아들에게 원죄를 가르쳤고, 로마 장군 티토의 예루살렘 성전 파괴 그리고 이후의 베르사유조약*이 세계사에서 가장 불행한 사건이라고 가르쳤다. 하지만 그럼에도 독일계 유대인들은 폭력으로 불의에 맞서서는 안 된다고 일렀다. '부당하게 고통당하는 것이 부당하게 행동하는 것보다 낫다'고 여기기 때문이었다. 경제적 위기에 처한 시대에 그는 독일 가톨릭당에 투표했는데, '그들이 신을 경외하기 때문'이라는 게 이유였다. 그러나 1933년에 독일 가톨릭당은 히틀러에게 전적인 지지를 보낸다. 이후 뉘른베르크 전범재판소의 제 원칙에서 악을 응

---

* 이 조약 이후 히틀러의 나치 정권이 등장했다.

징하는 신의 손길과 율법을 어긴 유대인들에게 가해지는 형벌을 깨닫는다.

안식일에 독일계 유대인들은 일을 했을까? 당시 그들의 상점은 불매운동의 대상이다. 그럼 독일계 유대인들은 그리스도교인 여성과 결혼했을까? 새로운 인종법은 유대인과의 결혼을 금지한다.

나치즘의 포위망은 독일계 유대인들 주변으로 좁혀온다. 선견지명이 있는 소수의 유대인들은 중립국으로 망명하거나 비밀리에 임시 은신처를 찾는다. 그러나 조엘의 부모처럼 대다수 사람들은 부질없는 희망을 품고 잘못된 소식을 접하며 불안한 일상을 살아간다. 그러는 사이 날마다 교묘한 잔혹성과 도발로, 억압과 고통을 가하려는 명백한 의도로 법 위에 법이 공포되었다.

나치는 성경 말씀 대신 유대교 전례를 불경스럽게 모방했고, 유대인들은 가슴과 자기들이 사는 집 대문에 노란 별을 달아야만 한다. 유대인들은 자전거도 전화도 소유할 수 없다. 유대인들은 공개된 장소에서 전화해서는 안 되며 신문을 구독할 수 없다. 유대인들에게 모직 의류와 모피를 제공해서는 안 되며, 허기를 겨우 면할 만큼의 식량만 할당된다. 유대인들은 조금씩 '동방을 향해' 이주를 시작한다. 그들은 새로운 게토와 노동을 예상하고, 아무도 그 계획을 의심하지 않는다. 하지만 그들은 결국 이송된다. 죽어가는 사람들과 어린아이들까지⋯⋯.

요엘은 팔레스타인으로 이주할 가능성이 점점 줄어드는 것

을 보고, 다른 많은 젊은이들처럼 시오니스트들이 남녀 청년들
에게 농업과 공동체 생활을 훈련시킬 목적으로 조직한 농장학교
로 피신한다. 게슈타포*는 그것을 눈감아준다. 일손이 매우 부족
한데다 (젊은이들에게 봉급이 지급되지 않으므로) 사업체에 이
득이 되기 때문이다. 하지만 조금씩 농장은 라거의 축소판으로
변해간다. 그리고 요엘은 노란 별을 떼어내고 베를린으로 도망
간다.

　　얼마 후 요엘의 부모는 수용소로 이송되고, 요엘은 폭격으
로 혼란스럽고 스파이들과 헌병들 그리고 온갖 종족의 외국인
노동자들이 들끓는 적의 도시에 홀로 남겨진다. 그는 유대인Jude
의 이니셜 J가 표시된 자신의 서류를 파기했고, 식량관리국 카드
도 없었다. 한마디로 그는 범법자다. 이러한 극단적 소외 상태에
서 하늘과 땅의 질서를 사랑하는 젊은이는 자기 자신을 발견하
고 그 신비하고 특별한 원천을 자각하기에 이른다.

　　그는 채플린 같은 영웅으로 변화한다. 천진난만한 동시에
영민하고 결코 절망에 빠지는 법 없이 상상력 가득한 삶의 즉흥
성을 받아들일 준비가 되어 있다. 그는 천성상 증오와 폭력을 행
사할 줄 모르고, 인생과 모험 그리고 즐거움을 사랑하는 영웅이
었다. 그는 기적적일 만큼 모든 시기심을 이겨내며 나아간다. 마
치 이스라엘 민족과 신의 계약이 그에게서, 그리고 그를 위해서
실현된 것 같았다. 또한 그가 믿는 신이 그의 머리 위로 손을 내
밀어준 것 같았다. 널리 알려진 대로 어린아이들과 유대인들에

* 나치 독일의 국가비밀경찰.

게 구원의 손길이 행해지듯이 말이다.

　그는 늙은 구두수선공의 집에서 불안한 첫 은신처를 구한다. 집주인은 관대함 때문이 아니라 무신경한 성격 탓에 그를 집 안에 들였다. 게슈타포의 도시 베를린에서 유대인에게 숙소를 제공하는 것이 얼마나 목숨이 위태로운 일인지 생각하지 못한 것이다. 하지만 요엘은 그것을 알고 있고, 무고한 사람이 위험에 처하지 않도록 또 한번 도피를 시도한다. 1942년에서 1943년에 걸친 혹독한 겨울에 그는 어디에서 밤을 보내는가? 기중기 운전석에서? 소방도구 창고에서? 아니면 광장에 기념물처럼 전시된 소비에트 전차의 잔해 속에서? 요엘은 우연을 택하고 그 결과는 항상 좋다.

　요엘은 하늘의 거대한 포위망에서 벗어난, 파편 더미로 황폐화된 베를린을 떠돌아다닌다. 그러다 사용하지 않는 공중화장실에 임시로 거처를 정한다. 이 미터 높이의 좁은 공간이었지만 없는 것보다는 나았다. 깔끔한 성격의 요엘은 폭격을 당한 사각형 건물들을 부지런히 둘러보고 다닌다. 그러다 온수기를 발견하는데, 한쪽 판이 떨어져 나갔지만 아직 쓸 만하다. 단단히 경계심을 갖춘다면, 어쩌면 조력자의 도움이 필요하겠지만, 따뜻한 목욕을 할 수도 있다. 그것은 달콤한 쾌락이고, 더욱이 그 기발한 착상은 그에 따르는 위험을 잊게 할 만큼 유년 시절의 짜릿한 즐거움을 요엘에게 불러일으킨다.

　어느 날 닥친 경찰의 검문은 죽음의 덫일지 모른다는 의심을 낳는다. 경찰은 요엘에게 어떤 신분증이든 내놓으라고 요구한다. 외국인 노동자들이 너무 많은 탓에 경찰들도 더는 세세한 부분까지 알아낼 수 없기 때문이다. 최대한 유대인을 떠올리지 못하도록 밝힌다면 아무 문제가 없을 것이다. 그는 어느 '아리안' 이름을 말하고, 베를린의 국가파시스트당에 입당할 방법을 묻는다. 그곳에는 독일 군인과 시민들을 위한 이탈리아어 과정이 있다. 이탈리아어 수업을 다니면서, 떠돌이 유대인인 그는 SS 부대 군인들이 대다수인 학생들 한가운데 섞여 있다. 그리고 바라던 대로 자신의 사진과 함께 큼직한 릭토르 묶음*과 다량의 인지가 붙은, 빌헬름 슈나이더Wilhelm Schneider라고 기록된 학생증을 취득한다. 하지만 그것으로는 완벽하지 않아, 만약 머리 좋은 경찰이라면 질문 몇 마디로 속임수를 알아챌 수 있다. 그래서 다시 한번 안 하는 것보다 나은 시도를 한다. 그는 학생증이 조금이라도 자기를 보호해주리라 믿으며 도피 계획을 궁리하고 다시 기약 없는 떠돌이 생활을 한다.

　행운이 그를 돕는다. 우연히 전 사회민주당원인 어느 엔지니어와 연결이 되고, 그는 요엘의 막연한 계획을 구체화시킨다. 그의 말에 따르면, 요엘은 비엔나에 다다를 수 있고 거기서 한 밀수업자가 요엘을 헝가리로 넘어갈 수 있게 할 것이다.

　요엘은 스물한 살이지만 열일곱 살로 보이고, 그의 얼굴에는 유대인의 흔적이 없다. 그때 그에게는 이탈리아의 애국소년단원**과 동일한 히틀러유겐트 복장으로 변장하는 것이 적합하

---

*　파시즘의 상징. 파시즘은 권표를 의미하는 파스케스Fasces에서 유래했다.
**　독일의 히틀러유겐트에 해당하는 파시즘 단체.

게 여겨진다. 히틀러유겐트 대원은 군복무를 할 연령대가 아니어서 통제가 덜하다. 게다가 '군인놀이'는 항상 그의 마음에 들었다. 그의 동생 레온 역시 요엘처럼 도시의 부랑자가 되어 적군의 유니폼을 입고 돌아다니는데, 그러한 그의 선택이 어쩌면 잘못된 게 아닐지 모른다.

히틀러유겐트 요엘 쾨니히, 즉 빌헬름 슈나이더는 1943년 5월에 빈으로 떠난다. 그의 가방 안에는 히브리어 성경과 헝가리어 회화 교재, 문법책 그리고 아랍어 문법책이 들어 있다. 그는 교육받은 여행자라서 부다페스트에서 입국허가를 받는 데 딱히 시간이 걸리지는 않으리라 예상한다. 그렇지 않다면 앞으로 어떻게 '팔레스타인에서 그곳 주민들과 언어로 원활히 소통하지 못한 채 살아갈' 수 있겠는가?

그는 주머니에 항상 노란 별을 지니고 있다. 이것은 빈에서 그를 유대인으로 알아볼 수 있게 하는 데 쓸모가 있을 것이다. 그는 철두철미하게 예상해 가방 안에 자신의 타임스위치 두 개를 잊지 않고 챙겨 넣었다. 그것은 안식일 저녁에 조명과 전기스토브를 켤 때 사용하는 것이었다. 안식일을 철저히 지키는 유대인에게 손으로 직접 불과 그에 해당하는 전기기구를 켜는 것은 거룩한 날을 더럽히는 비겁한 행위로 간주되어 엄격하게 금지되어 있었다. 베를린을 떠나는 결정적인 순간인 수하물 검사에서 요엘은 그 장치들 중 하나에서 나는 똑딱 소리를 바로 감지한다. 서로 부딪치면서 작동이 된 것이다. 자칫 창구 직원이 그 소리를 듣고 폭탄장치로 오해할지 모른다! 하지만 이번에도 행운이 부주의한 그를 위기에서 보호하고, 아무도 전혀 알아차리지 못한다.

　여기서 갑자기 책은 끝이 난다. 요엘의 나머지 모험은 두 쪽 분량의 후기에 압축되어 있다. 그러나 오랜 세월이 지난 후 나는 요엘 본인의 다소 산만하고 생생한 목소리로 그 얘기를 직접 들을 수 있었다. 그는 빈의 마지막 남은 유대인들의 이 집 저 집을 전전하며 생활한 얘기를 들려주었다. 자신들의 운명에 굴복하다시피 한 그들은 자기 집 대문을 두드리는 히틀러유겐트 대원의 갑작스러운 방문으로 공포에 떤다. 그리고 그는 자신이 유대인이라는 사실을 증명하는 데 애를 먹는다. 그들은 이제 더는 쓸모없게 된 자신들의 돈을 아낌없이 그에게 내어준다.

　빈에서 요엘은 모든 사람을 의심한다. 그래서 어느 누구의 집에서도 장기간 머무르지 않는다. 이후 그는 강제 이송으로 그 수가 줄었으나 살아남은 몇몇 종사자들의 헌신적 노력으로 여전히 제 역할을 하고 있는 이스라엘 공동체로 향한다. 저녁에 건물 안에 갇히길 기다렸다가, 내부에서 문을 잠근 화장실 안에서 밤을 지새운다. 하지만 낮에는 신중하고 호기심 많은 관광객이 되어 도시를 둘러보는 데 소홀함이 없다. 빈 사람들에게 기념물의 위치를 물어보면 모두들 그에게 불친절하게 대답한다. 그가 유대인인 걸 눈치 챘을까? 아니면 그의 군복이 마음에 들지 않아서일까? 아니다. 그의 독일어 악센트가 그들에게는 반감의 대상이기 때문이다. 요엘은 그의 등 뒤에서 '사우프레스'Saupreuss, '더러

운 프러시아 놈'이라고 중얼대는 소리를 들으며 기분이 좋아진
다.

첫 번째 밀항을 시도하기 위해 그가 처음으로 접촉을 시도
한 한 밀수업자는 그를 배신하고 그의 돈을 약탈한다. 두 번째 시
도에서 그는 헝가리로 넘어간다. 그는 자유인이 된 기분을 느끼
고 거추장스러운 군복을 벗어 던진다. 하지만 1944년 3월에 다
시 그 옷을 입어야 했는데, 그곳으로도 독일의 전차부대가 진격
해 오기 때문이다. 그는 큰 어려움 없이 국경을 넘어 루마니아로
향하고, 거기서도 모두들 그를 돕는다. 그리고 어느 터키 선박에
올라 밀항하는 데 성공한다. 그 배는 그를 전쟁이 한창인 당시 영
국 통치하의 선조들의 땅으로 데려간다. 그리고 이 지점에서 역
설의 정점은, 영국의 비밀정보국이 실제 문맥상 신빙성이라곤
전혀 없는 그의 이야기를 불신하는 데 있다. 그들은 독일어 악센
트를 지닌 그 금발머리 청년의 첩보 행위를 의심하고 결국 그를
감옥으로 보낸다. 게슈타포에게 털끝만큼도 괴롭힘을 당하지 않
고 무장한 나치주의자들이 장악한 유럽 전역을 가로질러 온 요
엘 쾨니히가 의심스러웠던 것이다.

그러나 요엘이 이 이야기를 쓰는 일은 없을 것이다. 그는 학
교를 졸업하고 결혼해서 네덜란드에 자리를 잡았다. 그는 자신
처럼 평화를 지키려 애쓰고 사랑하는 네덜란드인들을 사랑하고
존경한다. 그는 위장하고 변장하는 데 지치고 또 지쳤다. 이 때문
에 그의 놀라운 모험을 쓰면서 있는 그대로의 사실, 그리고 늘 있

었던 그 사실에서 조금이라도 다르게 보이거나 다르게 표현하려
고 애쓰지 않았다.

수용소 시절 체사레를 비롯한 다른 많은 이의 역경을 이야기한 후로 오랜 세월이 흘렀다. 멀리 떠나온 탓에 빛바랜 그 시간 속에서 체사레가 겪은 온갖 험난한 여정들이 펼쳐졌다. 몇몇 일화는 나 역시 부분적으로 연관되어 있다. 예를 들어 프리페트Pripet의 습지에서 암탉 한 마리를 잡은 일이 그러하다. 다른 일화들 속에서 체사레는 혼자였다. 언젠가 그는 위탁인 조합을 대신해 생선판매 임무를 맡은 적이 있었다. 그러나 그는 굶주림에 시달리는 세 명의 어린아이들 앞에서 감정이 흔들린 나머지 그들에게 물물교환 대신 생선을 선물했던 경우가 그렇다.

　체사레의 일화 중 가장 용감한 모험담은 이제까지 이야기하지 않았다. 왜냐하면 그가 그 이야기는 하지 말아달라고 당부했기 때문이다. 그는 다시 로트나Rotna로, 그리고 한 가족을 중심으로 한 일상의 질서로 돌아갔다. 그리고 그는 꽤 괜찮은 직업과 고상한 중산층 가정을 갖게 되었다. 그런 까닭에 그는 내가 『휴전』에서 묘사한 재주 많은 불한당의 모습이 자신이라는 걸 기꺼이 인정하지는 못했다. 어쨌거나 오늘날 체사레의 모습은 1945년 벨로루시의 가장 변덕스럽고 초라한 행색의 천방지축 귀환자가 아니다. 또한 1965년 로마의 청렴한 공무원도 아니다. 믿기지 않지만, 현재 그는 육십 세 넘은 연금생활자로서, 만족스러울 정도로 평온하고, 만족스러울 정도로 현명하며, 운명으로부터 혹독하게 단련받은 노인으로 살고 있다. 그런 그가 '네게서 vojja[의지]가 사라지기 전에' 쓰라고 허락하면서, 내게 금지했던 것을 풀어주었다.

그러니까 내 의지가 사라지기 전에 나는 체사레의 일화를 다시 여기에 이야기하려 한다. 1945년 10월 2일, 우리를 이탈리아로 재이송하는 열차의 끊임없이 덜컹거리는 소음과 정지에 신물이 난 체사레가 번뜩이는 자신의 아이디어를 어떻게든 실행에 옮기려 했다. 거기에다 아우슈비츠의 시련 이후 운명이 우리에게 선물한 기이한 자유를 마음껏 누리고 싶어했다. 그는 비행기를 타고 집으로 돌아가기로 결정했고, 그것을 이유로 우리를 두고 떠났다. 그의 출발 계획은 가능하다면 우리가 떠난 다음에, 하지만 우리처럼은 아닌 방식이었다. 그는 열정도 없이 넝마 차림의 지친 모습으로 러시아군에 의해 집단 호송되어, 달팽이처럼 느려터진 낡은 열차를 타고 돌아가고 싶지는 않았던 것이다. 그는 영광스러운 귀환, 열렬한 환대를 원했다. 여러 위험이 예상됐지만, '모든 걸 운에 맡기고 삶이 변화되길 바라며 제 발로 호랑이굴에 들어가는' 식이었다.

　　당시 우리가 탄 이송열차는 고통스러운 귀환 과정에 있는 천사백 명가량의 다양한 이탈리아인들을 실은 채 엿새 전부터 루마니아와 헝가리 국경 사이의 작은 마을에서 폭우와 진흙탕이라는 장애물에 가로막혀 있었다. 체사레는 강요된 태만과 무력감, 그에 맞물린 초조함에 분노했다. 그는 내게 자기를 따라오라고 제안했지만 나는 거절했다. 그러한 모험을 감행해야 한다는 게 당혹스러웠기 때문이다. 그러자 그는 곧장 토르나기 씨와 의기투합했고, 모두에게 안녕을 고하고는 그와 함께 떠났다.

　　토르나기 씨는 북부 이탈리아의 마피아 단원이었고 전문 장물업자였다. 그는 쾌활하고 예의바른 마흔다섯 살의 밀라노 사람이었다. 수용소에서 나온 후 우리가 겪은 떠돌이 생활 중에도 그는 우아하다 할 만한 차림새로 다른 사람들과 구별되었다. 그에게는 그것이 사회적 위치를 나타내는 관습이자 상징이었고, 그의 직업에서 연유한 필요성이었다. 불과 며칠 전만 해도 그는 정말로 자신의 모피 깃 외투를 과시했었지만 이내 배고픔에 그것을 팔아버렸다. 체사레에게는 그런 동반자가 너무나 잘 어울렸다. 체사레는 계급이나 계층에 집착하는 면이 전혀 없었다. 이두 사람은 부쿠레슈티Bucureşti*, 즉 우리가 향한 쪽과 정반대 방향으로 떠나는 첫 기차에 올랐다. 부쿠레슈티로 향하는 여행길에서 체사레는 토르나기 씨에게 유대교 예식의 기본적인 기도문을 가르쳤다. 반대로 그에게는 주기도문, 사도신경 그리고 성모송을 가르쳐달라고 했다. 왜냐하면 그의 머릿속에는 이미 부쿠레슈티에서 첫 번째로 실행할 작은 계획 하나가 있었기 때문이다.

* 루마니아 수도.

그들은 부쿠레슈티에 무사히 도착했다. 하지만 얼마 안 되는 그들의 전 재산이 곧 바닥을 드러냈다. 전쟁으로 황폐화되고 다가올 운명을 알 수 없는 낯선 나라의 수도에서, 두 사람은 며칠 동안 구걸을 하며 지냈다. 그들은 대학살에서 살아남은 두 명의 유대인 생존자나 소비에트 공산주의자들에게서 도망쳐 나온 두 명의 그리스도교 순례자들처럼 이스라엘 공동체와 수도원에 번갈아가며 모습을 드러냈다.

거둬들인 것이 많지 않았지만, 서로 이윤을 나누어 옷을 구하는 데 썼다. 토르나기 씨는 자신의 직업이 요하는 정직한 용모를 되찾기 위해서, 그리고 체사레는 자신이 세운 계획의 두 번째 단계에 들어가기 위해서였다. 얼마 후 두 사람은 헤어졌고, 그 후로 토르나기 씨에게 어떤 일이 일어났는지는 아무도 몰랐다.

체사레는 빡빡 민 머리와 줄무늬 죄수복으로 일 년을 지내고 나서야 정장과 넥타이 차림으로 돌아왔다. 그는 스스로 의도한 라틴 연인이라는 새로운 역할에 필요한 자신감을 되찾기 위한 노력을 게을리하지 않았다. 루마니아는 문헌에서 설명하는 정도보다 로망스어권*의 특징이 훨씬 덜한 나라로, 체사레는 그 점을 재빨리 알아차렸다. 그는 루마니아어로 말하지 않았다. 사실상 이탈리아어 외에는 어떤 언어로도 말하지 않았다. 그러나 소통의 어려움은 그에게 방해가 되지 않았고, 오히려 도움이 되었다. 상대가 잘 알아듣지 못하는 걸 알게 되면 거짓말하기가 더 수월하기 때문이다. 더욱이 분절된 언어는 유혹의 기술에서 부

---

* 라틴어의 영향을 받은 이탈리아어, 프랑스어, 스페인어, 포르투갈어 등을 가리킨다.

차적 기능일 뿐이다.

몇 번에 걸친 유혹이 실패로 돌아간 후 체사레는 우연히 자신의 태도에 반응하는 한 여자를 만났다. 그녀는 부유한 가정 출신인데다, 지나치게 많은 질문을 하지도 않았다. 체사레에게서 전해들은 그의 장인에 관한 얘기는 어딘가 석연치 않았다. 체사레의 말에 따르면, 장인은 플로이에슈티Ploieşti** 산유지의 소유주들 중 한 명이었고, (일설로는) 어느 은행의 은행장이었으며, 대리석 사자상이 양쪽에서 철책 문을 지키는 어느 저택에서 살았다. 그러나 체사레는 물속이라면 어디든 누비는 물고기였으므로 그가 부유한 중산층 가정에서 환대를 받았다는 사실이 내게는 그다지 놀랍지 않다. 아마도 그들은 자신들의 국가에서 벌어질 정치적 혁명에 벌써부터 두려움을 느꼈을 테니 말이다. 어쩌면 그들에게는 결혼해서 이탈리아에 살게 될 딸이 미래의 교두보로 여겨졌을지 모를 일이다.

여자는 청혼을 받아들였고, 체사레는 사자상 저택에 초대되어 그녀의 가족에게 소개되었다. 그리고 공식적으로 약혼자가 되었다. 대화 속에서 그는 예비사위로 불렸다. 그는 라거에서 돌아온 귀환자라는 신분을 일부러 감추지 않았다. 그러면서 그 시기에 재정적으로 궁핍하다는 것을 넌지시 알렸다. 결혼에 필요한 서류를 기다리는 동안 도시에서 어떻게든 머무를 수 있도록 장인이 약간의 돈을 빌려주거나 결혼지참금을 미리 건네 편의를 봐줄 수 있었다. 약혼녀는 이번에도 수락했다. 그녀는 이해력이

** 루마니아 프라호바 주의 주도.

높은 타입이었고, 모든 걸 즉시 이해했다. 그녀는 이제 속임수의 희생자에서 공범자로 변했다. 외국인과의 연애모험은 비록 그 관계가 일찍 끝날 걸 잘 알면서도 그녀의 취향이었다. 아버지의 재산은 그녀에게 전혀 중요하지 않았다.

체사레는 돈을 받아들고는 사라져버렸다. 며칠 뒤 10월이 끝나갈 무렵 그는 바리*행 비행기에 올랐다. 어쨌거나 그가 이겼다. 그렇게 그는 우리 다음에(우리는 그달 19일에 브렌네로를 다시 거쳤다) 귀국했고, 그의 속임수는 값비싼 대가를 치렀다. 죄의식에 대한 정리와 화해가 필요했고, 중간에 끊겨버린 연애감정으로 괴로웠지만, 그는 자기 자신과 루마니아 진흙탕에 남겨진 우리에게 약속했던 대로 왕처럼 하늘을 날아 귀환했다.

체사레가 비행기를 타고 바리에 내렸다는 데에는 의심의 여지가 없다. 그를 마중 나왔던 수많은 증인이 목격한 사실이다. 그들은 그날의 장면을 잊지 못했는데, 체사레가 발을 땅에 내딛자마자 당시도 왕국 소속이던 헌병대원들이 그를 멈춰 세웠기 때문이다. 이유는 단순했다. 부쿠레슈티에서 비행기가 이륙한 후 비행기 직원들은 체사레가 장인에게 받은 달러와 비행기 티켓 값으로 지불한 달러가 모두 위조화폐임을 알아차렸다. 그래서 즉시 도착지 공항에 전보를 보냈던 것이다. 어딘가 수상쩍었던 루마니아 장인이 그를 속이려는 의도로 저지른 행동인지, 아니면 그의 속임수에 대항해 그를 처벌하고 한동안 그에게서 자유로워지려고 한발 앞서 복수를 감행한 것인지는 확실하지 않다.

* 이탈리아 남부 도시.

체사레는 심문을 받았고, 빵과 말린 무화과가 담긴 비상식량 그리고 통행 허가증을 받은 후 로마로 보내졌다. 거기서 다시 조사를 받은 후에야 그는 완전히 풀려났다.

　　이것은 체사레가 어떻게 자신의 소원을 풀었는지에 관한 이야기다. 그리고 그 이야기를 여기에 적으면서 나 역시 어떤 바람을 해결했다. 특정 부분에서는 이야기가 부정확할 수 있다. 왜냐하면 이 이야기가 두 사람의 기억(그의 기억과 나의 기억)에 기초하고 있기 때문이고, 기나긴 시간의 간격으로 볼 때, 인간의 기억은 고정되지 않고 움직이는 매개체이기 때문이다. 특히 그것이 (추억과 관련된) 물질적 souvenirs[기념물]의 지지를 받지 못하면, 그리고 세상에 밝힌 이야기가 아름답기를 바라는 욕망(이 또한 그와 나의 욕망)에 따라 선택한 것이라면 더더욱 그렇다. 하지만 위조 달러에 관한 일화는 확실한 것이고, 그 시대 유럽 역사에 해당되는 사건들과 맞물려 있다. 제2차 세계대전이 끝나갈 무렵, 위조 달러와 스털링 파운드sterling pound**가 당시 유럽 전역, 특히 발칸반도 국가들에서 상당히 많이 유통되었다. 더군다나 이 위조화폐는 독일인들이 이중 스파이 키케로의 활약 대가로 터키에 돈을 지불하는 데 사용되었다. 위조화폐에 관한 이야기는 이전에도 여러 차례 다양한 방식으로 언급됐었다. 이 글에서도 그러니까 어느 속임수에 대한 응답으로 나타나고 있다.

　　돈은 악마의 배설물이라는 속담이 있다. 그러나 (위조화폐

**　영국 화폐.

의 경우처럼) 돈이 그 배설물보다 더 배설물 같고 더 악마적인 적은 없었다. 위조화폐는 독일에서 주조되었는데, 적의 진영에서 화폐 유통을 부풀리고 불신과 의심을 퍼트리기 위해, 그리고 앞서 말한 형태의 '지불'을 위해서였다. 이러한 위조화폐의 상당량이 1942년부터 작센하우젠Sachsenhausen 수용소에서 만들어졌다. 그곳은 나치친위대 SS가 백오십 명가량의 특수한 죄수들을 따로 수용했던 곳이다. 그들은 인쇄업자, 석판화가, 사진가, 조각가, 위조자로서 '코만도 베른하르트'Kommando Bernhard를 구성했다. 그것은 더 큰 라거의 영역 안에 존재하는 '전문가들'로 이뤄진 소규모 라거로서 철저히 비밀에 부쳐져 있었다. 솔제니친이 『제1원』V kruge pervom*에서 묘사한 스탈린의 샤라슈카sharashka**의 전신이었다.

1945년 3월, 소비에트 군대가 그들을 몰아내기 직전에, 코만도 베른하르트는 단체로 이동했다. 처음에는 실러-레들-지프 Schlier-Redl-Zipf 수용소로, 그다음(1945년 5월 3일, 전쟁에 항복하기 며칠 전)에는 에벤제Ebensee로 이동했다. 두 군데 모두 마우타우센Mauthausen 수용소에 속해 있었다. 화폐 위조자들은 마지막 날까지 일했던 것으로 보이며, 이후 그들의 주조 틀은 호수 밑바닥에 던져진 것으로 추정된다.

---

* 단테, 『신곡』의 지옥 제1원을 모티브로 한 소설로, 자신이 감옥의 연구소에서 수학자로 일했던 경험을 바탕으로 한 작품이다.
** 소비에트 연방의 수용소. 과학과 수학 등 전문 지식을 지닌 수감자들을 수용했다.

로렌초 역시 다른 곳에서 이야기한 적 있지만, 그때는 의도적으로 모호하게 묘사했었다. 내가 『이것이 인간인가』를 쓰고 있을 때, 로렌초는 여전히 살아 있었다. 살아 있는 어떤 사람을 하나의 인물로 변형시키는 행위는 글 쓰는 사람의 손에 달려 있다. 이런 일이 일어나는 이유는 글 쓰는 이가 아무리 좋은 의도로 존경받고 사랑받는 어떤 사람을 글 속에 담아내려 해도 은밀한 폭력을 피해 가지 못하고, 그 대상이 되는 사람에 대해 전혀 아픔을 느끼지 않기 때문이다. 우리들 각자는 의식적이든 그렇지 않든 자기 자신에 대한 어떤 이미지를 만들어나가지만, 그것은 가까이 있는 사람들이 바라보는 모습과 불가피하게 다르거나 더 나은 모습이며, 그 이미지들도 서로 다르게 나타난다. 어떤 책에서 우리와 아무런 상관이 없는 묘사에 담긴 우리 자신의 초상을 발견하는 것은 끔찍한 일이다. 마치 거울이 순식간에 우리를 또 다른 사람의 모습으로 바꾸어놓듯이 말이다. 어쩌면 그것이 우리의 실제 모습보다 고상할 수 있겠지만, 진짜 모습은 아니다. 이런 이유로 또 여러 가지 문제로 인해 살아 있는 사람들의 전기는 쓰지 않는 편이 더 옳은 일인 것 같다. 현실에 따라 해석이 달라지고 주관성이 개입되는 성인전聖人傳이나 팸플릿의 두 가지 길 중에서 작가가 한쪽을 솔직하게 선택하지 않는다면 인물묘사에 따른 문제는 피해가기 어렵다. 어떤 것이 우리의 '진정한' 모습이냐 하는 것은 의미가 없는 질문이다.

로렌초는 오래전에 세상을 떠났다. 그래서 이전에 그에 관한 글을 쓰지 못하게 나를 가로막던 압박감에서 풀려난 기분이 든다. 내가 간직했던 그에 관한 인상을 초기 저작 두 권인 『이것이 인간인가』와 『휴전』의 단편을 모은 이 책 『릴리트』의 '가까운 과거'의 이야기들 속에서 재구성해나가야 할 의무감이 느껴진다. 나는 1944년 6월에 로렌초를 만났다. 우리들이 일하고 있던 대형 작업장이 폭격을 당해 폐허가 된 직후였다. 로렌초는 우리와 같은 수감자가 아니었다. 아니, 그는 결코 수감자가 아니었다. 공식적으로 그는 자원한 민간인 노동자의 일원이었다. 그들은 나치 독일이 모집한 노동자였지만, 로렌초의 선택은 조금도 자발적이라 볼 수 없었다. 1939년에 그는 프랑스에서 사업하던 이탈리아 건설회사에 벽돌공으로 소속되어 있었다. 그러다 전쟁이 발발했고, 프랑스에 있던 모든 이탈리아인이 구류되었다. 하지만 이후 독일군이 도착해 회사를 건립하고는 그들을 실롱스크로 집단 이송했다.

이 노동자들은 군에 입대한 것이 아닌데도 군인들의 방식으로 살았고, 우리가 속한 수용소에서 멀지 않은 한 수용소에 수감되었다. 그러나 그들은 간이침대에서 잠을 잤고, 일요일에는 자유로운 외출을 했다. 뿐만아니라 일주일이나 이 주의 휴가가 있었고 마르크화로 임금을 받았다. 또한 이탈리아로 편지를 쓰고 송금을 할 수 있었고, 이탈리아에서 옷과 생필품 소포를 받을 수 있었다.

수감생활 초기에 퍼붓기 시작하던 폭격들 중 하나였던 그날의 폭격은 수용소의 건물들을 파괴했다. 그것은 회복 불가능한 피해였다. 더욱이 부나-베르케Buna-Werke 시의 거대한 공장시설은 그 무렵 제작 단계를 지나 완공될 시점이었다. 그런데 그날의 폭격이 발생시킨 파편과 잔해가 완공 시점에 가동되어야 할 정밀기계를 이차적으로 공격했다. 그래서 피해는 훨씬 더 커졌다. 시설 관리국은 가장 값나가는 기계가 폭격에 손상되지 않도록 벽돌로 두꺼운 칸막이벽을 세워 보호했다. 거기에 로렌초가 소속된 회사의 건축기술이 이용되었다. 당시 나의 작업조는 이탈리아 벽돌공들이 일하면서 파놓은 토사를 운반하는 작업을 했다. 그리고 순전히 우연으로, 우리 조의 카포가 다름 아닌 나에게 보조 일을 지시하고는 생전 처음 보는 벽돌공 두 사람에게 보냈다.

두 사람이 쌓아올리고 있던 벽은 벌써 제법 높았다. 그들은 한창 비계 위에서 일하고 있었다. 나는 아래에 있으면서 누군가 내가 해야 할 일을 말해줄 때까지 기다렸다. 두 사람은 아무 말 없이 잠시 쉬어가려고 벽돌을 내려놓았다. 처음 보자마자 나는 그들이 이탈리아인들임을 눈치 챘다. 그들 중 키가 크고, 등이 조금 굽었으며 머리가 희끗희끗한 사람이 아주 서툰 독일어로 말

했다. 회반죽이 다 떨어져가고 있으니 내가 양동이로 가져와야
한다는 것이다. 회반죽을 가득 채운 양동이는 무겁고 옮기기가
힘들다. 손잡이만 잡고 옮기다가는 양동이에 다리가 부딪히기
쉽상이다. 그래서 한쪽 어깨에 올려 운반해야 하는데 이 일이 쉽
지 않다. 노련한 조수들은 이렇게 한다. 다리를 벌리고 양손으로
손잡이를 잡아 양동이를 들어 올린다. 그리고 다리 사이 앞뒤로
흔들어 진동이 가게 한다. 그렇게 해서 얻은 원추운동의 도약을
최대한 살리면서, 양동이가 앞쪽으로 다시 올 때 단번에 어깨까
지 들어올린다. 나 또한 그 방법을 시도했지만 결과는 형편없었
다. 도약은 충분하지 않았고, 양동이는 회반죽의 절반을 쏟아내
며 땅바닥에 다시 떨어졌다. 키 큰 벽돌공이 한숨을 내쉬고는 옆
에 있는 동료를 돌아보며 말했다. "진작에 알아봤어. 이런 유형
의 사람들은 영……." 그런 후 비계에서 내려오려고 움직였다.
그가 이탈리아어로, 그것도 피에몬테Piemonte 억양으로 말할 줄
은 꿈에도 몰랐다.

　　나치의 세계에서 우리는 두 개의 다른 계급에 속해 있었고,
그런 까닭에 우리가 서로 대화를 나누는 것은 범죄행위에 해당
되었다. 하지만 우리는 그와 상관없이 말했고, 대화를 통해 로렌
초가 포사노Fossano* 출신이고 내가 토리노 출신이라는 사실, 포
사노에 내 먼 친척들이 살고 있고, 로렌초가 그들의 이름을 알고
있다는 사실이 밝혀졌다. 우리는 그때나 나중에나 그 이상의 얘
기를 나누지는 않았던 것 같다. 금기 때문이 아니라 로렌초의 말

* 이탈리아 북부 피에몬테 주 마을.

수가 극히 적었기 때문이다. 마치 그는 말하는 것을 필요로 하지 않는 사람 같았다. 그에 관해 내가 아는 얼마 안 되는 정보는 그의 무뚝뚝한 표정에서 일부를, 그리고 대부분은 그곳에 있는 그의 동료들이, 그리고 나중에는 이탈리아에 사는 그의 친척들이 내게 들려준 이야기에서 얻어낸 것이다. 그는 결혼하지 않았고, 항상 혼자 지냈다. 천직天職이었던 그의 일은 인간관계를 방해할 정도로 그에게 중요했다. 처음부터 그는 자기 고향과 주변 마을에서 벽돌공으로 일했다. 자주 고용인이 바뀌었는데 그가 호락호락한 성격이 아니었기 때문이다. 만약 어떤 십장이 일하는 모습을 지켜보면, 아무리 기분 상하지 않게 조심한다 해도, 그는 대꾸도 없이 겉옷을 챙겨 입고 그 자리에서 떠나버렸다. 겨울철이면 종종 프랑스 남부의 코트다쥐르Cote d'Azur 지방으로 일하러 갔는데, 그곳에는 항상 일감이 있었다. 그는 여권이나 서류도 없이 무작정 혼자서 도보로 출발했다. 그날그날 발길 닿는 대로 잠을 자고, 밀수업자들의 통행로를 따라 국경을 넘어갔다. 그리고 봄에 그와 똑같은 방법으로 돌아왔다.

　　그는 말이 별로 없었지만 상황을 잘 이해했다. 내 기억에 그에게 직접 도움을 청한 적은 단 한 번도 없었던 것 같다. 당시 나는 앞으로 살아갈 방편이라든가 그들 같은 이탈리아인들에게서 도움받을 가능성을 염두에 둔 어떤 구체적인 생각을 가지고 있지 않았기 때문이다. 로렌초는 혼자서 모든 걸 다 했다. 우리가 처음 만나고 그로부터 이틀이나 사흘이 지난 후 로렌초는 알프

스 산악대원용 반합(2리터 용량은 족히 되는 알루미늄 반합) 하
나를 들고 내게 왔다. 그 안에는 죽이 가득 들어 있었는데, 저녁
전에 빈 그릇으로 되돌려달라고 말했다. 그때부터 죽은 모자란
적이 없었고, 가끔은 빵 한 조각과 함께 전달되었다. 그는 여섯
달 동안 매일 내게 죽을 가져다주었다. 그의 조수로 일하는 동안
은 죽을 전달받는 데 아무런 어려움이 없었다. 그러나 몇 주 후
그가(아니면 나였던가. 기억나지 않는다) 창고의 또 다른 켠으로
자리를 옮겼고, 그로 인해 발각될 위험성이 커졌다. 우리 둘이 함
께 있는 모습을 들키는 것은 위험했다. 게슈타포는 도처에 감시
망을 깔아놓았고, 수감자들 가운데 누군가가 노동과 상관없는
이유로 '민간인'과 이야기하는 모습이 발각되면 첩보행위 명목
으로 재판에 회부될 위험이 있었다. 사실 게슈타포가 두려워하
는 것은 따로 있었다. 민간인들을 통해 비르케나우Birkenau에 존
재하는 가스실의 비밀이 외부세계에 탄로 날까 두려웠던 것이
다. 민간인들 역시 위험했는데, 그들 중 누군가가 수감자들과 불
법으로 접촉한 죄가 발각되면 우리가 수감되어 있는 라거에서
지내야 했다. 하지만 우리처럼 무기한이 아니라 기한이 정해져
있었는데, 단 몇 달 동안만 **움슐룽**Umschulung, 즉 재교육의 목적
으로 수감되었다. 나는 직접 로렌초에게 이러한 위험에 대해 경
고했다. 그러나 그는 말없이 어깨만 으쓱해 보였다.

　나는 로렌초가 전해준 죽을 친구 알베르토와 나누었다. 그
죽이 없었다면 우리는 라거가 해방될 때까지 살아남을 수 없었

을 것이다. 결론적으로, 그의 죽 1리터는 하루 열량의 균형을 맞
추는 데 더욱 도움이 되었다. 라거의 식사는 1,600칼로리 정도
를 공급했는데, 노동하며 살아가기에는 부족한 열량이다. 그 죽
은 거기에 400칼로리 혹은 500칼로리를 더 채워주었다. 중간
체격을 가진 남자에게는 여전히 부족한 양이었지만, 알베르토와
나는 처음부터 작고 마른 체격이었고, 우리의 절실한 필요는 내
면적인 데 있었다. 로렌초의 죽은 이상한 죽이었다. 죽 안에는 자
두 씨와 살라미* 껍질, 어떤 경우에는 심지어 깃털이 그대로 달
린 작은 참새날개까지 들어 있었다. 또 어느 때는 이탈리아 신문
조각이 눈에 띄었다. 나는 그 내용물의 비밀을 나중에 이탈리아
에서 로렌초를 다시 만나서야 알았다. 그는 자신의 동료들에게
아우슈비츠의 유대인 수감자들 중에 이탈리아인이 두 명 있다는
얘기를 했다. 그리고 매일 저녁 그는 동료들이 남긴 음식을 걷으
러 구역 안을 돌아다녔다. 비록 우리만큼은 아니더라도 그들 역
시 배가 고팠고, 많은 사람이 수용소에서 훔친 물건이나 돌아다
니다 발견한 것을 가지고 개인적으로 간단한 요리를 해 먹었다.
이후 로렌초는 요리 그릇들이 나와 있는 자신의 구역 주방에서
곧바로 죽을 옮길 방법을 찾아냈다. 하지만 그것을 실행하려면
모두가 잠든 새벽 세 시쯤 몰래 주방으로 가야 했다. 그는 그 일
을 넉 달 동안이나 실행했다.

　　함께 있는 모습을 들키지 않기 위해, 우리는 계획을 세웠다.
로렌초가 아침에 자기 일터에 도착해 반합을 목판 더미 아래 정

---

*　이탈리아식 소시지로 훈제가 아닌 드라이식으로 만들어진다.

해진 은닉 장소에 놓아두기로 했다. 이 일은 몇 주 동안 잘 진행됐다. 그러다 어느 날 은닉 장소에서 반합도 죽도 찾아볼 수 없었다. 틀림없이 누군가가 나를 염탐하고 뒤를 밟았음이 분명했다. 알베르토와 나는 두려움에 떨기보다는 모욕감에 자존심이 상했다. 왜냐하면 반합은 로렌초의 것이었고, 그 위에 그의 이름이 새겨져 있었기 때문이다. 반합을 훔쳐 간 도둑은 우리를 고발할 수 있을 것이고, 아니면 더욱 그럴듯한 보복을 할 수도 있었다. 나는 즉시 로렌초에게 도둑맞은 일을 알렸다. 그러나 로렌초는 잃어버린 반합이 전혀 중요하지 않다고, 또 다른 걸 준비하면 된다고 말했다. 하지만 그 말이 사실이 아니라는 걸 나는 알고 있었다. 잃어버린 반합은 그가 군 생활을 할 때 쓰던 것이었다. 그가 집을 떠나 돌아다닐 때마다 항상 지니고 다닌 것이었으므로, 당연히 소중히 아끼던 물건이었을 것이다. 알베르토는 우리보다 훨씬 더 유능한 그 도둑이 누군지 알아내기 위해 한동안 라거를 돌아다녔다. 도둑은 우리보다 훨씬 힘 있는 존재로 밝혀졌는데, 알베르토는 조금도 지체 없이 너무나 아름답고 귀한 이탈리아 반합을 되찾아왔다. 그에게는 한 가지 아이디어가 있었다. 그가 엘리야에게 도움을 청하고 그 대가로 세 사람 몫의 빵을 주는 것이었다. 엘리야가 좋은 사람들을 통해서든 나쁜 사람들을 통해서든 자신과 마찬가지로 폴란드인인 도둑의 손에서 반합을 되찾아오는 임무를 맡는 조건이었다. 엘리야는 『이것이 인간인가』에 등장한 인물로, 이 단편집에 수록된 「우리들의 인장」에서도 말한

바 있는 무서운 괴력을 지닌 난쟁이 남자였다. 우리는 엘리야의 힘을 칭찬하면서 추켜세웠고, 결국 그는 제안을 받아들였다. 그는 자신을 드러내길 좋아했던 것이다. 어느 날 아침, 단체소집 전에 엘리야는 그 폴란드 도둑과 대면했다. 그는 도둑을 보자마자 곧바로 훔친 반합을 우리에게 돌려주라고 엄포를 놓았다. 그 남자는 당연히 거부했다. 그건 자신이 샀으며 훔친 게 아니라고 항변했다. 엘리야가 갑자기 그에게 덤벼들었다. 그들은 10여 분 동안 몸싸움을 했고, 결국 폴란드인이 진창에 넘어졌다. 기이한 진풍경에 눈길이 쏠린 군중은 환호를 보냈고, 이에 고무된 엘리야는 의기양양하게 반합을 우리에게 돌려주었다. 그때부터 그는 우리들의 친구가 되었다.

알베르토와 나는 로렌초를 이해하기 어려웠다. 아우슈비츠의 폭력적이고 비열한 환경에서 순수한 이타주의로 남을 돕는 인간은 마치 하늘에서 온 어느 구원자처럼 이해할 수 없는 낯선 존재였다. 그러나 그는 소통이 어려운 무뚝뚝한 구원자였다. 나는 그에게 그가 우리를 위해 행하고 있는 선행에 대한 보답으로 이탈리아에 있는 그의 여동생에게 사례를 하고 싶다고 말했다. 하지만 그는 우리에게 주소를 알려주려 하지 않았다. 하지만 그 거절이 우리의 마음을 상하게 할까 봐 수용소와 가장 어울리는 다른 보상을 수락했다. 그는 망가진 가죽 작업화를 신고 있었는데, 그가 속한 구역에는 신발 수선공이 따로 없었다. 아우슈비츠 세계에서 구두 수선은 무척이나 많은 비용이 들었다. 반면 우리가 있는 라거에서 가죽구두를 가진 사람은 무료로 수선을 받을 수 있었다. 왜냐하면 (공식적으로) 우리들 중 어느 누구도 돈을 소지할 수 없었기 때문이다. 그래서 어느 날 그와 나는 서로 신발을 맞바꾸었다. 그는 나흘 동안 내 나막신을 신고 걸어 다니며·일했다. 나는 모노비츠*의 수선공들에게 그의 신발 수선을 맡겼고, 그들은 수선하는 동안 임시로 신을 신발 한 켤레를 내게 주었다.

후에 내 생명을 구한 성홍열을 앓기 직전인 12월 말, 로렌초는 다시 우리 근처에서 일했다. 나는 다시 그가 직접 건넨 반합을 받을 수 있었다. 어느 날 아침 회녹색 군복을 걸친 그가 눈을 맞으며 야간폭격으로 파괴된 창고 쪽으로 다가오는 모습이 보였다. 그는 단호하고도 느린 걸음으로 성큼성큼 걸어왔다. 그러고는 내게 찌그러지고 부서진 반합을 건네면서 죽이 조금 더럽다고 말했다. 나는 이유를 물었지만 그는 고개를 흔들고는 자리를 떠났다. 그리고 일 년 뒤에 이탈리아에서 그를 만나게 될 때까지는 다시는 그를 보지 못했다. 죽 안에는 정말 흙과 작은 돌멩이들이 들어 있었다. 일 년이 지나서야 그는 거의 사과하듯이 그 이유를 설명했다. 그날 아침, 그가 음식을 모으러 돌아다니는 사이 그의 구역이 순식간에 공습을 당했다는 것이다. 폭탄 한 개가 그와 가까운 곳에 떨어졌고, 이내 질척한 땅에서 폭발했다. 폭발로 인해 반합이 흙더미에 파묻혔으며, 그는 한쪽 고막을 다쳤다. 하지만 그에게는 전달해야 할 죽이 있었기 때문에, 평상시와 똑같이 일터로 왔던 것이다.

* 아우슈비츠 제3수용소. 특수 노동 수용소로, I.G 파르벤 합성고무 공장과 석유 추출 공장에 강제 노역을 제공했다.

　로렌초는 러시아군이 다가오고 있다는 걸 알았고 그들에 대해 두려움을 가지고 있었다.** 어쩌면 그의 생각이 맞았을지 모른다. 만약 그가 그들을 기다렸다면, 실제로 우리에게 그런 일이 벌어졌듯이 그는 훨씬 늦게 이탈리아로 돌아왔을 것이다. 러시아군과의 전선이 가까워진 1945년 1월 10일, 독일군들은 이탈리아인 구역을 해제했고 각자 원하는 곳으로 가도록 내버려두었다. 로렌초와 그의 동료들은 아우슈비츠의 지리적 위치를 아주 어렴풋하게 알고 있었다. 심지어 그는 수용소의 이름마저 쓸 줄 몰랐고, 스위스를 연상했는지 겨우 '쉬스'Suiss라고 발음했다. 그러나 그는 동료 페루츠와 함께 변함없이 행진을 시작했다. 페루츠는 프리울리Friuli*** 사람이었는데, 돈키호테 곁을 지키는 산초처럼 로렌초 곁에 있었다. 로렌초의 행동에선 위험에 굴하지 않는 사람답게 자연스러운 당당함이 배어 나왔다. 반면에 작고 다부진 페루츠는 불안하고 신경질적인 데다 산만하게 고개를 돌리며 계속 주위를 두리번거렸다. 그는 사시였고 두 눈 사이가 심하게 벌어져 있었다. 그 모습은 흡사 자신의 고질적 두려움 속에서 카멜레온이 그러듯 자기 앞과 양쪽 면을 동시에 바라보려고 애쓰는 것 같았다. 그 역시 이탈리아인 수감자들에게 빵을 가져다주었지만, 그 일은 비밀리에 불규칙하게 이뤄졌다. 왜냐하면 그가 자신에게 던져진 그 이해할 수 없고 거친 세계에 대해 너무나도 큰 두려움을 갖고 있었기 때문이다. 그는 음식을 주고는, 고맙다는 말을 듣기도 전에 부리나케 가버렸다.

**　당시 수감자들은 러시아군이 진격해오면 나치 수용소에서 자신들이 해방되리라는 기대감이 있었으나, 로렌초는 러시아군에게 신뢰감보다 두려움을 느끼는 상태였다.
***　이탈리아 북동부에 있는 주.

두 사람은 걸어서 길을 떠났다. 그들은 아우슈비츠 역에서 철도안내서를 한 장 가져갔다. 구겨진 그 책자에는 역의 위치가 간단히 그림으로 표시되어 있었는데, 주요 철도 노선이 여러 역과 일직선으로 연결되어 있었다. 그들은 브렌네로Brennero 방향을 향해 책자와 별들의 도움을 받아가며 주로 밤중에 걸었다. 잠은 헛간에서 자고, 수용소에서 훔쳐온 감자로 끼니를 해결했다. 걷다가 지치면 마을에 머무르곤 했는데, 두 벽돌공이 할 만한 일거리는 늘상 있었다. 그들은 일하면서 쉬어갔고 일한 대가로 돈이나 물건을 받았다. 그들은 꼬박 넉 달을 걸어갔다. 그리고 정확히 4월 25일에 브렌네로에 도착했다. 그 과정에서 북부 이탈리아에서 퇴각하는 독일군 사단의 대규모 병력과 마주쳤고, 전차한 대가 그들을 향해 기관포를 조준했지만 공격하지는 않았다. 브렌네로를 지나자, 집에 거의 도착한 페루츠는 동쪽으로 방향을 돌렸다. 로렌초는 여전히 가던 길을 계속 걸어갔다. 그리고 이십여 일이 지나서 토리노에 도착했다. 그는 우리 가족의 주소를 갖고 있었고, 내 소식을 전해줄 생각으로 어머니를 만났다. 그는 거짓말을 할 줄 모르는 사람이었다. 어쩌면 아우슈비츠의 만행과 유럽의 몰락을 목격한 후 거짓말을 하는 것이 무의미하고 어리석다고 생각하게 되었는지 모르겠다. 그는 어머니에게 내가 돌아오지 못할 거라고 말했다. 아우슈비츠의 유대인들은 모두들 가스실에서 죽거나 강제노역 중에 목숨을 잃었고, 아니면 도망치다가 결국 독일군에게 살해당했다(그것은 말 그대로 거의 사실이었다). 더군다나 그는 라거의 독일군이 퇴각할 당시 내가 병을 앓고 있었다는 사실을 동료 수감자들을 통해 알고 있었다. 그러니 어머니로서는 가혹한 운명을 받아들이는 편이 나았다.

어머니는 그가 토리노에서 고향 포사노Fossano로 가는 마지막 여정이라도 기차를 타고 가도록 그에게 여비를 건넸다. 하지만 로렌초는 사양했다. 그는 이미 넉 달 동안 정확히 얼마인지도 모를 수천 킬로미터의 거리를 걸어왔다. 그렇기 때문에 굳이 기차를 탈 필요가 없었다. 이후 그는 포사노에서 6킬로미터 거리인 제놀라Genola를 조금 지났을 때 마차를 타고 가는 그의 사촌을 만났다. 사촌은 그에게 마차에 올라타라고 했지만 이번에도 그는 도무지 신세를 지려 하지 않았다. 그래서 로렌초는 자신의 온 생애에 걸쳐 늘 걸어서 여행을 했던 것처럼 순전히 걸어서만 집에 도착했다. 시간이 얼마나 걸리는가 하는 것은 그에게 중요하지 않았다.

그로부터 다섯 달 뒤, 러시아를 거치는 기나긴 여정을 마치고 나 역시 집에 돌아왔다. 나는 그를 다시 만나려고, 또 그에게 겨울 스웨터를 전해주려고 포사노로 갔다. 거기서 나는 한 지친 남자와 마주했다. 걸어서 지친 게 아니라 회복되지 못할 어떤 피로에서 헤어나오지 못할 만큼 지쳐 있는 로렌초를 발견했던 것이다. 우리는 뭐라도 마시려고 함께 식당에 갔다. 그와 나눈 단 몇 마디 말 속에서 삶을 향한 그의 사랑의 경계가 약해졌고, 이제는 거의 사라졌음을 알았다. 그는 벽돌공 일을 그만두었고, 이륜

마차를 타고 농장을 돌아다니며 고철을 사고파는 일을 했다. 더
는 정해진 규율도 주인도 시간표도 원하지 않았다. 그는 자신이
버는 적은 수입을 식당에서 다 써버렸다. 폭음을 하지는 않았지
만, 자신을 옭아맨 세상에서 벗어나려고 술을 마셨다. 그는 세상
이 어떤지 보았고, 그것이 싫었으며, 그것이 몰락해간다고 느꼈
다. 살아가는 것에 더는 관심이 없었던 것이다.

　내 생각에 그는 환경을 바꿀 필요가 있었다. 그래서 토리노
에서 일할 수 있게 벽돌공 자리를 구해주었다. 하지만 로렌초는
내 제안을 거절했다. 어느새 그는 유랑인으로 살아가고 있었고
되는대로 아무 곳에서나 잠을 잤다. 심지어 1945년과 1946년 사
이의 혹독한 겨울에 바깥에서 노숙을 하기도 했다. 그는 술을 마
셨지만 전혀 흐트러짐이 없었다. 그는 신자도 아니었고 복음에
관해 많이 알지도 못했다. 하지만 아우슈비츠에서 내가 알아채
지 못했던 한 가지 사실을 내게 말해주었다. 거기서 그가 도와준
사람은 오직 나 한 사람이 아니었다. 그는 나 말고도 이탈리아인
들과 다른 외국인들까지 돌봐주었지만 그 사실을 내게는 비밀에
부치는 게 좋겠다고 여겼던 것이다. 그는 허영심을 뽐내기 위해
서가 아니라 선을 행하기 위해 세상에 존재하는 사람이다. 그의
'쉬스', 아우슈비츠에서 그는 적어도 우리에 비해 부자였으며, 우
리를 도와줄 수 있었다. 하지만 이제는 삶에 지쳤고, 더는 그럴
기회가 없었다.

　결국 그는 병이 들었다. 다행히 의사 친구들의 도움으로 그

를 병원에서 치료받게 할 수 있었으나 그들이 그에게 와인을 주지 않는 바람에 그는 도망치고 말았다. 그는 자신의 삶을 거부하는 일에 너무나 확고했고 변함이 없었다. 며칠 후 그는 죽어가는 모습으로 발견되었고, 병원에서 쓸쓸히 세상을 떠났다. 생환자가 아니었던 그는 생환자의 고통을 겪으며 죽음을 맞이하고 말았다.

유대인의 왕

나는 아우슈비츠에서 귀환하던 중 주머니에서 가벼운 합금 재질의 신기한 동전 한 개를 발견했다. 그것은 여기 위 동전의 모습과 같다. 동전은 여기저기 긁히고 부식되었는데, 앞면에는 다윗의 방패*인 유대인의 별이 있고 1943년이라는 날짜와 독일어로 게토ghetto라는 단어가 새겨져 있다. 뒷면에는 'Quittung über 10 Mark e Der Aelteste der Juden in Litzmannstadt'라고 적혀 있었는데, 그대로 옮기면 '10마르크 수령' 그리고 '리츠만슈타트Litzmannstadt** 유대인 대표'라는 뜻이었다. 오랜 세월 나는 그 동전에 별다른 신경을 쓰지 않았다. 한동안 그것을 지갑에 넣고 다녔는데, 어쩌면 마음 한편에서는 그것이 행운을 불러올 가치가 있다는 어리석은 판단을 했던 것 같다. 그러다 나중에는 서랍 한구석에 넣어두었다. 요 근래에 들어 다양한 원천을 통해 찾아낸 기억들 덕분에 최소한 부분적이나마 동전에 관한 이야기를

---

* '다윗의 별'로도 알려져 있다.
** 폴란드 중부 도시 '우치'. 제2차 세계대전 당시 나치군은 '우치'를 '리츠만슈타트'라는 독일식 이름으로 바꾸어 불렀다.

재구성할 수 있게 되었다. 그것은 평범하지 않고 매혹적인 동시에 호의적이지 않은 이야기다.

오늘날 지도책에서 리츠만슈타트라는 이름의 도시는 찾아볼 수 없다. 하지만 리츠만이라는 장군이 있었고, 그는 1914년 폴란드 도시 우치Łódź의 러시아 전선을 격퇴한 공로로 독일에서는 유명한 인물이다. 당시 폴란드 도시 우치는 나치 시대 장군의 업적을 기려 리츠만슈타트라는 이름으로 바뀌었다. 그리고 1944년이 저물어가던 시기에 우치의 유대인 게토에 남아 있던 마지막 생존자들은 아우슈비츠로 이송되었다. 나는 그 동전을 아우슈비츠가 해방된 직후 땅에서 주웠던 게 틀림없는 것 같다. 확실히 그 이전은 아니다. 왜냐하면 당시에 내가 걸친 죄수복 차림으로는 아무것도 간수할 수가 없었기 때문이다.

1939년 우치에는 대략 칠십오만 명의 주민이 살고 있었다. 그곳은 폴란드 도시들 중에서 산업이 가장 발달한, 가장 '현대적'이고 가장 '추한' 도시였다. 우치는 맨체스터Manchester와 비엘라Biella처럼 섬유산업으로 먹고사는 도시였다. 그곳에는 크고 작은 수많은 산업시설이 있었는데, 당시에는 그로부터 수십 년 전 독일인과 유대인 사업가들이 세운 대부분의 시설이 이미 낡은 구식 건물로 치부되었다. 나치에 점령당한 동유럽의 주요 도시들에서 으레 그랬듯이 나치군은 우치에서도 서둘러 게토를 건설했다. 그들은 나치즘이라는 근대적 횡포에 눈이 멀어 중세 시대와 반종교개혁 시대의 게토 상태를 재현했다. 이미 1940년 2월

에 문을 연 우치의 게토는 나치즘 시대의 명령에 따라 건설된 첫
번째 게토였고, 인구 밀도로는 바르샤바의 게토에 이어 두 번째
였다. 이후 십육만 명 이상의 유대인을 수용하기에 이르렀고,
1944년 가을에야 강제거주가 풀렸다. 또한 그곳은 나치가 세운
게토 중 가장 오래 지속된 게토이기도 했다. 그렇게 된 것은 두
가지 이유에 기반하고 있었다. 독일인들을 위한 경제적 중요성
과 게토 지도자의 예측하기 어려운 성격이 그 이유였다.

　　게토 지도자의 이름은 하임 룸코프스키Chaim Rumkowski*였
다. 일찌감치 우치에 있는 벨벳 공장의 공동 소유자였던 그는 사
업에 실패한 뒤, 아마도 자기 채무자들과 협상하기 위해서였는
지 여러 차례 영국을 다녀온 인물이었다. 이후 그는 러시아에서
자리를 잡았고, 어찌된 영문인지 모르지만 그곳에서 다시 부를
쌓았다. 그러나 1917년 혁명이 일어나면서 파산한 그는 다시 우
치로 돌아왔다. 1940년에 벌써 그는 예순 살에 가까웠고, 두 번
이나 사별하여 홀아비로 남았으며, 자식은 없었다. 그는 믿음직
스러운 유대인 노동의 책임자로서, 또 혈기왕성하고 무식하며
권위적인 사람으로 유명했다. 한 게토의 지도자(또는 최고 연장
자)라는 자리는 본질적으로 꺼려지고 두려운 것이었지만, 어쨌
거나 그것은 하나의 공인된 자리였고 신분을 한 단계 상승시키
고 권위를 확립시켰다. 이제 룸코프스키는 권력을 사랑하게 되
었다. 그러나 어떻게 그러한 권한을 맡게 되었는지는 잘 알려져
있지 않다. 어쩌면 나치주의자의 악의적 습성에 기인한, 장난처

---

*　전체 이름은 하임 모르드카이 룸코프스키Chaim Mordechai Rumkowski.

럼 벌어진 일이었는지 모른다(룸코프스키는 매우 정직해 보이는 어수룩한 사람, 말하자면 이상적인 놀림거리였거나, 적어도 그렇게 보였다). 그에게는 권력 욕구가 강하게 자리 잡고 있어서, 어쩌면 그 스스로 직책을 얻으려고 손을 썼는지 모른다.

그가 지도자, 아니 더 정확히 말해 독재자로 지낸 4년은 과대망상적인 꿈과 야만적인 생명력 그리고 실질적인 외교 수완과 조직력이 혼합된 경악할 만한 부산물로 입증되었다. 그는 일찌감치 절대적이면서도 셈에 밝은 군주의 위치에 올랐고, 그 과정에서 독일군 지배자들에게 전폭적 지원을 받았음이 분명했다. 그들은 그를 이용했지만 한편으로는 탁월한 행정가이자 명령의 하수인으로서의 그의 재능을 높이 샀다. 그는 그들에게서 화폐를 찍어낼 권한을 얻어냈다. 금속이든(내가 가진 동전처럼) 지폐든 상관없이 그에게 공식적으로 제공된 화폐지에 화폐를 찍어낼 수 있었다. 게토의 힘없는 인부들은 이 통화로 임금을 받았고, 그 돈은 하루에 평균 800칼로리에 불과한 자신들의 식량을 배급받는 거래에 사용할 수 있었다.

룸코프스키는 뛰어난 예술가들과 장인들을 모아 특수부대를 조직했다. 굶주림에 시달린 그들은 빵 한쪽을 얻기 위해 그가 손가락만 까딱해도 일사불란하게 움직였다. 그는 그들에게 우표를 만들도록 지시했는데, 광기 어린 신념과 희망의 빛 속에 말끔히 단장한 머리와 수염을 드러낸 자신의 초상을 디자인해서 인쇄하게 했다. 룸코프스키는 비쩍 마른 말이 끄는 마차 한 대를 갖

고 있었다. 그는 그 마차를 타고 걸인과 도움을 호소하는 사람들
로 북적이는 자신의 소왕국 거리를 돌아다녔다. 그는 위풍당당
한 망토를 걸치고, 아첨꾼들과 간신배 그리고 살인자들에게 둘
러싸여 지냈다. 자신의 궁정시인들에게 (유대인들을 보호하는)
그 '확고부동하고 강력한 권력'과 자신의 공로로 게토에 세워진
평화와 질서를 찬양하는 찬가를 작곡하도록 지시했다. 당시 게
토의 아이들은 악의적인 학교 교육으로 인해 굶주림으로 인한
죽음과 독일 민족주의에 대한 두려움에 계속해서 잠식당하고 있
었다. 그는 그런 아이들에게 '우리의 친애하고 사려 깊은 지도
자'라는 찬가와 지도자에 대한 칭송을 각인시키라고 명령했다.
모든 독재자가 그렇듯이, 그 역시 서둘러 권력 유지에 용이한 경
찰 조직을 만들었다. 명분상으로는 게토의 치안을 유지하고 자
기의 위치를 보호하며 자신이 세운 규율을 적용하기 위해서였
다. 곤봉으로 무장한 육백여 명의 요원 중에는 신뢰할 만한 이가
많지 않았다. 그는 그동안 부분적으로 비밀에 부쳐졌던 많은 이
야기를 공공연히 발설했다. 그 방식은 아주 독특해서 혼동이 있
을 수 없다. 그들은 무솔리니와 히틀러의 연설 기술을 모방했다.
(어떤 결정에 의해? 의식적으로? 아니면 당시 유럽을 지배한 '시
대가 필요로 한 영웅', 곧 너무나도 운 좋은 인간 유형에 대한 무
의식적 동일시였을까?) 아무튼 그들은 독재자들의 과장된 연기,
군중과의 거짓담화, 모방심리, 박수갈채를 통해 군중의 동의를
이끌어내는 방식 등을 그대로 따랐다.

하지만 그의 인물상은 지금까지 묘사한 것보다 훨씬 복잡했다. 룸코프스키가 단순히 배신자이고 공범자에 불과한 것은 아니었다. 그뿐 아니라 어떤 측면에서는 점차 자기 자신을 이디시어로 '마시아'mashíach, 곧 자기 민족의 구원자인 메시아로 확신했음이 분명하다. 그 바람은 적어도 이따금 그가 원하던 바였을 것이다. 그러나 역설적으로 그는 억압자와 동일시되어간다. 어쩌면 토마스 만Thomas Mann의 말대로 인간은 혼란스러운 존재이기 때문에, 혹여 피억압자들과 동일시된 모습이 번갈아가며 나타날지도 모르겠다. 인간이 극단적 긴장 상태에 놓이게 될 때 우리가 이르게 되는 혼란은 이루 말할 수 없이 커지니까 말이다. 그러므로 그는 우리의 판단을 피해 간다. 마치 자성이 강한 극지방에서 나침반이 제 방향을 잃듯이.

비록 룸코프스키가 독일인들에게 경멸과 조소의 대상이 되고 때로는 구타까지 당했지만, 아마도 그는 자기 자신을 하수인이 아니라 절대자로 신격화했을 가능성이 크다. 그리고 그에 따른 권위를 진지하게 취했을 것이다. 게슈타포가 예고도 없이 '룸코프스키의' 의원들을 장악하자, 룸코프스키는 용기를 내어 나치에게 도움을 청하러 달려갔다. 그는 나치의 비웃음과 모욕을 감수하면서 당당하게 맞설 줄 알았다. 또 다른 경우에도 그는 독일인들과 거래하려고 애썼다. 나치는 자신의 손아귀에 있는 노예들에게 더욱더 많은 성과물을 요구했고, 그에게 속한 사람들 중에서 점점 더 많은 비중을 차지하는 쓸모없는 입들(노인, 병자, 어린이들)을 건네받아 가스실로 보내버렸다. 이 같은 나치의 뻔뻔함은 유대인들의 저항적 움직임을 탄압하는 것으로 급격히 기울었다(다른 게토에서와 마찬가지로 우치에서도 시오니즘이나 공산주의에 기반을 둔 강경하고 급진적인 성향의 정치적 저항 집단이 존재했다). 룸코프스키의 태도는 독일인들을 향한 노예근성에서 연유한 것이 아니라, '상처 입은 권위', 자신의 제왕적 신분에 가해진 모욕으로 인한 분노에서 생겨난 것이었다.

1944년 9월에 러시아 전선이 점령지에 가까이 다가오자 나치군은 우치의 게토를 해체하기 시작했다. 그때까지 배고픔과 고된 중노동 그리고 질병을 견디며 생존한 수만 명의 남자와 여자가 독일세계의 마지막 배수로인 '아누스 문디'anus mundi, 즉 '세계의 항문'인 아우슈비츠로 이송되었다. 그리고 그들 중 거의 모두가 가스실에서 숨을 거두었다. 게토에 남은 수천 명의 남자가 값비싼 기계장치를 분해하고 해체하는 데, 그리고 대학살의 흔적을 없애는 데 동원되었다. 얼마 후 그들은 붉은 여단*에 의해 해방되었고, 앞서 밝힌 대부분의 소식이 전해졌다.

　　룸코프스키의 최후에 대해서는 두 가지 설이 존재한다. 마치 살아 있을 때 그가 보였던 모호함이 그의 죽음을 둘러싼 의혹으로 확대된 것 같았다. 첫 번째 설에 따르면, 게토가 해체되는 과정에서 그는 동생과 헤어지지 않기 위해 동생의 이송을 막으려고 애썼다고 한다. 한 독일인 관리가 그에게 동생을 데리고 자

* 1970~80년대 이탈리아의 극좌파 테러 비밀조직.

진해서 떠날 것을 제안했고, 룸코프스키는 이를 수락했다는 것이다. 또 다른 설에 의하면, 나치에 의한 죽음의 위기에서 룸코프스키를 구하려는 시도가 한스 비보우Hans Biebow라는 인물을 통해 이뤄졌다고 한다. 그 역시 룸코프스키처럼 이중의 베일에 가려진 인물이었다. 이 미심쩍은 독일인 사업가는 게토의 행정을 책임진 관리였고, 그와 동시에 게토와의 독일 측 계약자였다. 그의 임무는 중요하고 민감한 사항이었다. 왜냐하면 게토의 공장들이 독일 군대를 위해 가동되고 있었기 때문이다. 비보우는 잔인한 인물이 아니었다. 그는 유대인이라는 죄목을 들어 유대인들을 고통스럽게 하거나 처벌하는 데 관심이 없었고, 오히려 그들이 노동을 통해 벌어들이는 수입에 흥미를 느꼈다. 게토의 잔혹한 고통이 그의 마음을 움직였지만, 다만 간접적 방법을 통해서였다. 그는 자신에게 예속된 노동자들이 계속 일하기를 바랐고, 그런 이유에서 굶주림으로 죽는 일이 없기를 바랐던 것이다. 그의 도덕성은 그 정도에서 멈췄다. 사실 그가 게토의 진짜 주인이었다. 룸코프스키와는 주문자와 납품업자라는 관계로 얽혀 있었는데, 이것이 종종 티격태격하는 우정으로 바뀌었다. 광신적 민족주의에 빠져들기에는 지나치게 냉소적이고 이익에 민감한 비보우는 그 자신에게는 최상의 사업이었던 게토의 해체가 지연되기를 바랐을 것이다. 그리고 이송 대상에서 자신의 친구이자 파트너인 룸코프스키를 빼내려 했을 것이다. 때로는 현실주의자가 이론가보다 나은 것이다. 하지만 나치친위대 SS의 이론가들은 정반대 생각을 갖고 있었고, 누구보다 가장 막강한 권력을 쥐고 있었다. 그들은 급진적인 **그륀틀리히**gründlich*였다. 게토를 해체하고 룸코프스키를 보내버린 이들도 그들이었다.

룸코프스키와 좋은 협력관계를 유지하던 비보우는 달리 뾰족한 방법이 없자, 룸코프스키에게 도착지의 라거 지휘관 앞으로 봉인된 편지 한 통을 건넸다. 그러면서 편지가 그를 보호해줄 것이며 호의적인 대우를 보장해주리라고 그를 안심시켰다. 룸코프스키는 비보우에게 청해 아우슈비츠까지 자기 직책에 맞게 품위를 유지하며 여행할 수 있는 권리를 얻어냈을 것이다. 그 말은 곧 아무런 특권 없는 이송자들이 칸마다 가득한 화물열차의 꼬리 부분과 연결된 특별 칸에서 이동한다는 뜻이었을 것이다. 하지만 독일군의 손에 떨어진 유대인의 운명은 그가 비천하든 영웅이든 겸손하든 교만하든 상관없이 단 한 가지였다. 편지도 특별 칸도 아우슈비츠의 가스실에서 유대인들의 왕, 하임 룸코프스키를 구하지 못했다.

이러한 이야기는 단순히 이야기 차원에만 머무르지 않는다. 더 많은 논쟁거리를 함축하고 있고, 그에 상응하는 정도 이상의 질문들을 던진다. 그리고 그 질문들을 아직 해결되지 않은 의문으로 남겨놓는다. 그 안에는 꿈과 하늘의 표징처럼 어떤 상징이 담겨 있기에 새롭게 해석될 필요성을 제기하고, 끊임없이 아우성치며 우리를 불러낸다. 그러나 그것을 풀이하기란 쉽지 않다.

---

* '근본적, 철저한'이라는 의미로, 독일인의 합리적 특성을 일컫는다.

　룸코프스키는 누구인가? 그는 괴물도 아니고 여느 평범한 사람도 아니다. 다만 그는 권력을 맛보고 그것에 도취된 많은 사람, 즉 실패한 권력자들과 같다. 여러 속성이 있겠지만, 권력은 약물과 같다. 권력이나 약에 대한 필요 모두 그것을 시도해보지 않은 사람에게는 자기와 무관한 어떤 것에 불과하지만, 그것이 우연히라도 한번 시작된 이후에는 '중독' 현상이 생겨나고 욕구를 채우기 위해 그것에 의존하는 강도와 필요성은 점점 더 높아진다. 결국 현실에 대한 거부와 전지전능한 능력을 희망하는 유아기적 꿈으로의 회귀가 탄생한다. 권력욕에 중독된 룸코프스키라는 가설이 유효하다면, 그러한 중독 현상이 게토라는 특수한 환경을 감안하더라도 반드시 그로 인해 발생한 것은 아니라는 점을 인정할 필요가 있다. 권력욕은 한 개인의 모든 의지가 꺼져버릴 법한 상황에서조차 살아남을 만큼 강력하다. 실제로 지속적이고 명백한 권력욕의 뚜렷한 징후는 그에게서 너무나 분명하게 나타났다. 세상에 대한 왜곡된 시선, 독단적 오만함, 지휘권을 휘두르는 것에 대한 과도한 집착, 법 위에 군림하는 태도 등에서 그의 권력욕을 엿볼 수 있다.

　그러나 이러한 이유가 룸코프스키의 책임을 면해주는 건 아니다. 룸코프스키 같은 인물이 존재했다는 사실은 매우 유감스럽고 괴로운 일이다. 만약 그가 과장스러운 독재자의 모습을 내세우며 타락시킨 자신의 개인적 비극과 게토의 비극에서 살아남았다면, 어떤 법정도 그에게 무죄를 선고하지 않았을 것이다. 또한 윤리적 측면에서 우리가 그를 용서할 수 없음은 자명하다. 그렇지만 그에게는 죄를 경감시킬 만한 사유가 있다. 국가사회주의라는 지옥의 명령 체계가 어떤 엄청난 권력의 유혹으로 그를 사로잡았고, 이는 분별력을 잃을 만큼 강력한 것이다. 유혹은 그로 인한 희생자들을 고귀하게 만드는 대신 인간으로서의 품위를 잃게 하고 타락시키며, 유혹 그 자체와 비슷하게 만들어버린다. 더욱이 그것은 크고 작은 공모 관계로 얽혀 있다. 그것에 저항하려면 매우 견고한 도덕 체계가 필요하지만, 우치의 상인 하임 룸코프스키와 더불어 그가 속한 모든 세대의 도덕 체계는 부서지기 쉬운 것이었다. 그의 삶은 카포들과 적의 보급을 담당한 계층, 게토의 모든 서류에 서명했던 관리들 그리고 고개를 흔들지만 굴복하고만 자, '내가 안 했다면 나보다 더 최악인 누군가가 했을 것'이라 말하는 자의 불안하고 불행한 역사다.

이것은 모든 권력이 상층부에서 내려오며, 하층부에서는 어떤 비판도 올라갈 수 없는 정치체제의 전형이다. 이러한 상황은 판단 능력을 약화하고 혼란시키며, 거대한 악인들과 순수한 희생자들 사이의 아득한 경계를 희미하게 만들어버리는 모호한 의식을 형성한다. 검은색과 흰색이 불분명한 이 회색빛 의식지대에 룸코프스키가 자리하고 있다. 그가 악인에 더 가까운지 희생자에 더 가까운지는 말하기 어렵다. 그 사실은 오직 그만이 밝힐 수 있을 것이다. 만약 그가 우리 앞에서 말할 수 있다면 말이다. 어쩌면 늘 거짓말을 했다고 여겨졌던 것처럼 다시 거짓 변명을 늘어놓을지도 모르지만, 어쨌거나 우리가 그의 이해를 도울 것이다. 피고인이 불리한 판결을 피하기 위해 거짓 변론을 하더라도 결국 재판관의 판결을 도와주듯이 말이다. 왜냐하면 어떤 특정 부분을 연기하는 인간의 능력은 한계를 모르기 때문이다.

하지만 이 정도만으로는 이 이야기가 내포하고 있는 심각성과 위험성을 설명하기에 부족하다. 어쩌면 그 의미는 실제와 다르고 더 광범위할지 모른다. 룸코프스키의 모습에서 우리 모두는 자신의 모습을 비추어본다. 진흙과 영혼이 뒤섞인 그의 모호함이 곧 우리의 모호함이고, 그의 열광은 곧 우리의, '트럼펫과 북을 연주하며 지옥으로 내려온'* 우리 서구문명의 열광이다. 그리고 그의 비참한 허위는 사회적 명성에 대해 우리가 지닌 상징들의 일그러진 모상模相이다. 그의 광기는 『자에는 자로』*Measure for Measure*에서 이사벨라가 묘사한, 죽음에 직면한 오만한 인간**의 광기다. 그 인간은 이렇게 나타난다.

> 인간은, 찰나의 권세를 걸친 오만한 인간은
> 자신이 유리처럼 부서지기 쉬운 존재라는 본질을 모르고
> 성난 원숭이처럼 높은 하늘 앞에서
> 온갖 해괴한 짓거리들을 해
> 천사들을 울린다.***

---

* 파시즘과 나치즘의 광기에 열광하며 더 나은 세상을 기대했지만 결국 지옥으로 내려온 서구문명을 가리킨다.
** 『자에는 자로』의 등장인물 클로디오를 가리킨다.
*** 셰익스피어 지음, 김동욱 옮김, 『자에는 자로』 2막 2장, 성균관대학교출판부, 2001, 118~123쪽.

　　우리 역시 룸코프스키처럼 우리의 본질적 나약함을 잊을 정도로 권력과 재물에 현혹되어 있다. 그것은 우리 모두가 게토에 있고, 게토는 경계 안에 갇혀 있다는 사실을, 그 경계의 바깥에는 죽음의 사신들이 있으며 조금 떨어진 곳에서 기차가 기다리고 있다는 사실을 잊게 만든다.

가까운 미래

고요한 별

여기서 아주 멀리 떨어진 우주 어느 곳에 한때 고요한 별이 살았다. 심연의 밑바닥에서 조용히 움직이던 그 별은 우리가 가늠할 수조차 없는 조용한 위성들의 무리에 둘러싸여 있었다. 그 별은 매우 크고 뜨거웠으며 무게가 거대했다. 그리고 이 지점에서 그 별을 묘사하는 우리의 어려움이 시작된다. 우리는 '아주 먼', '큰', '뜨거운', '거대한'이라고 썼다. 이를 다시 적용하면, 오스트레일리아는 아주 멀다. 코끼리는 크고, 집은 그보다 더 크다. 오늘 아침 나는 뜨거운 목욕을 했다. 에베레스트는 거대하다. 이 지점에서 우리의 어휘로는 뭔가 부족하다는 사실이 분명해진다.

　만약 이 이야기를 꼭 해야 한다면 놀라움과 경이로움을 불러일으키려 드는 모든 형용사를 모조리 지워버릴 용기가 필요할 것이다. 고작해야 이야기를 초라하게 만드는 정반대의 결과를 얻을 테니 말이다. 별들에 대해 말하기에는 우리의 언어가 적합하지 않고, 마치 깃털 하나로 항해를 하려는 사람마냥 우습게 여겨진다. 그 언어는 우리와 함께 태어났고, 우리와 동떨어지지 않은 크고 영속적인 대상들을 묘사하는 데 어울린다. 그 언어는 우리의 차원을 가지고 있으며 인간적이다. 우리의 감각이 우리에게 들려주는 수준 이상으로 나아가지 않는다. 불과 이백 년 내지 삼백 년 전만 해도, 가장 작은 생물은 옴진드기였다. 그보다 더 작은 생물은 아무것도 없었고, 그 결과 '작다' 외에 옴진드기를 묘사할 형용사 또한 없었다. 반면에 큰 것을 묘사할 때 역시 바다와 하늘이 똑같이 컸다. 뜨거운 것은 불이었다. 겨우 1700년에야 그 수가 '매우' 많은 대상을 지칭하는 데 '큰 것'이라는 표현이 적합하며, 가급적 공상을 자제한 개념을 일상 언어에 도입할 필요성이 제기되었다. 그래서 다수를 뜻하는 단위로 '백만'이라는 표현이 만들어졌다. 얼마 뒤 더욱 구체적인 '조'il bilione*라는 표현이 생겨났다. 정확한 의미를 규정하지 않은 채로 만들어진 이 표현은 오늘날 여러 나라에서 각기 다른 단위 가치를 지니고 있다.

　　최상급에 있어서도 상황은 크게 다르지 않다. 가장 높은 어떤 탑이 있다고 할 때 그 탑은 어느 높은 탑보다 몇 배가 더 높은가? 우리는 최상급으로 변장한 형용사인 '무한한, 거대한, 경이로운'이라는 형용사로도 해결책을 기대할 수 없다. 여기서 이야기하고 싶은 대상을 말하는 데 있어 이 형용사들은 절망적일 만큼 무용지물이다. 왜냐하면 앞서 말한 그 별은 우리의 태양보다 열 배나 더 컸기 때문이다. 그리고 태양은 우리가 사는 지구보다 '훨씬 많은' 갑절로 더 크고 더 무겁다. 우리는 지구에 대해 아주 가벼운 상상만으로도 실제 지구를 뛰어넘는 수치를 제시할 수 있다. 그래서 '10의 거듭제곱'의 알파벳격인 우아하고 간결한 숫자 언어가 있다. 그렇더라도, 이 이야기가 스스로 들려주려는 이야기, 즉 아류적 반복을 비웃고, 우리 각자에게 오래전 인류의 원

---

*　이탈리아에서 과거에는 '조' 단위의 명칭으로 사용했고, 현재는 '10억' 단위의 명칭으로 사용한다.

형을 발견해내는 우화로서의 이야기에는 이르지 못할 것이다.

이 고요한 별은 그토록 고요할 필요가 없었다. 어쩌면 지나치게 큰 탓이었을지 모른다. 한 처음, 모든 것이 창조되었던 태초의 손길에서 이 별에 너무나 막중한 임무가 주어졌을 수 있다. 아니 어쩌면 그 별의 깊숙한 내부에는 우리들 중 누군가에게 그런 일이 일어나듯 어떤 불균형이나 병이 자리 잡고 있었는지 모른다. 별들 사이에서는 우주라는 '무'의 세계에 부질없이 에너지를 선사하면서 조용히 자기들의 구성 성분인 수소를 불태우는 것이 자연스러운 현상이다. 장엄한 최후에 이르도록 소모되고, 작고 여린 하얀 빛 덩어리로 생을 마칠 때까지 말이다. 그러나 이 문제에서 우리의 주인공 별은 몇 십억 년 전 탄생했을 당시부터 에너지가 희박해지기 시작했고, 정해진 운명을 따르지 않아 불안해졌다. 별의 불안한 상태는 '아주' 멀리, '아주' 짧은 삶을 사는 우리에게까지 보일 정도로 심각했다.

별의 이 불안함을 유럽인이 아니라 아랍인과 중국인 천문학자들이 알아차렸다. 혹독했던 그 시대 유럽인들은 천체가 고정되어 변화될 수 없다고 확신했다. 오히려 불변성의 왕국이자 패러다임으로 인식했고, 천체의 변화를 추적하는 것이 무의미하고 불경하다고 주장했다. 한마디로 천체의 변화는 있을 수 없으며, 정의 내릴 필요도 없었다. 하지만 아랍의 어느 부지런한 관찰자가 자신이 관심 있게 지켜본 이 별이 불변하는 존재가 아니라는 사실을 알아냈다. 그는 오직 좋은 시력과 인내심, 겸손함 그리고

자기가 믿는 신의 작품을 알고자 하는 애정만으로 무장한 채, 삼
십 년 동안 그 별을 관찰했다. 아랍인은 자신만큼이나 부지런했
고 자신과 마찬가지로 별을 바라보는 것이 스스로를 멀리 데려
다주는 길이라고 생각했던 어느 고대 그리스인을 떠올렸다. 그
는 그 그리스인이 수세기 전에 정의 내린 여섯 등급의 별들 가운
데 사등성과 육등성 사이에서 오가는 그 별의 움직임에 주목했
다. 아랍인은 그 별이 어느 정도 자기 별처럼 느껴졌다. 그래서
그 별에 자신이 붙인 이름을 남기고 싶었고, 그런 뜻에서 알 루드
라Al-Ludra라고 불렀다. 아랍 방언으로 '변덕쟁이'를 뜻하는 말이
었다. 알 루드라는 동요했지만 규칙적이지 않았다. 진자처럼 일
정하게 움직이지 않았고, 더 정확히 말하면 두 가지 선택 사이에
서 갈등하는 존재처럼 움직였다. 어느 때는 한 번 순환하는 데 일
년이 걸렸고, 어느 때는 이 년, 또 어느 때는 오 년이 걸렸다. 그
리고 늘 변함없이 순환하는 게 아니어서, 속도가 급격히 떨어지
면서 맨눈으로 볼 수 있는 마지막 상태인 육등성 위치에 멈춰 있
기도 했다. 간혹 시야에서 전체가 사라지기도 했다. 인내심 많은
아랍인은 세상을 떠나기 전에 별의 일곱 개 순환을 세어놓았다.
그의 삶은 길었지만 별의 생명에 비하면 언제나 비참하리만치
짧기만 하다. 비록 그 별이 영원성에 의혹을 불러일으킬 만한 방
식으로 움직이더라도 그렇다. 아랍인이 죽고 난 후, 그 별은 알
루드라라는 이름이 붙어 있음에도 더는 많은 관심을 얻지 못했
다. 다양한 모습을 가진 별들은 그 외에도 많이 있었고, 게다가

1750년 이후 알 루드라는 당시 성능이 가장 좋은 망원경으로 봐도 겨우 보일 만한 작은 점 크기로 줄어들었기 때문이다. 하지만 1950년에(그리고 메시지는 지금에야 도착했다) 내부에서 별을 괴롭히고 있었던 병이 위기를 몰고 왔다. 그리고 이 이야기에서 그 별은 두 번째 위기를 맞는다. 이제 실패로 돌아가는 것은 형용사의 표현이 아니라 일련의 사건이다. 별들의 격렬한 죽음과 부활에 대해 우리는 여전히 많은 부분을 알지 못한다. 다만 드물지 않게 별의 핵에 자리한 원자 구조에서 뭔가가 작동하고, 그로 인해 별이 폭발한다는 사실을 알고 있다. 그러한 경우, 생성되었을 때처럼 몇 백만 년 혹은 몇 십억 년의 단계를 거치지 않고, 단 몇 시간, 몇 분 안에 폭발이 일어난다. 그것이 오늘날 하늘에서 발생하는 여러 현상 가운데 가장 파괴적인 현상이라는 사실을 우리는 안다. 하지만 대략적으로 그 과정을 이해할 뿐이지 그 원인에 대해선 여전히 알지 못한다. 그러니 과정을 아는 데서 만족하는 게 좋겠다.

그해 10월 19일, 그 아랍인 관찰자가 우리 시간으로 열 시에 알 루드라의 조용한 행성들 가운데 한 행성을 관찰할 수 있었다면, 망원경 없이 '육안만으로' 약간 정도가 아니라 '굉장히' 팽창한 모성을 보았을 것이다. 그러나 그 놀라운 광경을 오래도록 지켜보지 않았을 것이다. 아마 십 몇 분 내로 참을 수 없는 열기를 피하기 위해 소용도 없는 피신처를 찾느라 분주해졌을 테니까 말이다.

그러므로 우리는 이 관찰자의 신체조건과 수치에 대해 어떤 가설이 나오더라도 그가 우리처럼 분자와 원자로 구성되어 있는 한, 이러한 결과에 대해서만큼은 당당히 표명할 수 있다. 그리고 반시간도 안 되어 그의 증언과 그의 동족인 모든 인류의 증언이 끝나버릴 것이다.

그래서 이 보고를 마치기 위해 우리는 또 다른 증언들, 즉 우리의 지상에 펼쳐진 장치인 자연을 통한 증거를 수집해야 한다. 별의 폭발 같은 우주 현상은 자연의 본래적 공포 안에 '매우 깊게' 침투해 들어온다. 별이 내뿜는 빛의 심연 과정을 거친 후 파괴의 영향이 더디게 오더라도 이것은 피해 갈 수 없다. 폭발이 일어나고 한 시간 후면 지구는 더는 고요한 행성이 아니며, 지구 전체의 바다와 빙하가 끓어오르기 시작한다. 세 시간 뒤에는 모든 암석이 녹아내리고, 산맥은 용암의 형태로 계곡에 무너져 내린다. 열 시간 후에는 지구 전체가 수증기로 변해버린다. 어쩌면 수많은 우연과 필연성이 결합된 노력으로 무수히 많은 시도와 실패를 거쳐 만들어졌을 섬세하고 연약한 모든 창조물과 더불어, 그 하늘을 자세히 관찰하고 그 많은 별빛이 어떤 가치가 있는지 서로 물었으나 결국 해답을 찾지 못한 모든 시인과 지식인과 더불어 지구는 사라져간다. 이것이 그 대답이다.

우리들의 시간으로 하루가 지난 후에 별의 표면은 가장 멀리 있는 자신의 위성들과 똑같은 궤도에 도달했다. 그 별은 곧 위성들을 장악하고 사방으로 확장시키면서, 별의 고요한 움직임이

낳은 파편들과 에너지의 파장 그리고 대재앙을 예고하는 소식과
함께 궤도에 올랐다.

라몽 에스코히도는 서른네 살이었고, 그에게는 너무나 사랑스러
운 두 명의 아이가 있었다. 그러나 아내와는 복잡하고 긴장된 관
계였다. 그는 페루인이었고 그녀는 본래 오스트리아인이었다.
그는 혼자 있길 좋아하고 소박하고 게으른 성격인 반면에 그녀
는 포부가 크고 인간관계에 열정적이었다. 만약 당신이 해발
2,900미터의 천문대에 산다면 어떤 관계를 꿈꿀 수 있겠는가?
가장 가까운 도시에서조차 비행기로 한 시간이 걸리고 인디오
마을에서도 4킬로미터나 떨어진, 여름의 먼지와 겨울의 얼음으
로 가득한 그런 곳에 산다면 말이다.

아내 유디트는 날마다 번갈아가며 남편을 사랑하고 또 미워
했다. 가끔은 동시에 그런 감정이 일어나기도 했다. 그녀는 남편
의 지식과 조개 수집을 싫어했고, 아이들 아버지로서의 남편과
아침이면 이불 속에 누워 있는 남자로서의 남편을 사랑했다.

그들은 주말에 짧은 여행을 떠나기로 겨우 약속을 잡았다.
출발일은 금요일 저녁이었고, 그들은 다음 날의 소풍을 떠들썩
하고 설레는 마음으로 준비했다. 유디트와 아이들이 서둘러 준
비물을 챙기는 동안, 라몽은 밤의 천체를 촬영할 감광판을 미리
준비하려고 천문대에 올랐다. 아침이면 그는 재잘거리며 질문을
퍼붓는 아이들의 성가신 행동에 꼼짝없이 걸려들고 말 것이다.

호수가 얼마나 멀어요? 아직도 얼어 있어요? 고무보트를 기억할까요? 등등. 그는 암실에 들어가 감광판을 인화하고, 그것을 말려 이레 전에 감광한 그와 똑같은 감광판과 함께 반사광에 밀어 넣었다.

　　그는 현미경으로 양쪽을 관찰했다. 결과는 좋았다. 둘은 일치했고, 그는 마음 편히 떠날 수 있었다. 하지만 미심쩍은 마음에 다시 자세히 들여다보니 뭔가 새로운 사실이 발견되었다. 겨우 감지할 만큼 작은 점에 불과했지만, 먼저 촬영한 감광판에는 없는 것이었다. 이런 일이 발생할 때 99퍼센트는 먼지 입자(충분히 깨끗한 환경에서 일한 적이 없으므로)이거나 현미경에서 묻은 유화액인 것으로 밝혀진다. 그렇지만 새로운 별과 관련된 아주 미미한 변화의 가능성일 수도 있다. 그럴 경우 최종 확인만을 남겨둔 보고서를 작성할 필요가 있다. 그러니 소풍은 안녕이다. 아니면 이틀 밤 연속으로 사진을 다시 찍어야 할 것이다. 유디트와 아이들에게 뭐라고 말할 것인가?

검투사들

니콜라는 아주 기꺼이 집에 머무를 작정이었다. 아침 열 시까지 침대에 누워 있을 생각이었지만, 스테파니아는 이제 그 이유 따위는 듣고 싶어하지 않았다. 벌써 오전 여덟 시에 그에게 전화를 걸어, 그가 너무 오랫동안 핑계를 대왔다는 사실을 들춰냈다. 어느 때는 비가 오니까, 어느 때는 프로그램이 끝났거나 집회에 가야 해서, 또 어느 때는 터무니없는 인도주의적 이유를 내세워 변명을 둘러댔다. 하지만 그의 목소리에서 내키지 않아하는 기색을 눈치 챈 후로는 그것이 다만 그의 기분 탓일 수도 있겠지만, 약속은 지켜야 한다고 따끔하게 말하면서 대화를 끝냈다. 그녀는 너그럽고 많은 미덕을 갖춘 사람이었지만, 머릿속에서 어떤 생각을 떨쳐낼 때는 예외 없이 단호했다. 정말이지 니콜라는 확실히 지킬 수 있는 진짜 약속을 한 기억이 없었다. 항상 그녀에게 언제 경기장에 가자는 식으로 모호하게 말했었다. 그곳에는 그의 회사 동료들이 전부 가다시피 했고, (아차!) 그녀의 동료들 역시 그랬다. 그들은 금요일이면 어김없이 토토글래드Totoglad* 용지에 숫자를 기입했다. 경기에 관한 한 지식인인 척 점잔을 뺄 필요가 없다는 점에서 그는 그녀와 뜻을 같이했다. 인생에서 한번은 시도해볼 만한 경험이고 풀어야 할 호기심의 대상이며, 그렇

* '검투사 로또'라는 뜻.

게 해보지 않는다면 그들이 사는 세상을 알 수 없을 것이라는 데에 이견이 없었다. 그러니까 그가 마음 깊이 간직했다가 내뱉었던 그녀와의 모든 대화가 떠오른 지금, 실은 조금도 경기장의 검투사들을 볼 생각이 없는 지금, 앞으로도 그런 바람은 결코 생겨나지 않을 것만 같았다. 그렇다면, 스테파니아에게 가지 않겠다고 어떻게 말할 것인가? 그동안 그녀는 값비싼 대가를 치렀고, 그도 그 사실을 알고 있었다. 그동안 셀 수 없이 보인 안하무인의 태도, 심드렁한 반응, 거절 등등. 어쩌면 그보다 더 나쁜 것도 참아온 것 같다. 금발 수염을 기르고 그의 주위를 어슬렁거리는 사촌이 있었으니까…….

　　그는 옷을 챙겨 입은 후 면도를 하고 말끔히 씻고 나서, 거리로 나왔다. 도로는 인적이 끊겨 있었지만, 산 세콘도의 매표소 앞에는 벌써 줄이 길게 이어져 있었다. 그는 줄을 서는 게 끔찍이 싫었으나 다른 사람들과 마찬가지로 줄의 맨 끝에 자리를 잡았다. 벽에는 여전히 촌스러운 색깔의 안내문이 걸려 있었다. 여섯 번의 경기를 알리는 문구였다. 검투사들의 이름은 어디에도 언급되어 있지 않았는데, 투리 로루쏘만은 예외였다. 그의 기술력에 대해 많이 아는 건 아니었지만, 그가 뛰어난 검투사이고 구단에서 그에게 막대한 연봉을 지급하고 있으며, 어느 백작부인과 어쩌면 그의 남편인 백작과도 애인 사이라는 소문은 물론, 많은 선행을 행하면서 세금을 내지 않는다는 사실 정도는 알고 있었다. 그는 차례를 기다리는 동안 주변 사람들의 얘기에 귀를 쫑긋 세웠다.

"제 생각에 삼십 년 뒤면 더는 이런 경기가 허용될 것 같지 않아요……." "……그렇긴 해요. 도약도 그렇고 집중력이 예전 같지 않죠. 하지만 경기 경험이 있으니까……." "혹시 1991년도에 벤츠를 옮기는 괴물 경기 보셨어요? 괴물에게서 20미터짜리 망치를 빼앗아 완전히 손에 넣던 장면 보셨나요? 그를 아예 추방했던 그때를 기억하시는지……."

니콜라는 관람석 표 두 장을 받았다. 그 순간만큼은 절약에 신경 써야 하는 경우가 아니었다. 그는 집으로 돌아와 스테파니아에게 전화해 두 시에 그녀를 데리러 가겠다고 말했다.

세 시에 경기장은 벌써 꽉 차 있었다. 첫 번째 경기는 세 시 정각으로 예고되어 있었다. 하지만 세 시 반이 되어도 여전히 경기가 시작할 조짐이 보이지 않았다. 그들 옆에는 백발에 구릿빛 얼굴을 한 노신사가 앉아 있었다. 니콜라는 그에게 그날과 같은 경기 지연이 예사인지 물었다.

"항상 기다리게 만들지요. 그래도 즉시 주인공다운 기세를 잡으니 놀라울 뿐이에요. 우리 때는 달랐어요. 스펀지 고무 같은 완충장치 대신 뱃머리를 세워놓았으니까. 농담이 아닙니다. 곤경을 면하기가 정말 어려웠지요. 오직 피를 흘리며 결투를 치러낸 일인자만이 승리했어요. 보아하니 당신은 젊은이라 아마도 예전 우승자들이 피네롤로와 알피냐노 사육장 출신이었다는 건 기억 못 할 거예요. 이제 짐작이 가지요? 그때 검투사들은 죄다 소년원이나 교도소 출신이었고, 간혹 범죄를 저지른 정신병원

출신도 끼어 있었어요. 그들이 결투를 받아들이면 형벌을 면해
주는 식이었지요. 지금은 웃을 일이지만요. 이제는 검투사조합
까지 있어서 부상 시 재해보험과 유급휴가까지 주어지고, 오십
번의 경기를 마친 후에는 연금까지 지급되지요."

　　마침 관중석에서 웅성거림이 들렸고, 첫 번째 검투사가 등
장했다. 아주 젊은 검투사였다. 그는 자신감을 과시했지만 잔뜩
겁을 집어먹은 모습이었다. 곧바로 경기장에 붉은색으로 127이
라는 숫자가 박힌 자동차 한 대가 들어왔다. 경기 전에 의식처럼
경적을 울리는 소리가 세 번 들렸다. 니콜라는 그의 팔을 꼭 움켜
잡는 스테파니아의 긴장된 손길을 느꼈다. 자동차는 곧 청년을
향해 돌진했다. 그는 손에 망치를 단단히 쥐고서 약간 몸을 숙인
채 다리를 넓게 벌리고 긴장된 자세로 공격에 대비하고 있었다.
느닷없이 자동차가 속도를 내 경기장 바닥의 모래를 뒷바퀴로
발사하며 질주했다. 청년은 충돌을 피하며 공격을 시도했지만
때는 이미 늦었다. 망치는 차의 측면에 살짝 흠집을 내고는 스쳐
지나갔다. 자동차 운전자는 많은 야망을 품을 필요가 없었다. 그
에게는 다양한 여러 결투가 있었고, 하나같이 단조로웠다. 잠시
후 공이 울렸고, 경기는 아무런 사건 없이 싱겁게 끝났다.

　　두 번째 검투사(니콜라는 프로그램에서 그를 봐두었다)는 블
리츠라 불리는 사람이었는데, 건장한 체격에 반들반들한 모습이
었다. 적수로 결정지어진 알파수드를 상대로 다양한 전투 작전이
벌어졌다. 남자는 상당히 영리하고 민첩했다. 그가 이삼 분 동안

우위를 점하는 데 성공했고, 이내 자동차가 돌진하더니 눈 깜짝할 새에 그를 덮쳤다. 그는 12미터가량이나 튕겨져 나갔다. 쓰러진 그의 머리에서 피가 흘렀고, 의사가 달려왔다. 의사는 그가 경기를 할 수 없다고 선언했고, 관중들의 휘파람 소리가 쏟아지는 가운데 응급 요원들이 들것으로 그를 옮겼다. 니콜라 옆자리의 노신사는 화가 단단히 나서 말했다. 블리츠는 사실 이름이 크라베리이며 흉내쟁이, 사기꾼에 불과하다고 성토했다. 또한 일부러 부상을 당해 직업을 바꾸는 데 유리하게 만들려는 속셈이라는 것이다. 그러므로 연맹은 그의 직무를 박탈해야 마땅하며, 회원증을 빼앗아 실업자 명단에 다시 집어넣어야 한다고 열을 올렸다.

　세 번째 검투사가 다시 자동차와 격돌했다. 노인은 결투 상대인 르노 넘버 4가 대형 자동차 중 가장 무시무시한 차종이라고 귀띔을 해줬다. "나라면 미니모리스를 배치했을 거예요. 가속력 있고 다루기가 좋지요. 1,600마력의 저 짐승들로는 절대 아무것도 할 수 없어요. 외국인들이 타기에 좋고 그저 눈요깃감이지요." 세 번째 결투에서 검투사는 움직이지 않고 자동차를 기다렸다. 그러다 마지막 순간에 땅바닥에 몸을 던져 엎드렸고, 자동차가 그 위를 아무런 접촉 없이 지나갔다. 흥분한 관중은 함성을 올렸고 여자들은 꽃과 핸드백을 경기장 안으로 던졌다. 어떤 여자는 구두 한 짝을 던지기도 했다. 그러나 니콜라는 그 극적인 시도가 정말 위험한 게 아니란 걸 깨달았다. 그 기술을 이르러 '로돌포 스타일'이라 불렀는데, 로돌포라는 검투사가 고안해낸 방법이었기 때문이다. 이후 그는 유명인사가 되었고 정치 경력까지 쌓았으며, 지금은 코니 당의 거물이 되었다.

이어서, 관례처럼 코믹한 촌극이 등장했다. 쇠스랑을 끄는 두 대의 견인차 간에 벌어지는 결투였다. 둘 다 똑같은 차종과 색상이었지만 한 대는 옆면이 모두 붉은색으로 칠해져 있었고 다른 한 대는 옆면이 녹색이었다. 둔중해 보이는 차는 역시나 작동하기가 어려웠고 타이어 중심부까지 모래에 파묻혀 있었다. 두 자동차는 서로를 밀어내려 애썼지만 아무 소용이 없었다. 싸울 때 쇠스랑이 수사슴의 뿔처럼 서로 엉켜 꼼짝도 할 수 없었다. 그러다가 녹색 차가 떨어져 나와 재빨리 뒤로 후진하고는 급히 커브를 틀어 뒤트렁크 부분으로 붉은색 차의 측면을 공격하러 달려갔다. 붉은색 차는 자기편에서 물러났지만 곧바로 빠르게 돌진을 시도했고, 녹색 차의 몸체 아래에 쇠스랑을 끼워 넣는 데 성공했다. 두 개의 쇠스랑이 팽팽하게 당겨지며 위로 올라갔다. 녹색 차는 흔들리더니, 망가진 자동배기장치와 소음기를 여지없이 보여주면서 옆으로 전복되었다. 관중은 폭소를 터트리며 박수갈채를 보냈다.

네 번째 검투사는 전체가 부서지고 망가진 푸조 차와 대결을 벌였다. 관중은 곧바로 '카모라'*를 외치기 시작했다. 실제로 푸조 운전자는 차의 방향을 바꾸기 전에 방향 표시등을 켜는 뻔뻔한 행동을 저질렀다.

다섯 번째 경기는 한마디로 장관을 연출했다. 검투사는 험

---

* 나폴리 지역의 마피아.

상긋은 인상이었고, 차의 앞유리만이 아니라 운전자의 머리까지 가격할 작정으로 무섭게 자동차를 응시했지만 결국 털끝만큼도 건드리지 못했다. 운 좋게도 그는 세 번의 공격을 고통 없이 가뿐히, 망치조차 들지 않고 정확히 피해 갔다. 자동차 정면에서 용수철처럼 튀어 오른 네 번째 도약에서 그는 다시 자동차 트렁크에 떨어졌고, 두 번의 과격한 망치질로 차 유리를 깨부수었다. 니콜라는 그의 옆에 꼭 붙어 있던 스테파니아의 짧은 탄식을 듣고 광기의 흐느낌을 느꼈다. 운전자는 눈이 멀어버린 것처럼 보였다. 그러나 브레이크를 밟는 대신 속도를 올렸고 나무 장벽과 비스듬히 충돌하면서 끝이 났다. 자동차는 다시 튀어 오르면서 옆으로 쓰러졌고 그 바람에 검투사의 한쪽 발이 모래에 파묻혔다. 분노의 광기에 휩싸인 그는 유리가 떨어져나간 자동차로 달려가 위로 향해 있는 차문으로 빠져나오려는 운전자의 머리에 계속해서 망치를 휘둘렀다. 마침내 피범벅이 된 얼굴로 차에서 빠져나오는 운전자의 모습이 보였다. 그는 검투사의 망치를 빼앗고는 두 손으로 그의 목을 졸랐다. 관중은 니콜라가 알아듣지 못하는 말로 고함을 질렀다. 하지만 옆의 노신사는 조용히 있다가, 관중들이 심판에게 검투사의 목숨을 살려둘 것을 요구하고 있다고 설명했다. 그리고 실제로 그렇게 되었다. 응급차 한 대가 신속히 경기장에 들어왔고, 순식간에 자동차는 바로 세워져 견인되었다. 운전자와 검투사는 환호 속에서 악수를 나누었다. 그러고 나서 검투사는 관중을 향해 인사하며 탈의실 쪽으로 걸어갔다. 그러나 그것도 잠시, 그가 비틀거리더니 땅에 쓰러졌다. 검투사가 죽었는지 단지 기절한 상태인지는 아무도 알 수 없었다. 그 역시 응급차에 실려 나갔다.

마지막으로 대스타 로루쏘가 등장하는 사이, 니콜라는 스테파니아의 안색이 몹시 창백해졌음을 알아차렸다. 그 모습을 보자 그에게는 뭐라 말할 수 없는 원망이 일었다. 그러나 그녀에게 앙갚음하기 위해 여전히 그곳에 머무르고 싶었다. 단지 그뿐이었다. 로루쏘는 그에게 조금도 중요하지 않았기 때문이다. 솔직히 말하면, 스테파니아가 먼저 그에게 그만 가자고 청하는 편이 더 좋았을 것이다. 하지만 그는 그녀를 잘 알았고, 그녀가 그런 말을 하며 경기를 보려는 뜻을 굽히는 일은 결코 없으리라는 것도 알았다. 그래서 그는 충분히 보았다는 말을 그녀에게 했고, 그들은 함께 경기장을 떠났다. 스테파니아는 몸 상태가 좋지 않았고, 구토를 하려는 조짐이 보였다. 그렇지만 무엇을 먹었는지 묻는 그의 질문에는 그저 짤막하게 대답했다. 그녀는 전날 저녁에 소시지를 먹었다고 털어놓았다. 어쨌거나 그녀는 바에서 아마로*를 한잔하는 것도, 그와 저녁을 보내는 것도 거절했으며, 그가 그녀에게 건네는 모든 대화를 거부했다. 정말로 몸 상태가 좋지 않은 것이 분명했다. 니콜라는 그녀를 집에 데려다주었고, 그역시 별로 식욕이 없다는 걸 깨달았다. 평상시 친구 레나토와 즐기던 당구 게임도 하고 싶은 생각이 없었다. 그는 코냑 두 잔을 연거푸 마시고 잠자리에 들었다.

* 식사 전에 가볍게 마시는 쓴맛 나는 술.

혹시 어제 저녁에 그에게 준 팁이 너무 과했는지 모르겠다. 여전히 우리에게는 남은 돈을 환전할지, 아니면 지역 화폐를 추가로 살지 결정할 시간이 없었다. 아구스틴이 우리 방을 막아놓은 가리개를 두드렸을 때는 아직 일곱 시도 채 안 된 시간이었다. 우리는 그를 본능적으로 신뢰했기 때문에 문을 열어주었다. 우리가 도착한 순간 주위를 에워싸고 성가신 요청을 하거나 뭔가를 바치느라 아우성인 그 모든 낯선 사람들 사이에서, 아구스틴은 특별한 재능과 신중함으로, 또 그가 말하는 우아하고 명랑한 스페인어로 다른 이들과는 뚜렷이 구별되었다. 그는 우리에게 한 가지 제안을 하러 왔다. 아무도 눈치 채지 못하게 조용히 무리에서 빠져나와 자신을 따라오라는 것이었다. 우리 둘을 또 다른 커플과 함께 마간Magaán에 위치한 트레스 마르티레스Trece Mártires** 신전으로 데려가겠다는 것이다. 우리는 들어본 적도 없는 곳이 아닌가? 그는 재빨리 수줍은 미소를 지었다. 우리가 그를 믿고 따르면 그룹을 떠나온 걸 후회하지 않을 거라고 했다.

　　우리는 토레스 씨 부부와 함께 가려고 상의했다. 그들은 우리 도시에 사는 젊은 부부였는데, 몇 분 얘기하고 나서 아구스틴의 제안을 받아들이기로 했다. 다른 여행객들은 다들 소란스럽

***　'열셋 순교자'라는 뜻.

고 교양이 없었다. 그래서 몰래 떠나기에는 상대적으로 한적하고 조용한 아침 시간이 아주 적합해 보였다. 아구스틴은 우리에게 신전이 그리 멀지 않다고 설명했다. 택시로(모든 택시 기사가 그의 친구였다) 삼십 분 그리고 보트로 십 분 정도 가면 고론탈로Gorontalo* 석호의 거의 중앙에 위치한 작은 섬에 도착한다. 거기서 삼십 분 정도를 더 올라간다는 것이다.

　　석호는 거울처럼 평평했고, 태양을 가리지만 열기가 고스란히 전해지는 눈부신 물안개가 몇 미터 높이로 그 위를 덮고 있었다. 공기는 습하고 무더웠으며 습지 냄새로 가득했다. 우리는 작은 부둣가에 내렸다. 부두의 대들보에는 해초가 끈적끈적하게 달라붙어 있었다. 우리 일행은 아구스틴을 따라 굴곡이 심한 경사진 오솔길로 접어들었다. 주변의 언덕들은 바위절벽이라 황량하고 군데군데 동굴처럼 구멍이 나 있었다. 구멍들 중 일부는 오솔길에서 멀지 않은 곳에 있었고, 자세히 보면 탁자와 나뭇단으로 가려져 있었다. 혹시 외양간이나 작은 축사로 꾸며놓으려던 건지 모르겠지만 그냥 봐서는 버려진 것 같았다. 계곡 반대편 비탈은 온갖 식물로 뒤덮여 있었는데, 오솔길의 흔적과 분간이 되지 않았다. 간간이 연약하고 짧은 염소 울음소리가 우리에게까지 들려왔다.

　　신전은 그 언덕 꼭대기에 신기루처럼 홀로 솟아 있었다. 웅장하면서도 형태가 불완전해 보이는 신전은 거리를 가늠하기가 어려웠다. 우리는 벌레에 시달렸고, 또 바람이 전혀 불어주지 않

　* 인도네시아의 주.

아 녹초가 된 채 힘겹게 그곳에 다다랐다. 신전은 흰 암석 벽돌로 지어진 거대한 건축물이었다. 테두리는 불규칙한 육각형 모양이었고, 벽면에는 겉이 조금씩 허물어진 채 각각 높이가 다른 작은 창문이 나 있었다. 그런데 이 벽면들은 신기하게도 평면이 아니었다. 어떤 면은 미세하게 오목했고 또 어떤 면은 볼록했다. 자세히 보니 벽을 이루는 벽돌들이 고르지 않고 삐뚤빼뚤하게 배열되어 있었다. 그 모습은 혹 신전의 고대 건축가들이 다림추와 줄의 사용법을 몰랐던 게 아닌가 의심이 들 정도였다. 신전 벽의 그늘에는 말 몇 마리가 태양의 열기를 피해 모여 있었는데, 땀에 얼룩진 몸으로 무더운 열기에 숨을 헐떡이며 꼼짝도 하지 않고 있었다.

우리는 좁은 출입구를 통해 신전 안으로 들어갔다. 출입구는 대충 돌을 파내거나 산양이라도 이용해 구멍을 낸 것처럼 보였다. 그러나 진짜 제대로 된 신전 출입문은 보이지 않았다. 단조롭고 육중한 외관과 달리 내부는 구조가 갖춰지고 공간이 잘 맞물려 있었다. 크고 작은 뜰과 테라스, 온실, 옥상정원, 물이 말라 있는 분수와 수영장 등이 이어졌다. 그것들은 넓거나 좁은 계단과 광대한 계단, 나선형의 경사진 계단으로 서로 연결되어 있었다. 모든 것이 극단적 방치 상태였다. 많은 구조물이 허물어졌고, 일부는 아주 오래전에 그리된 것 같았으며, 폐허 위에서 자란 식물들이 도처에 자리 잡고 있었다. 균열이 생긴 곳에는 예외 없이 흙이 쌓여 코를 찌를 듯한 사향 냄새를 풍기는 야생초와 가시식

물 그리고 작고 가냘픈 버섯 들이 뿌리를 내리고 있었다. 구불구
불한 신전 내부를 모두 구경하려면 확실히 열흘도 부족해 보였
다. 아구스틴은 굳이 묘지로 향하는 통로로 우리를 데려가려 했
다. 그곳을 지나면 그가 야수의 정원이라고 부르는 신전 맨 안쪽
뜰에 닿는다는 것이다. 묘지 쪽 통로는 땅을 다져 만든 긴 보행로
였다. 그곳에는 이상하게도 풀 한 포기 자라지 않았다. 아구스틴
은 우리에게 한 줄로 지나가라고 당부하면서, 말뚝으로 표시한
경계선을 넘지 않도록 했다. 그는 지표면 여기저기에 수직이나
비스듬한 모양으로 솟아 있는, 백여 개는 됨직한 뾰족하고 녹이
슨 수많은 금속 조형물을 보여주었다. 어떤 것들은 한 뼘이나 두
뼘 크기로 드러나 있었고, 나머지는 눈에 보일락 말락 하는 정도
였다. 그는 그것들이 검과 창의 끝부분이라고 설명했다. 또 우리
에게, 그의 나라가 역사적으로 자주 침략을 당했다는 사실을 들
려주었다. 유럽인이 도착하기 몇 세기 전에 북쪽에서 침입한 무
리가 있었는데, 그들이 어디 출신인지 누구도 잘 알지 못했고 그
저 기사 무리 정도로만 알 뿐이었다. 그들은 충동적이고 잔인했
지만 그 수가 매우 적었다. 그의 조상들은(그는 여전히 수줍은
미소로 "우리보다 더 용감했다"라고 말했다) 침입자들을 그들이
타고 온 배로 되쫓아버리려 했으나 실패로 돌아갔다. 그래서 그
의 조상들은 신전으로 피신했고, 그곳에서 갑작스러운 침략과
화재 그리고 대학살을 견디며 몇 년 동안 자기들의 나라를 유지
했다. 그 와중에 후방에서는 페스트를 퍼트렸다. 페스트나 전투

로 사망한 기사들은 야만 민족의 풍습에 따라 동료들의 손으로 매장되었다. 죽은 사람들은 각자 자신의 말과 함께, 그리고 하늘을 겨누며 끝을 세운 무기와 함께 땅에 묻혔다.

야수의 정원은 거의 신전이 세워졌던 때부터 야수가 숨어 있었을 법한 드넓은 장소였다. 그곳에 비치는 유일한 빛은 지붕 틈새로 들어오는 햇살뿐이었다. 우리의 눈이 그곳의 어슴푸레한 어둠에 적응하기까지 얼마간의 시간이 걸렸다. 그제야 우리는 타원형에 가까운 지붕 덮인 원형극장의 가장자리에 서 있다는 걸 알게 되었다. 층계가 있는 곳 주위에는 헤아릴 수 없이 많은 관람석이 넷 또는 다섯 구역으로 나뉘어 배치되어 있었다. 각각의 구역은 돌기둥이나 화려한 나무장식으로 구분되어 있었다. 기둥은 수직에서 벗어나 있었고, 객석은 수평을 이루지 않은 채로 배열되어 있었다. 그런 까닭에 객석이 모두 똑같지는 않았다. 길고 좁은 모양이 있는가 하면 넓고 낮은 모양이 있었다(어떤 것들은 앉을 때 배가 다리에 닿아야 앉을 수 있을 정도로 낮았다). 우리 정면에 보이는 구역은 마치 지질학적 단층지대나 어정쩡한 자세로 잡아당겼다가 다시 놓은 벌집 조각처럼 아주 심하게 기울어 있었다.

우리는 그런 유형의 건축물이 어떻게 수세기 동안 그냥 남아 있는 정도가 아니라 원래 모습 그대로 존재할 수 있었는지 쉽게 이해가 되지 않아 한참을 갸웃했다. 어느 정도 어둑한 분위기에 익숙해지자 가장 가까이에 보이는 기둥 일부가 뭐라 말로 표현하기 어려운 기이한 현상을 나타내는 것이 눈에 들어왔다. 더욱이 같은 장소에서 우리 눈에 보이는 것마저 제각각 묘사하기란 불가능하다는 걸 깨달았다. 차라리 그림으로 설명하는 게 훨씬 더 쉬울 것 같았다. 그것이 우리에게는 어떤 거만함으로, 우리의 이성에 대한 어떤 도전으로 느껴졌다. 존재할 근거가 없는 어떤 것이 현실에 존재하고 있었던 것이다. 그 기둥들의 아랫부분 사이사이로 두 번째 층에 있는 검은색과 황토색의, 스캘럽* 양식으로 그려진 객석의 배경이 눈에 들어왔다. 그러나 기둥 윗부분으로 시선을 따라가면 가장자리 역할이 바뀌어 있었다. 기둥 사이의 간격이 곧 기둥으로 변했고, 기둥은 다시 간격으로 바뀌었다. 그리고 이 기둥들 사이로 석호의 어둑한 하늘이 보였다. 토레

* 본래 철강 구조물의 용접이 교차할 때, 용접이 통과하도록 만든 요철부를 가리킨다.
  여기서는 입체적인 구조물을 표현한 양식을 뜻한다.

스 씨 부부와 우리는 가까이 다가가면 사라지는 이 부조리한 현상에 관해 결론을 내리려고 온갖 부질없는 노력을 다했다. 하지만 몇 십 미터 거리를 두고 관찰만 잘하면 구체적 원인에 대한 결정적 증거를 얻을 수 있었다. 클라우디아는 몇 장의 사진을 찍긴 했지만 별다른 기대감을 갖지는 않았다. 빛이 너무 부족했기 때문이다.

원형극장의 무대는 빽빽하고 나지막한 식물들이 점령하다시피 했다. 아구스틴이 우리를 가장자리로 안내했다. 그는 우리를 폐허 더미 위로 올라가게 했다. 그런 후 아무 말 없이 우리에게 관목 사이로 움직이는 어떤 어두운 형체를 가리켰다. 그 정체는 육중한 갈색 동물이었는데, 늪지에 사는 물소보다 키와 덩치가 조금 더 컸다. 정적 속에서 그 동물의 깊고 거친 숨소리와 함께 관목을 뜯어 먹으며 뿌리째 뽑아 던지는 시끄러운 소리가 들렸다. 우리 가운데 한 사람이, 아마 나였던 것 같은데, 소스라치게 놀라며 물었다. "도대체 저게 뭡니까?" 그 말이 끝나기 무섭게 아구스틴은 조용히 하라는 손짓을 했다. 그러나 괴이한 짐승은 그 소리를 들었음이 틀림없었다. 곧바로 머리를 들어 올리고는 콧김을 세게 내뿜었기 때문이다. 그러자 객석 쪽에서 새들이 소란스레 날아왔다. 괴이한 짐승은 성가시다는 듯 울음소리를 내고는 몸을 흔들더니, 보이지 않는 적에게 돌진하듯이 정면을 향해 달려갔다. 어쩌면 그것은 터무니없고 불가능한 무대배경을 향해 달려갔는지도 모른다. 우리는 주위를 둘러보았다. 무대에는 꽤 여러 개의 출입구가 연결되어 있었지만 하나같이 좁고 통행이 어려워 보였다. 어느 것 하나도 짐승이 지나갈 수 없는 상태였다.

점점 더 흥분에 휩싸인 그 짐승은 자기 앞에 있는 관목줄기와 가지들을 마구 짓밟으며 질주했다. 짐승이 달릴 때마다 땅이 삼박자로 울렸고, 기둥에 부딪혀 파편이 땅에 떨어지는 소리가 들렸다. 짐승은 입구 중에서 상대적으로 덜 좁아 보이고 잔해가 가장 적은 곳으로 달려갔다. 그러고는 마치 분노에 눈이 멀어 앞을 보지 못한 것처럼 입구 기둥들을 들이받았다. 그 순간 잠깐 몸이 들어가는 듯하더니 다시 고통스럽게 울부짖는 소리가 새어나왔다. 잠시 후 짐승은 다시 뒤로 물러났다. 그러자 입구의 암석틀이 충격에 부서져 가루처럼 무너졌고, 떨어진 암석이 입구를 절반이나 가로막는 바람에 입구는 전보다 더 좁아진 것처럼 보였다. 클라우디아는 두려운 나머지 내 팔을 끌어안았다. "짐승 스스로의 감옥이네요. 모든 출구가 막혀 있어요."

우리는 오후의 눈부신 햇살을 받으며 밖으로 나왔다. 토레스 부인은 바위 틈새에 회갈색 비늘의 도마뱀이 많이 살고 있다고 귀띔해주었다. 다른 도마뱀들은 구름에 가려진 태양 아래서 작은 청동상처럼 꼼짝도 하지 않았다. 그러다 방해를 받으면 번개처럼 달아나 구멍으로 숨어들었다. 혹은 아르마딜로*처럼 자기 몸을 동그랗게 말아서 작고 조그만 콤팩트디스크 모양으로 굴러떨어졌다.

---

* 단단한 외골격을 지닌 동물. 외부 공격을 받으면 몸을 둥글게 마는 특징이 있다.

신전 밖에는 험상궂은 외모에 비쩍 야윈 걸인 무리가 모여 있었다. 몇 사람은 조금 떨어진 곳에 나지막한 검은 천막을 세우고 뜨거운 태양을 피해 웅크리고 앉아 있었다. 그들은 호기심에 무례하다 싶을 정도로 우리를 빤히 쳐다봤지만, 말을 건네지는 않았다.

"저 사람들은 짐승을 기다리고 있어요." 아구스틴이 말했다. "신전에서 나오길 기다리는 거죠. 하루도 빠짐없이 매일 저녁 저렇게 와서 이곳에서 밤을 보내요. 그리고 천막에는 칼이 있어요. 신전이 세워졌을 때부터 사람들은 기다렸던 거지요. 짐승이 나오면 죽여서 잡아먹으려고요. 그러면 세상이 다시 좋아질 거라고 생각해요. 하지만 짐승이 나올 일은 결코 없을 겁니다."

이종교배

아멜리아는 하루 중에 공부가 잘되는 시간은 따로 있다는 걸 잘 알고 있었다. 그녀에게는 이른 오전 시간과, 늦은 오후에서 저녁 때까지의 시간이 그랬다. 그 외에는 전혀 집중이 되지 않아 마치 자기 자신이 우비가 되어 공부를 가로막고 있는 기분이 들었다. 그렇긴 해도 시험은 중요했다. 이 년 과정에서 가장 중요한 시험이었다. 그래서 시험 전날인 그날 저녁을 아무렇게나 보낼 수 없었다. 약간의 복습과 아주 사소한 선행을 병행하며 최선을 다해 그 시간을 활용할 작정이었다.

레티치아 할머니는 외출을 거의 하지 않았다. 그래서인지 할머니는 그때까지 누군가와 말할 기회가 턱없이 부족했지만 대화의 필요성을 별로 느끼지 못했다. 할머니와 교류하는 사람들은 무식하고 출신이 의심스런 이웃 상인들이 전부였다. 집에서는 아주 가끔씩만 입을 열었는데, 똑같은 말을 하는 게 두려웠던 것이다. 그러나 실제로는 같은 말을 반복했고, 불쌍한 할머니는 언제나 똑같은 이야기, 즉 그토록 평온하고 이성적이며 질서정연했던 젊은 시절의 세상 이야기로 돌아갔다. 뭐, 그 정도는 괜찮았다. 아멜리아에게는 정말 흥미로운 이야깃거리였고, 어떤 것들은 교과서에도 없는 내용이었다.

할머니는 그런 얘기를 하는 게 즐거웠을 것이다. 모든 노인이 그렇다. 자기들을 둘러싼 현재 세상에는 관심이 적고, 쉽게 마음이 불편해지며, 이해가 되지 않는다. 오히려 현재의 세상을 적대적으로 느낀 나머지 기억에 담아두지도 않는다. 그렇기 때문에 노인들은 가까운 일이 아니라 오래전 사건들을 기억한다. 그것은 완고함의 문제가 아니라 방어 차원의 문제다. 노인들의 진짜 세계는 자기들이 누린 파릇파릇한 전성기의 세상이다. 그리고 그것을 좋은 것이라 정의 내린다. 인류에게 두 번의 세계대전을 가져다주었는데도 그 시대는 한마디로 '좋은 옛 시절'인 것이다.

아멜리아는 실질적으로 인간종족의 아이였고 레티치아 할머니와 소통하는 데 방해될 만한 문제는 없었다. 그러나 오래전에 세상을 떠난 친할머니와는 그렇지 못했다. 아멜리아는 그녀를 악몽처럼 기억하고 있었다. 친할머니 잔나의 엄마는 이종교배가 막 가능해진 시기, 그러니까 아직 자제력이 미숙한 나이에 란초Lanzo 계곡으로 소풍을 갔다가 어떤 경솔한 행동을 저질렀고, 결국 낙엽송 꽃가루에 임신이 되었다. 잔나 할머니는 그렇게 태어났다. 가여운 할머니에게는 잘못이 없었지만, 아멜리아가 그녀를 기억할 때 느끼는 감정처럼 할머니가 이종교배로 태어난 것은 썩 달가운 일이 아니었다.

결과적으로 인간의 유전자가 우세했던 건 천만다행이었다. 다른 경우에 자연의 법칙대로 실행되는 것을 보면 더욱 그랬다.

그러나 누가 보더라도 그녀가 이종교배의 후손이라는 걸 알아차렸을 것이다. 잔나 할머니는 어두운 빛깔에 거칠고 비늘 같은 피부와 짙은 녹색 머리카락을 지니고 있었다. 가을이면 머리카락은 황금색으로 변했고, 겨울에는 전부 떨어져 그녀를 대머리로 만들었다. 다행히 봄이 되면 다시 빠르게 자랐다. 할머니는 거의 숨소리에 가까운 생기 없는 목소리로, 화가 날 만큼 느리게 말했다. 할머니가 남편을 얻은 건 기적 같은 일이었다. 어쩌면 보기 드물게 가정적인 미덕을 갖췄다는 이유만으로 가능했던 일인지 모른다.

"이식이란 건 이미 이종교배란다. 얘야, 네 마음대로 생각하렴. 나로서는 항상 누누이 말했으니까. 누구나 죽을 수밖에 없는 이유는 신이 그렇게 정했기 때문이야. 그러니 그 뜻을 거스를 필요는 없지. 이식에 관해서는 처음부터 신뢰가 가지 않았어. 처음에는 안구, 그다음엔 콩팥, 또 그다음엔 간이라니…… 이식 후 첫 번째 징후에 관한 건데 뭐라더라……. 이름을 외는 데는 전혀 소질이 없다니까. 하지만 기억하기 싫어서 외우지 않았어."

"항거부반응제요." 아멜리아가 대답했다.

"그래, 항거부반응제. 이식을 했다 하면 그런 약을 써야 할 결과가 나타나지. 어느 약국에서든 약 한 병에 1,000리라를 주고 구할 수 있어. 하지만 그건 대단한 약이 아니야. 틀니를 끼는 사람이나 코를 성형한 여성들에게도 판매하는 약이거든. 생쥐들을 대상으로 실험을 했는데 해롭지는 않았지. 확실하고 무해하다는 결과가 나왔어. 어떤 나라의 고엽제처럼 무해하지⋯⋯. 하지만 유식한 학자들은 농부들이 아는 걸 모르고 있어. 자연은 짧은 이불 같아서 한쪽을 잡아당기면 다른 쪽이⋯⋯."

아멜리아는 그런 이야기에 관심이 없었다. 그녀는 다른 걸 알고 싶었다. 과거에는 어떻게 살았는지, 산부인과에서 놀랄 일은 없었는지 그리고 고양이는 모두 다리가 네 개였는지 등등. 당시를 상상해보기가 쉽지 않았다. 정리가 된 건 맞지만 어떤 면에서는 조금 시시했는데, 그 둘을 비교하기가 거의 불가능했다. 항거부반응제라면 어린아이도 알고 있었다. 그건 반론이 불가능할 정도로 명백한 사실이었지만 사람들은 너무 늦게 깨달았다. 그것은 하수구의 오물에서 바다로 흘러들어가고, 바다에서는 물고기와 새 들에게 옮겨진다. 대기 중에 떠다니다가 비와 함께 다시 땅으로 떨어지고, 우유와 빵 그리고 포도주 등에 스며들어간다. 지금 세상은 온통 그것으로 가득 차 있고, 모든 면역 체계는 망가져 있다. 그것은 흡사 살아 있는 자연이 스스로 경계심을 잃어버린 것과 같다. 어떤 이식도 거부되지는 않았지만, 모든 백신과 혈청 역시 스스로의 힘을 잃어버렸다. 그리고 과거에 질병을 일으켰던 균들과 천연두, 광견병, 콜레라 등이 다시 돌아왔다.

그래서 한때 서로 다른 종들 간의 교배에 저항했던 방어적인 면역 체계 역시 약화되고 무력해졌다. 독수리의 눈이나 타조의 위장 또는 물속 사냥을 위해 참치의 양쪽 아가미까지 인간에게 이식한다 해도 그것을 막을 금기가 더는 없었다. 하지만 한편으로는, 동물이든 식물이든 인간의 것이든 어떤 종류의 씨앗이라도 바람이나 물 또는 어떠한 사건으로 인해 모든 종류의 난자와 결합하는 것은 이종교배 생물을 탄생시키기에 유리한 가능성을 가지고 있었다. 그래서 가임기의 모든 여성은 매우 조심해야만 했다. 그건 오래전 이야기였다. 아멜리아는 졸음이 몰려왔고, 할머니에게 밤 인사를 한 후, 다음 날을 위해 가방을 챙기고 잠자리에 들었다. 아멜리아는 한마디로 잠꾸러기였다. 그녀는 혹시 잠이 많은 자신의 기질이 혈관에 흐르는 8분의 1만큼의 식물수액에서 비롯된 영향이 아닐까 하는 생각을 자주 했다. 친구 파비오를 향해 마음으로 인사하고 나서 곧바로 잠이 든 그녀는 깊고 고른 숨소리를 냈다.

아멜리아는 파비오에게 여러 번 얘기했었다. 시험 보러 갈 때는 그와 마주치지 않았으면 한다는 내용이었다. 그런데 이번에도 그가 나타났다. 그는 만면에 미소를 띠고 자신만만했으며, 면도까지 말끔히 한 경호원 같은 분위기였다.

"그냥, 시험 잘 보라는 말 하려고. 난 저기 은행에 갈 거야."

"고마워. 이제 어서 가. 잘 봐, 난 이미 예민해졌어. 왜 그런지 알잖아. 너는 싫겠지만······."

"알아. 안다고. 단지 널 보고 싶었을 뿐이야. 잘 가. 다 잘될 테니 걱정하지 마."

은행에 있는 누군가가 파비오 피의 4분의 1이 가시고기의 피일 거라는 말을 흘렸다. 아멜리아는 웬만큼 그의 계보를 조사했었고, 특이한 점은 전혀 없었다. 하지만 호적이 어떻게 기록되었을지는 아무도 모를 일이다. 그렇더라도 아멜리아는 편견이 없었다. 가시고기는 충실한 남편이자 자상한 아버지였고 그들의 영역을 지키는 맹렬한 수호자였다.

다른 동물의 기질보다는 가시고기의 기질을 가진 것이 더 나았다. 무성한 이야기가 돌고 돌았는데, 그중에는 더러 진짜도 있었을 것이다. 만약 어떤 여자가 깔끔하지 못한 데다 수컷 벼룩이 나타난다면, 덫이 작동할 수 있었다. 교회는 이런 주제를 가볍게 넘기지 않았다. 영혼은 성스럽고, 모든 것에 신성한 영혼이 깃들어 있었다. 그러므로 영혼은 한 달된 태아 안에, 더 중요하게는 출산을 통해 태어난 개개인 안에 자리 잡고 있었다. 비록 그들이 인간다운 면모를 썩 갖추고 있지 않더라도 말이다. 그러면 누군가는 여성의 위치가 좋아졌다고 말하곤 했다!

아멜리아는 용기를 내서 현대사 연구소에 들어갔다. 눈부신 햇살과 대조적으로 건물 로비는 어두워 보였다. 아멜리아는 다른 사람들의 얼굴보다 먼저 그들 모두가 예외 없이 쓰고 다니는 방부 처리된 거즈 마스크를 구분하기 시작했다. 남자들은 흰색, 여자들은 화려한 색상의 마스크를 쓰고 있었다. 그들은 알파벳 순서대로 이동하고 있었다. 아멜리아는 사람들이 웅성거리며 뭐라고 말하는지 들어보려고 복도로 들어갔다. 수위 한 명이 들어와서 피소레라는 남학생을 불렀다. 아멜리아의 성은 포르테였다. 이제 그녀가 다음 순서일 것이다. 잠시 후 피소레가 나왔다. 기뻐하고 만족하는 모습이었다. 좋은 사인이었다. 만쿠소 교수는 점잖고 사려 깊은 사람이었고, 그는 오 분 정도 시험을 보고 29점*으로 무사히 시험을 통과했다. 질문에 함정은 전혀 없었다. 그는 우간다 전쟁에 대해, 그의 바로 앞 학생은 체벌 교육에 대해 질문을 받았다. 잠시 후 수위가 다시 돌아와 아멜리아를 불렀다.

만쿠소 교수는 마흔 살가량 된, 작고 예민한 성격에 눈동자와 머리색이 검은 사람이었다. 수염 역시 검었는데 숱이 적고 뻣뻣해 보였다. 그는 말하는 속도가 매우 빨라서 따라가기가 어려웠다. 그래서 그에게 질문을 되물어야 하는 경우가 자주 있었다. 그는 메마르고 날카로운 목소리를 가지고 있어서 아멜리아는 그 목소리에서 아주 빠른 속도로 자기 테이프를 돌릴 때 발생하는 소리가 연상됐다. 아멜리아는 자리에 앉았고, 교수는 몇 초간 그녀의 머리끝부터 발끝까지 훑어보았다. 그 순간 그의 머리와 눈 그리고 연필을 만지작거리던 손에서 순간적인 떨림이 보였다. 그의 코털까지도 빠르게 떨렸다. 잠시 후 그는 뒤쪽으로 자리를 옮겨 팔걸이의자에 아주 편한 자세로 앉았다. 그는 아멜리아에게 정중하고 호의적인 미소를 지었지만 순식간에 그 모습은 사라지고 말았다. 눈을 빠르게 끔벅이던 그는 아멜리아에게 선호하는 주제에 대해 말해보라고 운을 뗐다. '교수님을 놀라게 했군.' 그녀는 별일 아니라고 생각하고는 이종교배에 관해 말하겠다고 대답했다. 그러자 만쿠소 교수의 얼굴에서 반감의 그림자

* 이탈리아의 학교 시험은 대개 30점 만점 기준이다.

가 빠르게 지나가는 것이 언뜻 보였다. 하지만 그녀는 상관하지 않고 설명을 시작했다.

그 주제는 그녀가 오랫동안 마음속에 간직해온 것이었다. 단지 개인적인 이유만이 아니었다. 모든 단계의 학교 교육에서 마치 이전 세계는 존재한 적이 없었다는 듯 그 주제에 관해 거의 다루지 않는 것이 항상 부당하게 여겨졌다. 마치 이전 세계는 존재한 적이 없었다는 듯 대하는 태도로 느껴졌다. 오늘날의 젊은 이들이 자신의 뿌리를 알지 못하면서 어떻게 자기 자신을 알 수 있겠는가? 그녀의 눈에는 열려 있는 것으로 보이는 그것이 어떻게 닫힐 수 있겠는가? 평상시에는 실제 시험에서 부끄러움이 많고 소극적이었지만, 그날은 자신이 전혀 딴 사람처럼 느껴졌다. 그녀는 흥분되었고 스스로 놀라웠다. 그녀는 미처 인간이 깨닫지 못한 채 살고 있는 씨앗과 미생물 그리고 효소의 환상적인 세계, 더 나아가 우리가 매순간 숨 쉬는 대기 중의 꽃가루와 홀씨의 증식, 강과 바다의 물속에 깃든 수컷과 암컷의 성 결정력을 묘사하는 자신의 목소리를 들었다.

숲속의 바람에 대해 말하려는 순간에는 열변을 토하느라 실제로 얼굴이 붉어지는 것을 느꼈다. 그 바람에는 헤아릴 수 없이 많은 잉태와 보이지 않는 무수한 미생물들로 가득했다. 그리고 각각의 미생물에는 운명의 메시지가 적혀 있고, 가장 중요한 의미가 될 신비한 메시지를 따라 자신의 운명의 짝을 찾아서 하늘과 땅의 빈 공간에 몸을 던졌다. 그렇게 수십억 년 동안, 석탄기의 속새류 시대*에서 오늘날에 이르기까지 미생물의 삶이 지속되어왔다. 아니, 정확히 말하면 오늘날이 아니라 과거, 그러니까 종과 종 사이의 철저한 장벽이 부서지고 아직까지는 그것이 좋은 것인지 나쁜 것인지 알지 못했던 순간에 이르기까지 그러했다.

아멜리아는 이종교배의 평가에 대해 도덕적이고 종교적인, 그리고 공리적인 차원에서 본 껄끄러운 문제 제기에 들어갔다. 그러나 교수가 그녀의 얘기를 듣고 있지 않다는 생각이 들었을 때였다. 그녀는 자신의 개인적 관점과 이종교배에 반대하는 십계명이라 칭할 만한 법률 사이의 비교 그리고 항거부반응제의 무분별한 사용을 통제하기 위한 최근의 강력한 법안들을 최대한 설명하려고 했다. 교수는 그녀를 아예 쳐다보지도 않았고, 산만하게 머리를 돌리며 주위를 둘러보거나 신경질적으로 손가락 끝을 재빠르게 움직여가며 몸 여기저기를 긁적였다. 그러다 어느 순간 주머니에서 호두 하나를 꺼내고는 이로 잽싸게 깨뜨려 앞니로 물어뜯기 시작했다. 아멜리아는 화가 치밀었지만 아무 말도 하지 않았다.

만쿠소 교수는 여전히 호두를 씹어 먹으면서 의문을 품은 분위기로 그녀를 빤히 응시했다. "다 끝났습니까? 좋아요. 충분했어요. 오늘 저녁에 시간 있어요? 없어요? 안타깝군요. 점수는 19점으로 사인하겠어요. 어서 자리에 앉아요. 성적부**는 여기에. 다음에 또 뵙죠." 그는 볼과 턱 사이에 호두를 문 채로 말했다.

---

* 속새류는 양치류와 함께 석탄을 이룬 고생대 식물로서, 여기서는 속새류가 번성했던 석탄기를 가리킨다.
** 학생이 각자 지참하는 성적 기록서. 시험을 볼 때마다 교수가 성적을 기입하고 사인한다.

아멜리아는 자신의 성적부를 다시 집어 들고는 인사도 없이 자리를 떴다. 복도에서 소곤거리던 쥐 이야기가 사실인 게 틀림없다. 그녀는 건물 입구에서 다시 교실로 돌아가 점수를 거부하고 싶은 유혹을 느꼈다. 하지만 다시 시험을 치른다면 결과는 더 나빠질 것이라는 생각이 불쑥 고개를 들었다. 그녀는 무궤도 버스에 올라 종점에서 내린 후, 자신이 잘 아는 숲속 오솔길로 들어섰다. 저녁 때까지는 아무도 집에서 그녀를 기다리지 않을 것이다. 만쿠소 교수는 얼간이였고, 그 점에서는 반박의 여지가 없다. 어쩌면 그에게는 변명의 여지가 있었을지 모르고, 쥐 이야기 또한 사실일지 모르지만, 지나치게 합리화해서 확대해석하는 건 위험했다. 만약 어떤 철도원이 기차를 탈선시킨다면 재판에 회부되어 용서받지 못할 것이다. 그의 할아버지가 큰 염소라 해도 말이다. 우리는 인종주의자가 아니지만, 바보는 바보이고, 무뢰한은 무뢰한이다. 그건 인종차별이 아니지 않은가?

오솔길은 평평하고 그늘진 데다 한적하다. 아멜리아는 그 길을 걸으면서 마음이 차분히 가라앉았다. 길 가장자리에는 소박하지만 사랑스러운 꽃들이 피어 있었다. 앵초, 물망초 그리고 군데군데 피어 있는 하얀 딸기꽃이 눈에 띄었다. 아멜리아는 조금 이상한 방식으로 그 꽃들에게 매력을 느꼈다. 아멜리아는 자신을 잘 알고 있었기 때문에 그 순간 꽃에 끌리는 방식이 이상하다는 걸 깨달았다. 많은 사람에게 보통으로 일어나는 일이라 하더라도, 모두의 혈관에 낙엽송의 피가 흐르는 건 아니었다. 그녀는 계속 걸으면서 그 점을 생각했다. 남자들이 여자들에게만 끌리고 여자들이 남자들에게만 끌리던 과거의 한 시절이 너무나 암울하고 따분하게 여겨졌다.

이제는 많은 사람이 그녀와 같았다. 물론 모두는 아니지만 많은 젊은이가 꽃과 식물 또는 어떤 종의 동물을 마주할 때 그들의 시각과 냄새를 느꼈고, 바스락거림에 불과하더라도 그들의 소리를 들으며 욕망에 불타올랐다. 극소수의 사람만이 그 욕망을 만족시켰지만(만족시키기가 항상 쉬운 건 아니었다), 동시에 불만족을 느껴야만 했다. 그토록 다채롭고 생생하며 날카로운 그 욕망은 그들을 충만하고 고귀하게 만들었다. 표면적 현상이나 청교도적으로 엄숙한 도덕주의에 머무르는 것은 이제 바보 같은 짓이었다. 인류의 대재앙 사이에 이종교배를 끼워 넣는 것도 마찬가지였다. 한 세기 전부터 인류는 대재앙의 예언에 도취되어 있었다. 그러나 당시, 핵무기에 의한 죽음은 일어나지 않았고, 에너지 위기는 극복된 것으로 보였다. 인구폭발은 해소되었고, 모든 예언자의 주장과는 반대로 세상은 이종교배의 계통을 따라 또 다른 세상으로 변하고 있었다. 그것은 어떤 미래학자도 예상하지 못한 결과였다.

교란된 자연이 조화로운 질서를 되찾았다는 사실이 이상하면서도 놀라웠다. 서로 다른 종들 사이의 수태 가능성과 함께 그러한 욕망이 태어났다. 어떤 때는 기괴하고 터무니없는 욕망으로, 어떤 때는 불가능한 욕망으로 또 어떤 때는 행복한 욕망으로 나타났다. 마치 그녀의 욕망처럼. 아니면 갈매기들에게 몰두했던 그라지엘라의 욕망처럼 말이다. 물론, 거기에는 만쿠소 교수의 갉아먹는 욕망도 있었지만(어쩌면 예의 없는 사람에 불과할지도 모르지만), 해마다 그리고 날마다, 자연과학자들 집단이 이름을 붙이기 어려울 정도로 빠르게 새로운 종들이 생겨났다. 일부는 괴물 같았고, 일부는 아름답고 우아했으며, 또 어떤 것들은 예상치 못하게 유용했는데, 카센티노에서 자라는 우유 참나무가 그렇다. 그러니 왜 더 나은 경우를 희망하지 않는가? 왜 새로운 천년기의 선택인 새로운 인간의 출현을 믿지 않는가? 호랑이처럼 빠르고 강하며, 시트론 나무처럼 오래 살고 개미처럼 부지런한 인간을 말이다.

그녀는 꽃이 활짝 핀 벚나무 앞에 멈춰 섰다. 반들반들하게 윤이 나는 나무줄기를 어루만지자 수액이 올라오는 것이 느껴졌다. 그녀는 끈적끈적한 나무혹을 가볍게 건드렸다. 그런 후 주위를 한번 둘러보고는 나무를 꼭 끌어안았다. 그러자 나무가 그녀에게 꽃비로 응답하는 것 같았다. 그녀는 웃으며 등에 떨어진 꽃을 털었다. '증조할머니처럼 내게도 그런 일이 일어난다면 얼마나 좋을까!' 그러면 안 될 이유가 없었다. 파비오가 나을까 벚나무가 나을까? 물론 두말할 필요 없이 파비오가 낫다.

순간의 충동에 넘어갈 필요는 없다. 하지만 그 순간 아멜리아는 어떤 식으로든 벚나무가 자기 안에 들어와 열매 맺기를 바라고 있음을 스스로 깨달았다. 그녀는 풀밭으로 가서 풀고사리

사이에 드러누웠다. 가볍디가볍고, 바람에 따라 흔들리는 풀고
사리가 그녀 자신이었다.

한 가지는 확실했다. 다시는 스스로를 함정에 빠지도록 내버려 두지 않겠다는 것이었다. 사실 우리는 민주주의 체제에서 살고 있고 민주주의는 참여를 기본으로 한다. 바로 밑바닥으로부터의 참여가 그렇다. 하지만 우리는 심각한 상황인데, 참여란 이런 것인가? 학교 책상처럼, 아니 학교 책상과 똑같은 딱딱하고 불편한 책상에 붙어 있거나, 또는 7월 로마의 무더위 속에서 지내는 것에 비유할 수 있을까? 그것도 어제, 지난달 그리고 반년 전에도 이미 말했던 얘기를 끝없이 반복하는 어느 부인의 떠들썩한 수다를 들으면서 말이다. 더욱이 그것은 이미 수백 번 넘게 신문을 통해 알려졌고, 지면에 인쇄되었으며 TV로도 방송된 얘기다. 디 피에트로 부인은 병을 앓고 있었고 자신이 그런 상태라는 데는 그녀 역시 이견이 없었다. 그녀는 신경증 환자였는데, 집에서 남편과 아이들은 그녀가 말하게 내버려두지 않았다. 그래서 여기, 에토레 앞에서 쏟아내고 있었다.

에토레는 언젠가부터 대화의 방향을 잃었다. 최소한 담배 한 대라도 피울 수 있게 허락된다면 좋으련만! 그러나 만약 안 좋은 본보기라도 되면 큰일이었다. 그는 셀로판지를 자기 앞에 펼쳐놓고 대화를 계속 이어가기 위해 종이에 작은 캐리커처를 그리기 시작했다. 그는 필기체로 '에토레'라고 쓰고는 그 아래에 작은 인쇄체와 고딕체 글씨로 반복해서 썼다. 그것을 거꾸로 '레토 에'라고 읽었고, 나란히 같은 줄 끝에 '레토 에'라고 적었다. 그러고는 어떤 자동제어 장치에 조정을 받은 듯이 문장을 완성한 자기 손을 바라봤다. **Ettore evitava le madame lavative e rotte [에토레는 성가시고 골치 아픈 부인들을 기피했다].***

그는 예의 바르고 지각 있는 사람이라서 디 피에트로 부인을 그런 식으로 판단하도록 스스로를 허락하지 않았을 것이다. 그녀가 지루한 건 맞았지만, 성가시고 골치 아픈 사람은 결코 아니었다. 그렇긴 해도 가능하면 그녀를 피하고 싶은 건 사실이었다. 그는 오른쪽에서 왼쪽으로 읽으면서 다시 확인해보았다. 문장은 정확했다. 하지만 정확하다는 말이 진짜라는 의미는 아니다. 만약 거꾸로 된 모든 문장이 진짜 의미를 갖는다면 장난스러운 문구들만 남을 테니 큰일이 아닐 수 없었다. 하지만 단어를 뒤집어 읽는 순간, 단어들 사이에서 뭔가 새로운 것을 드러내는 마법 같은 것이 나타난다고 생각한다. 고대 로마인들도 그 사실을 알고 있었고, 거꾸로 된 문장을 해시계에 써놓았다. 가령, **Sator Arepo tenet opera rotas [씨 뿌리는 알레포가 수레를 끌며 일하네]**, **In gyrum imus nocte et consumimur igni [깊은 밤 우리는 원을 그리며, 불에 태워지네]** 같은 문장이 있다. 그것은 마치 동전의 양면이나 나란한 두 개의 뿔 같았고, 네잎클로버를 발견

---

* 레비는 이 소설에서 팰린드롬(Palindrome, 회문), 즉 한 문장이나 구절을 거꾸로 읽을 때에도 똑같은 문자열을 이루는 언어유희를 시도한다.

하는 것과 같다. 그러나 믿기 어렵겠지만, 그것을 줍게 된 후에는 아무렇지 않게 던져버리게 된다. 그 이유는 앞으로도 영영 알 수 없을 것이다. 그것은 하나의 악습이다. '그렇다. 나 역시 악습을 가지고 있다. 술도 안 마시고 놀 줄도 모르며 담배도 거의 피우지 않지만 나 또한 악습이 있다. 다만 다른 많은 사람의 악습보다 덜 파괴적일 뿐이다. 그것은 '거꾸로 읽기'라는 악습이다. 난 마약을 하지 않지만 다음 문장을 거꾸로 써보겠다. **Eroina motore in Italia** [이탈리아에서 자동차로 파는 마약]를 뒤집으면, **Ai latini erotomani or è** [고대 로마인들은 호색한이거나 그렇다]가 된다. 훌륭하다. 운율을 갖춘 두 개의 십 음절 문장. 게다가 전혀 엉터리 같지 않다.'

디 피에트로 부인은 계속해서 말했다. 이제는 화제를 돌려 청과 시장에 대해 말하기 시작했다. 에토레 역시 하던 일을 계속했다. 가까운 사람들의 초상을 스케치한 그림과 갈겨쓴 글씨 사이에서 그에게 새로운 문구들이 떠올랐다. '**Oimè Roma amore mio** [아아, 로마 내 사랑이여]. 그리고 바로 옆에 가장 적합해 보이는 표현을 적었다. **A Roma fottuta tutto fa mora** [내 마음을 훔친 로마에서는 모든 것이 느리게 가네]. 그리고 더 이어서, **Ad orbi, broda** [눈에 거의 보이지 않게] 조금 암울한 의미의 글을 적었다. 어쩌면 지혜가 담겼을 수 있는 그 글은 계명과도 같이 단호하고도 간결하게 나타났다. **E lí varrete terra vile** [황무지 땅을 지키는], 서글픈 인간이여, 먼지에서 생겨나 멀지 않아 황량한 먼지로 돌아갈 이여. 하지만 이 지상에 머물 때까지 요새 한가운데를 포위하고 용맹한 군인답게 싸워야 하리. accavalla denari, tirane dalla vacca [만일 살아남는다면], 세상이 가혹하지만은 않으리. 금요일에 이곳을 떠나 엘레나가 있는 스페를롱가Sperlon-ga*로 가라. 방금 잡은 물고기를 먹고, 사무실과 위원회를 잊어라. 그러면 다시 새로운 인간이 된 기분을 느끼리라.'

만약 엘레나가 그곳에 없다면 낭패였다. 그는 그녀와 결혼하려는 생각은 없었고 그녀 역시 한 번도 그런 뜻을 내비치지 않았다. 두 사람은 그런 상태로 잘 지냈다. 남자가 마흔 살이 넘도록 미혼일 때 조심해야 할 것이 있다. 자신은 미처 깨닫지 못하겠지만 그가 지닌 특정한 습관들이 걸림돌이 될 수 있다. 가령 엘레나Elena를 거꾸로 써서 읽으면 아넬레Anele가 된다. Elena, Anele: Essa è leggera, ma regge le asse [엘레나, 아넬레: 그녀는 가볍지만 중심축을 이룬다]. È lo senno delle novità, genere negativo nelle donne sole [새로움을 분별하는 지혜이고, 혼자 사는 여자들의 부정적 측면이다]. 엘레나의 경우 결코 혼자 지낸 적이 없었다. 오히려 어디에서든 단 며칠 만에 잘 적응해서 지내는 재능이 있었고, 그녀를 사랑하는 작은 그룹의 중심 역할을 했다. 하지만 특별한 건 없었다. 그들 사이의 협정은 분명했다. 질투는 찾아볼 수 없었고, 신중한 두 사람은 서로를 신뢰했으며, 모든 것을 솔직하게 훤히 드러냈다.

Il livido sole, poeta ossesso, ateo, peloso di villi [창백

* 로마 근교의 해변 마을.

한 태양, 강박적이고 무신론적인 털북숭이 시인]. 반쯤 열린 천창 너머로 태양이 보였는데, 안개에 가려 정말 창백했다. 여기서 털 북숭이라는 표현은 털이 많은 것을 이르며, 대담하면서도 시적 인 이미지를 연상시킨다. 그 문장 옆에 에토레는 성게처럼 검은 햇살이 뻗어 나오는 불길한 검은 태양을 그려 넣었다. 그다음에 바다와 그 안에 있는 자신의 모습을 그려 넣었다. ogni marito unico ci nuoti ramingo [**세상 단 하나뿐인 남편마다 방황하며 허우적거리네**].

　　디 피에트로 부인이 가고 나자, 대중교통 문제에 관한 모레 티 씨의 말이 시작되었다. 에토레는 여전히 ero erto tre ore [**나 는 세 시간을 서 있었다**]라는 글귀를 썼다가 지웠다. 아닌 게 아니 라 그날 저녁은 조금 이상한 기분이 들었다. 어쩌면 뜨거운 열기 와 습도 탓이었을지 모른다. 대중교통은 완전히 그의 관심 밖이 었다. 그는 자리에서 일어나 아무도 눈치 채지 못하게 조심스레 사무실을 빠져나왔다. 하지만 그 모습을 본 사장이 비아냥거리 듯 허풍스럽게 인사를 건넸다. "È mala sorte, ti carbonizzino braci, tetro salame [**운이 나쁘군. 응당 혹독한 대가를 치러야겠 어**]. 자네가 사장으로 뽑혔나 보군? 좋아. 이제 거기 있게. 대신 내가 가겠네." 사장은 편협하고 위선적인 사람이라 단 한번도 호 감이 가지 않았다.

　　그는 계단을 내려와 주차장으로 갔다. 평상시에 하던 대로 무허가 주차관리인에게 200리라를 주고 차에 올랐다. 앞쪽으로는 길이 뻥 뚫려 있었다. 그런데 이유는 모르지만, 어쩌면 지치고 부주의했던 탓인지, 반대 방향인 보행도로 쪽으로 기어가 걸렸다. 그러자 옆에 주차되어 있던 르노 자동차가 세게 긁혔다. 사실은 조금 심하게 찌그러졌다. 무허가 주차관리인은 그에게 안심하라는 손짓을 했고, 입술 안쪽에서 '아무도 안 봤고, 아무도 몰라요'라는 말을 내뱉는 것 같았다. 그는 룽고테베레Lungotevere* 의 교통체증을 뚫고 집으로 돌아왔다. '인리관차주가허무, 들인리관차주가허무'ovisuba, ivisuba라는 말이 머릿속에 떠다녔지만, 종이와 연필 없이는 그것을 밖으로 끄집어낼 방법이 없었다. 스페를룽가는 전혀 무덥지 않았다. 그러니 어서 빨리 금요일이 오기를 바라는 수밖에 없었다. **O morbidi nèi pieni di bromo! [오, 부드럽구나, 브롬** 가득한 곳에서!]**. 엘레나는 오른쪽 무릎에 사마귀 하나가 있었다. 만일 누군가가 유기 염소를 들이마시면, 세베소seveso에서 발생했던 일처럼, 염소 중독성 여드름이 생겨난다. 그렇다면 브롬 여드름도 존재할까? 엘레나는 조심할 필요가 있었다.

　에토레는 동네 식당에서 저녁을 먹고 싶지 않았다. 거기에 가면 단골로 드나드는 사람들과 만날 텐데 그날 저녁 그는 너무 많은 말로 포화 상태에 이른 기분이었다. 그는 집으로 들어갔고, 바람이 조금이라도 불기를 막연히 기대하면서 집 안의 모든 창문을 열었다. 그리고 단단한 달걀 두 개와 샐러드로 저녁을 해결했다. 그런 후 TV를 켰다가 금방 꺼버렸다. 이제 끝없이 이어지

---

　* 로마의 테베레 강변 도로.
　** 비금속 원소인 할로겐족 원소의 하나인 브로민bromine을 가리킨다. 원자 기호는 Br.

는 문장놀이는 그에게 전혀 중요하지 않았다. 마치 그의 머릿속 뇌가 익어버린 것처럼 그는 왠지 모를 당혹감이 들었다. 어딘가 열이 조금 나는 것 같기도 했다. 그게 아니라면 주차장에서의 사고는 설명할 길이 없었다. 겸손과는 별개로, 그는 실력 있고 신중한 운전자였다. 고작 한 마리 개처럼 그렇게 저녁 시간을 보내는 건 어리석고 슬픈 일이었다. 그런데 왜 '개처럼'인가? 개들은 절대 혼자 있지 않는다. 뛰어난 후각으로 단번에 집 안 구석구석 냄새를 맡고 주인의 체취를 찾아내 코를 킁킁거린다. 그는 수염이 길게 자란 것을 깨달았지만 면도하고 싶지 않았다. 나흘 후면 금요일이 될 것이고 그는 도시를 떠나 더는 혼자가 아닐 것이다.

　어지럽고 불안한 꿈으로 들썩였던 악몽 같은 밤이 지났다. 다음 날 아침 그는 일어나 씻고 전기면도기를 집어 들었다. 하지만 면도기를 뺨에 대어보니 매끈한 상태였다. 그는 불안한 마음이 폭풍처럼 몰려오는 걸 느꼈다. 어제는 주차장 보행도로에서 그랬고, 오늘은 수염까지……? 혹시 전날 저녁에 이미 면도를 했던 걸까? 속옷 차림의 그는 거울 앞에서 뺨에 손가락을 댄 채 당혹감에 휩싸였다. 뜨거운 커피가 든 보온병이 거울에 반사되어 보였고, 그는 몸을 돌려 구명재킷을 움켜쥐듯 보온병을 잡았다. 그는 몇 초 만에 급하게 마개를 돌려 보온병을 열려고 했지만 오히려 마개는 더 단단히 조여들었다. 그는 그것을 그대로 내버려 두고 소파로 향했다. 그러고는 두려운 마음으로 거기에 놓아둔 손목시계를 쳐다봤다. 만일 시계바늘이 거꾸로 돌아가는 걸 보게 된다면 그때는 끝장이 나고 말 것이다. 만일 그렇지 않다면 모든 게 정상이었다. 어떤 객관적 증거도 없었고 구체적 징후도 없었다. 모든 게 무더위와 높은 습도 탓이 분명했다. O soci, troverò la causa, la sua: calore vorticoso [오 고객님, 원인을 밝혀내겠습니다. 당신의 문제는 소용돌이치는 열기입니다]. 어찌됐든 그는 앞으로 최대한 신중을 기할 작정이었다. 더는 말을 가지고 장난치듯 과장하지 않을 생각이었다. 그러한 악습 역시 어떤 위험을 드러내지 않으리라고 장담할 수는 없지만, in arts it is repose to life: è filo teso per siti strani [예술로 그것은 인생에 대답이 된다. 이상한 장소 때문에 줄이 팽팽해진다].

보리스는 거인의 딸에 관한 오래된 이야기를 떠올렸다. 어느 날 숲속에서 한 인간을 발견한 그녀는 신기하고 기쁜 나머지 재밌게 놀 생각으로 그를 집에 데려간다. 하지만 거인은 함께 있으면 인간을 다치게 할 뿐이므로 그를 풀어주라고 딸에게 명령한다.

— 이자크 디네센, 『일곱 개의 고딕 이야기』

다누타는 사슴과 유사한 습성을 지닌 자기 모습에 만족했다. 풀은 조금 싫어하지만 꽃과 잎사귀는 항상 즐겨 먹었다. 그녀는 삶과 늑대의 경우와 달리, 다른 생명을 희생시키지 않고 살아갈 수 있어서 행복했다. 날마다 새로운 초록이 메마른 땅을 빠르게 뒤덮었고, 그녀는 매일 그러한 장소를 찾아다니는 데 관심이 있었다. 그녀는 걸으면서 버드나무와 개암나무, 오리나무 등의 어린 묘목을 밟지 않으려고 조심했다. 그리고 가능한 어린 나무들이 다치지 않도록 나무들이 높이 뻗은 울창한 숲을 돌아다녔다. 그녀의 아버지 브로크네 씨도 늘 그런 식으로 행동했다. 그러나 그녀에게는 어머니에 대한 기억이 없었다.

그들은 주로 정해진 장소에서 물을 마셨다. 그곳은 해 질 녘

이면 시냇물 오른편에 나란히 선 오래된 참나무들이 그림자를 드리워 어둑해지는 깊은 물 웅덩이였다. 반면에 물가 왼편에는 풀밭이 펼쳐져 있어 두 부녀가 편하게 누워 쉴 수 있었다. 그곳에서 그들은 등을 대고 잠들거나 물을 떠서 마셨다. 한때 풀밭에는 풀뿌리들이 많이 솟아나 누우면 등을 찌르기도 했었다. 그러나 브로크네 씨는 한꺼번에 풀을 뽑지 않고 하나씩 뿌리째 뽑았다. 그곳에는 어둠처럼 수줍음이 많은 유니콘*과 미노타우로스** 들도 물을 마시러 오곤 했다. 다만 그것들은 어스름한 저녁이 밤으로 기울어가는 늦은 시간에만 나타났다. 브로크네 씨와 다누타에게는 천둥과 혹독한 겨울철의 얼음 외에는 큰 어려움이 없었다.

다누타가 가장 좋아하는 목초지는 초록색으로 물든 어느 깊은 계곡이었다. 그곳에는 많은 풀이 자랐고, 물 또한 풍요로웠다. 계곡 끝자락에는 작은 강이 지나고 있었고, 거기에 돌다리 하나가 놓여 있었다. 다누타는 그 다리를 생각하느라 오랜 시간을 보냈다. 100마일 이상 되는 그들의 전체 영토에서 그와 비슷한 것은 찾아볼 수 없었다. 물이 흐르면서 파인 것도 아닐 테고 산에서 뚝 떨어졌을 가능성도 없었다. 틀림없이 무언가가 혹은 누군가가 인내심과 재능을 가지고 그녀의 손보다 더 가는 손으로 그것을 세웠을 것이다. 다누타는 가까이서 다리를 보려고 몸을 숙였고, 다리를 떠받들고 있는 반듯하게 잘린 돌들의 정교함에 한없이 감탄했다. 그것은 무지개를 연상시키는 우아하고 반듯한 아

---

* 인도와 유럽의 전설상의 동물.
** 그리스신화에 나오는, 사람의 몸에 소의 머리를 가진 괴물.

치형을 이루고 있었다.

　햇살에 드러난 부분에 노랗고 검은 지의류地衣類가 퍼져 있고, 그늘진 부분이 이끼로 뒤덮인 걸로 보아 아주 오래된 다리가 분명했다. 다누타는 손가락으로 조심스럽게 다리를 건드렸다. 하지만 다리는 꿈쩍도 하지 않았고, 흡사 바윗덩이로 만들어진 것처럼 단단했다. 어느 날 그녀는 적당한 모양으로 보이는 돌멩이를 여러 개 모아 그와 똑같은 다리를 만들어보려 했다. 나름대로 측량을 했지만 정해진 방향은 없었다. 세 번째 돌멩이를 올려놓자마자 그것을 내버려두고 네 번째 돌멩이를 집으려 한 찰나였다. 세 번째 돌멩이가 그녀에게로 굴러떨어졌고, 다시 쌓아 올리는 과정에서 몇 번씩이나 그녀의 손을 가격했다. 한 손으로 돌을 한 개씩 잡고 있으려면 손이 열다섯 개나 스무 개는 있어야 할 지경이었다.

　어느 날 다누타는 브로크네 씨에게 다리가 언제, 어떻게, 그리고 누구의 손으로 세워졌는지 물었다. 하지만 브로크네 씨는 세상이 수수께끼로 가득하다며 탐탁지 않게 반응했다. 만약 어떤 사람이 모든 비밀을 풀려고 한다면 소화불량에 걸려 더는 음식을 소화시키지 못할 것이고, 잠을 이루지 못할 것이며, 어쩌면 미치광이가 될 것이라고 말했다. 그의 말에 따르면 다리는 항상 거기 있었으며, 아름답고 낯설다. 그렇지 않은가? 별들과 꽃들 역시 아름답고 낯설다. 그리고 지나치게 많은 질문을 하느라 그것들이 아름답다는 사실을 미처 깨닫지 못하고 끝나버린다. 그는 목초지를 찾아 또 다른 계곡으로 떠났다. 브로크네 씨에게는 풀이 충분하지 않아, 가끔은 다누타 몰래 어린 포플러 나무나 버드나무 줄기를 재빨리 게걸스럽게 먹었다.

　여름이 끝나갈 무렵인 어느 날 아침 다누타는 땅에 쓰러진 너도밤나무를 우연히 보게 되었다. 꽤 여러 날 전부터 태양이 뜨겁게 빛나고 있었으므로, 번개가 쳐서 쓰러졌을 리는 없었다. 다누타는 자신이 부주의하게 건드려서 쓰러진 것도 아니라고 확신했다. 그녀가 가까이 다가가 보니, 나무는 도끼에 잘린 듯 정확히 잘려 있었다. 땅에는 손가락 두 개 길이만큼의 넓이를 지닌 원형의 희끄무레한 나무 밑동이 보였다. 그녀가 놀라서 쳐다보는 동안 어디선가 부스럭거리는 소리가 들렸다. 고개를 드는 순간 계곡 반대편에서 또 다른 너도밤나무가 곁에 있는 나무들 사이로 기울어지며 땅으로 쓰러졌다. 한 작은 동물이 그 위를 오르락내리락하다가, 절벽 동굴을 향해서 혼신의 힘을 다해 도망치듯 달려갔다. 그 동물은 허리를 세우고 두 다리로 달리고 있었다. 그리고는 달리는 데 방해가 되는 반짝이는 도구를 땅에 던져버리고 제일 가까운 동굴로 쏙 들어가버렸다.

　다누타는 동굴 앞에 가까이 앉아 손을 뻗었다. 하지만 작은 동물은 나올 기미를 보이지 않았다. 그녀는 그 동물이 사랑스러워 보였다. 게다가 혼자 너도밤나무를 잘랐다면 재주가 많은 동물임이 분명했다. 다누타는 다리를 만든 장본인이 그 동물이라고 금세 확신했다. 친구가 되어 그에게 말을 건네고 더는 도망가지 않게 하고 싶었다. 그녀는 손가락 하나를 동굴 입구로 집어넣었다가 뭔가 날카로운 것에 찔리고 말았다. 화들짝 놀라 급히 손가락을 빼내보니 마디 끝에 핏방울이 맺혀 있었다. 그녀는 어두워질 때까지 기다렸다가 그곳을 떠났다. 하지만 아버지 브로크네 씨에게는 아무 말도 하지 않았다.

모르긴 해도 그 작은 동물은 나무에 무척 굶주린 것 같았다. 왜냐하면 그날 이후 다누타는 계곡 여러 곳에서 그런 흔적을 발견했기 때문이다. 가장 큰 너도밤나무를 골라 쓰러뜨렸는데, 어떻게 그것들을 옮겼는지는 의문이었다. 밤이 추워지기 시작한 어느 날 밤에 다누타는 숲이 불에 타는 꿈을 꾸었다. 그녀는 소스라치게 놀라며 깨어났다. 산불이 일어나지는 않았지만 불에 타는 냄새가 났다. 다누타는 맞은편 산비탈에서 빨간 불빛이 별처럼 일렁이는 것을 봤다. 그 후로도 여러 날 계속해서 다누타의 귀에 미미하고 규칙적인 소리가 들려왔다. 마치 갈고리로 나무 표면을 긁는 소리 같았다. 하지만 그보다는 좀더 느린 속도였다. 그녀는 가까이 다가가서 보고 싶었지만 그녀가 움직이려는 찰나에 소리가 멈추었다.

마침내 어느 날, 그 광경을 목격할 수 있는 행운이 다가왔다. 작은 동물은 다누타가 나타나는 게 익숙해졌는지 경계가 덜해졌다. 그 작은 생명체는 이 나무 저 나무를 분주히 옮겨 다녔다. 하지만 다누타가 가까이 다가가려는 조짐을 보이면 바위틈에 숨거나 울창한 숲속으로 재빠르게 도망쳤다. 다누타는 그 동물이 물이 나오는 목초지 쪽으로 가는 걸 보았다. 멀찌감치 거리를 두고서 큰 소음이 나지 않게 조심하면서 그를 쫓아갔다. 성큼성큼 걸어서 탁 트인 곳에 이르렀을 때 그녀는 그 조그만 동물을 위에서 덮쳐 두 손으로 붙잡았다. 동물은 몸집이 작았지만 용맹했다. 몸에 지니고 있던 반짝이는 도구를 다누타의 손에 맞서 두세 번 휘둘렀다. 그녀는 엄지와 검지로 그 무기를 집어 멀리 내던졌다.

　　그 동물을 붙잡은 지금, 다누타는 도대체 뭘 해야 할지 알 수 없다는 생각이 들었다. 그녀는 그 작은 동물을 손에 쥔 채로 땅에서 들어올렸다. 그것은 울음소리를 내고 몸부림치면서 깨물려고 애썼다. 어떡할지 망설이던 다누타는 난처하게 웃으면서 손가락으로 그 동물의 머리를 쓰다듬으며 진정시켜 보려 했다. 그녀는 주위를 둘러보았다. 몇 걸음 더 가면 시냇물 사이로 아주 작고 긴 섬 모양의 땅이 있었다. 그녀는 물가에서 몸을 내밀어 그 위에 작은 동물을 올려놓았다. 하지만 그 동물은 풀려나자마자 물속으로 뛰어들었다. 다누타가 서둘러 끌어올리지 않았다면 틀림없이 물에 빠져 죽었을 것이다. 하는 수 없이 그녀는 그 작은 동물을 데리고 집으로 갔다.

　　브로크네 씨조차도 그 동물을 어떡해야 할지 몰랐다. 그는 다누타더러 정말 공상이 많은 아이라고 불평했다. 작은 짐승은 깨물고 찌르기 일쑤였고 그다지 좋은 먹잇감도 아니었다. 다누타는 그것을 내려놓았고 그것밖에는 달리 할 일이 없었다. 어느덧 밖에는 어둠이 내리고 있었고, 이제 곧 잠자리에 들 시간이었다. 다누타는 아버지에게 잔소리를 듣고 싶지 않아서 그것을 데려갔다. 그 동물은 그녀의 소유인 데다 영리하고 귀여웠다. 그녀는 함께 놀기 위해 그것을 계속 데리고 있고 싶었고 잘 길들이면 앞으로 애완동물이 될 수 있으리라는 확신이 들었다. 그녀는 작은 동물에게 풀덤불을 보여주었는데, 마음에 안 드는지 동물은 고개를 돌렸다.

　이 장면을 본 브로크네 씨는 그 동물은 절대 집에서 키울 수 없는 동물이고 만약 그렇게 했다가는 감옥 같은 집에서 죽어갈 거라며 비웃었다. 그러고는 벌써 반쯤 잠에 취해 바닥에 드러누웠다. 하지만 다누타는 화가 단단히 나서 기발한 생각으로 불타올랐다. 그 작은 동물을 손안에 쥐고 밤을 보내야겠다는 생각이었다. 대신 번갈아가며 한 사람이 그것을 돌보고 다른 사람이 잠을 자는 방식이었다. 그러나 새벽이 다가오자 작은 동물 역시 잠이 들었다. 다누타는 그 기회를 틈타 작은 동물을 가까이서 조용히 관찰했다. 그것은 정말이지 너무나 사랑스러웠다. 얼굴과 손, 발은 아주 작았지만 그린 듯이 조화로웠다. 작은 머리와 날렵한 몸을 가진 걸 보아 어리지는 않은 것 같았다. 다누타는 그것을 가슴에 꼭 끌어안고 싶은 욕망을 참기 어려웠다.

　작은 동물은 눈을 뜨자마자 즉시 달아나려고 애썼다. 그러나 며칠 후에는 움직임이 느려지고 굼떠지기 시작했다. 브로크네 씨가 말했다. "이런, 먹으려 들지 않는군." 실제로 작은 동물은 풀이든 부드러운 잎사귀든, 심지어 도토리와 너도밤나무 열매까지 모두 거부했다. 하지만 타고난 야생성 때문은 아니었을 것이다. 왜냐하면 다누타의 손안에서는 부드러운 손길에 웃기도 하고 울기도 하면서 게걸스러울 정도로 물을 삼켰기 때문이다. 어쨌거나 며칠 지나지 않아 브로크네 씨의 말이 옳았음이 드러났다. 그 작은 동물 역시 어딘가에 갇혀 있다고 느끼면 음식을 거부하는 유형의 동물이었다. 그런 까닭에, 낮과 밤을 가리지 않고 손안에서 키우며 계속 그렇게 지낼 수는 없었다. 동물에게나 다누타에게나 좋지 않기는 마찬가지였다. 브로크네 씨는 동물이 지낼 만한 우리를 만들어주려고 시도했다. 다누타가 그것을 동굴에서 살도록 하자는 데 완강히 거부했기 때문이다. 그녀는 그 작은 동물을 자기 시야에 두고 싶어했고 어두운 곳에서 그것이 병들까 봐 두려워했다.

　브로크네 씨가 시도한 일은 아무런 성과 없이 끝나고 말았다. 그는 키가 크고 곧게 뻗은 물푸레나무 여러 그루를 뽑아 원을 그리듯 다시 땅에 심었다. 그 한가운데에 작은 동물을 놓았고, 나뭇잎을 갈대로 서로 묶었다. 하지만 그의 손가락은 굵고 뒤틀려 있어서 작은 동물을 위한 우리는 결과적으로 형편없는 작업이 되고 말았다. 작은 동물은 배고픔에 지쳐 기운이 없었는데도 번개처럼 나무줄기 하나를 타고 올라갔다. 그것은 순식간에 어떤 틈새를 발견하고는 바깥쪽 땅으로 뛰어내렸다. 브로크네 씨는 딸에게 그 동물이 원하는 곳으로 가도록 보내줘야 할 때라고 말했다. 다누타는 울음을 터트렸다. 어찌나 울었던지 그녀 발아래

땅이 축축해질 정도였다. 작은 동물은 무슨 일이 일어났는지 아는 것처럼 위를 쳐다봤다. 그런 후 달리기 시작하더니 나무 사이로 사라져버렸다. 브로크네 씨가 말했다. "잘된 일이야. 너는 그 녀석을 사랑하겠지만, 너무나 작은 녀석이어서 어떤 면에서는 너의 사랑이 그 녀석을 죽일 수 있어."

　　그로부터 한 달이 지났다. 어느 새 너도밤나무 잎들이 짙은 보랏빛을 띠기 시작했고, 밤이면 물가의 돌멩이들이 얇은 얼음으로 옷을 갈아입었다. 다누타는 또 한 번 불이 난 듯한 탄내에 불안을 느끼며 잠에서 깼다. 그리고 곧장 브로크네 씨를 흔들어 깨웠다. 이번에는 진짜 산불이 일어났다. 달빛 아래 주변에서 헤아릴 수 없이 많은 연기가 하늘을 향해 피어오르고 있었다. 차갑게 얼어붙어 바람이 불지 않는 공기 속에서 연기는 일직선으로 솟구쳐 올랐다. 그랬다. 그것은 꼭 나무우리처럼 그들을 둘러싸고 있었다. 하지만 이번에 갇힌 쪽은 그들이었다. 산맥의 산등성이를 따라, 계곡 양편에서 불이 모든 걸 태우고 있었다. 다른 불은 아주 가까운 곳에서 나무들 사이로 언뜻언뜻 보였다. 브로크네 씨는 천둥처럼 호통을 치며 일어났다. 그러니까 그 일을 벌인 건 작고 부지런한 다리 건설자들이었다. 그는 다누타의 손목을 잡아채 불길이 가장 덜해 보이는 계곡 위로 그녀를 끌고 갔다. 하지만 이내 기침을 쏟아내고 눈물을 흘리며 되돌아와야 했다. 질식할 정도로 연기가 자욱해 도저히 그곳을 지나갈 수 없었다. 그러는 사이 목초지는 숨을 헐떡이며 공포에 떠는 온갖 종류의 동물들로 가득했다. 불과 연기의 고리는 점점 더 그들과 가까워지고 있었다. 다누타와 브로크네 씨는 앉아서 불이 꺼지기를 기다렸다.

자기통제

공중보건의는 그의 상태를 심각하게 생각하지 않았다. 그는 바보도 아닐 뿐더러 급하게 서두를 필요도 없었다. 의사는 규정대로 면밀히 그를 진찰했고, 그에게 검사를 받아보라는 말도 했다. 그런 후 그에게는 병이 없다고 말했다. 무거운 책임감을 느끼며 신경 쓸 게 많은 일을 하다 보면 일이 끝날 때쯤 피곤을 느끼는 건 너무나 자연스러운 현상이다. 자기 일에 열심인 지노는 아직 젊었고, 운전사여서 검표원 정도는 그냥 통과할 수 있었다. 운이 조금 더 작용하고 누군가 밀어준다면, 사무직으로 들어가 책상 하나를 차지하고 지낼 수도 있었다. 그런 식으로 모든 문제가 해결되는 건 아니지만, 그래도 나쁘지 않은 방법이었다.

지노는 정말 자신이 아프기를 바라지 않았다. 하지만 의사와의 면담은 그를 조금 실망시켰다. 문제는 그가 많이 지쳤을 때, 갈비뼈 바로 아래 오른쪽이 뻐근하게 느껴진다는 것이었다. 의사는 그를 촉진하고는 통증 부위가 간이라고 말했다. 하지만 부어 있다거나 염증이 있어 보이지는 않는다고 했다. 그의 간은 건강했지만, 오랜 시간 서 있거나 불편하게 앉아 있으면 간에 무슨 문제가 있거나 무겁게 느껴지는 증상이 생긴다. 담배를 피우십니까? 술을 마시나요? 아니라고요? 그러면 의사는 아무 걱정할 필요가 없으며, 튀김은 먹지 말고, 약도 지나치게 많이 복용하지 말라고 한다. 약을 소화하는 기관이 바로 간이기 때문이다. 간은 약 성분을 흡수할지 아닐지를 결정하고, 약이 제 역할을 다 마친 후에는 혈액 속에 돌아다니며 문제를 일으키지 않도록 약의 독성을 약화시키는 기능을 한다.

그뿐이 아니다. 간은 지방을 관리하기도 한다. 다시 말해, 쓸개에 일시적으로 저장하는 담즙을 생성한다. 그러다 필요시 분비되어 장 속으로 흘러들어가 지방을 연소시킨다. 지방질을 덜 섭취하면 그에 필요한 담즙이 덜 분비되고, 간이 덜 피로하게 된다. 대체로 그의 간은 건강했지만, 너무 혹사해서는 안 되는 상태였다. 지노는 튀김과 지방이 많은 음식을 좋아했다. 안타까운 일이었다. 차를 오래 타려면 관리가 중요하듯이 앞으로 그는 자신의 간을 잘 보살펴야 했다. 정기적으로 버스를 세차하고 기름칠을 하며, 가끔씩 발전기와 연료주입기, 펌프, 배터리 그리고 제어기 등을 확인하는 일과 같은 것이다. 지노는 81번과 84번 버스의 운전기사였다. 둘 다 따분하고 고단한 노선이었지만, 모든 시내버스가 약간의 차이가 있을 뿐 비슷한 상황이었다. 운전은 지루하지만 정신을 바짝 차려야 한다는 모순을 안고 있었다. 게다가 버스에 승차권 기계를 설치하고 매표원을 없앤 후로는, 종점에 도착할 때 누군가와 짧은 대화를 나누며 기분전환을 할 기회마저 없었다. 버스는 텅 비고, 거기에 버스 출입문까지 말썽이었다.

운전을 하면서 그는 한쪽 눈은 도로에, 다른 한쪽 눈은 버스

미러에 두었다. 그러면서 우리 인간이 복잡하다는 생각을 했다. 비단 간의 문제만이 아니라, 골치 아픈 일들이 끝없이 이어진다. 조금이라도 한눈을 팔면 큰 불상사가 발생한다. 몸의 어떤 기관이 기능을 멈추고 더는 제 역할을 하지 않거나 제대로 기능하지 않으면, 일어나선 안 될 일이 하나둘 벌어지기 시작한다. 건강관리에 소홀했던 에르네스타는 갑상선에 문제가 생겼고, 밤에는 전혀 잠을 이루지 못하다가 낮에는 졸음을 이기지 못하고 잠이 들었다. 그는 그녀 대신 심야 근무를 하겠다고 나섰지만, 그녀는 겉으로만 고개를 끄덕일 뿐 근무교대는 일어나지 않았다. 아무튼 갑상선 역시 조심할 필요가 있었다.

그는 서점으로 가서 책을 한 권 구입했다. 흥미로운 내용이었으나 조금 난해한 책이었다. 예를 들어, 먹어야 하는 식품 그 자체가 이미 문제가 된다. 만약 육류를 먹는다면 혈압은 올라가고 요산이 축적되며, 빵과 파스타를 먹으면 비만이 되기 쉽고 평균수명보다 오 년을 덜 산다. 그리고 지방이 많은 식품을 먹으면 최악의 상태에 이른다. 과일은 먹어도 괜찮지만, 값이 비싸다. 실제로 지노는 과일만으로 식사를 해본 적이 있는데, 사흘이 지나자 신체 기능에 조금 이상이 생겼고, 굶주림으로 인해 기절할 것 같은 기분을 느꼈다. 책에 담긴 그림을 보면서 그는 눈을 떼지 못했다. 피부 아래에 그토록 많은 요소가 있다는 것이 놀랍고 신비스러웠지만 한편으로는 걱정스럽기도 했다. 먼저 피부 표면이 실린 그림과 단면도가 나타났고, 부분적으로 확대한 그림에서는 골무 크기만큼의 빈 공간조차 없이 정확하게 맞물려 있는 조직이 보였다.

그의 머릿속에는 자신이 운전하는 버스들에 장착된 엔진이 떠올랐다. 엔진을 관리하는 것은 비교적 세부적으로 다뤄야 하는 작업으로 미처 신경을 쓰지 못한 공간이 꽤 많았다. 하지만 그는 엔진의 열기와 소음 그리고 냄새에 대해서 어느 누구와도 얘기를 나눠본 적이 없다. 자세히 보면, 사람들은 외양을 살리는 데 몰두하느라 엔진을 다루는 것과 똑같은 방식으로 균형의 문제를 해결했다. 외부적으로는 조화롭지만 내부는 전혀 그렇지 않다. 바로 평범한 우리들처럼 말이다. 균형을 이룬 아름다운 복부, 특히 여성의 복부는 보는 사람에게 아름다움을 느끼게 한다. 그러나 안으로 보면, 간이 오른쪽에, 심장은 왼쪽에, 또 오른쪽에는 맹장이 있다. 그리고 차 트렁크 내부에는 한쪽에 교류발전기가 있고, 다른 한쪽에 에어필터가 있다. 물론 미학적 측면에서 볼 때 내부를 너무 세심하게 신경 쓰지 않는 것이 바람직했다. 트렁크를 열거나 수리할 때를 제외하고는 내부가 거의 눈에 띄지 않기 때문이다.

그래서 모든 볼트와 기어, 아니 모든 금속재질을 제거하는 대담한 방법이 필요했다. 우리는 뼈를 제외하고는 부드러운 물질로 이루어져 있지만 작용하는 원리는 자동차와 똑같다. 가령, 위와 장은 거의 움직이지 않지만 한쪽에서 들어온 음식물이 당신이 느끼지도 못하는 사이에 조용히 소화되고 흡수되면서 이동한다. 그리고 다른 쪽으로 배설물을 내보낸다. 지노는 그 점을 주의 깊게 관찰하기 시작했다. 특히 밤에 아주 잠깐이나마 자신의 장기가 모두 움직이고 있음을 깨달았다. 하지만 그 움직임은 시계처럼 원활하고 순조로웠다.

책에서 호르몬과 비타민에 관한 장도 찾아볼 수 있었는데, 지노는 적잖이 당황스러웠다. 비타민에 관해서라면 기본적으로 토마토와 레몬을 먹는 것만 기억해두면 충분했다. 그러면 괴혈병을 예방할 수 있다. 그런데 호르몬은? 그에 관한 한 어찌해볼 도리가 거의 없었다. 호르몬은 체내에서 저절로 만들어지니까 말이다. 글쎄, 어쩌면 책이 말하고 있지 않은 체내의 어떤 장소에서 알려지지 않은 방식으로 만들어질지도 모를 일이다. 어쩌면 장 내부에서 회복물질을 통해, 아니면 혈액을 생성하기도 하는 뼈의 골수에서 만들어질 수도 있다. 그렇다면 어떻게? 그건 미스터리로 남는다. 책에는 호르몬의 형태와 화학적 구성이 실려 있었는데, 호르몬이라면 동물과 어린이 그리고 야만인까지도 그들의 체내에서 만들어지지만 생성 과정은 단순하지 않았다.

호르몬은 스스로 생성된다. 멋진 설명이다! 그런데 생성 기관이 손상된다면? 또는 이상이 발생하면 어떻게 될까? 예를 들어 남성호르몬은 여성호르몬과 달리 화학적 구성이(특이하면서도 아름답고, 벌들이 딱 한 번만 사용하는 벌집 모양의 육각형 형태를 이루고 있다) 거의 동일하다. 그러니 여러분, 만일 어느 하나가 실수를 저지른다면 어떻겠는가? 아마 아무 일 아닌 게 되거나, 부주의한 순간 정도 아니면 눈감아도 좋을 세부적인 일 정도로 마무리가 될 것이다. 인체의 계획에 따라, 호르몬의 두 육각형이 맞닿은 각에서 CHOH 대신 일산화탄소CO가 튀어나오면, 남자인 당신은 여성을 찾게 되고, 최고절정기에서 저조기 사이의 변화를 겪게 되며, 어쩌면 아이를 얻을 수도 있다. 그러니까 항상 주의를 해도 전혀 충분하지가 않다. 마치 신호등을 대할 때처럼, 방심하면 큰일을 겪게 된다.

　　몇 주 후 에르네스타와 다른 동료들은 지노가 그 책을 항상 갖고 다닌다는 이유로 그를 놀려대기 시작했다. 그는 틈날 때마다 책을 읽었는데, 종점에 도착해서나 가끔은 빨간 신호등 앞에 있어서 승객들이 쳐다보지 않을 때도 책을 꺼내들었다. 책을 다 읽으면 다시 처음부터 읽기 시작했고, 그럴 때마다 항상 놀랍고 흥미로운 사실들을 새롭게 발견했다. 그는 책에서 읽은 것을 모두에게 얘기했다. 그러다 나중에는 그만두었는데, 다들 그가 제정신이 아니며 광적이라고 말했기 때문이다. 마치 그들 자신이 공기로 만들어지기라도 한 것처럼, 그래서 자신들의 몸속에는 지켜봐야 할 장기가 전혀 없다는 듯한 반응이었다.

　　그렇지만 그는 몸에서 일어나는 징후로 힘겨웠고, 증상은 날마다 점점 더해만 갔다. 가끔씩 지노는 스스로가 호흡을 잊어가고 있음을 깨달았다. 그러니까, 숨을 들이쉬기는 하지만 내쉬는 건 수월하지 않았다. 숨이 들고 날 때에 산소와 탄소화합물이 충분히 순환되지 않았고, 그래서인지 손과 발이 떨리는 게 느껴졌다. 그것은 몸속의 피가 오염되기 시작했다는 징후였다. 그럴 때는 정신을 한데 모으고, 스무 번이나 서른 번 정도 호흡을 길게 해야만 했다. 하루는 버스 운전 중에 그런 증상이 발생했다. 승객들은 그를 쳐다만 볼 뿐 말을 건넬 엄두를 내지 못했다. 평소 그가 운전자한테는 말을 걸지 말아달라고 승객들에게 당부했기 때문이다. 운전자가 조금 무뚝뚝해 보일 수 있지만 그는 그렇게 승객들에게 부탁했다.

그의 머리도 걱정스럽긴 했지만 호흡보다는 덜 심각했다. 만약 지노가 머리를 걱정했다면 그가 옳게 판단한다는 의미였다. 즉 그의 두뇌가 작동한다는 뜻이었다. 그러니 두뇌가 작동한다면 걱정할 이유가 없었다. 그렇지만 그는 여전히 똑같은 걱정에 잠겨 있었고, 원래도 그런 사람이었다. 예를 들어 그는 자신이 알고 있는 것을 잊어버리지 않으려고 항상 노심초사했다. 거기에는 모든 것이 해당되었는데, 비록 학위는 없었지만 그는 상당히 많은 지식을 가지고 있었다. 그가 입수한 정보는 모두 두뇌에 기록되어야 했고 내용이 많으면 아주 작은 글씨로 저장되었다. 따라서 그 무엇도 그것을 지울 수 없었다. 만약 어떤 감정이나 사소한 공포, 놀라움 때문에 기초적 지식이나 도로교통 법규마저 잊어버리게 되면 운전면허 시험을 다시 치러야 한다.

더 큰 문제는 심장이었다. 그것은 농담이 통하지 않고 휴가도 절대 가지 않는다. 태어날 때부터 죽을 때까지 그렇다. 두뇌는 잠잘 때나 취해 있을 때 아니면 버스를 운전할 때만이라도 쉴 수 있다. 물론 운전할 때 여러 가지를 생각하는 건 사실이지만, 운전대에 손을 대는 순간, 뇌는 더 이상 큰일을 할 필요가 없다. 폐 역시 몇 분 동안이라도 휴식을 취할 수 있다. 그렇지 않다면 어떻게 잠수를 하겠는가? 그러나 심장은 아니다. 결코 그럴 수가 없다. 기능을 대체할 장기가 없으니 교대로 쉴 수가 없다. 쉬어갈 종점이 없는 것이다. 끔찍한 일이다. 정비가 불가하고 유지보수도 불가하다. 한번 시작하면 영구적 효과가 나타나는 서비스인 것이다. 그렇더라도 심장박동이 삼십 년 내지 사십 년 지속된 후에는 심장 역시 약간의 수리가 필요할 것이다. 그가 걸을 때 그러한 개선이 이뤄지는 듯 보인다. 상상해보라, 걸으면서 디젤차의 밸브와 피스톤을 교환하는 게 가능한가?

정말로 심장박동 소리가 들리던 증상이 멈췄다. 처음에는 심장이 순간 멈춘 것처럼 느껴지더니, 다시 원상태를 회복하기 위해 빠르게 뛰었다. 의사 또한 심전도기의 특정 그래프를 보면서 그의 그러한 증상을 알아차렸다. 그것은 바로 부정맥이었다. 의심의 여지가 없었다. 심각한 상태는 아니었지만 병명은 그랬다. 물론 그는 일을 계속할 수 있었지만, 수분을 충분히 마시고 이전보다 조금 더 주의해야 했다. 다만 조심할 뿐이었다. 지노는 어느새 운전석에 있는 일이 고단하게 여겨졌다. 가스는 물론이고 클러치, 운전대, 신호등, 출입문 손잡이, 정차벨 등을 신경 쓰면서 과연 심장과 그밖에 모든 것을 살피는 게 가능할까? 어느 날, 그가 어떤 정류장에 버스를 세우는 동안 차가 몹시 흔들리는 느낌을 받았다. 버스에서 꿍음이 났고 사람들이 소리를 질렀다. 그는 인도에 길게 주차된 자동차 한 대와 충돌했다. 다행히 그 차는 주차금지 구역에 세워져 있었고 차 안에는 아무도 없었다. 그러나 회사는 그에게서 운전사 자리를 빼앗았고, 사무실의 청소 일을 시켰다. 연장자와 함께 일하기에는 마땅치 않은 일이었다.

설상가상으로 에르네스타와 통화할 수 있는 방법도 이젠 사라지고 말았다. 전화를 걸면 항상 여동생이 받았는데, 그녀는 가족들이 일러준 대로 앵무새처럼 똑같은 말을 되풀이했다. 에르네스타는 방금 외출했고 언제 돌아올지 모른다는 대답이었다. 지노는 자신이 혼자라는 사실을 깨달았다. 그러자 어디론가 도망치고 싶은 욕구가 생겨났다. 그는 재산을 정리하고는 여행가방을 챙겨 이제 막 출발하려는 첫 기차에 올랐다.

시인과 의사의 대화

초인종을 누르기 전에, 젊은 시인은 한참이나 망설였다. 이 방문이 정말로 꼭 필요한 것일까? 밀라노와 로마에 사는 시인의 친구들은 그 의사의 기적과도 같은 실력을 자랑했고 그래서 선뜻 그의 결심에 동의했다. 반면에 그의 부모는 반대의사를 내비치며 어떻게든 그를 말리려고 노력했다. 그러면서 그들 자신이 느끼는 원망과 부끄러움을 아들 앞에서 감추지 않았다. 신중하고 경험 많은 의사와의 면담이 가문을 더럽히는 오점이라도 되는 걸까? 하지만 몇 년 전부터 겪어온 고통이 이제는 지나치게 큰 고통이 되어 있었다. 그 상태로는 앞으로의 삶으로 더는 나아갈 수 없을 것 같았다.

잠시 후 의사가 직접 문을 열어주었다. 그는 슬리퍼에 부스스한 머리, 낡고 허름한 실내복 차림이었다. 의사는 그를 책상 앞에 앉도록 했다. 소파에 드러누울 필요는 없었던 것이다. 의사는 어딘가 그를 주눅 들게 했지만, 왠지 처음부터 좋은 인상을 주었다. 그 외 문제를 심각하게 여기지 않았고, 어려운 단어를 사용하지도 않았으며, 기지가 있고 노련했다. 어쩌면 환자들이 불편함을 느끼지 않도록 그 자신의 외양을 무심하고 강단 있게 유지하는 듯했다. 의사가 조심스럽게 과거의 병력을 물었을 때 시인은 적잖이 당황스러웠다(하지만 의사 역시 무척이나 당황하는 듯 보였다). X레이 사진을 한 번도 찍어보지 않았습니까? 상체 질병과 관련해 처방받은 적이 없습니까? 하지만 의사는 곧바로 화제를 바꾸었다. 아니 오히려 그를 화제 속으로 이끌었다.

시인은 자신의 고통을 정확히 묘사할 말이 적당하게 떠오르지 않았다. 그가 열의와 사랑으로 탐구해왔던 세상이 쓸모없는 거대한 기계, 그러니까 영원히 무에서 무로 헛되이 돌아가는 풍차처럼 느껴졌다. 세상은 벙어리가 아니라 달변인데도 한 작은 인간의 고통에 눈과 귀를 닫고 냉담했다. 그래서 그는 깨어 있는 매 순간 이러한 고통에 시달렸고, 그에게는 이 고통만이 유일하게 확실했다. 부정적인 감정, 즉 자신의 고통에 굴복하는 감정이 아니라면 그 어떤 기쁨도 느끼지 못했다. 이러한 감정이야말로 생각하는 모든 피조물의 공통점이라는 강렬한 의식이 그의 내면에 자리 잡았다. 그러한 까닭에 아무 걱정 없이 노니는 새들과 양 떼들의 명랑함을 자주 시기했었다. 그는 자연의 눈부신 아름다움에 대해 민감한 감수성을 지니고 있었지만, 그 안에서 나약하지 않은 정신이라면 저항하기 마련인 자연의 속임수를 분별해냈다. 이성을 갖춘 인간은 그 누구라도 자연이 인간에게 어머니도 아니고 스승도 아니라는 자각을 부정할 수 없을 것이다. 그에게 자연은 명백하게 보편적인 고통에 뿌리를 내린 은밀하고 거대한 권력이다.

의사의 어떤 질문에 그는 자신의 불안이 잠깐 멈췄던 예외적인 경험을 털어놓았다. 그가 앞서 언급했던 부정적 쾌락의 순간만을 겪은 것이 아니라, 늦은 밤에는 어떤 편안함을 느끼곤 했다. 전원의 어둠과 고요함 덕분에 그는 자신의 연구에 몰두할 수 있었고 그러한 분위기 속에서 도시에서 그랬듯 오롯이 자신 안에 머물 수 있었다. "물론이지요. 뜨거운 날씨에, 정감 있고 어두운 도시라면요." 의사는 호감을 내비치며 고개를 흔들었다. 이에 시인은 최근에 한숨 돌릴 수 있는 시간을 가졌으며, 나지막한 구릉지대로 이어지는 길을 고즈넉하게 산책할 기회가 있었다고 설명했다. 그때 지평선을 이루는 울타리 너머로, 무관심하지만 적대적이지 않은 이 무한한 우주의 장엄하고 거대한 존재를 잠시 느꼈었다고 고백했다. 아주 찰나적인 순간이었지만 완전한 무의 투명한 품으로 녹아든다는 생각이 들자 뭐라 설명할 수 없는 달콤한 아름다움이 그에게 차올랐다. 매우 강렬하고 새로운 영감이 있었는데, 며칠 전부터 시인은 그것을 시로 표현하려고 부질없는 노력을 하고 있었다.

의사는 그의 말을 주의 깊게 듣더니 직업적 노련함을 발휘하여, 시인의 현재 삶에 대해 몇 가지 정보를 캐물었다. 시인은 얼굴이 붉어짐을 느꼈다. 그것은 누구와도 말하기 꺼려지는 얘기였다. 심지어 부모님이나 자기 자신과도 말하기 어려운 것이었다. 다만 그의 시 속에서 승화된 의미로만 쓰일 뿐이었다. 그는 의사에게 인간적 교류가 거의 없다는 정도로만 짧게 대답했다. 가족 간에는 아예 교류가 없었고, 몇몇 학식 있는 친구와 간간이 교제할 뿐이며, 고백하지 못하고 멀리서 애태운 몇 번의 사랑이 전부였다.

시인은 잠시 망설이더니 여자들과의 관계가 항상 고통스러웠다고 덧붙였다. 그는 자주 열정적으로 사랑에 빠졌지만, 이후에는 자신의 감정을 고백할 용기가 부족했다. 그의 외모가 얼마나 볼품없는지 알기 때문이라는 게 이유였다. 그래서 그의 사랑은 늘 쓸쓸했다. 공부를 할 때나 전원 지역으로 멀리 산책을 나갈 때 그는 사랑하는 여인이 지닌 순수하고 이상적인 완벽한 이미지를 자신 안에 간직하고 다니면서 감히 시선을 둘 수 없는 그녀의 육체적인 모습 대신 그 이미지를 동경했다. 이 이중적인 갈등으로 인해 그는 격렬한 고통을 느꼈고, 가끔은 비합리적 복수심에서 위안을 찾기도 했다. 시인은 자신에게 고통을 일으키는 불행의 여인을 처벌하고 싶었다. 그는 자신의 생각과 시 속에서 그녀를 실제보다 더 나은 모습으로 보이려고 음모를 꾸민 사기꾼이라 비난했다. 또한 사냥꾼으로서 욕심을 채우기 위해 그를 정복하고 무너뜨리려 했으며, 그녀나 다른 어떤 여자도 그 자신의 아름다움을 무기로 어떤 효과를 노릴 만한 수준조차 되지 못한다고 비난했다. 본래 아름다움의 효과는 '눈앞에 놓인 고통과 슬픔의' 위력을 뛰어넘을 만큼 불가항력적이기 때문이다. 그에게 사랑은 늘 기쁨이 아니라 괴로움의 원천이었고, 그는 그 사실을 받아들여야 했다. 그러나 사랑 없이 살아가는 삶이 무슨 소용인가?

　　의사는 아무런 반응을 하지 않았다. 다만 시인이 여전히 젊고 그가 생각하는 만큼 신체적 외모가 중요하지 않다는 사실을 언급하면서 그를 위로하려 애썼다. 물론 언젠가 그에게 어울리는 여인을 만나게 될 것이며, 그의 불안 역시 한순간에 해결될 것이라는 말도 빼놓지 않았다. 의사는 잠깐 생각에 잠기더니, 진료는 그날 한 번으로 충분할 것이며, 그의 경우는 그다지 심각해 보이지 않는다고 말했다. 의사의 진단에 따르면, 시인은 병에 걸린 게 아니라 지나치게 예민했다. 몇 달의 간격을 두고 심리적 피드백을 병행한다면 그의 고통은 틀림없이 완화될 것이라고 말했다. 의사는 처방전 차트를 집어 들고 두세 줄을 써내려갔다. "혹시 필요하면 이 약을 복용해보세요. 마음이 한결 편안해질 겁니다. 하지만 제가 처방한 대로 용법을 지키셔야 합니다."

　　시인은 계단을 내려와 가장 가까운 곳에 있는 약국으로 향했다. 그는 걸어가면서 처방전을 쥔 손을 외투 주머니에 집어넣었다. 그 안에서, 잊고 있던 몇 장의 메모지를 발견했다. 며칠 전 그에게 떠오른 생각을 적어놓은 종이였는데, 그는 그 글에 시가詩歌의 옷을 입히면 어떨까 고심했었다. 시인은 어떤 자발적 의지로 손에 쥐고 있던 처방전을 구기고는 길을 따라 흐르는 하천에 던져버렸다.

바람의 섬인 마우이Mahui와 케누누Kaenunu 섬을 보면, 가능한 가장 오래도록 관광객들의 발길이 닿지 않은 채 남아 있기를 바라게 된다. 게다가 필요한 관광시설을 갖추기도 쉽지 않을 것이다. 그곳의 땅은 공항을 건설할 수 없을 정도로 높낮이 기복이 심하고, 작은 배는 몰라도 큰 선박은 해안에 댈 수가 없다. 물이 부족한 편인 데다 어느 해에는 강수량이 절대적으로 부족하다. 그래서 그 섬들은 인간에게 결코 거주지역을 내주지 않았다. 그런데도 폴리네시아인 선원들이 수차례(어쩌면 고대에도) 그곳을 찾았고, 제2차 세계대전 당시 최후의 전투가 벌어지던 시기에 일본의 태평양 주둔 부대가 몇 달 동안 머무르기도 했다. 지금으로부터 불과 얼마 안 된 과거에 나타난 인간의 출현 흔적을 거슬러 올라가면, 이 두 섬에서 찾아볼 수 있는 유일한 인간의 흔적이 나타난다. 실제로 마우이 섬에서 가장 높은 지점인 해발 100미터쯤에는 꼭대기라 하기에는 나지막하지만 제법 험준한 지대가 펼쳐진다. 그곳에 암석을 파서 만든 대공초소가 폐허로 남아 있다. 들리는 말로는 그 초소에서는 한 번도 대포가 발사된 적이 없었다고 한다. 그 주변에서 우리는 탄약통 하나 발견하지 못했다. 대신 케누누 섬에서 바위틈에 낀 채찍을 발견했는데, 그것은 쉽게 납득할 수 없는 어떤 폭력의 증거였다.

　　오늘날 케누누 섬은 실질적으로 생명체 없이 황폐화되었지만, 마우이 섬의 경우 인내심을 가지고 주의 깊게 들여다보면, 아토울라atoúla 몇 마리나, 더 흔하게는 그들의 암컷인 나쿠누na-cunu*를 발견하는 일이 그리 어렵지 않다. 널리 알려진 대로 일부 가축동물의 경우를 제외하면 이들은 수컷과 암컷이 각기 다른 이름으로 명명된 유일한 동물 종일 것이다. 하지만 그들을 특징 짓는 확실한 성적 이형성Sexual dimorphism에서 의문에 대한 해답을 찾아볼 수 있다. 이것은 분명 포유류 중 유일하게 그들에게서만 나타나는 현상이다. 너무나도 희귀한 이 설치류는 오직 이 두 섬에서만 번식하고 있다.

　　수컷인 아토울라는 몸길이가 최대 50센티미터에 이르며, 몸무게는 5킬로그램에서 8킬로그램에 달한다. 이들은 회색이나 진한 갈색 털을 가졌고, 매우 짧은 꼬리, 뾰족한 주둥이와 검은 수염, 짧은 삼각형의 귀를 가지고 있다. 배에는 듬성듬성하게 털이 나 있어 불그레한 피부가 훤히 드러나 있다. 그러나 나중에 보게 되듯이, 이것이 진화가 덜 되었다는 의미는 아니다. 암컷은 수컷보다 무게가 더 나가고, 몸길이가 더 길며 몸집도 더 크다. 또한 암컷은 수컷보다 움직임이 빠르고, 겁이 없다. 말레이시아 사냥꾼들의 말에 따르면, 수컷에 비해 암컷의 감각이 더 발달했는데, 특히 후각이 뛰어나다고 한다. 하지만 털의 특성은 완전히 다르다. 나쿠누는 계절에 상관없이 항상 반들반들한 검은 털을 지니

---

* '아토울라'와 '나쿠누'는 레비가 이 글에서 등장시킨 환상 속 동물이다.

고 있다. 그리고 네 개의 황갈색 줄무늬가 있는데, 주둥이에서 양쪽 옆구리까지 두 개씩 나 있는 줄무늬는 길고 촘촘한 꼬리 근처에서 합쳐진다. 황갈색 줄무늬는 나이에 따라 오렌지색, 빨간색 또는 자주색으로 변화한다. 수컷들이 바위틈과 돌 사이에 살면서 거의 눈에 띄지 않는 것과 달리, 암컷들은 멀리서도 눈에 보일 정도로 활동적이다. 암컷들이 개들처럼 꼬리를 흔드는 습성이 있는 것 또한 그 이유다. 수컷들은 움직임이 느리고 게으른 반면에, 암컷들은 부지런하고 적극적이다. 하지만 둘 다 소리를 내지 않는다.

특이하게도 아토울라와 나쿠누 사이에는 교미가 존재하지 않는다. 가장 건조한 시기와 맞물리는 9월에서 11월 사이, 곧 짝짓기 철이 되면 수컷들은 해가 떠오를 때 고지대 꼭대기로 올라간다. 이따금 가장 높은 나무 위로 올라가기도 하는데, 높은 자리를 서로 차지하려는 다툼은 일어나지 않는다. 자리를 정하면 그곳에서 꼬박 하루 종일 꼼짝하지 않고 먹지도 마시지도 않는다. 그러면서 바람을 등지고 일어나 그 바람 속에 정자를 흩날려 보낸다. 물론 그것도 정액의 형태를 띠기는 하지만, 뜨겁고 건조한 바람 속에서 빠르게 증발한다. 그러고는 가늘게 뭉쳐진 뭉치 형태로 바람에 날려 흩어진다. 이 먼지의 미립자 하나하나가 (아토울라의) 정자다. 우리는 기름 바른 유리판으로 그것을 수집하는 데 성공했다. 아토울라의 정자는 다른 모든 동물의 정자와는 다르다. 오히려 식물의 꽃가루 미립자와 닮았다. 그것은 가는 꼬리

대신 바람에 실려 멀리 날아갈 수 있는 방사형의 엉킨 털 뭉치로 덮여 있다. 돌아오는 길에 우리는 섬에서 130마일 떨어진 곳에서도 그것들을 수집했는데, 겉보기에 하나같이 생명력 있고 풍요로웠다. 정액을 분출하는 동안 아토울라는 움직이지 않고 앞발을 접은 채로 일어선 자세를 유지한다. 그러다 앞발을 가볍게 떨었는데, 아마 털이 없는 복부 표면에서 정액이 잘 증발되도록 하려는 것인 듯하다. 그러다 바람의 방향이 갑자기 달라지면(그 섬의 위도상에서는 자주 일어나는 현상이었다), 셀 수 없이 많은 아토울라가 동시에 펼치는 진기한 광경이 나타난다. 모두들 각자 정한 자리에서 똑바로 일어나, 예전에 지붕 꼭대기에 세워놓았던 풍향계처럼 새로운 바람의 방향에 맞춰 동시에 위치를 바꾼다. 본능적 충동에 따라 움직이는 게 아니라 목적을 이루기 위해 신중하게 행동하는 것처럼 보였다. 그 같은 행동은 이 동물들이 어떤 포식자에게도 위협받지 않는다는 사실을 떠올려야만 비로소 설명이 가능해진다. 그렇지 않다면 쉽게 이해되지 않을 것이다. 말레이시아 사냥꾼들 역시 이 동물을 존중한다. 그들 중 몇몇 사람의 말에 따르면, 고대 전통에서 그 동물들을, 이름 그대로 바람의 신인 하톨라Hatola의 아이들로 여겨 신성시했기 때문이라는 설이 있었다. 또 다른 사람들 말로는, 그 시기에 사냥하는 아토울라 고기가 알 수 없는 장질환을 일으킬 우려가 있다는 단순한 이유에서였다. 수컷들이 부동의 자세로 번식을 시도하는 계절에 암컷들은 대조적으로 가장 왕성한 움직임을 보인다. 암컷들은 시각과 후각의 도움으로 빠르고 부산하게 움직이며 섬의 황무지 한쪽 끝에서 다른 쪽 끝으로 이동한다. 그러나 수컷들에게 접근하거나 수컷처럼 가장 높은 장소로 올라가려고 하지 않는다. 마치 암컷들은 보이지 않게 흩뿌려지는 정액을 맞기에 최적인 자리를 찾는 것처럼 보인다. 그리고 그것들을 차지하는 순간 몇 번이고 몸을 비비 꼬며 빙빙 돌다가 제자리에 멈춘다. 하지만 단 몇 분 이상은 아니다. 그런 후 곧바로 날렵한 도약을 하고는 바위와 황무지를 오르락내리락하며 다시 춤을 추기 시작한다. 그 시기에 섬 전체는 그들의 꼬리색인 오렌지색과 자주색 불꽃으로 일렁인다. 그리고 바람은 시큼하고 유혹적이며 자극과 흥분을 유발하는 냄새를 실어 온다. 그로 인해 섬에 사는 모든 동물들은 아무런 목적도 없이 그저 도취되어 춤을 춘다. 새들은 울음소리를 내며 날아올라 원을 그리다가 갑자기 미친 듯이 하늘을 향해 급상승하다가 돌멩이처럼 떨어져 내리며 급강하한다. 평상시에 이 설치류들은 겨우 달밤에나 눈에 띄어 붙잡히지 않는 작은 그림자처럼 깡충깡충 뛰어다니다가 이 시기만 되면 눈부신 태양빛에 홀려 무방비 상태로 바깥에 나온다. 그래서 손으로 붙잡을 수 있을 정도다. 하물며 뱀마저 뭔가에 홀린 듯 굴에서 빠져나와 제 꼬리를 말아 원을 그리고 일어서서 마치 리듬을 따르듯 머리를 움직인다. 그 무렵 우리 역시 섬에서 하루를 쉬어가게 되었는데 짧은 밤 사이 다양하고 해석 불가능한 꿈들이 난무하는 불안한 수면상태를 경험했다. 섬을 장악하는 이 냄새가 수컷들에게서 직접 발산된 것인지, 아니면 나쿠누의 생식기관에서 슬그머니 퍼지는 것인지 판단할 수 없었다.

　암컷들의 임신 기간은 대략 35일 정도다. 출산과 수유에 대해서는 전혀 알려진 바가 없다. 수컷들은 바위틈 은신처에 덤불을 쌓아 둥지를 짓고 그 내부는 이끼와 잎 또는 모래로 채워진다. 수컷들은 저마다 한 개 이상의 둥지를 마련한다. 출산이 가까워진 암컷들은 각자 자신의 둥지를 선택한다. 둥지를 고를 때면 조심스럽게 망설이면서 여러모로 따져보지만 분쟁은 없다. '바람의 아이들'은 한 배에서 다섯 내지 여덟 마리가 태어난다. 새끼들의 몸집은 작지만 조숙하다. 태어난 지 몇 시간 만에 벌써 햇볕을 쬐러 나오고, 그중 수컷들은 금세 그들의 아버지들처럼 바람을 등지는 법을 배운다. 그리고 암컷들은 아직 털이 나지 않았는데도 엄마의 춤을 우스꽝스럽게 모방한다. 불과 다섯 달 뒤면 아토울라와 나쿠누는 성체로 자라난다. 그리고 일찌감치 각기 다른 무리로 떨어져 살면서, 바람이 불어올 다음 계절에 멀리 공중에서 치러질 그들의 결혼을 준비한다.

널리 읽히고 기억될 만한 시를 쓴다는 건 운명의 축복이다. 그러한 행운은 인간의 모든 법칙과 의지와는 상관없이 아주 소수의 사람들에게 일어난다. 이 소수의 기회 역시 그들의 인생에서 아주 드물게 일어난다. 어쩌면 그게 다행일지도 모르겠다. 만약 뛰어난 시를 쓸 수 있는 현상이 더 자주 일어난다면 우리는 홍수처럼 넘쳐나는 시의 메시지에 가라앉고 말 테니까 말이다. 결국 우리 그리고 다른 이들이 쓴 시들이 모두에게 피해를 입힐 것이다. 파스콸레도 마음에 드는 시를 쓴 경험은 극히 드물었다. 나비처럼 날아다니는 시상을 포착해 언제든 종이에 붙들어 놓을 준비를 하고 그것에 살을 붙여 육화시키려는 의식은, 간질 발작의 전조 증상처럼 이상하고 낯선 감각에 이끌려 언제나 그의 내면에 자리 잡고 있었다. 그럴 때마다 매번 귓가에 가벼운 휘파람 소리와 함께 머리부터 발까지 관통하는 짜릿한 전율을 느꼈다.

휘파람 소리와 전율이 순식간에 사라지고 나면, 또렷하고 구체적인 시의 핵심이 선명하게 떠오른다. 그에게는 그것을 쓰는 것 외에 별다른 도리가 없다. 그러면 어느새 유연하고 생기 있는 다른 시구들이 그의 주위로 모여들었다. 십오 분 정도면 창작은 끝이 났다. 하지만 파스콸레는 이러한 영감에 사로잡히는 그

과정이 마치 착상과 창작이 거의 번개와 천둥처럼 빠르게 연거
푸 이어지는 섬광 같은 순간으로 느껴졌다. 하지만 그의 삶에서
다섯 번 혹은 여섯 번밖에 허락되지 않은 일이었다. 다행히 그는
직업시인이 아니었다. 그는 어느 사무실에서 조용하고 따분한
일을 담당하고 있었다.

위에 언급한 징후들은 이 년간의 침묵을 깨고 나타났다. 그
가 자기 책상에 앉아 어느 고객의 보험계약서를 살펴보고 있을
때였다. 그 징후들은 이상하리만치 강렬하게 나타났다. 휘파람
은 고막을 관통하는 듯했고 온몸에 일어난 전율은 발작적 경련
보다 조금 덜한 정도였다. 그 증상은 그에게 심한 현기증을 남기
고는 금세 사라졌다. 결정적 시구는 거기, 그의 앞에, 벽에 적혀
있듯이, 아니 오롯이 그의 머릿속에 있었다. 옆자리 동료들은 별
달리 그를 주목하지 않았다. 파스콸레는 앞에 놓인 종이를 뚫어
져라 쳐다보며 온 신경을 집중했다. 갑자기 찾아온 영감에서 시
작된 시는 점점 자라나는 유기체처럼 모든 감각 안에 펼쳐졌다.
그는 그 앞에 잠시 머물렀는데, 흡사 살아 있는 물체처럼 꿈틀거
리는 것 같았다.

파스콸레가 이전에 한 번도 써본 적이 없는 가장 아름다운
시였다. 그런 시가 그의 시선 아래에, 고친 흔적 하나 없이 말끔
하고 탁월하며 우아한 문장 속에 있었다. 시가 적힌 얇은 복사지
가 마치 거인상의 무게를 견디고 있는 연약한 기둥처럼 시의 무
게를 떠받치는 듯 보였다. 벌써 여섯 시였다. 파스콸레는 열쇠로

서랍을 잠그고 집에 돌아갔다. 그는 자신에게 상을 줘야겠다는 생각이 들어, 거리에서 아이스크림을 샀다.

　다음 날 아침, 파스콸레는 서둘러 사무실로 달려갔다. 그는 시를 다시 읽고 싶어 참을 수 없을 지경이었다. 이제 막 완성한 작품을 평가하기가 얼마나 어려운지 잘 알았기 때문에 시간이 필요했던 것이다. 시에 가치와 의미가 있는지 또는 부족한지는 다음 날이 되어서야 비로소 명확해진다. 그는 책상서랍을 열었다. 그러나 전날 넣어둔 종이가 보이지 않았다. 하지만 전날 다른 서류들 위에 놓아둔 것만은 확실했다. 처음에 그는 화가 나서 서류를 뒤적이다가 나중에는 찬찬히 살펴보았다. 하지만 시가 사라진 것을 인정할 수밖에 없었다. 그는 다른 서랍들도 찾아보다가 시가 적힌 종이가 바로 그 앞에, 방금 도착한 우편함에 있다는 걸 깨달았다. 어처구니없이 일을 부주의하게 처리하다니! 그러나 자기 삶에서 이뤄낸 걸작 앞에서 어떻게 부주의하지 않을 수 있는가?

파스콸레는 자신의 생애를 다룰 미래의 전기작가들이 바로 그 일화를 기억하리라고 확신했다. 오직 시를 잉태한 그의 「수태」 Annunciazione만을 기억할 것이라는 생각이 들었다. 그는 시를 다시 읽었고 그 아름다움에 감격해 사랑에 빠진 듯 여겨질 정도였다. 마침 그가 시를 복사해두려 할 때 사장이 그를 불렀다. 사장과의 면담은 한 시간 반이나 걸렸고, 그가 자기 책상으로 되돌아왔을 때는 복사기가 고장이 나 있었다. 전기 기술자가 기계를 고쳤을 때는 이미 네 시가 다 되었다. 그런데 이번에는 시를 복사할 얇은 복사지가 떨어지고 없었다. 그날은 어찌할 도리가 없었다. 파스콸레는 전날 저녁 벌어진 사고를 기억하면서, 아주 조심스럽게 시가 적힌 종이를 서랍에 넣었다. 그는 열쇠로 잠근 후에도 의심이 들어 다시 열어보고는 결국 다시 서랍을 잠그고 자리를 떠났다. 다음 날 종이는 또다시 사라지고 없었다.

　사건은 성가시고 불쾌하게 변해갔다. 파스콸레는 오래전에 넣어둔 케케묵은 서류들까지 들춰보면서 책상서랍을 모조리 다 뒤져보았다. 서류를 훑어보다가 미완성인 채로 남겨진 그 시를 기억 속에서만이라도 다시 떠올려보려 애썼지만 부질없었다. 최소한 첫 문장만이라도, 영감으로 떠오른 핵심 시상詩想만이라도 기억해내려 했지만 도무지 기억나지 않았다. 오히려 앞으로도 기억해낼 수 없을 것 같은 강렬한 예감이 들었다. 지금의 그는 시를 쓰던 순간의 그가 아니었다. 더는 그때와 똑같은 파스콸레가 아니었던 것이다. 죽은 사람이 되살아나지 않고, 다리 아래로 똑같은 강물이 두 번 흐르지 않는 것과 마찬가지로 그는 다시 그때의 모습으로 되돌아갈 수 없을 터였다. 그는 구역질이 날 것처럼 입안에서 비릿하고 쓰디쓴 맛을 느꼈다. 더할 수 없는 좌절감의 맛이었다. 그는 실의에 빠져 회사 소파에 털썩 주저앉았다. 그런데 그 종이가 벽에 걸려 있는 게 아닌가. 그의 왼쪽으로, 머리 위 몇 뼘 안 되는 높이의 벽에 종이가 걸려 있는 게 보였다. 모든 게

분명해졌다. 몇몇 동료가 그를 놀리려고 악의적인 장난을 친 것이었다. 어쩌면 그를 몰래 지켜보면서 그의 비밀을 알아낸 누군가가 벌인 일인지도 모른다.

그는 종이 끝을 잡아 벽에서 떼어냈다. 종이는 힘없이 쉽게 떨어졌다. 종이 뒷면이 약간 거칠어진 것이 눈에 들어왔는데, 장난의 주동자가 질 나쁜 풀을 사용했거나 조금 사용하다가 만 것이 틀림없었다. 그는 종이를 책상깔개 밑에 두고, 오전 내내 책상에서 멀리 떨어지지 않는 방식으로 일했다. 정오를 알리는 사이렌이 울리자 모두들 직원식당으로 가려고 자리에서 일어났다. 그 순간 파스콸레는 종이가 깔개 아래에서 손가락 길이만큼 삐져나온 걸 보았다. 그는 종이를 집어 들고 삼각형 모양으로 반으로 접고 또 접어 지갑에 넣었다. 이렇게 된 이상 그것을 집에 가져가지 않을 이유가 없었다. 그는 시의 내용을 직접 손으로 필사하거나, 아니면 복사집에 가져갈 생각이었다. 그렇게 하면 아무 문제가 없었다.

저녁에 그는 지하철을 타고 집으로 가면서 시를 다시 읽었다. 여느 때와 다르게 그 시만큼은 완성도가 있다고 여겨졌다. 시구 하나 철자 하나도 바꿀 것이 없었다. 그렇더라도 그는 글로리아에게 시를 보여주기 전에 시에 대해 조금 더 꼼꼼히 생각해볼 작정이었다. 짧은 시간에도 사람들의 판단은 금세 달라지기 마련이어서, 월요일의 걸작이 목요일에는 시시한 작품으로 변하거나, 아니면 둘 사이에서 의견이 분분한 경우가 있었다. 그는 침실에 있는 개인 서랍에 종이를 넣고 열쇠로 잠갔다. 하지만 다음 날 아침 그가 눈을 떴을 때, 누워 있는 자신 위의 천장에 종이가 붙어 있는 게 보였다. 세 면 중 두 면이 회반죽으로 천장에 붙어 있었고, 나머지 한 면은 바닥을 향해 떨어져 있었다.

파스콸레는 사다리를 타고 올라가 아주 조심스럽게 종이를 떼어냈다. 그리고 다시 만져보니 뒷면이 특히 거칠게 느껴졌다. 그는 입술로 그 위를 살짝 스쳤다. 이번에도 아주 미세한 돌기들이 마치 줄지어 있는 것처럼 종이 표면에 솟아 있었다.

그는 돋보기를 들고 자세히 들여다보았는데 상황은 바로 이러했다. 종이 뒷면에 털처럼 솟아올라온 돌기들은, 그가 쓴 시의 필적과 정확히 일치했다. 특히 외따로이 떨어진 획들이 두드러졌는데, d와 p의 세로획이 그러했고, 무엇보다 n과 m의 작은 획이 눈에 띄었다. 가령 「수태」Annunciazione라는 시의 제목 뒷면을 보면, 네 개 n을 이루는 그 여덟 개의 획이 도드라진 게 뚜렷이 보였다. 그것들은 제대로 깎지 않은 수염처럼 올라와 있었는데, 파스콸레의 눈에는 조금 떨리는 듯 보이기까지 했다.

출근할 시간이 되자 파스콸레는 이 시를 어디에 둬야 할지 몰라 쩔쩔맸다. 어떤 이유에서, 어쩌면 시의 독창성이라든가 그것에 생기를 불어넣는 강한 생명력 때문에 시가 자꾸 그에게서 떨어져 나가 도망치려는 것으로 이해했다. 그는 시가 적힌 종이를 가까이서 지켜보기로 결심했다. 한 번쯤은 인내심을 가지고 기다릴 필요가 있었다. 돋보기로 들여다보니, 글자 선의 일부가 가늘고 또렷한 음각으로 둘러싸여 있었다. 그것은 좁고 긴 U자 형태를 이루며 종이 뒷면을 향해 뒤로 접혀 있었다. 책상 표면에 이것이 닿으면서 1이나 2밀리미터 정도 들어 올려진 상태였다. 그는 더 자세히 들여다보려고 몸을 숙였다. 그 순간 종이와 책상 표면 사이에서 새어나오는 빛을 똑똑히 보았다.

거기서 뭔가가 더 보였다. 그가 바라보고 있는 동안 종이는 그에게서 멀어지면서 제목이 있는 방향으로 이동했다. 느리지만 일정하고 확고한 움직임으로 일 초에 몇 밀리미터씩 앞으로 나아갔다. 그는 제목 부분을 반대 방향으로 돌리면서 종이를 뒤집었다. 그러자 잠시 후 복사 종이는 다시 행진을 시작했는데, 이번에는 거꾸로 움직였다. 그러니까 여전히 책상 가장자리를 향해 가며 그에게선 멀어져가고 있었다.

어느덧 시간이 지체되고 있었다. 파스콸레는 아홉 시 반에 중요한 약속이 있었고, 더는 시간을 끌 수 없었다. 그는 창고에 가서 나무합판 조각을 찾아내 접착제로 그 위에 종이를 붙였다. 「수태」는 그의 시상이 결실을 이룬 그의 작품이자 그의 소유물이고 그의 재산이었다. 둘 중 누가 더 강한지는 곧 밝혀질 것이었다. 그는 흥분으로 가득 찬 채 사무실로 갔다. 그는 자신이 맡은 민감한 협상조차 무례하고 서툴게 진행할 정도로 흥분을 가라앉히지 못했다. 결국 그는 협상을 엉망진창으로 마무리했다. 아주 자연스러운 현상처럼 그의 흥분과 초조함은 커져만 갔다. 그는 스스로가 물레방아 바퀴에 묶여 일하는 경주마처럼 느껴졌다.

이틀 동안 원을 그리며 돌고 돌았는데도 당신은 여전히 경주마인가? 여전히 달리고 싶고, 목표점에 맨 처음 도달하고 싶은가? 아니다. 당신은 침묵하고, 쉬고, 건초가 담긴 구유를 원할 뿐이다. 다행히 집에서, 구유에서 시가 그를 기다리고 있었다. 이제 더는 도망가지 못할 것이다. 어떻게 가능하겠는가?

정말 시는 도망가지 않았다. 그는 합판에 붙어 있는 종이 조각들을 발견했다. 스무 개가량의 우표만 한 작은 섬들이 그 위에 남아 있었다. 본래 종이의 오분의 일을 넘지 않는 크기였다. 「수태」의 나머지 부분은 제자리를 벗어나, 갈라지고 잘린 미세한 파편이나 부스러기 모양으로 집 안 구석구석에 흩어져 있었다. 그는 고작 서너 개밖에 찾아내지 못했다. 그는 조심스럽게 파편들을 이어봤지만 도무지 읽을 수 없는 상태였다.

일요일이 되자 파스콸레는 시를 재구성하기 위해 심혈을 기울였다. 하지만 그의 시도는 점점 더 빛이 바래며 수포로 돌아갔다. 그 일을 전후해 그는 더 이상 휘파람 소리도 전율도 경험하지 못했다. 그는 남은 생애 동안 잃어버린 시의 내용을 기억에서 되찾기 위해 수없이 노력했다. 그러나 그가 쓴 시는 점점 더 드물어졌고, 점점 더 힘없이 생기를 잃은 무기력한 시가 되어갔다.

고대 로마제국의 식민지 브리타니아의 국경 요새 빈돌란다는 하드리아누스 성벽에 위치하고 있으며, 1세기에서 5세기까지 로마군의 주둔지였다. 진공상태의 매장 방식은 목재와 가죽, 직물로 만든 수많은 유물과 잉크로 기록된 문서를 보존해왔다. 이중에는 소포 선물에 담긴 편지가 있다. 이 편지는 한 로마 군인에게 보내는 것으로, 양모 양말 한 켤레와 함께 소포 안에 들어 있다.

— 『사이언티픽 아메리칸』*Scientific American*, 1977년 2월호

사랑하는 엄마께

작년 3월에 보내주신 편지 이후로 계속 답장을 드리지 못했던 점 용서해주세요. 편지는 봄이 이미 끝나가던 무렵에야 도착했어요. 이 나라의 봄은 우리나라와는 달라서, 계절의 경계가 뚜렷하지 않아요. 겨울과 여름 모두 비가 오고, 여름에 구름 사이로 해가 나타나면 마치 겨울인 것처럼 햇살이 약해요. 하지만 겨울에는 해가 아예 드물죠.

답장이 늦어진 건 이전에 일했던 서기가 죽었기 때문이에요. 여러 해 동안 저를 위해 많은 편지를 써준 사람이었고, 저와

친구로 지냈어요. 그래서 제가 누구이고, 엄마가 어떤 사람인지,
또 어디에 사시는지, 우리 동네가 어디 있고 어떤 곳인지 등 편지
를 제대로 전달하기 위해 알아야 할 모든 것을 매번 설명할 필요
가 없었죠. 오늘 제 말을 받아 엄마께 편지를 써주는 서기는 온
지 얼마 되지 않았어요. 현명하고 학식이 풍부한 사람이지만 로
마인도 아니고 브리타니아인도 아니라서 아직 여기 생활이 익숙
하지 않아요. 그래서 그가 저를 돕지 못하는 부분이 많을수록 제
가 그를 도와줘야 해요. 말씀드렸다시피 그는 로마인이 아니에
요. 칸치오Canzio에서 온 남부 출신이에요. 하지만 항상 행정관으
로 일해왔고, 라틴어를 말하고 쓰는 데 저보다 더 능해요. 저는
잊어가고 있는데 말이죠. 그는 또 유능한 마법사여서 비를 내리
게 할 줄 알아요. 그러나 여기서는 거의 매일 비가 내리니까 그
정도는 저라도 할 수 있을 것 같아요.

　　사랑하는 엄마, 4년 후면 이곳에서의 체류가 끝나고 이탈리
아로 돌아갈 거예요. 그러면 제 아내를 알게 되실 거예요. 저희는
작년 10월에 결혼했어요. 지금까지 미처 편지로 말씀드리지 못
한 이유는 엄마께서 만족하지 않으실까 봐 두려웠기 때문이에
요. 하지만 이시도라는 좋은 아내니까 분명히 마음에 드실 거예
요. 그리스식 이름 때문에 오해하실 수 있겠지만, 그녀는 여기 사
람이고 자기 모국어 외에 다른 언어는 말하지 못해요. 이곳에서
는 그리스 이름이 우아하다고 생각하거든요. 아무튼 오늘 저를
위해 편지를 쓰는 서기가 지금 제게 설명하고 있는데, 그의 생각

에 이시도라라는 이름이 그리스어로는 아무 뜻도 없다고 설명하고 있어요. 그래서 엄마께서 더 안심하시도록 그 얘기도 편지에 적으라고 부탁했어요.

제가 라틴어를 잊어가고 있는 건 솔직히 이시도라의 영향이 커요. 사실 주둔지에 있는 우리 모두가 라틴어를 잊어버리고 있는데, 결혼을 했든 안 했든 하루 종일 브리타니아인들의 언어로 말하기 때문이에요. 물론 그편이 더 실용적이긴 하지만 부대의 연장자들은 그 일을 수치스럽다고 말해요. 결국 이런 식으로 부끄러운 일이 밝혀졌네요. 편지를 쓰는 서기 입장에서 야만인은 그가 아니라 저라고 고쳐 써야 할 상황이에요. 그의 이름은 만두브리보이고, 편지를 쓰는 일 외에도 재정을 담당하고 있어요. 셈을 하는 데 있어서도 우리 로마인들이 그들보다 훨씬 더 뛰어나지는 않은 까닭이지요. 이따금 이곳은 정말이지 건망증의 나라라는 생각이 들어요. 어쩌면 아이들에게 들려주는 신화처럼, 율리시즈가 이타카 섬과 자기 아내를 망각한 곳이 바로 여기가 아닐까 하는 생각이 들 정도예요. 그렇더라도 저는 우리나라의 골짜기와 포도주, 모든 것이 희고 푸르른 해빙기에 눈자국 사이를 돌아다니는 양떼 그리고 로마제국 중앙에 위치한 코치오의 축제 기간 중에 보았던 아치를 잊지 않았어요. 그때는 거리에서 소녀들에게 키스를 해도 죄가 되지 않지요.

사랑하는 엄마, 하지만 엄마를 슬프게 해드리고 싶지 않아요. 그래서 어떻게 이시도라를 알게 되었는지 말씀드려서 기분 좋게 해드리고 싶어요. 삼 년 전 여름, 하짓날이었어요. 여기는 그날이 축제일이에요. 이곳에 주둔한 저희 모두가 극장에 갔는데, 이곳 사람들도 함께했어요. 그러니까 웬만한 사람은 전부 모인 셈이지요. 농장주, 양모와 치즈 도매업자, 목재 상인, 청부업자, 중개인, 관리 그리고 사제까지 모두 모였어요. 극장으로 쓰이는 원형경기장을 건설한 지는 백 년도 넘었어요. 로마 부대가 주둔하기 시작한 무렵이었는데 아마도 요즘 극장보다 편리하지는 않겠지만 더 뛰어난 미적 감각을 지니고 있어요. 왜냐하면 하드리아누스* 방벽 너머 이곳에서 뵈일Beuil인들과 전투가 있었기 때문이에요. 그 시대에는 로마에서 온 배우들과 무언극 연기자들이 춤추고 노래하고 희극을 연기했고, 극장주들이 야수와의 묘기를 준비했지요. 모두들 즐거워하고 마치 집에 온 듯한 향수를 느꼈어요. 그러다가 더는 아무도 극장을 찾지 않았어요. 군인은 전쟁 중에나 그런 공연에 관심이 있을 뿐 전쟁이 끝나면 공연 따위에 별로 신경 쓰지 않으니까요. 이제 극장은 이곳 사람들이 자신들의 방식으로 꾸려가고 있어요. 훤히 드러난 날카로운 칼들 한가운데에서 맨발로 춤을 추고, 통나무 던지기 시합을 벌이는데 곰같이 야만적인 공연이지요(서기가 이 말을 받아 적긴 하면서도, 통나무 던지기는 속인이 이해할 수 없는 고대의 귀족예술이라고 항변하는군요). 통나무 던지기란 100파운드 정도 나가는, 사람 키보다 높은 장대를 땅에서 들어 올리는 경기를 뜻해요. 장대를 똑바로 들고서 거의 넘어질 듯 그것을 붙잡고 목표 지점

* 로마 황제.

을 향해서 달리는 거예요. 그러다 목표 지점에 정확히 멈춰 서서 가능한 한 멀리 장대를 던지는 거지요. 제게는 지루하고 바보 같은 경기처럼 보였고 일꾼들이나 하는 일 같았어요. 콜로세움을 말하지 않더라도, 우리 고향 발 수사Val Susa에 있는 닭들도 비웃을 일이지요. 그런데 그날 저와 가까운 자리에 앉아 있었던 이시도라는 박수를 치고, 승리자의 이름을 일일이 부르며 환호했어요. 마치 정신 나간 사람처럼 흥겨워했지요. 저는 그 모습을 보고 순식간에 그녀와 사랑에 빠졌어요. 그녀는 부유한 가문 출신이고, 그녀의 아버지는 양 400마리와 암소 40마리를 소유하고 있어요. 이시도라는 아직 아이를 낳지 않았고, 습한 우기에는 우울해지고 맥주를 많이 마시긴 하지만, 훌륭한 아내예요.

　　아까 말씀드린 대로 그녀는 라틴어를 배우지 않았고, 배우고 싶어하지도 않아요. 그녀 말로는 몇 년 지나지 않아 라틴어를 배우는 사람이 아무도 없을 거래요. 그래서 어쩔 수 없이 제가 그녀의 언어를 배워야만 했어요. 게다가 군복무와 군수조달에 유리한 점이 있기도 하지요. 이곳에서는 모든 게 이탈리아와 전혀 다르다는 걸 아셔야 해요. 초목이며, 양, 바다, 의복, 집, 개, 물고기, 신발까지도요. 그래서 그것들을 라틴어 이름으로 부르지 않는 게 저희에게도 자연스러운 일이 되었어요. 대신 여기서 붙인 이름으로 부르고 있지요. 신발 얘기를 하더라도 웃지 마세요. 이곳처럼 비가 자주 오고 흙탕물이 많은 나라에서는 신발이 빵보다 더 중요해요. 여기 빈돌란다만 하더라도 병사들보다 가죽 장인과 구두수선공이 더 많으니까요. 다들 일 년의 사분의 삼을 징 박힌 장화를 신으며 지내요. 한쪽 무게가 2파운드는 족히 나가는 그 장화를 여자와 어린아이들까지 신는다니까요.

언어 외에도 인내심이 필요한 그들의 놀이까지 모두 이시도라에게 배웠어요. 색을 칠한 체스판에 돌멩이로 만든 말을 놓고 움직이는 놀이지요. 대신 저는 주사위 놀이를 가르쳐줬어요. 그런데 그녀가 항상 이기다시피 해서 화가 났어요. 그러다 얼마 후 주사위에 뭔가 속임수가 있다는 걸 알아차렸어요. 제가 쥔 주사위 안에 작은 납덩이가 들어가 있어서 주로 한 개와 두 개 점이 나오게 떨어졌어요. 제 생일에 그녀가 선물한 주사위였지요.

그저 장난에 불과했지만, 얼마나 영리한 여자인지 아시겠지요? 제가 보기에 이시도라는 그리스도인들에게 조금 지나치다 싶을 만큼 호의를 가지고 있는 듯해요. 물론 아직까지는 세례를 받지 않았어요. 하지만 미트라에움, 그러니까 미트라교 신전 동굴에 저와 함께 가고 황소를 죽여서 치르는 신성한 피의 예식을 지켜보기도 해요.* 제가 보기에는 전혀 역겨워하는 것 같지 않아, 머지않아 예식을 받아들일 거라는 생각이 들어요.

국경에서 전해지는 소식에 너무 놀라지 마세요. 다키아**인들과 파르티아Parthia***인들의 땅에서 벌어진 일에 대한 흉흉한 소문이 이곳에까지 들리고 있어요. 그래서 저희 모두가 학살당

---

* 미트라교는 태양을 의미하는 미트라Mithra를 숭배하는 고대 종교로서, 주로 페르시아 지역을 중심으로 번성했다. 미트라교에서 황소는 유일한 창조물이어서, 미트라가 황소를 제물로 바쳐야만 창조가 시작된다고 보았다. 이 희생예식은 죽음과 생명의 반복을 상징하므로 미트라교에서 매우 중요시된다.
** 로마 황제 트라야누스 재위 시 고대 로마의 속주屬州였던 지역으로 현재는 대부분 루마니아 영토이다.
*** 고대 이란의 파르니Parni족이 세웠던 고대 왕국.

했다는 소문도 틀림없이 그곳에 나돌 거라고 생각해요. 하지만 이곳보다 더 평온한 땅은 없어요. 보초병들이 경보를 울리는 일도 거의 없어요. 다만 사슴이나 멧돼지가 나타나는 경우에는 늘 경보가 울리는데, 그래봐야 다음 날이면 사슴구이나 멧돼지구이로 마무리될 뿐이에요. 지난주에 국경 경비를 선 지 십 년도 안 되어 퇴역한 보초병 한 사람이 야생거위 때문에 경보를 울리는 바람에 제가 채찍질로 벌을 줘야만 했어요.

연장자들이든 결혼을 했든 안 했든 우리 모두는 상당히 잘 조직되어 있어요. 각자 침실을 가지고 있고, 모든 침실은 복도를 따라 줄지어 모여 있어요. 각 방에는 화로가 있어서 개별적으로 약간의 요리를 할 수 있고 베란다도 마련되어 있어요. 화로는 자주 사용하지만 베란다는 거의 사용하지 않지요. 게다가 세탁실과 환자들을 위한 병실도 갖추고 있어요. 아내들은 모두 브리타니아인들이어서 그들끼리는 말다툼이 없어요. 반면에 아이들은 진흙탕에서 구르며 말싸움을 벌이는데, 이곳 사람들은 진흙이 몸에 좋다고 말해요. 그래서인지 병에 걸리는 일이 거의 없어요.

사랑하는 엄마, 고향 소식을 편지로 전해주세요. 서신 전달이 원활해 엄마의 편지는 육십 일이면 제게 도착해요. 전에 제게 보내주신 소포도 그보다 약간 더 걸려서 도착했어요. 이곳은 양모의 나라이지만 여기 양모는 엄마가 지으신 것처럼 부드럽고 깨끗하지가 않아요. 자식으로서 애정을 담아 감사드려요. 보내주신 양말을 신을 때마다 제 생각은 엄마께로 향할 거예요.

그때가 오면

어느새 가로등이 켜졌다. 해질녘의 교통체증은 점점 더 심해지고 있었지만, 손님으로 온 부인은 자리를 떠날 기미를 보이지 않았다. 벌써 가게 문을 반쯤 내렸는데도, 그녀는 존재하지 않는 색상을 지닌 존재하지 않는 사이즈의 직물을 원했다. 주세페는 계단으로 선반을 오르락내리락하느라 지쳤다. 서 있기도 지쳤고, 발도 지쳤으며, "네, 부인"이라고 말하기도 지쳤고, 옷감을 파는 데도 지쳤으며, 주세페로 사는 데도 지쳤고, 지쳐 있는 것에도 지쳤다. 사방에서 화살표가 계단 구석을 가리키고 있는 것만 같았다. 그녀 역시 지친 듯했다. 주세페는 쉰 살이었고, 삼십 년 전부터 옷감을 팔고 있었다. 그는 자신이 파는 직물이 자유의 여신상을 위한 투피스와 아로나의 산 카를로 상*의 정장 한 벌을 만들 수 있을 만큼의 양이라고 생각했었다.

　부인은 아직도 층층이 쌓인 직물 롤 무더기 중에서 맨 아래 있는 롤을 살펴보고 싶어했다. 주세페가 그녀를 밖으로 내보낼 궁리를 하고 있을 때, 누군가가 그에게 전화를 걸었다. 그런 일은 거의 일어난 적이 없어서, 주세페는 걱정보다 호기심을 느꼈다. 전화에서 들려온 남자 목소리는 그에게 만남을 청했다. 무슨 용무로? 그와 관련된 일이라고 했다. 그렇다. 1930년 10월 9일 파

---

*　이탈리아 아로나에 세워진 거대한 산 카를로 청동상.

비아에서 태어난 주세페 N과 관련된 일이었다. 그 낯선 인물은 단지 주세페의 출생기록만 알고 있는 것 같지 않았다. 그의 생각에 대해서도 여러 가지를 아는 듯했다. 급한 일인가요? 급하지는 않습니다. 그래요. 그럼 월요일 아침도 괜찮겠어요. 주세페는 인내심을 가지고 끝까지 고객을 응대했고, 전화 속 남자는 상점을 닫도록 도와주었다.

월요일 아침에 상점은 문을 닫았고, 주세페는 평상시보다 늦게 일어났다. 낯선 인물은 열 시 반이 되어서야 나타났다. 보통 키에 나이가 오십 대쯤 되어 보이는 그는 앞머리가 검었지만 목덜미와 관자놀이에 흰머리가 나 있었고, 썩 예의 바르거나 교양 있지는 않았다. 실제로 그는 주세페가 청하기도 전에 먼저 자리에 풀썩 앉았다. 그는 어딘가 군복처럼 보이는 짙은 청색 복장을 하고 있었는데, 몸통이 꼭 조이고 견장이 달렸으며 조금 과하다 싶은 큼직한 주머니들이 달려 있었다. 그중 두 개의 길고 좁은 주머니는 바지 무릎 밑에 있었다. 나머지 두 개는 재킷의 옷깃 아래 있었는데, 혹시 전차표나 기차표를 넣어둘 용도였는지 제일 작은 또 다른 주머니가 한쪽 주머니에 꿰매어져 있었다. 주세페가 보기에 품질 좋은 옷감을 쓰긴 했지만 원단의 특성을 잘 살리지는 못한 듯했다. 어쩌면 합성 직물일지도 몰랐다. 오늘날에는 구분이 아예 불가능해서, 천연 모직으로 보이는 섬유도 실은 석유에서 합성한 아크릴과 비스코스로 만들어진다.

낯선 방문객은 자리에 앉아 아무 말도 하지 않았고 서두르는 기색도 보이지 않았다. 그렇다고 주세페가 먼저 말하거나 먼저 행동하기를 기다리는 것 같지도 않았다. 몇 분이 흘렀을까. 주세페는 그에게 질문할 엄두가 나지 않아서 되도록 조심스럽게 가만히 그를 지켜보기만 했다. 그는 아주 잘생긴 편은 아니었다. 그는 좁고 못생긴 이마에 작고 생기 없는 눈, 숱이 적은 눈썹, 짧고 넓적한 코를 가지고 있었다. 턱 또한 넓고 강건했지만 치열은 낮아서 마치 이가 닳아 없어진 것처럼 보였다. 게다가 양쪽 볼이 푹 꺼지고 울퉁불퉁해 그의 나머지 신체 부위에서 엿볼 수 있는 나이보다 훨씬 늙어 보였다. 주세페는 점차 당황스러운 기분이 들고 슬슬 화가 났다. 만날 약속을 청하며 할 말이 있다고 했던 쪽은 그가 아닌가? 그런데 왜 아무 말이 없는가?

몇 분이 더 지난 후에야 방문객은 한숨을 내쉬더니 말문을 열었다.

"참, 날씨가 왜 이런지. 계절까지 이상해졌다니까요. 5월까지 겨울 날씨를 보이다가 금방 여름이에요." 그러고는 다시 입을 다물고 창밖을 바라봤다. 잠시 후 그가 다시 말을 꺼냈다.

"그런 데다 젊은이들은…… 놀 생각만 하지 공부할 생각은 전혀 하지 않아요. 일은 더더욱 열심히 하지 않지요. 계속 그렇게 나가다가는 우리만 힘들어질 거예요. 아니, 그렇게 살아갈 수는 없어요. 예전에는 상황이 달랐지요. 모두들 자기 할 일을 하고, 먹는 것이 조금 형편없긴 했지만 지금보다는 더 마음 놓고 지냈어요. 자동차 대신 자전거를 타고 다니더라도 말이죠."

"하지만 당신은 전화로 제게 할 말이 있다고 말했던 걸로 아는데……." 주세페가 도중에 끼어들며 말했다.

"기억하시는지 모르겠는데 정확히 그렇게 말하지는 않았어요. 단지 당신과 연관된 일 혹은 그와 비슷한 일이 어떻게 흘러가는지는 안다고 말했죠. 그래요. 사실 내가 뭐라고 말했는지 잘 기억나지 않지만, 그러니까…… 아, 맞아요. 저는 당신에 대해 꽤 여러 가지를 알고 있어요. 금요일 저녁에 전화로 한 말은 기억나지 않지만, 당신이 다섯 살 때 무슨 일이 있었는지는 기억해요. 이상하지 않아요? 하지만 나이가 들면 별별 일이 다 일어나기 마련이죠. 어릴 때 당신이 얼어붙은 물웅덩이에서 미끄럼을 타다가 얼음이 깨졌어요. 그리고 당신은 얼음 파편에 발목을 다쳤죠. 기억 안 납니까? 이상하군요. 그때 흉터가 아직도 오른쪽 발목에 있을 거예요." 주세페는 발목을 쳐다봤다. 그의 말이 맞았다. 진짜로 흉터가 있었다. 하지만 그것이 언제, 어떻게 해서 생긴 것인지 그는 이미 오래전에 까맣게 잊었다.

"제가 잘 알고 있다는 걸 증명하기 위해서 말씀드렸어요. 또 예전에 당신이 인기척도 없이 어머니 방에 불쑥 들어가서, 어머니가 스타킹을 신고 있는 모습을 본 적이 있지요? 그리고 나중에 오랜 세월이 지나서, 당신이 저기 상점 안에서 동료의 여자 친구를 꾀어냈을 때 기억해요? 당신은 금세 싫증이 나서 그녀를 차버리고 끔찍한 결말을 내버렸어요."

그가 말한 모든 것이 사실이었다. 하지만 방문객은 들쑥날

쑥하고 애매모호하게 얘기했다. 마치 어떻게든 시간을 낭비하려고 작정한 사람 같았다. 결국 주세페는 참지 못하고 무뚝뚝하게 물었다. "그러니까 당신이 내게서 원하는 게 뭐요?"

"당신을 죽이러 왔어요." 방문객이 대답했다.

주세페는 비록 만사에 지치긴 했지만 죽음에 대해서는 준비가 되어 있지 않았다. 삶에 지쳤다거나 힘들다고 해서 늘 죽고 싶어한다는 말은 아니었다. 일반적으로 볼 때 그건 단지 더 잘 살기를 원할 뿐이었다. 그는 낯선 남자에게 자신의 생각을 말했지만 그는 딱 잘라 말했다.

"당신이 원하는 것이든 원하지 않는 것이든 어느 시점에선 끝나기 마련이지요. 믿지 않겠지만 이것은 내 결정이 아니에요. 그러한 결정은 다른 곳에서 이뤄지죠. 그러니 나와는 무관한 일이에요. 또 내 일을 아주 좋아한다고 말할 수조차 없지요. 설명이 될지 모르겠지만, 당신이 이 일을 하며 느끼듯이 나도 조금은 만족감을 느낄 뿐이에요. 하지만 이건 어디까지나 내 일이고 내게 다른 직업은 없어요. 내 나이나 당신 나이에 직업을 바꾸기가 그리 수월하지는 않으니까."

"그런데…… 왜 하필 나요? 그럼 언제요? 지금이요? 아무튼 내가 당사자가 된 이상 좀 더 자세히 알아야겠어요."

"당신 참 대단한 사람인 걸 압니까? 왜, 언제, 어떻게, 어디서라니! 무슨 추천장이 있어요? 아니면 막강한 친척이 있어요? 혹시 취리히에 계좌가 있는 거요? 아니라고? 그런데 뭘 바라는 거요! 다들 궁금증을 해소하고 싶어한다는 건 이해하지만, 이건 아니에요. 당신 같은 사람들은(아니 나 같은 사람은 더더욱, 일에서 물러나면 아무짝에도 쓸모없는 신세예요) 오늘이 마지막 날이 아니길 바라면서 스스로 만족하고 조용히 죽음을 기다리며, 일상을 살아야 해요. 하지만 한 가지는 말해줄 수 있어요. 오늘은 아무 일도 없을 거예요. 자, 봐요. 난 무장조차 안 되어 있어요. 이건 다만 예고에 불과해요. 당신이 죽음에 대비하고 싶다면 말이죠. 이 또한 우리가 결정하는 바는 아니에요. 우리 역시 기다렸다가, 삶의 기한이 다가오면 가서 맡은 일을 처리하는 거죠."

　　방문객이 무기를 겨누는 시늉을 하자 주세페는 조금 불안해졌지만, 그는 다시 주세페를 안심시켰다.

　　"내가 '무장'이라고 말했던 건 이런 게 아니에요. 자, 봐요. 총도 칼도 아무것도 없어요. 그건 다른 시대에나 통하는 물건들이죠. 이 주머니들? 이 안에 볼펜과 연필, 송부증과 영수증 뭉치를 넣어 다녀요. 잘 알다시피 우리 일은 정확해야 하니까. 만약 날짜나 주소가 틀리기라도 하면 큰일이니까요. 절대 실수가 일어나서는 안 될 일이라 하루 일과가 끝날 때까지 전부 꼼꼼히 확인해야 해요. 하지만 가끔은 실수가 일어나고, 그러면 사람들은 '이렇게 젊고 꽃 같은, 한창 건강한 사람이 떠나다니'라고 말해요. 그런 일이 벌어지면 우리는 처벌을 받아요. 아니, 절대 어떤 무기도 쓰지 않아요. 지금은 다른 방법을 갖고 있으니까."

　　"고통 없는 방법이요?" 주세페가 용기를 내 물었다. 낯선 방문객은 이상한 미소를 짓더니 꼬고 있던 다리를 풀고는 그를 향해 상반신을 내밀었다.

　"자, 좋은 지적이오. 지금까지 기다리고 있었어요. 음, 여러 방법이 있지만 새로운 방법이 나타나는 데 채 일 년도 걸리지 않아요. 최근의 방법들이 실제로 고통이 없는 것들이지요. 그렇긴 하나…… 그건 값비싼 대가를 치러야 해요." 이 말을 마치고 낯선 방문객은 그의 강건한 턱을 굳게 다물었는데, 그 바람에 그의 연약한 볼에 다시 주름이 깊게 팼다. 그는 아무 말 없이 주세페의 얼굴을 응시했다. 그가 무슨 말을 하려는지 이해하기는 어렵지 않았지만, 주세페는 그에게 건네야 할 대가 앞에서 망설여졌다. 그 금액의 크기조차 상상이 되지 않았다. 상대는 아무렇지 않은 듯 침착하게 말했다. 그는 그러한 상황에 처한 것이 처음은 아닌 듯했고, 주세페가 소유한 자산에 대해서도 구체적인 생각을 가지고 있는 듯 보였다. 방문객은 미소를 띠며 낮은 목소리로 중얼거렸다. '수의에는 주머니가 없다'라는 말과 함께, 그것이 바로 잘 쓰인 돈이라고 말하고는 점잖게 주머니에서 수표를 꺼냈다. 빚으로 남은 시간을 위한 것이었다. 그러고는 주세페에게 그때가 되면 다시 들르겠다고 말했다. 그런 후 플라비오 데 레제 가(街)가 거기서 얼마나 먼지 묻고는 택시를 불러 타고 그곳을 떠났다.

상당히 여러 해 전부터 나는 화학도료塗料 생산에 관여하고 있다. 더 정확히 말하면 제제製劑 과정에 참여하고 있다. 이 기술로 나와 가족의 생계를 이어가는 것이다. 그것은 고대의 기술이어서 귀하고 드물게 여겨지는데, 그에 관한 가장 오래된 기록은 「창세기」 6장 14절에서 찾아볼 수 있다. 높으신 분의 분명한 명령에 따라 노아가 어떻게 방주의 내부와 외부를 용해된 역청으로 칠했는지(아마도 솔로 칠했을 것이다) 들려주는 구절*이다. 하지만 한편으로는 감쪽같이 속임수를 부리는 기술이기도 하다. 밑바탕의 성질을 숨기면서 실재가 아닌 색상과 외양을 그것에 덧입히는 속임수에 비유할 수 있다. 이러한 특성 때문에 이것은 화장술이나 미용과 연관성이 있다. 이것들은 모두 똑같이 모호하고 거의 똑같이 고대부터 내려온 기술이다(「이사야」 3장 16절).

우리와 같은 일을 하는 사람에게는 계속해서 끝없이 다양한 요구가 밀려든다. 도료는 전류상으로 절연성이나 전도성을 지니고 열을 전달하거나 단절한다. 게다가 연체동물들이 선체에 달라붙지 못하게 막고, 소음을 흡수하거나, 하층부에서는 바나나 껍질 벗겨지듯 떨어져나갈 수도 있다. 그들은 우리에게 공항 계단에 쓰일 미끄럼 방지 도료를 주문하기도 하고, 어떤 경우에는

---

* "너는 전나무로 방주 한 척을 만들어라. 그 방주에 작은 방들을 만들고, 안과 밖을 역청으로 칠하여라." 『성경』, 한국천주교주교회의.

스키 학교 용도로 최대한 미끄러운 성질의 도료를 요구하기도 한다. 그러니까 우리는 다방면에 걸쳐 풍부한 경험을 가지고 있고 성공과 실패에 익숙하며 스스로 깜짝 놀랄 일이 거의 없다.

그런데도, 우리의 나폴리 지역 대리인인 아마토 디 프리마 씨가 보내온 요청에 우리는 질겁하고 말았다. 내용인즉, 그의 관할 지역의 어느 중요한 고객에게 불운을 막아주는 어떤 도료가 견본으로 선보였다는 사실을 자랑스레 우리에게 알려준 것이다. 일반적으로 연상되는 뿔이나 꼽추, 네잎클로버와 부적을 탁월한 효과로 대체하는 도료였다는 이야기였다. 도료의 가격이 지나치게 높다는 사실 외에 다른 정보들은 알아내기가 불가능했다고 털어놓았다. 대신 그는 견본을 입수하는 데 성공했고, 이미 우편으로 보냈다고 했다. 그 제품에 지대한 관심이 있으므로, 새로운 과제에 최대한 심혈을 기울여 몰두해줄 것을 서둘러 요청했다. 그는 결과에 대한 답변을 기대하고 있다고 밝히며 그 기회를 살려 우리들에게 일일이 안부 인사를 전했다.

열심히 몰두해달라는 성급한 요청(다시 말해, 완곡한 표현 너머에 그 견본을 복제해달라는 요청이 있는 것이다)과 함께 우편으로 도착할 요상한 견본 업무는 우리 일의 일부가 될 것이다. 그러고는 가장 진척이 더딘 상태의 일로 남고 말 것이다. 우리는 자발적으로 우리의 머리를 사용하여 일하길 좋아하기 때문이다. 예를 들어, 우리가 직접 멋지고 고상한 문제를 선택하여, 그것을 탐색해나가고 해결책을 알아낸다. 그리고 문제를 추적하여 집요하게 추궁하고 괴롭히는가 하면, 지나치게 혹은 쓸데없이 축소시키면서 해결의 실마리를 실현시킨다. 그런 후 중간 단계를 거쳐 제작 생산에 들어가고, 결국에는 돈과 영예를 그러모은다. 하지만 그런 일은 거의 일어나지 않는다. 이 세상에 우리 같은 연구자들은 너무나 많고, 이탈리아와 미국, 호주, 일본에 있는 우리의 경쟁자이자 동료들은 결코 잠드는 법이 없다. 우리는 수많은 시료에 파묻혀 있다. 만약 우리 제품들이 똑같은 실패의 운명을 겪거나 그들 편에서 볼 때 괴상한 물건이 될 수 있다는 생각을, 그리고 우리 제품을 철저히 분석하고 연구해서 복제한 경쟁자들이 대리인들을 통해 교묘하게 유통시킬 수 있다는 생각을 하지 않는다면, 그것을 던져버리거나 발송인에게 되돌려 보내고 싶은 유혹에 기꺼이 굴복할 것이다. 시료에 고유성과 재능이라는 특별한 요소가 첨가되면서 어떤 것은 실패작이, 어떤 것은 성공작이 된다. 그 과정에서 드물게 찾아오는 섬광 같은 창의력의 빛을 받아 탐색과 결실의 광범위한 네트워크가 탄생하고 과학발전의 토대가 형성된다. 그러니까 경쟁자의 시료는 저장고에 처박아놓을 수 있는 것이 아니었다. 비록 전문지식이 고통의 징후를 가져온다 해도, 그 안에 무엇이 들어 있는지 분명히 봐야 할 필요가 있었다.

　　나폴리에서 도착한 도료는 첫눈에 봐도 전혀 특별할 것이 없었다. 외형과 냄새 그리고 건조 시간은 일반적인 투명 아크릴 에나멜의 특징을 갖추고 있었다. 전체적 정황상 속임수의 악취가 멀리까지 진동했다. 나는 디 프리마 씨에게 전화를 걸었고, 그는 몹시 화를 내는 듯한 반응을 보였다. 그는 재미삼아 시료를 돌리는 타입이 아니었다. 그는 그 특이한 시료를 마련하느라 많은 시간과 노력을 들였고, 제품에 특별한 관심을 두었으며, 그 방면에서 믿기 어려운 성공을 거머쥐고 있었다. 그럼, 기술 자료는? 그런 건 존재하지 않았고, 아예 필요가 없었다. 제품의 효과가 직접 그것을 증명하기 때문이었다. 그의 말로는, 석 달 만에 텅 빈 그물로 돌아온 어선에 니스 칠을 하고 나서부터 놀랍도록 어획량이 많아졌다는 것이다. 알고 보니, 어느 인쇄공이 니스와 인쇄용 잉크를 혼합해서 사용했다는 것이다. 비율상 잉크를 조금 덜 사용했지만 조판 오류는 사라졌다고 한다. 만약 우리가 좋은 결과를 얻을 여력이 없었다면 시료 복제는 하지 않겠다고 곧바로 말했을지도 모른다. 그렇게 하지 않았으므로, 가격은 킬로그램당 7,000리라로 하기로 했다. 이 정도면 그가 보기에도 꽤 짭짤한 수입원이었다. 그는 적어도 한 달에 20톤씩 판매할 책임이 있었다.

나는 키오바테로와 그 점에 대해 얘기했다. 유능하고 진지한 청년인 그는 처음 이야기를 꺼낼 때부터 코를 찡긋하더니 곰곰이 생각에 잠겼다. 그러고는 간단하지만 대담한 해결책을 제시했다. 선별한 세균 배양기에 도료를 칠해 시험해보자는 것이다. 과연 어떤 결과가 나타날 것인가? 배양이 더 잘 될까 아니면 더 못한 결과가 나타날까? 키오바테로가 더는 못 참고 말했다.

우물가에서 숭늉 찾기처럼 서두르는 건 자기 성향이 아니지만 (그 말의 속뜻은 내 성향이 그렇다는 것인데 그건 절대로 사실이 아니다), 어디서부터든 바로 시작할 필요가 있는 데다, "무거운 짐은 도중에 해결"되기 마련이라고 말이다. 그는 배양 작업을 준 비했고, 시험관 외부에 도료를 칠했다. 그런 후 우리는 결과를 기 다렸다. 그도 나도 생물학자가 아니었지만, 이 결과를 해석하는 데 굳이 생물학자일 필요는 없었다.

닷새가 지난 후 실험 효과가 눈에 띄게 나타났다. 도료를 칠 한 시험관 배양이 일반 배양보다 최소한 세 배 가까운 수치로 증 가했다. 우리는 나폴리에서 온 도료와 외관상 비슷한 아크릴 도 료를 칠했었다. 결과적으로 이 '행운의 마스코트'가 미생물에도 작용한다는 결론을 내리게 되었다. 받아들이기 꺼림칙한 결론이 었지만, 자신만만하게 소개되었듯이 결과는 부인하기 어려운 것이 었다.

심도 있는 분석을 진행했으나, 우리들 각자는 도료를 대상 으로 한 실험이 얼마나 복잡하고 불분명한지 알고 있다. 거의 살 아 있는 생물을 실험하는 것이나 마찬가지다. 현대에 고안된 모 든 사악한 과학적 결과, 이른바 적외선 스펙트럼, 가스 크로마토 그래프, 핵자기공명NMR은 어느 지점까지는 도움이 되다가 결국 많은 미해결 난제를 남긴다. 만약 그러한 기계들의 핵심 성분이 금속이라는 행운이 없었다면 개들처럼 후각을 이용하는 수밖에 없다. 그러나 그 장치 안에는 금속이 들어 있었다. 이 금속은 특

이하게도 다른 원소들과 떨어져 있었는데 연구소의 어느 누구도
그와 관련된 반응 결과를 경험으로 알지 못했다. 그래서 우리는
성분 확인을 위한 충분한 양의 분석 재료를 얻고자 거의 대부분
의 시료를 소각해야 했다. 마침내 금속물질이 모아졌고 그 물질
이 지닌 특징적인 반응이 모두 알맞게 확인되었다. 그것은 탄탈
럼*이었다. 이름이 지닌 의미처럼 상당히 귀한 금속이었다. 하지
만 이전에는 어떤 도료에서도 검출된 적이 없었다. 그러므로 우
리가 찾고 있던 도료의 탁월한 효능과 확실히 연관된다고 여겨
졌다. 언제나 그렇듯이, 탄탈럼의 출현처럼 어떤 물질이 최종적
으로 확인되면 그 물질 및 특수한 기능에도 점차 익숙해지기 시
작해 결국 자연스러운 것으로 인식된다. 이제는 어느 누구도 뢴
트겐의 X선을 놀라워하지 않는 것처럼 말이다. 몰리노는 탄탈럼
이 든 시험관이 아주 강력한 산에 저항한다는 사실을 확인했다.
팔라초니는 거부반응이 절대로 일어나선 안 되는 외과적 의족이
나 의수를 만들 때도 탄탈럼이 사용된다는 사실을 기억해냈다.
우리는 탄탈럼을 유익한 성질이 우세한 금속이라 결론지었다.
그것을 분석하는 데 너무 많은 시간을 낭비했다는 자책도 했는
데 조금만 더 현명했다면 그 점을 미리 생각할 수 있었을 것이다.

　　며칠 후 우리는 탄탈럼 덩어리를 만들어 도료에 넣고 세균
배양을 시도했다. 그리고 결과를 도출했다.

　　이번에는 우리 편에서 디 프리마 씨에게 충분한 양의 도료
시료를 보냈다. 그가 고객들에게 나눠 주고 의견을 들을 수 있도

---

* 금속원소로 그리스신화에 등장하는 탄탈로스Tantalos에서 유래한 명칭. 제우스의
  아들이지만, 신들의 음식을 훔치는 바람에 지옥에 떨어져 영원한 형벌을 받았다.

록 하기 위해서였다. 평가는 두 달 후에 도착했는데 매우 고무적인 내용이었다. 디 프리마 씨 본인이 어느 금요일에 머리끝부터 발끝까지 도료를 칠하고선 어느 계단 아래서 검은 고양이 열세 마리와 네 시간을 보냈다고 했다. 그런데도 아무런 해를 입지 않았다는 것이다. 키오바테로는 마음이 썩 내키지 않았지만(그가 미신적인 게 아니라 회의적이기 때문이었다) 그 역시 시도해보았다. 그런 후 그는 부정할 수 없는 어떤 효과를 인정하기에 이르렀다. 도료를 바르고 이틀에서 사흘이 지나자, 그가 달리는 도로의 신호등은 언제나 초록색이었고, 거는 전화마다 통화가 가능했으며, 자신의 여자 친구와도 화해했다. 또 많진 않지만 아치로 또ACI 판매점에서 상금에 당첨되기까지 했다. 당연히 이 모든 행운은 목욕을 한 후에 끝나버렸다.

　　내 머릿속에는 미켈레 파시오가 떠올랐다. 파시오는 나와 어린 시절을 함께했던 옛 학교친구인데, 그의 주변에는 항상 이상한 힘이 감돌았다. 그에게는 재앙이 끝없이 펼쳐졌는데, 다리가 붕괴되어 시험에 낙제하는가 하면 눈사태를 맞거나 조난을 당했다. 이전의 학교 친구들과 이후 직장 동료들의 섣부른 견해에 따르면, 그의 눈을 관통하는 불길한 힘 때문에 당연히 그런 일이 일어날 수밖에 없다는 것이다. 물론 나는 이런 엉터리 거짓말을 믿지 않는다. 하지만 그와 마주치는 일은 되도록 피하려 했다는 건 고백해야겠다. 불쌍한 파시오 역시 자신에 관한 얘기를 조금은 믿을 수밖에 없었다. 그는 결혼하지 않았고, 궁핍하고 고독한 불행한 삶을 살았다. 나는 그에게 최대한 친절하게 편지를 썼다. 어리석은 미신을 믿지 않지만 그의 경우는 그런 것 같다는 말을 건네며 편지를 시작했다. 그 뒤에는, 내가 제안하려는 해결책이 효과가 있을지 확신할 수는 없지만 그에게 이상한 도료에 관한 이야기를 해야 할 것 같다는 내용이었다. 또한 그가 잃어버린 자신감을 되찾도록 도울 수 있는 길은 그 방법뿐이라는 말을 덧붙였다. 파시오는 가능한 빨리 내게 오겠다고 답장했다. 결국 그는 실험에 참여했다. 도료를 바르기 전에, 키오바테로의 적극적인 요청으로 우리는 파시오에게 미치는 불길한 힘의 수치가 어느 정도인지 알아보려고 했다. 그렇게 해서 우리는 실제로 그의 시선(단지 시선일 뿐이었다)이 특수한 능력을 지녔음을 확인할 수 있었다. 어떤 상태에서는 무생물까지 들어 올릴 만한 힘이었다. 우리는 그에게 몇 분 동안 강철판의 일정한 어느 지점을 응시해보라고 했다. 그런 후 그것을 염분증기실로 가져갔다. 그리고 불과 몇 시간 만에 파시오가 응시한 지점이 다른 표면보다 확연히 부식된 것을 알아냈다. 폴리에틸렌 섬유도 파시오의 시선이 집중된 지점에서 여지없이 끊겼다. 만족스럽게도, 그가 지닌 힘의 영향은 도료가 칠해진 강철판과 실로 옮겨가면서 사라지고 있었다. 그와 실험 대상 사이에 설치된 유리 차단막을 통해서도 그러한 효과를 확인할 수 있었는데, 동일한 방식으로 미리 도료를 칠해놓은 덕분이었다. 나아가 우리는 파시오의 오른쪽 눈만이 그런 힘을 지니고 있다는 사실을 확인할 수 있었다. 왼쪽 눈에서는 나나 키오바테로의 눈처럼 어떤 능력도 측정되지 않았다. 좀더 조야한 방식이 아닌 한 우리가 시도한 방법을 통해서는 파시오 효과의 다채로운 분석을 수행하기가 불가능했다. 그렇지만 방사선 실험으로는 약 425나노미터 길이의 파장을 지닌 하늘색 광선을 이용해 최대한 많은 표시가 가능했다. 불과 몇 달 후면 그 주제에 관한 우리의 완벽한 발표문이 나올 것이다. 그렇게 되면, 불운한 많은 사람들이 이젠 검은색이 아니라 하늘색 안경을 자발적으로 쓰게 될 것이다. 이는 우연일 수 없으며 대중의학의 몇몇 해법에서 드러났듯이, 어쩌면 무의식적으로 수용되고 세대에서 세대로 이어진 경험이 오랜 축적을 통해 얻은 결실일 것이다.

우리의 실험이 초래한 비극적 결론을 생각하면, 파시오의 안경을 도료로 칠하겠다는 것이 내 생각도 키오바테로의 생각도 아닌 파시오 본인의 생각이었다는 게 더욱 뚜렷해진다. 우리보다 오히려 그가 실험이 빨리 완성되도록 한 시간도 낭비하지 않겠다고 고집을 피웠다. 그는 자신의 슬픈 능력에서 풀려나고자 몹시 서둘렀다. 우리는 그의 안경에 도료를 칠했다. 삼십 분이 지나자 도료가 말랐다. 그러나 파시오는 안경을 쓰자마자 우리 발치에 힘없이 쓰러졌다. 잠시 후 의사가 도착해 그의 의식을 돌아오게 하려고 노력했지만 소용없었다. 의사는 그에게 색전증과 뇌경색 그리고 혈전증이 있을 가능성을 조심스럽게 설명했다. 파시오 입장에서는 오목하게 들어간 오른쪽 안경이 더 이상 뭔가를 전하지 못하고 한 지점에 집중되는 어떤 에너지를 볼록

렌즈처럼 반사할 수밖에 없음을 미처 알지 못했다. 안타깝게도 그 지점이, 우리의 실험에 참여한 불행하고 무고한 희생자의 오른쪽 뇌반구 어딘가 중요한 부분에 있었다는 사실을 몰랐던 것이다.

늪의 자매들

다정한 나의 자매들이여, 우리 무리의 최고 연장자이고 이 늪에서 가장 오래 살았다는 이유로 내게 주어진 보잘것없는 권한과 더불어 지금의 중대한 사항에 떠밀리지만 않는다면, 여러분에게 억지로 나의 권한을 주장하지는 않겠어요.

이제까지 특별한 섭리로 우리가 얼마나 많은 특권을 누렸는지 여러분도 잘 알 거예요. 기나긴 삶을 살아오면서 나는 여러 다양한 늪지를 보아왔어요. 외따로이 떨어진 한적하고 오래된 늪에는 뜨거운 피를 가진 생명체가 들어가는 일이 어쩌다 우연히 일어날 뿐이에요. 그곳에 사는 불쌍한 자매들은 기껏 차갑고 끈적이는 시시한 개구리나 물고기의 피를 한 모금이라도 훔칠 수 있다는 데 만족하지요. 내가 본 다른 늪에서는 우리에게 물리지 않으려고 저항하는 야만적이고 난폭한 사람들이 자주 나타났어요. 키스를 하는 척 다가와 무방비 상태에 있는 우리 자매들의 몸을 강제로 끌어당겨 상처를 내고 그러는 와중에 자기들 살갗에도 상처를 냈지요. 하지만 이곳은 그렇지 않아요. 아니 지금까지는 그렇지 않았어요. 그 사실을 잊지 마세요.

농부가 하루에 두 번, 새벽녘에 밭에 갔다가 저녁에 집으로 돌아가느라 이 물을 건너는 것에 따르는 크나큰 신의 섭리와 그 안에 담긴 너그럽고 세세한 계획을 잊지 마세요. 그리고 농부의 체격이 우리에게 더는 만만치 않음도 기억하세요. 그는 자연에서 튼튼하고 두꺼운 피부를 물려받았기 때문에 우리가 찔러 공격해도 무딜 뿐임을 명심해요. 그는 단순하고 인내심 있는 정신을 가졌어요. 그와 동시에 놀랍도록 생명력 있고 영양이 풍부한 피를 지니고 있어요.

　　말없이 믿음을 지키는 자매들이여, 바로 이 피에 관해 여러분에게 말해야겠어요. 우리 세계는 여러분이 알다시피 매우 질서정연한 하나의 공화국이에요. 우리 의회는 우리 각자의 공로와 필요에 따라 농부의 피부 부위를 부지런히 선택하고 나눠서 그 몫을 여러분에게 할당했어요. 그래서 최고 연장자인 내게 피부가 가장 얇고 그 피부 아래로는 오금의 정맥이 뛰는, 바로 뒷무릎 안쪽 부위가 할당되는 친절이 베풀어졌지요. 여러분이 학교 수업을 받기 시작했을 때부터 배워온 만큼, 이제 그 점은 틀림없이 기억하고 있을 거예요. 그러니까 그 부위의 정맥은 인간의 몸에서 혈압을 가장 정확히 측정할 수 있는 지점이에요. 그렇다고 괜찮은 척 거짓말은 하지 않을게요. 그의 혈압은 빠르게 내려가고 있어요. 우리 모두가 꾸물거리느라 적당한 때를 놓쳤으니 이제 그의 혈압이 더 떨어지기 전에 공격을 서둘러야 해요.

　　내 말을 들으세요. 여러분을 비난하려는 게 아니에요. 난 여러분보다 오래 살았고, 누구보다 욕망에 굶주려 있어요. 하지만 지금 내가 여러분에게 하는 말을 들어봐요. 자비하신 신은 생활을 바꾸도록 나를 부르셨어요. 그러니 나는 그것을 바꿀 것이고, 이미 바꿨어요. 그렇게 여러분 모두와 해내겠어요.

다시 말하지만 이건 꾸지람이 아니에요. 오직 어리석은 자만이 흡혈 행위가 우리의 자연스러운 권리라는 데 의문을 품을 거예요. 특히, 우리 종족이 자연의 명성과 영광을 드높이는 권리를 말이죠. 그것은 단지 권리만이 아니라 분명하고도 불가피한 필요이기도 해요. 우리 몸은 수백만 년 동안 이러한 필수적인 영양 섭취 방식에 길든 탓에, 섭취가 필요한 영양분이라면 뭐든 찾아 나서서 포획하고 소화시켜 흡수시킬 수 있는 능력을 완전히 잃었어요. 그래서 우리의 근육은 최소한의 피로함마저 피해야 할 만큼 연약해졌고, 우리 뇌는 엔텔레키entelechy*와 위로자로서의 성령 그리고 제5원소**를 묵상하는 데는 더없이 완벽하지만, 구체적 행동을 통해 자잘한 일을 하기에는 너무나 크고 적당하지 않아요.

그래서 우리는 피보다 날것인 식량을 마련할 재주가 없을 거예요. 게다가 모든 피조물 중에 유일하게 매일의 배설물을 배에서 비워내야 하는 필요성에서 해방된 우리에게 다른 양식은 모두 독이 될 테니까요. 우리의 감탄할 만한 음식은 찌꺼기를 함유하지도 만들어내지도 않아요. 이것이야말로 우리의 고귀한 신분을 나타내는 확실한 증거가 아닐까요? 우리가 피조물의 완성이자 정점이라는 사실을 누가 부인할 수 있을까요?

그러니까 우리의 흡혈 행위는 필요한 것이고 좋은 것이죠.

---

* 아리스토텔레스의 활력론·생기론에서 생명력을 가리키는 말.
** 에테르.

하지만 도가 지나친 것은 모두 어리석듯이, 과한 것은 모자람만 못해요. 여러분 중 일부가 물 한가운데서 자유롭게 헤엄칠 수 있는 우리의 뛰어난 능력이 위험에 처할 때까지 배를 채운다는 사실을 알았을 때 난 너무나 괴로웠어요. 버거운 소화불량이 해결되지 않은 탓에 그딴 식으로 볼썽사납게 배가 부풀어 올라 헤엄치기가 어려울 정도로 말이죠. 그뿐이 아니에요. 몇몇은 게걸스럽게 먹은 탓에 급성 장파열로 죽었다는 걸 알고 있어요.

그러나 내가 말하고자 하는 건 이런 금지된 행위에 관한 게 아니에요. 부끄럽지만 개인적으로 취한 이익에 관해 이야기해야겠어요. 여러분은 본성에 따르고 있으니 혼나는 게 마땅해요. 아니, 훨씬 더 중대한 위험 때문에 여러분에게 충고하려는 거예요. 만일 우리가 실수를 알고도 계속 고집하고, 내일을 생각하지 않은 채 오늘 배를 채우는 데 열중한다면 앞으로 우리는 어떻게 되겠어요? 농부의 피가 떨어지면 누구의, 또 무엇의 피를 빨겠어요? 다시 잉어나 두꺼비의 형편없는 피를 찾아나서야 할 거예요. 아니면 우리끼리 서로 피를 빨아야 할까요? 아니면 진화가 우리를 새롭게 변화시키길(자매들이여, 하지만 그 대가가 얼마나 비싼가요!) 기다리면서 영원히 굶주림과 어둠 그리고 너무 빠른 죽음을 되풀이해야 할까요? 지금 우리가 혐오하고 비웃으며 양식으로 삼는 비버와 인간들처럼 하층생물의 긍정적이고 활동적인 기능이 우리에게 나타나길 바라면서요?

그러니 다정한 자매들이여, 여러분에게 권고해요. 항상 탐

식의 죄에 대해 경각심을 지니고 자제했으면 해요. 농부의 생존은 오늘로 끝이에요. 그러니까 우리의 생존은 여러분이 권리를 행사할 때 보여줄 여러분의 금욕과 절제에 달렸어요.

어떤 유언

사랑하는 나의 아들아, 징후들은 네게서 떠나가지 않을 것이고, 죽을 운명인 나의 삶은 끝을 향해 간다. 창백하고 느린 혈액이 내 혈관을 타고 흐르고, 나의 맥박은 예전의 생기를 점점 잃어간다. 이 편지는 나의 자필 유서와 함께 내 서류들 틈에서 발견하게 될 거다. 물론 이 편지 역시 유언이란다. 간단하게 적혀 있는 것에 속아 넘어가지 마라. 네가 읽게 될 모든 단어가 하나하나 내 경험에서 우러나온 것이다. 살아오면서 마냥 남발했던 허무한 말들은 일일이 지워 없앴다.

　　네가 나의 발자취를 따르리라는 것은 의심하지 않는다. 내가 그랬듯이 그리고 나보다 먼저, 너의 선배들이 그랬듯 치과 의사가 될 테지. 네가 그 일을 하지 않으면 내게는 두 번째 죽음이 되고 네게는 크나큰 실수가 될 게다. 인류의 고통을 완화하고 그 고통의 가치와 결점 그리고 비열함을 관통하는 데 우리 일을 따라올 기술은 존재하지 않아. 여기에 그 비밀을 말하려는 이유가 그것이란다.

　　치아에 관하여 네가 성경에서 보듯이, 신은 당신의 뜻 안에서 당신의 모상을 담아 인간을 창조하셨다. 주의할 것은 똑같은 모습이 아니라 모상이라는 데 있다. 인간의 형상은 신의 모습에서 일부분만 취한 것이지. 그 가운데 치아가 있다. 신은 인간에게 자신이 먼지로 만들어진 존재임을 잊지 않도록 하기 위해 그리고 우리 치과 의사 협회가 번창하도록, 몸의 다른 어떤 부위보다 상하기 쉬운 치아를 선물로 주었다. 그러니까 자기 진료소를 떠나버린 치과 의사는 신이 볼 때 혐오스러운 존재가 되리라는 걸 알 수 있을 게다. 그것이야말로 신이 부여한 특권을 저버리는 행위다.

치아는 뼈와 근육 그리고 신경으로 만들어졌다. 그것은 어금니, 앞니 그리고 송곳니로 구분되는데, 송곳니의 신경이 시신경까지 연결되어 있다. 가장 안쪽에 위치한 '지혜의 이'라 불리는 사랑니에는 충치가 자주 발생한다. 이런 특징과 이 밖에 다른 치아의 특징들은 세상에 이미 나와 있는 책에 적힌 내용에서 발견할 수 있을 테니, 여기서 굳이 말할 필요는 없겠구나.

음악에 관하여. 오르페우스가 리라lyra*로 지옥의 야수와 악령을 진정시키고 폭풍이 몰아치는 바다의 풍랑을 잔잔히 가라앉힌 일화는 선생님들에게서 배웠을 거다. 음악은 병원에서 진료 업무를 보는 데도 필요하다. 유능한 치과 의사라면 최소한 두 명의 트럼펫 연주자와 두 명의 드럼 연주자 혹은 두 명의 베이스 드럼 연주자를 데리고 다니는 게 좋다. 그리고 이들 모두 멋진 제복을 입고 있으면 좋겠다. 네가 진료를 보게 될 곳에서 광장을 누비는 군악대가 최대한 생기 넘치고 활발하게 펼쳐질수록 너는 존경받게 될 것이고, 그만큼 네 환자의 통증 또한 누그러질 테니

---

* 고대 그리스 시대의 작은 현악기로 하프와 유사하다.

까. 어릴 때부터 나의 일상적 진료 과정을 보아왔으니 너 스스로 그것을 깨달았겠지. 음악이 있으면 환자들의 비명소리가 들리지 않을 테고, 대중들은 존경심으로 널 흠모할 게다. 그리고 자기 차례를 기다리는 환자들은 남모르는 두려움에서 벗어나겠지. 군악대 없이 일하는 치과 의사는 벌거벗은 인간의 몸처럼 볼품없고 비난받기 쉽다.

임종을 기다리는 이 순간에 너에게 말하는 이야기를 새겨들어라. 이 놀랍고 뛰어난 음악의 미덕이 어리석고 오만한 의사 계층에 의해 재발견될 날이 올 테니까. 그리고 그들은 물리적 이유를 설명한답시고 얄팍한 주제로 삼단논법을 펼치겠지. 의사들을 잘 보아라. 그들은 자신들의 교만함에 사로잡혀 우리가 경험한 효과가 맺은 결실을 무시하고, 마치 요새 안에서 자신들이 숭배하는 아리스토텔레스의 무익한 언사를 따르듯 스스로를 방어하기 바쁘다. 그들을 피해라. 그들이 우리를 피하듯이.

실수에 관하여. 잊지 마라, 아들아. 실수를 저지르는 건 인간적이지만, 실수 자체를 용인하는 건 악마적인 것이다. 다른 한편으로 우리 직업은 그 본래적 특성상 실수에 더 많이 기울어진다는 걸 기억해. 그러므로 실수를 피하려고 노력해야겠지. 하지만 어떤 경우에도 멀쩡한 이를 뽑았다고 고백하지는 마라. 대신 오케스트라의 음악 소리와 환자의 혼미함, 그의 고통과 비명 그리고 몸부림을 이용해 얼른 아픈 이를 뽑아라. 후두부에 가해지는 빠르고 정확한 처치법을 사용하면, 환자 가족들이 눈치 채는

일 없이 가장 다루기 어려운 환자라도 진정시킨다는 점을 명심
해라. 이러한 필요나 그와 비슷한 일들이 생긴다 해도 유능한 치
과 의사는 항상 돌발 상황에 대처할 수 있도록 만반의 준비를 한
다는 사실 또한 잊지 마라.

　　고통에 대하여. 신이 너를 고통에 무뎌지도록 돌봐주시기를.
다만 우리 중 가장 형편없는 자들만이 우리 의사들의 손 아래에
서 고통스러워하는 환자들을 비웃는 지경에 이른다. 의사로서의
경험은 네게도 고통에 대해 가르쳐줄 것이다. 혹여 당연히 의심
되는 감각들에 의해서만 발생한 통증이 아니라 하더라도, 고통
은 다른 어떤 감각보다 확실하다. 이름이 생각나지 않는 저 지혜
로운 프랑스인은 생각하므로 곧 존재한다고 말했던 듯하다. 그
가 지닌 확신이 다른 기초 위에 세워졌더라면 삶에서 큰 고통을
겪지 않았을 거다. 사실 사유에 잠기는 사람은 흔히 생각에 대한
확신을 갖지 못한다. 그의 생각은 자신을 깨닫는 것과 꿈꾸는 것
사이에서 부유하기 마련이다. 생각은 그의 손아귀를 벗어나 달
아나고, 붙잡히도록 놔두지 않으며, 단어 형태로 종이에 고정되
기를 거부한다. 그러나 고통을 느끼는 사람은 다르다. 고통스러
운 사람은 결코 의혹이 없다. 고통스러운 사람은 언제나 확신에
차 있는데, 그가 고통을 겪고 있으므로 존재한다고 확신한다.

　　나는 네가 우리 의술에 있어 거장이 되기를 바란다. 그리고
고통에 있어 절대 수동적 대상으로 머무르지 않기를 바란다. 하
지만 내게 일어났듯이 너에게도 이 고통이 들이닥친다면, 네 육

체의 고통은 굳이 철학을 들먹일 필요도 없이 네가 살아 있다는 잔인한 확신을 심어줄 것이다. 그러니 이 의술에 열정을 가져라. 그것은 네게 고통의 사절이 되어줄 것이고, 현재의 짧은 고통 한가운데를 지나는 기나긴 고통을 끝내고 오늘 입은 무자비한 상처 덕분에 내일의 기나긴 고통을 막아줄 심판관이 될 것이다. 우리의 적대자들은 우리가 고통을 돈으로 바꾸는 데 능하다고 수군거리며 조롱하겠지. 바보들! 이것이야말로 우리가 하는 일에 대한 최고의 칭찬이다.

설득력 있는 화법에 관하여. 설득력 있는 화법이란 곧 홍보 광고를 말하기도 하는데, 실제 겪고 있는 통증과 치료에 대한 두려움 사이에서 망설이는 환자들을 의사결정으로 이끄는 역할을 한다. 이것은 매우 중요하다. 치과 의사들 중 가장 무능한 의사조차 이를 뽑는 일에는 최선이든 최악이든 열심히 하기 마련이다. 의술의 우수성은 그 일 자체보다는 설득력 있는 화법에서 두드러지게 나타난다. 자신감 있는 사람에게서 그런 면을 찾아볼 수 있듯이, 의사의 목소리가 크고 단호한 데다 밝고 평온한 얼굴이면 주변에 확신을 심어준다. 하지만 이것 외에는 환자들에게 확신을 심어줄 만한 법칙이 따로 없다. 그때그때 만나는 환자들 사이에서 느껴지는 기분에 따라, 유쾌해질 수도 근엄해질 수도 있을 것이고, 고상하거나 소박하거나, 말을 장황하게 할지 간결하게 할지, 세심할지 대략 넘어갈지를 결정할 수 있을 것이다. 어떤 경우든 애매모호한 것이 좋다. 왜냐하면 인간은 자신이 잉태된

침실과 자궁의 부드러운 어두움을 기억하기 때문인지 밝고 명확함을 꺼려하는 탓이다. 네 말에 귀 기울이는 사람들이 너를 이해하는 폭이 좁을수록 네 현명한 학식에 더 큰 신뢰를 가질 것이고, 네가 하는 말을 음악처럼 감미롭게 듣게 될 것이다. 대중의 속성은 그런 법이어서, 세상에 그렇지 않은 사람은 없다.

그러니 네 설교에 프랑스와 스페인, 독일과 터키, 고대 로마와 그리스 현자들의 목소리를 집어넣어라. 그것이 참이고 연관성이 있는지는 중요하지 않다. 이미 한 말은 제쳐두고, 이전에 결코 듣지 못한 새로운 말을 준비하는 데 익숙해져라. 그리고 어떤 설명을 요구받을 때 두려워하지 마라. 왜냐하면 그 같은 일은 결코 일어나지 않을 테니까. 혹 일어난다 하더라도 네게 감히 질문할 용기도 없을 테고, 어금니를 뽑아달라며 씩씩한 걸음으로 네 치료 의자에 오르는 일은 더군다나 없을 것이다.

또한, 절대로 너의 화법에서 해당 명칭을 직접적으로 언급하는 일이 없도록 해라. 치아라는 말 대신 턱뼈의 돌기나 네 머릿속에 떠오르는 이상하고 낯선 명칭을 말해라. '통증'이라는 말 대신 발작이나 과민증이라고 불러라. 돈을 돈이라고 부르지 말고 더구나 핀셋은 핀셋이라 부르지 마라. 그것들의 명칭을 부르지 말고 넌지시 암시조차 하지 마라. 사람들에게, 적어도 환자들에게는 마지막 순간까지 그러한 기미를 소매 안에 몰래 숨겨두고 보이지 않게 해라.

거짓에 관하여. 지금까지 네가 읽어왔듯이, 아니면 이제라도,

거짓말이 다른 이에게는 죄악이고 우리에게는 미덕임을 짐작할
수 있을게다. 거짓말은 우리 직업과 밀접한 관계에 있지. 우리에
게는 유창한 언변과 눈빛 그리고 미소와 복장으로 남들을 속이
는 재주가 있다. 단지 환자들을 기만하는 것만을 얘기하는 게 아
니다. 너도 알다시피 우리는 더 높은 지향점을 가지고 있고, 우리
의 진정한 힘은 우리의 맥박을 뛰게 하는 힘이 아니라 거짓말이
다. 만일 신이 우리를 도와준다면 인내심 있게 배우고 열심히 연
습한 거짓말로 이 나라를 그리고 어쩌면 이 세상을 지배할 수 있
을 게다. 하지만 우리가 우리의 적대자들보다 훨씬 더 능숙하고
오래 속일 줄 알아야만 가능한 일이다. 나는 아니지만 어쩌면 너
는 그런 세상을 볼 수 있겠지. 오직 극단적 필요성이 있을 때에만
발치拔齒에 대해 다시 결정내릴 수 있는 그런 새로운 황금시대가
도래할 것이다. 정부와 공공행정기관에 대해서는 우리를 통해
더욱 완벽해질 그럴듯한 거짓말만 있으면 충분하다. 만약 이런
능력이 나타난다면 치과 의사의 왕국은 동방에서 서방까지, 가
장 머나먼 섬들로까지 확장될 것이고, 그 왕국은 결코 끝이 없을
것이다.

현재

마법사들

이틀 전부터 윌킨스와 골드바움은 베이스캠프에서 멀리 벗어나 있었다. 그들은 동쪽 부락에 사는 시리오노족*의 방언을 기록하기 위한 무모한 시도를 감행했었다. 그곳은 강 반대편, 즉 베이스캠프와 서쪽 시리오노 부락에서 십여 킬로미터 떨어진 곳에 있었다. 그들은 연기를 보고 곧장 캠프로 귀환하는 여정을 시작했다. 짙고 검은 연기가 저녁 하늘을 향해 천천히 피어오르고 있었다. 그들이 원주민들의 도움을 받아 나무와 짚으로 오두막을 지은 장소가 있는 바로 그 방향이었다. 강둑을 따라 한 시간 남짓 걸려 목적지에 다다른 그들은 탁한 강물을 건넜다. 그러고는 대참사를 목격하게 되었다. 캠프가 온데간데없이 사라진 것이다. 다만 불이 덜 꺼진 목재와 파손된 금속 물건 그리고 형체를 알 수 없이 타버린 물건의 잔재만이 남아 있었다. 거기서 오백 미터쯤 떨어진 서쪽 시리오노족 부락은 강의 작은 지류에 터를 잡고 있었다. 알고 보니, 그들을 기다리고 있던 시리오노족 사람들은 갑작스러운 화재에 몹시 놀라 집에 있는 그릇과 두 영국인이 선물한 양동이로 강물을 퍼 올려 불을 끄려고 노력했었다. 하지만 아무것도 건지진 못했다. 누군가의 음모라고는 생각하기 어려웠다. 그들과 시리오노족은 관계가 원만한 데다, 최근에 만난 그 마

* 볼리비아의 인디오.

을 주민들은 불에 별로 친숙하지 않았다. 아마도 그들이 자리를 비운 동안에 냉장고를 돌리기 위해 작동시켜두었던 발전기에서 불꽃이 튀었거나 전기합선일 가능성이 있었다. 어쨌거나 상황은 심각했다. 라디오가 더는 작동하지 않았고, 제일 가까운 마을은 밀림 숲을 지나 이십여 일을 걸어가서야 나타났다.

그날까지 두 명의 민족지학자들이 시리오노족과 취한 접촉은 대략적이고 짧았다. 아주 힘겨운 노력 끝에 콘드비프* 두 상자를 선물하면서 환심을 사고 나서야 겨우 아크티티의 불신을 몰아내는 데 성공할 수 있었다. 아크티티는 부락민 중에서 가장 지적이고 호기심이 많았다. 그는 두 이방인들이 질문하면 녹음기 마이크에 대고 대답하는 데 응했다.

하지만 그것은 학문적 필요성이나 단순한 연구작업 또는 실험적 시도 그 이상이었다. 아크티티 역시 그렇게 이해했다. 그는 그 둘에게 원주민의 언어로 캠프를 에워싸고 있는 다양한 색깔과 나무, 자기 친구들과 여인들의 이름을 가르쳐주는 것을 유난히 즐거워했다. 아크티티는 몇 가지 영어 단어를 배웠고, 영국인들은 딱딱하고 구분이 쉽지 않은 발음의 어휘를 수백 개 이상 배웠다. 그들이 아크티티 앞에서 소리 내어 다시 발음해보려고 시도했을 때 아크티티는 너무나 우스웠는지 두 손으로 배를 치며 폭소를 터트렸다.

이후의 일은 더 이상 가벼운 놀이에 그치지 않았다. 영국인들은 시리오노족의 한 안내자를 따라 악취 나는 물이 가득한 밀

---

* 소금, 향신료 따위를 섞어 절여서 열기로 살균한 쇠고기.

림을 이십 일 동안 가로질렀다. 그들은 이내 한계에 부딪혀 자신감을 잃고 말았다. 서둘러 칸델라리아Candelaria에 사절을 보내 모터보트를 보내달라는 메시지를 전달해야 했다. 그리고 그 사실을 아크티티에게 설명할 필요가 있었다. 그들에게는 강을 거슬러 올라와 그들을 태우고, 부족의 사절과 함께 돌아올 보트가 필요했다. 그러기 위한 방편이 편지라는 사실을 아크티티에게 설명하기란 쉽지 않은 일이었다. 그러면서 서너 주 동안 머물 수 있게 해달라고 요청하는 것 외에 달리 뾰족한 해결책이 없었다.

　　손님으로 머무는 데는 아무런 문제가 없었다. 아크티티가 즉시 상황을 깨닫고 두 사람에게 짚으로 만든 침상 한 개와 시리오노족 특유의 신기한 이불 두 개를 제공했다. 야자수 줄기와 까치 깃털을 재료 삼아 엄청난 인내심으로 정성 들여 꼬아 만든 이불이었다. 그들은 설명하기를 다음 날로 미루고 깊은 잠 속으로 곯아떨어졌다.

　　다음 날, 윌킨스는 칸델라리아에 있는 수아레즈에게 전달될 편지를 준비했다. 그는 두 가지 양식으로 편지를 작성하는 방법을 생각했다. 수아레즈에게 보낼 스페인어 편지와 시리오노족을 위한 표의문자 편지가 그것이었다. 아크티티와 사절이 메시지 전달의 목적에 대해 아이디어를 떠올리고, 그들 입장에서 느낄 당연한 불신을 떨쳐버릴 수 있도록 하기 위해서였다. 강을 따라 남서쪽 방향으로 걸어가는 사절의 모습이 보였다. 여행 기간은 고작 이십여 일에 불과했다. 이후 도시가 보였고, 높은 판잣집들 사이로 많은 남자와 여자가 보였다. 그들은 치마와 바지를 입고 머리에 모자를 쓰고 있었다. 마침내 키 큰 남자가 강에 띄워 몰고 온 보트에 자그마한 남자 셋과 비상식량이 담긴 양동이가 실렸고, 배는 다시 물살을 거슬러 올라갔다. 이 마지막 장면에서 보트 위에는 사절 또한 끼어 있었는데, 그는 배 안에 드러누워 사발에 담긴 음식을 먹었다.

유우나, 아크티티가 선발한 사절인 그는 몸짓으로 확인을 요구하면서 약도를 신중하게 살피고 점검했다. 그가 가리키는 지평선이 맞는 방향일까? 그리고 거리는? 하지만 이내 그는 말린 고기가 담긴 자루를 어깨에 짊어지고 활과 화살을 집어 들고는 시리오노족 특유의 흔들리는 걸음으로 재빠르고 조용하게 맨발로 길을 떠났다. 아크티티는 마치 유우나가 믿을 만하다고 말하듯이 근엄하게 고개를 끄덕였는데, 골드바움과 윌킨스는 어안이 벙벙해 서로 쳐다보았다. 시리오노족 사람이 부락을 멀리 떠나 인구가 오천 명에 이르고 어느 정도 도시 규모를 갖춘 칸델라리아 같은 도시에 들어간 것은 그때가 처음이었다.

아크티티는 영국인들에게 먹을 것을 가져다주도록 했는데, 강에서 잡히는 민물새우가 날것 그대로 한 사람당 네 마리씩 담겨 있었고, 자파라 열매 두 개 그리고 수분이 풍부하고 맛이 밍밍한 큼직한 과실 한 개가 담겨 있었다. 그걸 본 골드바움이 입을 열었다.

"아마 손님 접대인가 봐. 그러니 우리가 일을 안 하더라도 먹을 것을 주겠군. 이런 경우는 운이 아주 좋은 거지. 하지만 양으로 보나 질로 보나 그들의 몫 가운데 좋은 것을 우리에게 줄 테니까 썩 기분 좋은 일은 아니지. 그들이 우리에게 함께 일하자고 청한다 하더라도 우리는 사냥도 경작도 할 줄 모르잖아. 선물할 만한 것도 이제는 남아 있지 않다시피 하지. 만약에 유우나가 보트 없이 돌아오거나 아예 안 돌아온다면 상황은 아주 난처해져. 결국에는 우리를 추방할 테고 우리는 밀림 속 습지에서 죽게 될 거야. 아니면 그들이 노인들에게 하듯이 우리를 죽이고 말 거야."

"갑자기 돌변할 거라는 얘기야?"

"그렇게 생각하진 않아. 우리에게 폭력을 쓰지도 않을 거고. 그들의 복장을 따르라는 정도만 요구하겠지."

윌킨스는 잠시 침묵하다가 말했다.

"이틀 동안 우리는 시계 두 개와 볼펜 두 개, 쓸데없이 많은 돈과 녹음기를 챙겨 다녔어. 캠프에 불이 나서 모두 망가졌지만 혹시 칼날은 쓸 만할지 몰라. 아, 그래, 성냥 두 상자도 있지. 어쩌면 여기 사람들이 가장 흥미를 보일 물건일 수도 있어. 어떻게든 신세를 갚아야지. 안 그래?"

아크티티와의 협상은 순조롭지 않았다. 아크티티는 시계에 그다지 관심을 보이지 않았고, 볼펜과 돈에도 무관심했다. 게다가 녹음기에서 나오는 자신의 목소리를 듣고는 화들짝 놀랐다. 그러나 그는 성냥을 보자 완전히 매료당하고 말았다. 몇 차례 시도가 실패로 돌아간 후에 그는 성냥 한 개비를 켜는 데 성공했다. 하지만 그 위에 손가락을 대서 데이고 나서야 그것이 진짜 불이라 확신했다. 그는 또 다른 성냥을 켠 후 지푸라기 가까이 가져가 불이 붙는 걸 확인하고는 확실히 만족했다. 그런 후 그는 무슨 뜻인지 모르게 손을 내밀었다. 성냥을 모두 가지겠다는 것일까? 골드바움은 준비했다는 듯 성냥을 집어 들었다. 그러고는 아크티티에게 이미 헐어놓은 상자와 성냥이 가득 든 다른 작은 상자를 보여주었다. 그런 다음 이방인인 자신들에게도 그것이 필요하다는 암시를 주었다. 그에게 성냥 한 개비를 보여준 다음 태양과 하늘에서 움직이는 태양의 순환을 가리켰다. 그러면서 매일 식량을 제공해주면 성냥 한 개비를 주겠다고 약속했다. 아크티티는 웅크리고 앉아서 콧노래로 뭔가를 흥얼거리며 한참이나 망설였다. 그러다 오두막 안으로 들어가더니 흙으로 빚은 그릇과 활을 손에 들고 나왔다. 그는 그릇을 땅 위에 놓고는 진흙을 조금 긁어 모았다. 그러고는 거기에 물을 붓고 섞은 뒤 그릇 모양으로 본뜬 진흙반죽을 두 사람에게 보여주었다. 마지막에는 그 자신을 가리켰다. 그런 후 활을 집어 들어 한참이나 애지중지하듯 어루만졌다. 그것은 매끄럽고 균형 잡혔으며 탄탄했다. 그는 두 사람에게 조금 떨어진 곳에 놓인 길고 곧게 뻗은 나뭇단을 보여주었다. 그런 후 활과 나무가 종류와 성질이 똑같음을 살펴보게 했다. 그는 다시 오두막으로 가서 이번에는 흑요석으로 된 긁개 두 개와 흑요석 원석 덩어리를 가지고 나왔다.

두 사람은 호기심과 당혹감이 뒤섞인 상태로 그 물건을 지켜봤다. 아크티티는 부싯돌을 집어 들어 시범을 보여주었다. 원석의 테두리를 조금씩 구체적인 모양으로 정확히 두드리면 원석이 둘로 쪼개지지 않고 반듯하게 얇은 조각으로 벗겨진다. 고작 몇 분 동안만 손보면 긁개가 완성되는 것이다. 물론 좀더 다듬어야 하지만 벌써 꽤 쓸 만하다. 그런 후 아크티티는 1미터가 채 안 되는 길이의 나뭇가지 두 개를 집어 그중 하나를 깎기 시작한다. 그는 활용력과 재능을 선보이며 묵묵히 또는 입을 다문 채 흥얼거리면서 일했다. 삼십 분 정도 지나자 나뭇가지는 벌써 극히 가는 모양이 되었다. 아크티티는 간간이 상태를 확인하면서 무릎 위에 가지를 놓고 구부려가며 충분히 잘 휘어지는지 가늠했다. 혹시 두 사람의 태도나 말투에서 참을성 없는 초조함이라도 감지했는지, 그는 하던 일을 멈추고 오두막 사이로 뛰어가버렸다. 그러고는 한 소년을 데리고 돌아왔다. 그는 소년에게 두 번째 나뭇가지와 또 다른 긁개를 건넸다. 그때부터 줄곧 둘이서 일했다. 소년 역시 아크티티보다 민첩함이 덜하지 않은 것으로 보아, 그에게도 활 만드는 일이 낯설지 않음을 알 수 있었다. 두 개의 나뭇가지가 정확한 치수로 얇아지고 반듯한 모양새를 이루었을 때, 아크티티는 거친 조약돌로 매끄럽게 가다듬기 시작했다. 그 돌은 윌킨스의 눈에 숫돌 조각으로 보였다.

"서두르는 것 같지는 않군." 골드바움이 말했다.

"시리오노족은 절대로 서두르지 않아. 성급함은 우리의 병이지." 윌킨스가 대답했다.

"하지만 저들은 다른 병을 갖고 있잖아."

"물론이지. 그렇지만 병 없이도 하나의 문명이 태동될 수 있다는 말이야."

"우리에게서 원하는 게 뭘까?"

"난 그의 의중을 알 것 같아."

윌킨스가 말했다.

아크티티는 나무 활을 이리저리 돌려보고 손가락과 눈으로 표면을 살피면서 계속해서 부지런히 나무를 다듬었다. 그러면서 그는 나무 활을 이리저리 돌려보고 손가락과 눈으로 표면을 살폈다. 그는 눈이 약간 사시였던 탓에 아주 집중해서 바라봐야 했다. 드디어 활이 살짝 포개지면서 한데 묶였다. 두 개의 활 끝은 대강 만든 정도가 아니라, 동물의 창자를 꼬아 만든 활시위 사이에서 단단하고 팽팽했다. 그는 어딘가 자신만만했다. 그가 두 이방인 앞에서 활시위를 잡아당기자 마치 하프의 현처럼 활이 오래 울렸다. 그는 소년을 보내 화살을 가져오게 했다. 화살은 진동하며 날아가더니 오십 미터 정도 거리에 있는 야자수 줄기에 꽂혔다. 그러자 그는 과장된 제스처를 취하며 윌킨스에게 활을 넘겼다. 그러면서 활이 이제 그의 것이니 받아서 쏴보라는 신호를 보냈다. 아크티티는 헐린 성냥갑에서 성냥개비 두 개를 꺼내고는 윌킨스에게 하나, 골드바움에게 하나를 건넸다. 그는 땅에 웅크리고 앉아 무릎 위에 두 팔을 포개고 기다렸다. 그러나 성급함은 찾아볼 수 없었다.

골드바움은 꼼짝없이 성냥을 손에 들고 있다가 말문을 열었다.

"그렇군. 이제 나도 알겠어."

"그러게. 이야기한 대로 상황은 충분히 확실해졌어. 그러니까 우리 가난한 시리오노족은 긁개가 없으면 긁개를 만들고, 활이 없으면 긁개로 활을 만들고 매끄럽게 다듬기도 한다는 말이지. 그것을 눈으로 보고 손에 넣어 만족하기 위해서 말이야. 그런데 너희 외국인 마법사들은 사람들의 목소리를 훔쳐서 상자에 집어넣으면서, 성냥이 없어지면 그냥 가만히 있지. 그러니 어서 성냥을 만들라는 거야." 윌킨스가 대답했다.

"이제 어쩌지?"

"우리 능력의 한계를 설명해야겠어." 두 사람은 목소리를 내서, 아니 그보다 네 개의 손을 활용해가며 아크티티를 설득해보려고 애썼다. 내용인즉, 성냥이 활보다 훨씬 더 작은 게 사실이긴 하나(이 얘기를 할 때 아크티티는 아주 진지하게 듣는 듯했다), 성냥의 머리는 그것들에게서 멀리 떨어진 곳, 그러니까 태양과 땅속 깊은 곳, 강과 밀림 저 너머의 힘을(뭐라 설명할 수 있을까?) 지니고 있다고 설명했다. 그들은 자신들의 항변이 부당하고 적절하지도 못함을 뼈저리게 느꼈다. 아크티티는 그들을 향해 입술을 삐죽 내밀고 고개를 흔들었다. 그러면서 소년에게 무엇이 그를 코웃음 치게 하는지 말해주었다.

"아마 우리가 선량한 척하는 악당에, 나쁜 마법사들이라고 말할 거야." 골드바움이 말했다.

아크티티는 앞뒤가 분명한 사람이었다. 그가 소년에게 뭔가를 말하고 나자, 소년은 활과 화살 몇 개를 들고 뭔가 단단히 결심한 듯 그들이 있는 곳에서 스무 걸음쯤 물러났다. 소년은 자리를 떠나 베이스캠프 장소에서 발견된 칼들 가운데 하나를 들고 돌아왔다. 그것은 불에 타서 보기 흉하게 녹고 산화되어 있었다. 그는 땅에 놓인 시계들 중 하나를 집어 윌킨스에게 주었다. 윌킨스는 전혀 준비되지 않은 상태로 중요한 시험에 나서게 된 사람처럼 얼굴색이 흙빛이 되어 어쩔 도리가 없다는 체념의 사인을 보냈다. 그는 시계 뒷면을 열어 아크티티에게 소형 기계 장치들을 보여주었다. 결코 멈추지 않는 가느다란 평형장치, 미세한 보석 그리고 시침과 분침까지 말이다. 그런데 있을 수 없는 일이 일어났다! 이번에 소년은 테이프 레코더를 가져왔다. 그러나 아크티티는 만지길 꺼려했다. 그는 땅에 있는 물건을 들어 또다시 윌킨스에게 주도록 했다. 그러고는 목소리를 듣게 될까 두려워서 귀를 막았다. 그런데 칼은? 아크티티는 마법사든 아니든, 좋은 사람이면 누구에게든, 수선하는 시범이라든지 아니면 기본적으로는 선의의 시도를 보여주려 하는 것 같았다. "어서, 칼을 하나 만드시오. 이건 그저 칼일 뿐 죽이기는 쉬워도 되살리기는 너무나 어려운 심장 뛰는 짐승이 아니오"라고 말하는 것 같았다. 칼은 움직이지 않을 뿐 아니라 소리도 내지 않고, 단지 두 조각으로 나뉠 뿐이다. 그리고 그들에게는 십 년 전에 한 아름 되는 양의 파파야와 악어가죽 두 개를 주고 저렴하게 구입한 칼이 서너 개 있었다.

"얘기만 해. 칼은 충분히 가지고 있으니까." 골드바움은 최소한의 유머감각과 동료로서의 외교적 수완을 드러냈다. 그는 윌킨스조차 이해하지 못하는 제스처를 과장되게 취했다. 그러자 아크티티는 처음으로 웃음을 터트렸다. 하지만 안심하기에는 뭔가 이른 미소였다.

"무슨 말을 하려는 거야?"

"우리가 칼을 만드는 데는 성공할지 모르지만 특별한 돌이 필요하다고 할 거야. 이 지역에서는 구할 수 없는 불에 타는 돌과 많은 불 그리고 오랜 시간이 필요하다고 말하겠어."

"난 이해 못했는데 그는 알아들은 것 같군. 웃는 데는 다 이유가 있어. 우리를 붙잡으러 오지 않으면 그때까지 우리가 그저 시간만 낭비하려 한다고 생각할 거야. 그것이 모든 마법사와 예언자의 제일가는 속임수거든."

아크티티는 전사들을 호출했고, 일곱 내지 여덟 명의 건장한 전사들이 도착했다. 그들은 두 사람을 붙잡아 단단한 나무 오두막에 가두었다. 그곳에는 출입문이 없어서 빛이라고는 지붕 틈새에서 새어드는 햇빛이 유일했다. 골드바움이 질문했다. "여기서 오래 있게 될까?" 윌킨스가 대답했다. "안 그럴까 봐 겁나. 그러길 바라야지."

하지만 시리오노족은 잔혹한 사람들이 아니었다. 그들은 충분한 물과 적은 양의 음식을 주면서 두 사람이 오두막 안에서 자신들이 한 거짓말을 뉘우치는 것으로 만족했다. 아크티티는 그 일로 모욕감을 느꼈는지 더는 모습을 보이지 않았다.

골드바움이 말했다. "난 뛰어난 사진가지만 렌즈와 필름 없이는 도저히…… 어쩌면 암실을 만들 수 있을 것 같은데. 자네 생각은 어때?"

"기꺼이 할 수 있겠지. 하지만 우리에게 뭔가 더 요구할 거야. 우리 문명이 그들보다 우월하다는 증거를 구체적으로 보여달라고 할지 몰라. 우리 문명의 마법사들이 그들보다 더 뛰어나다는 증거 말이야."

"나는 손재주가 별로 없어. 운전을 할 줄 알고 전구나 퓨즈를 바꿔 낄 줄 아는 정도지. 아니면 막힌 세면대를 뚫고 단추를 달 줄 아는 게 다야. 하지만 여기에는 세면대도 바늘도 없잖아."

윌킨스가 곰곰이 생각에 잠겼다가 말했다. "아냐. 지금 우리에게는 좀더 핵심적인 뭔가가 있어야 해. 만약 우리를 풀어주면 녹음기를 해체해보겠어. 내부가 어떻게 생겼는지는 잘 모르지만 거기에 영구자석만 있다면 문제없어. 그것을 그릇에 담긴 물에 띄워보자고. 그런 다음 그에게 나침반을 선물하고 나침반 사용법을 알려주는 거야."

"녹음기에 자석이 있다는 건 못 믿겠어. 그리고 나침반이 그에게 크게 소용이 있는지도 확실하지 않고. 그들은 태양으로 족해. 항해사들도 아니고, 밀림에 들어갈 때는 이미 알려진 길로만 다니잖아." 골드바움이 대답했다.

"화약을 어떻게 만들지? 어쩌면 어렵지 않을 거야. 석탄에 유황, 질산칼륨을 섞으면 그만 아닌가?

"이론적으로는 그렇지. 하지만 어디서 질산칼륨을 얻나? 습지 한가운데서? 혹시 유황은 있을 수 있겠지만 어디 있는지를 알아야지. 그리고 만약에 그것을 쏠 만한 무기가 없다면 그에게 화약이 무슨 필요가 있겠어?"

"그래, 좋은 생각이 떠올랐어. 여기 사람들은 긁히거나 찔린 상처 때문에 패혈증이나 파상풍으로 죽어. 그들이 경작한 보리를 발효시켜 보자고. 발효액을 증류해서 알코올을 만드는 거야. 어쩌면 마시고 싶어할지 몰라. 인체에 아주 치명적인 건 아니니까. 그렇다고 흥분하거나 마비될 정도로 빠져들 것 같지는 않아. 훌륭한 마법이 될 수 있어."

골드바움은 피곤을 느꼈다. "효모가 없잖아. 내가 하나라도 선별해낼 재주가 있을까 싶어. 자네도 그렇고. 차라리 자네가 이 지역 옹기로 증류기를 만드는 게 어떨까. 어쩌면 아주 불가능한 일만은 아닐 거야. 하지만 여러 달이 걸릴 일이지. 여기서는 날수가 문제야."

시리오노족 사람들이 그들을 굶겨 죽이려는 건지 아니면 그저 적은 양식으로 그들을 살려두려는 건지 분명치 않았다. 그런 와중에 강에 보트가 도착하기를 기다리거나 공동체 내부의 생각이 결정적이고 확실하게 무르익기를 기다리는지도 모를 일이었다. 오두막에 갇힌 그들의 일상은 점점 더 더디게 흘러갔다. 하루하루가 뜨겁고 습한 열기와 모기, 배고픔과 모욕감으로 채워져 나른하게 지나갔다. 그렇지만 두 사람 모두 이십 년 가까이 공부한 덕분에 고대와 현대를 포함한 인류의 모든 문명에 대해 많은 것을 알고 있었다. 그들은 모든 원시 문명의 기술은 물론, 칼데아인의 연금술, 미케네인의 도자기, 신대륙 발견 이전 아메리카 원주민의 직물 등에 관심이 있었다. 그리고 지금은 어쩌면(어쩌면이다!) 부싯돌을 쪼갤 줄 아는 능력이 생겼을지 모른다. 아크티티가 그것을 가르쳐주었기 때문이기도 하고, 그들이 아크티티에게 정말 아무것도 가르쳐줄 수 없는 상태에 있었기 때문이기도 했다. 다만 그들은 아크티티가 믿지 않았던 신기하고 놀라운 것들을 온갖 제스처를 취해가며 들려주거나, 그 두 사람이 가져온 또 다른 세계의 문명인들이 제작한 기적 같은 물건들을 보여준 게 전부였다.

거의 한 달을 갇혀 지낸 후 골드바움과 윌킨스의 생각은 급격히 고갈되었고 그들은 심각한 무력감에 떨어진 기분을 느꼈다. 현대 기술의 웅장한 조직인 본래 그들의 세계는 그들의 범위 밖에 있었다. 그들은 자기들이 직면한 현실의 추이에 대해 서로 털어놓을 수밖에 없었다. 아무리 현대 문명이 잔인해져가고 있다는 사실을 발견한 사람들이라도 원시 부족 시리오노족에게는 적응할 수 없을 거라는 이야기였다. 시작하기 전부터 재료가 부족했고, 만일 재료로 쓸 만한 것이 근처에 있다하더라도 그들이 그것을 알아차리거나 차지할 여력을 갖지 못한 처지였다. 그들이 알고 있는 어떤 기술도 시리오노족에게는 쓸모 있게 여겨지지 못할 테니까 말이다. 만일 둘 중 한 사람이 그림을 그리는 데 뛰어났다면 아크티티의 감탄을 자아낼 만한 초상화를 그릴 수 있었을 것이다. 또 만약 일 년의 시간이 있었다면 알파벳의 유용성을 원주민에게 알리고, 그들의 언어에 적용시키기도 했을 것이다. 그러면서 한편으로는 아크티티에게 글 쓰는 법을 가르칠 수 있었을지 모른다. 몇 시간 동안 그들은 시리오노족에게 비누를 만들어줄 계획을 상의했다. 나뭇재에서 탄산칼륨을, 그리고 그 지역 야자수 씨앗에서 기름을 추출할 계획을 세웠다. 하지만 시리오노족에게 비누가 무슨 소용이 있을까 하는 의문이 일었다. 그들은 비누로 세탁할 옷이 없었고, 또 비누를 사용해 씻는 것이 효과적이라고 설득하기도 쉽지 않은 상황이었다.

　　결국 그들의 계획은 소박하게 변경되었다. 그들은 원주민에게 양초 만드는 법을 가르치기로 했다. 소박하지만 나무랄 데 없는 계획이었다. 시리오노족은 머리에 바르기 위해 사용하는 페커리*기름을 가지고 있었고, 심지 역시 페커리 털에서 얻을 수 있었으므로 준비하는 데 어려움이 없었다. 시리오노족은 밤에도 오두막 안에 불을 밝힐 수 있는 양초의 장점을 소중히 여길지 모른다. 물론 총이나 보트엔진 제조 방법을 더 배우고 싶어할 테지만 말이다. 양초는 대단한 물건이 아니었지만 시도할 만한 가치

_____

* 아메리카 대륙에 사는 동물.

가 있었다.

그들이 아크티티와 다시 만나 양초를 조건으로 자유를 얻을 협상 노력이 한창일 때였다. 갑자기 감옥 밖에서 큰 소동이 벌어진 소리가 들렸다. 잠시 후 알아들을 수 없는 소란함 가운데 문이 열렸다. 그러자 아크티티가 보였고, 그들에게 바깥세상의 찬란한 빛 속으로 나오라는 손짓을 했다. 배가 도착한 것이었다.

작별은 길지도 요란하지도 않았다. 아크티티는 감옥 문에서 즉시 떠나갔다. 그러고는 그들을 등진 채 웅크리고 앉아 돌처럼 꼼짝도 하지 않았다. 그 와중에 시리오노족 전사들이 그 둘을 강가로 데려갔다. 두서너 명의 여자들이 웃고 소리를 지르며 그들을 향해 배를 드러내 보였다. 다른 부락민들과 어린아이들까지 모두 '루우, 루우'라고 노래 부르며 머리를 흔들었다. 그들의 부드러운 손은 마치 관절이 없는 듯 보였으며 너무 익은 과일처럼 손목 아래서 덜렁거렸다.

윌킨스와 골드바움에게는 짐가방이 없었다. 그들은 수아레즈가 직접 운전한 보트에 올랐고, 그에게 어서 빨리 떠나자고 재촉했다.

시리오노족은 상상으로 만들어낸 사람들이 아니다. 그들은 실제로 존재한다. 아니면 적어도 1945년 무렵까지 존재했다. 하지만 그들에 대해 알려진 바로는, 오래 생존하지 못할 민족으로 여겨진다. 그들에 대해서는 앨런 홀름버그Allan R. Holmberg가 최근에 발표한 연구서(『볼리비아 동부의 시리오노족』)에 자세히 기술되어 있다. 그들은 유목 생활과 원시경작 생활을 오가는 최소한의 생활을 영위한다. 금속을 알지 못하고, 셋 이상의 숫자 개념을 가지고 있지 않다. 또한 습지와 강을 자주 건너야 함에도 배를 만들 줄 모른다. 그러나 한때는 배를 만들었음을 알고 있다. 그들 사이에는 달의 이름을 가진 한 영웅의 이야기가 전해지는데, 그 영웅이 당시에는 지금보다 훨씬 수가 많았던 시리오노족에게 세 가지 기술을 가르쳐주었다. 바로 불을 일으키는 법과 나무를 파서 카누를 만드는 법 그리고 활 만드는 법이었다. 오늘 날에는 이중에서 마지막 기술만이 살아남았다. 불을 일으키는 방법 역시 잊히고 말았다. 그들은 홀름버그에게 아주 멀지 않은 과거(아마 둘이나 세 세대 전)에 관해 들려주었다. 그와 비슷한 시기에 우리 문명에서는 완전연소가 가능한 초기 엔진이 탄생했고, 전기 조명이 확산되었으며, 원자폭탄의 출현으로 인해 인류의 멸망이 조금씩 이해되기 시작했다. 그리고 시리오노족의 일부는 널빤지 구멍에 막대기를 끼우고 빙빙 돌려 불을 일으킬 줄 알았다. 하지만 그 시절에 시리오노족은 사막 기후에 가까운 땅에 살고 있었다. 그래서 건조하고 반듯한 나무를 찾는 것이 그들에게는 쉬운 일이었다. 그러나 지금은 습지와 밀림의 습한 기후 속에 살고 있다. 그런 까닭에 건조한 나무를 찾아볼 수 없고 널빤지를 이용한 방식도 더는 실용적이지 않아 잊히고 말았다.

그러나 불은 잘 보존해왔다. 그들 부락이나 유랑 집단의 각

가정마다 최소한 한 명의 여성 연장자가 있는데, 그들의 임무는 불이 꺼지지 않게 석회 화로에 불꽃을 살려두는 것이다. 이 기술은 마찰열을 이용해 불을 일으키는 것처럼 그렇게 어렵지 않다. 하지만 초보자가 할 수 있는 일은 아니다. 특히 비가 오는 우기에는 불꽃 자체의 열기로 말린 야자수 꽃잎으로 불꽃을 잘 살려야 한다. 이 나이 든 헌신자들은 매우 부지런하다. 왜냐하면 그들의 불이 죽으면 그들 역시 죽음에 처하기 때문이다. 형벌을 받아서가 아니라 그 여성 연장자들이 쓸모없다고 판단되어서다. 사냥을 못하거나 아이를 낳지 못하거나 쟁기를 끌고 경작할 수 없게 되어 쓸모없는 존재로 판단된 모든 시리오노족 원주민은 죽음에 이르도록 방치된다. 시리오노족 개념으로는 마흔 살이 노인이다.

　다시 말하지만 그들에 관한 이야기는 지어낸 것이 아니다. 이는 1969년 10월에 발행된 『사이언티픽 아메리칸』에서 옮겨 온 내용이며 그 안에는 진기한 이야기가 담겨 있다. 또한 지역과 시대를 막론하고 인류가 항상 진화하는 것은 아니라는 사실을 가르친다.

"충분히 할 만큼 했으니 이제는 바꾸겠어. 퇴직해서 어떤 일이든 찾아볼 거야. 시장에 가서 하역인부를 하든지. 아니면 아주 떠나버리든지. 여행을 하는 게 집에서 지내는 것보다 비용이 덜 들 수도 있어. 길에서 돈 벌 방법은 얼마든지 찾을 수 있고. 어쨌든 더이상 공장에는 가지 않겠어." 그가 내게 이렇게 말했다.

　　나는 그에게 좀더 신중히 생각해보라고 말했다. 그러고는 화가 난 상태에서 결정을 내릴 필요는 전혀 없으며, 공장 일자리가 그렇게 쉽게 내던질 만큼 형편없지는 않다고 말해주었다. 또 처음부터 내게 차근차근 이유를 말해준다면 어떤 식으로든 도움이 될 거라고 했다. 리날도는 대학에 다니고 있었지만 공장에서 교대근무를 한다. 교대근무란 참 골치 아픈 것이어서, 일상의 시간과 생활리듬이 매주 바뀐다. 그러니까 결국은 적응되지 않는 생활에 적응하는 것이 필요하다. 일반적으로는 젊은이들보다 중년의 사람들이 훨씬 수월하게 해낸다.

　　"아냐. 이건 교대근무의 문제가 아니라고. 내 가공물이 망쳐졌어. 내다버릴 양이 8톤이나 돼."

　　가공물이 망쳐진다는 의미는 액체가 중간 과정에 응고되어 젤리 형태로 변하거나 뿔처럼 딱딱해지는 현상을 말한다. 겔화

gelation나 조기중합premature polymerization 같은 고상한 이름으로 불리는 현상이지만, 그와 별개로 많은 돈을 잃게 되는 충격적이고 끔찍한 불상사다. 한마디로 일어나서는 안 되는 일인 것이다. 하지만 아무리 주의해도 이따금씩 사고가 발생하는데 한번 일이 터지면 흔적을 남긴다. 나는 리날도에게 엎지른 우유를 보고 슬퍼하는 건 부질없다고 말했다. 그러고는 곧바로 후회가 밀려들었다. 그에게 말하기에는 적절하지 않은 표현이었던 것이다. 하지만 이미 실수를 저질러진데다 여전히 원인을 모른 채 무거운 납덩이 같은 죄책감을 어깨에 무겁게 짊어진 사람에게 과연 무슨 위로의 말을 할 수 있겠는가? 유일한 위로는 그에게 코냑 한 잔을 건네고 이야기를 들어주는 것이다.

"자네도 알다시피 머리 때문도 아니고 사장 때문도 아니야. 결과가 이렇게 된 것처럼 그냥 저절로 그렇게 된 거야. 작업은 단순했어. 이미 서른 번 넘게 해온 일이었고, 규정이라면 외울 정도로 기억하고 있어서 아예 신경조차 안 썼는데……."

　　나 역시 그동안 경력을 쌓아오면서 여러 번 실패를 경험했다. 그래서 그 말이 무슨 뜻인지 충분히 잘 알았다. 나는 그에게 물었다. "결코 그 때문만은 아니겠지. 무슨 안 좋은 일이 있었던 거야? 전부 기억해서 알고 있다고 생각하지만 일부 내용을 잊어버렸거나, 온도를 잘못 조절했다든지 아니면 성분과 맞지 않는 뭔가를 주입했던 건 아닐까?"

"아니야. 철저히 확인했고, 모든 게 정상이었어. 지금 연구실에서 원인을 알아내려는 조사가 한창이야. 어쨌거나 과실 책임자는 나지만, 만약 내가 크나큰 실수를 저질렀다면 그 사실이 밝혀졌으면 좋겠어. 그래서 내게 '망할 인간. 당신이 이것을 했고 저것을 했어. 해서는 안 될 일을 저질렀어'라고 말해주길 바라. 여기서 혼자 전전긍긍하느니 그게 낫겠어. 다행히 아무도 죽지 않았고 다친 사람도 없어. 반응기의 샤프트*조차 망가지지 않았어. 다만 경제적 손실이 있는데, 내게 돈이 있으니 만약 할 수만 있다면 기꺼이 보상하고 싶어.

결론은 이랬어. 나는 새벽근무 차례가 되어 오후 여섯 시에 출근했어. 그리고 모든 게 순조로웠어. 퇴근하기 전에 모라 씨가 내 앞으로 물품을 남겨놓았지. 모라 씨는 밑바닥부터 출발해 자수성가한 노인이었는데, 적당한 때 추출한 온갖 재료가 담긴 제품의 교환권과 자동저울의 사용설명서를 전해주었어. 아무튼 할 말을 잃을 정도였다니까. 물론 그가 교묘한 속임수를 쓸 사람은 아니야. 더욱이 모든 게 순조로운 상태에서 그럴 이유도 없었지. 이제 막 하루가 시작되려는 순간, 산들은 고작 몇 발자국 떨어져 있는 듯 아주 가까워 보였어. 나는 정상적으로 작동되는 자기온도계를 힐끔 쳐다봤어. 그런데 완만한 곡선 그래프에 돌기 하나가 나타나 있더군. 시간은 오전 네 시였고, 온도는 15도를 기록하고 있었어. 더군다나 그래프상의 돌기는 매일, 언제나 똑같은 시간에 어김없이 나타났는데, 엔지니어나 전기 기술자 모두 그 이

* 동력을 전달하는 기계 부품.

유를 전혀 알지 못했어. 마치 기계가 매일 거짓말하는 버릇이 생긴 것 같았지. 얼마 가지 않아 더는 아무도 관심을 두지 않는 거짓말쟁이들의 말처럼 말이야. 그다음엔 반응기의 관측창 내부를 들여다봤어. 연기도 거품도 일어나지 않았지. 가공물은 보기 좋게 투명했고 물처럼 부드럽게 돌아가고 있었어. 그러나 그것은 물이 아니라 합성수지였어. 견고한 상태로 만들기 위해 합성해 놓은 수지는 곧바로 주형틀로 들어가니까.

어쨌거나 상태를 확인하고 나서야 나는 안심이 되었고, 걱정할 이유는 전혀 없었어. 본격 점검을 시작하려면 여전히 두 시간을 더 기다려야 했지. 그리고 고백하자면, 그때 난 전혀 다른 생각을 하고 있었어. 생각이라…… 뭐, 그렇다고 해두자고. 그러니까 나는 반응기 안에 있는 원자와 분자, 그 둘의 혼동되는 차이점에 대해 생각하고 있었어. 모든 분자는 가까이 지나는 분자의 손을 잡아 하나의 사슬을 형성하려고 준비해. 그것은 마치 자기네끼리 서로 손을 잡고 있는 것과 같아. 그때 내 머릿속에는 이천 년 전에 벌써 우주의 충만함과 텅 비어 있음을 사유하면서 지혜롭게도 원자의 존재를 예견한 뛰어난 인물들이 떠올랐어. 우리가 그것을 구체화할 장비를 고안하기도 전에 말이야. 그해 여름 캠핑장에서 여자 친구는 내게 루크레티우스Lucretius*의 책을 읽어보라고 권했었는데, 그때 읽은 '물질은 무한히 떠도는 상태에서 형상화된다'Còrpora cònsta-búnt ex pàrtibus ínfi-nítis라는 문장과 '모든 것이 유동한다'라는 문장도 기억에 떠올랐지. 가끔씩 관측

---

* 고대 로마의 철학자이자 시인.

창을 들여다볼 때마다 그 안에 있는 모든 분자가 벌집 주변을 날아다니는 벌들처럼 부유하는 모습이 보이는 듯했어.

그러니까 모든 것이 유동하고 있었고, 덕분에 나는 여러 면에서 안심할 수 있는 근거를 가지고 있었어. 그들이 반응기를 내게 맡길 때 가르쳐준 것을 깜박 잊기는 했지만 말이야. 어쨌거나 한 분자가 또 다른 분자와 결합하는 한 모든 게 순조로워. 마치 분자는 각각 오직 두 개의 손을 가지고 있는 것처럼 결합하지. 그것은 하나의 사슬이나 하나의 고리 형태 이상으로는 형성이 불가능해. 혹시 길이가 길어질 순 있지만 그 이상은 아니야. 그렇더라도 수많은 분자 중에서 손이 셋 있는 분자들이 있다는 사실을 항상 기억해둘 필요가 있어. 그리고 이게 약점이야. 그것은 우리 앞에 오히려 노골적으로 나타나지. 세 번째 손은 우리가 원하는 때와 원하지 않는 때를 모두 피해서 나중에 공략해야 해. 만약에 세 번째 손을 너무 일찍 포획하면, 모든 분자 고리가 각각 두 개 내지 세 개의 다른 고리들과 결합해. 그리고 결정적으로 단 한 개의 분자 형태를 이루어 반응기 가득 거대한 분자괴물을 만들어내지. 그래서 차갑게 냉각시키는 단계에 이르면 '유동하는 모든 것'에 영영 작별을 고하게 되고, 더는 아무것도 부유하지 않아. 그러면 반응기는 폐쇄되고 손쓸 방법이 없게 돼."

비록 내가 아는 것들을 말하고 있었지만, 대화 중 주의 깊게 살핀 덕분에 이야기가 중단되는 일은 피했다. 이야기를 하는 건 그에게 유익했다. 그는 코냑 기운 덕분인지 눈이 반짝였지만, 점차 안정되어가갔다. 이야기는 확실히 효과적인 약이다.

　"좋아. 자네한테 말했던 것처럼 가끔씩 가공물을 확인했어. 그리고 앞서 자네한테 말한 것과 그밖에 작업과는 무관한 것들을 생각하고 있었지. 모터는 조용히 진동하고 있었고, 프로그래머의 전동자는 천천히 돌아가고 있었어. 그리고 자기온도계의 바늘은 전동자와 정확히 똑같은 섹션을 90도 각도로 가리키고 있었지. 반응기 내부에서는 규칙적으로 돌아가는 교반기가 보였고, 합성수지의 밀도가 천천히 올라가는 게 보였어. 일곱 시쯤에는 벌써 벽에 달라붙을 정도로 접착력이 생기고 거품이 만들어지기 시작했지. 지금 말한 내용은 내가 발견한 '신호' 같은 것인데, 모라 씨와 항상 바뀌어서 누군지 이름조차 모르지만 아무튼 세 번째 교대근무자에게도 가르쳐줬어. 그건 가공이 잘 완성되어 거의 끝나간다는 뜻이고, 이제 첫 번째 견본을 떠서 점도를 실험해볼 시간이라는 걸 알려주는 신호야.

　나중에 아래층으로 내려가봐야겠어. 8톤짜리 반응기는 장난감이 아닌 데다, 바닥에서 족히 2미터는 올라와 있기 때문이야. 거기 있는 동안 송출 장치를 감시해야겠어. 교반기의 모터가 잘 바뀌는 게 느껴지거든. 원래는 바뀌는 일이 거의 없어. 해시마크까지는 아니더라도 이 역시 하나의 사인이었는데, 전혀 아름답지 않은 사인이지. 나는 샘플 채취와 모든 걸 그만두고 당장 관측창을 들여다봤어. 그리고 내 눈에 거대하고 볼썽사나운 대규모 공연이 펼쳐졌지. 내가 봤던 장면이 모조리 바뀌어 있었어. 교반기 날개가 곡물죽 같은 수지 덩어리를 자르고 있었고, 내 눈에는 그것이 점점 더 위로 올라오는 걸로 보였어. 나는 교반기를 멈췄어. 상황이 그렇게 됐으니 더 이상 아무 데도 쓸모가 없었지. 나는 떨리는 무릎으로 얼이 빠진 채 그곳에 그대로 남아 있었어. 이제 어떡하지? 가공물을 비워낼 만한 시간이 전혀 없었고, 설상가상으로 그 시간에 아직 침대에서 잠을 청하고 있을 박사를 호출할 만한 여유마저 없었어. 게다가 가공물이 망쳐지는 경우에는 누군가가 죽어가는 경우와 마찬가지로, 좋은 해결책은 뒤늦게 생각나기 마련이니까.

엄청난 양의 거품이 느리지만 가차 없이 올라오고 있었어. 사람 머리만 한 큼직한 거품방울이 표면에 나타났어. 하지만 그 거품방울들은 동그란 형태가 아니라, 신경이나 정맥처럼 벽에 줄무늬를 내면서 온갖 형태로 어지럽게 섞여 있었어. 그러다 터져버리고는 금세 또 다른 거품방울들이 다시 생겨났지. 하지만 맥주 거품 같은 모양은 아니야. 맥주 거품은 아래로 내려오고, 컵 밖으로 나가는 일이 드물지. 그런데 이 거품은 계속해서 올라오더라고. 나는 사람들을 불렀고, 과장까지 포함해 여러 부서 사람들이 도착했지. 그리고 각자 한마디씩 꺼냈지만 아무도 어찌해야 할지는 몰랐어. 그러는 동안 거품은 벌써 관측창 아래로 50센티미터 높이까지 올라와 있었어. 부풀었다 터지는 거품방울들은 모두 하나같이 끈적한 점액질이 되어 천측창의 크리스털 유리 아래 더럽게 달라붙었어. 더는 아무것도 볼 수 없을 정도였지. 거품이 다시 내려가지 않으리란 건 확실했어. 계속 올라와 냉각기의 모든 튜브를 막아버릴 테고, 그럼 끝이었지.

　교반기가 멈추면서 모든 게 조용해졌어. 그러다 마치 SF 영화에서 뭔가 공포스러운 일이 일어나려 할 때처럼 다시 소음이 커지는 소리가 들렸지. 장이 아플 때 나는 소리 같은 꾸르륵거리는 소음이 점점 더 강해졌어. 그것은 내부에 가스가 잔뜩 담긴 8미터짜리 정육면체인 거대분자였어. 가스는 배출될 통로를 찾지 못해 스스로 밖으로 나가 배출되려 했지. 나는 도망가야 할지 그냥 남아서 결과를 지켜봐야 할지 갈피를 잡지 못했어. 나는 너무나 두려웠지만 책임감 또한 느꼈어. 가공물은 내 몫이었으니까. 어느새 관측창은 보이지 않게 되어버렸고, 유일하게 보이는 거라곤 붉은 빛이 도는 섬광뿐이었어. 글쎄 내가 잘했는지 못했는지 모르겠어. 나는 반응기가 폭발할까 봐 무서웠어. 그래서 열쇠를 들고 통풍구의 모든 볼트를 열었어.

　통풍구는 튕겨나가지 않고 터질듯 부풀어 있었어. 하지만 서서히 위협적으로 부풀어 올랐는데, 그 모습이 꼭 무덤이 열려 죽은 자들이 일어서는 것 같았지. 바깥으로 찐득하고 구역질 나는 주물이 느릿느릿 흘러나왔는데, 뇨키*와 매듭처럼 전체가 노란 물질이었어. 우리 모두 놀라 뒤로 펄쩍 물러났는데, 그것은 나오자마자 식어서 바닥에 들러붙었어. 다행히 양은 그리 많지 않았지. 반응기 내부에서는 엄청난 양의 수지가 50센티미터쯤 내려가다 멈추었어. 그리고 조금씩 단단한 상태로 변했지. 그런 식

---

* 파스타의 일종으로, 삶은 감자와 밀가루를 섞어 반죽한 다음 끓는 물에 익힌 것으로 노르스름한 색을 띤다.

으로 공연은 끝났어. 우리는 서로를 멀뚱히 바라봤는데, 모두들 좋은 표정은 아니었어. 내 가공물은 더할 나위 없이 추한 결과물이 되었지만 다행히 그것을 비출 거울이 없었지."

　나는 리날도를 안심시키려 노력했다. 아니면 적어도 그가 생각을 다른 데로 돌리도록 애썼다. 하지만 아무래도 성공하지 못한 것 같다. 그것은 다 그럴 만한 이유가 있어서다. "직업상 내 경험에 비추어 볼 때 이유야 어찌되었든 가공물이 망쳐진 일만큼 유독 두드러지고 해로운 경험은 없어. 그것이 심각한 손실인지 아닌지, 죄의식이 느껴지는지 아닌지는 상관없어. 화재든 폭발이든 훨씬 더 파괴적이고 비극적이기까지 한 사고가 될 수는 있겠지만, 겔화처럼 비열한 사건은 없어. 이건 냉소적 성질을 품고 있지. 게다가 자네에게 복종해야 했지만 오히려 저항했던 영혼 없는 물질의 비웃음과 조롱의 제스처이기도 하니까. 자네의 신중함과 빈틈없는 철저함에 대한 도전이지. 품위를 잃고 거대해졌지만 자네 손안에서 태어나고 죽는 단일 '분자'는 하나의 추악한 메시지이고 상징이야. 그것은 원상복귀나 해결책도 없이 우리의 미래를 어둡게 만들고, 무질서와 생명체의 불행한 죽음을 부추기는 다른 나쁜 일들의 상징이지."

궤리노의 계곡

자동차나 대중교통을 타고 수십 번 이상 별 관심 없이 빠르게 지나갔던 어느 산 계곡을 도보나 자전거로 오르는 것은 비용도 별로 들지 않는 유익한 모험이다. 그런데 그런 시도를 하는 사람들이 왜 그렇게 드물까 하는 의문이 생겨난다. 보통은 높은 계곡이나 관광하기 좋은 고지대의 장소들을 찾는다. 반면에 나지막한 계곡은 알려지지 않은 장소로 남아 있기 일쑤다. 하지만 그러한 곳이야말로 자연과 인간의 작품들이 과거의 흔적을 더욱 명확히 드러내어 그것을 알아볼 수 있게 해준다.

이런 계곡들 중 한 곳에 궤리노에 대한 기억이 여전히 살아 있다. 그를 기억하고 그의 삶이 남긴 자취를 더듬어온 사람에게는 더욱 그렇다. 궤리노는 방랑 생활을 하는 은둔자였고, 1916년경에 자취를 감췄다. 이후 그가 어떤 삶을 살았는지는 전혀 알려지지 않았다. 지금은 노인들만이 그를 기억하고 있을 뿐이다. 그러나 그 기억마저 희미해지고 빛이 바래어 종종 하나의 일화나 가벼운 언급 정도로 축소되었다. 노인들은 자신들이 젊었을 때 이미 노인이었던 사람을 회상하듯이 그를 기억했다. 하지만 그들이 궤리노에 관해 구체적으로 떠올린 기억은 여전히 생생해서 앞으로도 영원히 계속되어 누구에게나 쉽게 들려줄 수 있을 것만 같았다. 가령 궤리노가 계곡 전체를 떠돌아다니며 가장 외따로이 떨어진 분지와 인접한 두 골짜기에서 씨를 뿌렸던 일이 그렇다. 그의 이야기는 누구에게나 들려줄 만했다. 듣는 이가 순례자로서 여전히 여행할 줄 알고 자기 주위를 둘러보며, 겸손과 인내심으로 사물과 사람에 대해 질문할 수 있는 고대 인류의 재능을 간직한 사람이라면 말이다. 더구나 그의 이름은 지역 방언에 사용되는 일부 직유적 표현 속에 살아남아 있다. 일찌감치 구별되어 사용된 궤리노에 관한 표현들은 당시에 이미 젊은이들 사이에서 잘못 이해된 전형적인 인물상으로 통용되었다. 그 계곡 지역에서는 여전히 '궤리노처럼 못생겼다'라거나 '궤리노처럼 가난하다' 그리고 교묘하고 치밀한 앙갚음을 가리키는 '누구에게 궤리노식 봉사를 하다'라는 말이 있다. 그러나 '궤리노처럼 자유롭다'라는 표현도 있다. 그렇긴 하지만, 여전히 그렇게 말하는 사람들 중에도 자유롭고 가난한 궤리노가 실제로 존재했었는지 아는 이는 거의 없다. 극소수의 사람들만이 그에 관한 세세한 기억을 간직하고 있다.

그의 젊은 시절은 물론이고 그가 어디로부터 와서 계곡으로 흘러들었는지 알려진 바도, 또 그것을 아는 사람도 없다. 왜냐하면 그가 피에몬테 사람이었지만 토박이는 아니었기 때문이다. 그는 건장한 체격에 움푹 들어간 볼과 튀어나온 턱이 인상적이고, 지저분하게 아무렇게나 기른 회색 수염이 헤라클레스 같은 그의 다리까지 길게 내려온 남자로 기억되었다. 그는 여름과 겨울에 상관없이 항상 군복 같아 보이는 승마복을 입고 있었는데, 늘 똑같은 옷차림이었다. 그가 입은 검은 벨벳 바지는 털이 다 빠지고 낡은 데다 그의 뚱뚱한 배를 떠받친 허리띠가 보기 흉하게 바지를 고정하고 있었다. 그는 염세적인 철학자처럼 자신의 모든 물건을 가지고 다녔다. 그 물건들은 성모상 화가인 그의 전문 화구함에 담겨 있었는데, 물감과 템페라 통, 붓, 주걱, 끌 그리고 모종삽 등이 들어 있었다. 그는 이 화구함의 물건들을 긴 모양의 작은 이륜 수레에 싣고 다녔는데, 화구함 운반을 위해서만이 아니라 이따금 그 안에서 잠을 자기 위해서도 그에게는 수레가 필요했다. 야생에서 자란 다부진 개가 그 작은 수레를 끌었지만 목줄에 묶여 다니는 일은 한번도 없었다. 이동할 때 그는 수레를 따라 걸었는데, 걷는 동안 하늘과 산에 시선을 두었다. 그는 눈매가 무섭고 우울한 사람이었지만 창조된 모든 것을 사랑하는 사람이기도 했다.

그의 직업은 교회와 예배당 그리고 묘지에 벽화를 그리는 일이었다. 때로는 세속적인 장식 일을 하기도 하고, 회벽과 석조 건축물 그리고 지붕 복원도 했다. 하지만 이러한 활동은 오로지 배가 고프거나 사람들이 그의 환상에 불을 붙이는 경우에만 일어났다. 만약 그런 일이 내키지 않거나, 꼭 해야 할 필요가 없을 때면 마을 식당에서 조용히 술을 마시거나 개울가에서 파이프 담배를 피웠다.

계곡에서 그의 그림들은 곳곳에 헤아릴 수 없는 흔적을 남겼다. 화가 서명은 따로 없지만 어두운 윤곽과 따뜻한 톤의 색채, 붉은색과 보라색이 두드러지는 특징과 독특한 양식 그리고 인물 형상의 대칭 덕분에 구별하기가 쉬웠다. 그는 타고난 화가의 기질을 가지고 있었다. 만약 그가 정식으로 미술 공부를 했거나 적어도 다른 시대의 회화 작품들을 볼 기회가 있었다면 그의 이름은 아마 잊히지 않았을 것이다. 아무튼 그가 남긴 작품들 중 최소한 한 작품, 그러니까 낙엽송 사이에 가리운 어느 작은 교회의 정면 프론톤*에 그가 그린 최후의 심판만은 잊히면 안 되었다. 그 그림은 현명한 균형 감각과 거칠고 생기 넘치는 정확함으로 완성되었다. 또한 자비와 풍자의 경계를 오가는 무시무시하고 기이한 상징들로 가득하다. 그의 상징들은 심판의 불에 타버린 혼란스러운 땅에서 부활한 기괴한 싹처럼, 헤아릴 수 없이 많은 육체와 뒤섞여서 나타났다. 백합과 엉겅퀴가 나타나고, 구부러진 여러 개의 작은 해골들, 총포들, 죄와 과실들, 엄지손가락이 절단된 거대한 손, 교수대, 해마 따위가 그려져 있다. 잃어버린 육신의 껍데기를 애타게 찾으며 배회하는 영혼들 중 하나는 멀어버린 눈으로 검은 하늘을 바라보는 창백한 영혼이다. 그 영혼은 겉옷을 걸치듯 익숙한 몸짓으로, 되찾은 자기 육신을 입고 있다. 이런 익살스럽거나 짓궂은 장면들이 곳곳에 숨어 있는 그림은 돌이 된 섬광석閃光石처럼 흐릿하고 창백한 빛에 비추어져 있으며, 조각 같은 메시아의 형상이 높이 위치한 저 혼돈의 끝을 향해 흘

---

* 건물 정면의 삼각형 지붕공간. 주로 회화나 조각 등이 장식되어 있다.

어지고 있다. 메시아의 모습은 머리숱이 풍성하고 회색 수염에 눈을 감고 있으며 손에는 칼로 보이는 검을 쥐고 있다. 이것이 바로 그의 자화상이다.

궤리노가 그린 모든 그림에는 대부분 한 사람 이상의 초상이 담겨 있다. 그 그림들은 거칠고 야성적이지만 풍부한 표현을 보여주고 있어서 몇몇 인물의 초상은 캐리커처에 가깝다. 예술혼과 창조적 긴장감 없이 한결같이 비슷한 방식으로 그려진 얼굴들은 다른 인물들의 얼굴과 분리되어 있다. 그리고 각각의 초상화는 자신만의 이야기를 지니고 있다.

궤리노는 그림을 주문한 사람들을 주로 그림 속 인물들로 등장시켰다. 그에게 비용을 후하게 치르며 잘 대해준 사람들에게는 후광을 그려 넣어 성인처럼 치장했다. 반면에 적은 액수를 지불하거나 이것저것 묻는다든지 그가 작업하는 동안 그를 지켜보면서 그림에 대해 평가하는 사람들은 눈 깜짝할 사이에 십자가형에 처해진 두 명의 도둑, 즉 좌도와 우도라든가 그리스도를 채찍질하는 이들로 묘사되었다. 그러나 그들의 모습은 멀리서도 단번에 알아볼 수 있었는데, 매우 무시무시한 짐승의 모습이나 돼지 코 아니면 당나귀 귀 같은 모습으로 그려놓아서다. 교회 안 무덤이 있는 벽감에는 십자가에 못 박힌 그리스도의 십자가상이 있는데, 그리스도의 얼굴은 움베르토 왕**의 모습이고, 그 곁에서 무덤덤하게 서 있는 사제는 교황관을 쓴 레오 13세*의 얼굴이었다.

---

　* 1878년에서 1903년까지 재위한 교황 레오 13세.
　** 19세기 이탈리아 왕국의 왕.

계곡 마을에 사는 노인들이 자랑스러워하는 또 다른 그의 그림이 있다. 바로 아기 예수의 탄생화다. 다만 황소가 인간과 가까운 이목구비를 지녔다는 점을 제외하고는 이탈리아 전역에서 수백 년간 보아온 종교화들처럼 소박하고 전통적이다. 어찌 보면 생김새와 표정이 사납고 재기 발랄한 캐리커처에 가까운데, 계곡 마을에서는 지금도 여전히 심심찮게 볼 수 있다. 전해 내려오는 이야기에 따르면, 황소의 얼굴이 마을이장의 초상이라고 한다. 그는 작업이 끝났는지 보러 왔다가 그림 속 황소들이 전혀 사실적이지 않다고 함부로 말했다. 그러고는 궤리노를 술자리에 마저 초대하지 않았다. 그의 행동은 몸에 밴 것인 듯했다. 궤리노는 아무 대꾸도 하지 않았지만(그는 입을 여는 법이 거의 없는 것 같았다), 달빛이 환한 한밤중에, 개도 짖지 않을 정도로 몰래 맨발로 일어나 단 몇 분 만에 이장의 얼굴을 황소의 주둥이 자리에 그렸다. 그러나 뿔은 그대로 놔두었다. 실제로 이 얼굴의 색깔과 음영은 조화롭지 않고 어색하다. 달빛 아래서 물감을 덧칠했다는 걸 누구나 쉽게 알아봐서는 안 될 일이었던 것이다. 그러나 이장은 그림을 그대로 놔두었고 지금까지도 그런 걸 보면, 실제로 그는 마음이 여린 사람이었을 것이다.

궤리노는 자신을 성 요셉의 자리에 놓고 드러내길 좋아했다. 실제로 계곡 위쪽에 성가정 그림이 있다. 노동자인 성인은 망치나 톱이 있는 일터에서 오른손에 붓을 들고 있고, 어두운 배경 뒤로는 회칠하는 데 사용되는 나무팔레트가 손잡이와 함께 살짝 보였다. 다른 경우에는 앞서 말한 대로 그리스도의 얼굴에 자기 초상을 그려 넣는 데 주저하지 않았다. 예를 들어, 어느 봉헌 교회에 가면 괴로움에 찬, 조롱당하는 예수의 그림이 있다. 그는 넓은 어깨와 광대뼈, 짙은 눈썹 밑으로 여우같이 날카로운 눈매에 빽빽한 회색 수염을 하고 있다. 기둥처럼 단단한 두 다리는 바닥을 딛고 있고, 자신의 박해자들을 바라보며 이렇게 말하는 듯하다. "너희는 이 일에 대한 대가를 치를 것이다"라고 말이다.

사실 궤리노의 입장에서 성 요셉과의 동일시가 어떤 면에선 조금 더 정당화될 수 있겠지만, 그리스도와의 동일시는 모욕적이다. 궤리노는 분명히 용수철처럼 튀는 인물이었을 것이다. 그와 관련된 모든 증언을 종합해볼 때, 그는 술을 자주 마셨고, 싸움을 좋아하고 복수심이 있었으며, 만약을 대비해 칼을 지니고 다녔고, 여자들을 좋아했다. 솔직히 이 마지막 특징은 흠이 아니다. 많은 여자든 단 몇 명의 여자든, 시대와 나라를 막론하고 모든 남자는 여자들을 좋아하니까 말이다. 여자들을 싫어하거나, 나아가 사람들 자체를 싫어한다면 그는 불행한 인간이고 주위에 해를 끼치는 인간이기 쉽다. 하지만 궤리노는 특정한 방식으로만 여자들을 좋아했고, 지나칠 정도로 모든 여자를 가리지 않고 좋아했다. 그의 자식으로 추정되는 자녀가 한 명인지 그 이상인지 마을이나 촌락 사람들에게도 알려지지 않았을 정도다. 게다가 확실한 것은 그가 어린아이들을 특별히 좋아했다는 것이다. 이 점은 그의 벽화에서도 쉽게 발견할 수 있다. 그가 그린 성모마리아는 (성모화는 그의 걸작인데, 온화하고 근엄한 듯하지만 살아 있는 모습이 특징이다. 종종 불완전하고 미완성 상태의 배경 위로 아름답고 섬세한 모습을 드러낸다. 마치 그의 모든 예술적 영감과 열정이 성모의 얼굴에 집중된 듯 보인다) 제각기 다른 모습이지만 놀랍게도 다들 어린아이의 모습을 하고 있다. 사실 궤리노는 각각의 초상화에 자기가 만난 수많은 사람의 모습을 응축시켜 담아내는 것으로 유명하다. 그래서 그의 그림 속 여성들의 모습은 하나같이 각자 다른 방식으로 표현되어 있다. 그에게는 각각의 여성들이 선물 같은 존재이거나 어쩌면 기쁨이나 위로를 주는 보상, 아니면 삶에 만족하는 남성의 은총일지 모른다. 아니 어쩌면 단순히 욕망의 대상에 불과할지도 모른다. 관점을 달리하자면, 그의 욕심이 투영되어 달력에 표시된 존재들일 수도 있다. 나는 계곡을 찾아다니면서 다른 화가나 작자미상의 시시한 벽화들이 있다는 걸 알았다. 등장인물인 여성의 얼굴이 가장 늦게 완성된 데다 자주 제자리를 벗어나거나 주제와 동떨어진 벽화들이었다. 나는 인베르시니의 벽화 하나를 다름 아닌 외양간에서 발견했다. 그것은 질산칼륨 성분이 피어오른 벽 한가운데 외따로이 있었다. 아마도 그곳은 만남의 장소였던 듯하다.

두 개의 하천이 만나는 로바토 마을에서는 오랜 시간이 흘러 초록빛으로 변색된 푸른 하늘을 배경으로 왕관을 쓴 성모마리아와 아기 예수 그리고 성인들의 그림이 있다. 하늘에서는 어딘가 익숙하고 피곤한 모습을 한 네 명의 천사가 얼굴을 내밀고

있다. 그런데 이들 중 한 명은 앳된 여자아이의 얼굴로 땅을 바라
보고 있다. 아이는 입술을 다문 채 영혼을 부르는 듯 신비한 미소
를 짓고 있지만 죽음의 이미지와는 거리가 멀다. 그것은 궤리노
가 절대로 알 수 없었던 세계다. 땅에 가까운 하단에는 무릎을 꿇
고 있는 성인의 옆모습이 그려져 있다. 회색 수염을 한 헤라클레
스 같은 성인은 천사의 얼굴을 향해 이삭 하나를 내민다. 성인과
천사는 부자연스러운 배경 위에 육화되어, 궤리노의 크고 육중
한 손길이 닿은 흔적을 드러낸다. 궤리노가 그린 이 성모자상 들
중 두 개의 성모화는 오로파의 성모마리아처럼 검은 얼굴의 성
모다. 궤리노는 쳉스토호바Czestochowa*의 성모상과 더불어 오로
파의 성모상에 대해 잘 알고 있었을 가능성이 높다. 이 두 성모상
과 관련해서는 고대 신화의 원형이라는 설이 있다. 그리스도교
가 전파되기 이전에 에트루스키Etruschi** 문화에서는 신의 어머
니가 지옥의 여신 페르세포네와 혼동된다. 신의 어머니는 생명
이 담긴 씨의 순환을 의미해서 매해 열매를 맺기 위해 땅에 묻혀
죽는데, 이는 그리스도가 우리를 구원하기 위해, 부활하기 전 희
생당하는 모습을 연상시킨다. 궤리노는 슬픔에 잠긴 동정 성모
마리아의 모습들 중에서 어떤 것 아래에 'Tout est et n'est
rien(모든 것이고, 또한 아무것도 아니다)'라는 예언적인 격언을
적어놓았다.

　　궤리노의 작품에서 느껴지는 섬세함과, 거칠고 야성적인 회
화 방식 간의 대조적 차이가 놀랄 일은 아니다. 궤리노가 묘사한

---

　* 폴란드 남부 도시.
　** 이탈리아 토스카나 지방을 중심으로 한 고대문명.

천상의 이미지들은 그 두 세계의 만남에서 나온 것으로 유명하다. 그러나 숲속 깊은 곳이나 높은 풀숲에서 놀란 양들이 쳐다보고 개들이 사납게 짖는 가운데 일어나는 목신의 공격이나 납치보다는 그러한 특징이 덜하다. 그가 혼자였는지는 확실치 않다. 양치기 소녀를 덮치는 공격은 이 계곡 마을들에 전해 내려오는 민속문화의 지배적 모티브이며, 그녀들은 더할 나위 없는 성적 대상으로 묘사된다. 민요만 보더라도, 그중 절반 이상은 남자들이 그녀들을 몰래 지켜보거나 욕망하고 정복하는 내용이다. 아니면 도시에서 온 부유한 귀족 혹은 이국적 외모로 현혹시키는 외지인의 접근에 유혹으로 맞서는 그녀들의 모습을 다양한 주제로 노래한다.

나는 궤리노에 관한 마음 아픈 이야기를 전해 들었다. 그가 이미 마흔 살이 넘었을 때 아주 아름답고 젊은 어떤 여인을 사랑하게 되었다. 하지만 그는 고백은커녕 그녀에게 손길 한번 건네지 못하고 가까이서 바라보지도 못한 채 깊이 사랑에 빠졌다. 겨우 창가에 비친 그녀의 모습을 바라보는 것이 고작이었다. 나는 이야기 속의 그 창문을 보게 되었고 그가 사랑하던 여인 역시 볼 수 있었다. 이후 1965년에 만난 그녀는 가녀린 체격에 밝은 눈빛을 한 주름 많고 평온한 노인이었다. 과거에 금발이었던 여인들이 지니는 우아한 백발이 잔잔한 품위를 느끼게 했다. 당시 그녀는 창가에서 그를 완강히 거부했다. 이후에도 평생토록 그를 거부하며 지내왔는데, 처음에는 소녀답게 얼굴을 붉히기도 하고 웃기도 하면서 거절했고, 그다음에는 신부로서, 마지막에는 과부로서 그를 거절했다. 그리고 그는 희망 없는 프러포즈를 반복하며 자신의 삶을 보냈다. 궤리노가 그 마을을 지날 때면 그는 그녀의 창문 아래 멈춰 서서 큰 소리로 외쳤다. "나의 여인이여. 난 항상 여기에 있어요." 그러면 그녀는 결코 화내는 일 없이 그에게 대답했다. "가세요, 궤리노 씨. 당신의 길을 가세요." 그러면 그는 말없이 그 자리를 쓸쓸이 떠났다. 많은 사람이 그와 그 여인 사이의 변함없고 고집스러우며 어긋나는 사랑 때문에 궤리노가 궤리노다워졌다고 생각한다. 이 여인은 궤리노가 결코 그린 적 없는 진정한 그의 여인이다.

성모마리아의 화가는 제1차 세계대전이 끝날 무렵에 세상을 떠났다. 아무도 그의 성을 기억하지 못하고 그의 이름 역시 불분명하다. 이 글에서도 그랬듯이, 궤리노는 이상한 이름일 수 있다. 그래서 기록을 찾아보는 일이 절망적인 시도로 끝나지 않을까 예상된다. 그의 최후에 관해서는 어떤 흔적도 존재하지 않는다. 예전에 밀렵꾼이었지만 지금은 사냥 감시원인 엘리제오 노인이 내게 이야기 하나를 들려주었다. 1935년경 이 노인은 예전에 수정 채굴자들이 자주 드나들었던 어느 절벽 틈새 같은 동굴에서 어떤 남자와 개 한 마리의 해골을 발견했다는 것이다. 동굴 한쪽 벽에는 완성하지 못한 그림이 그려져 있었는데, 노인이 보기에는 포근한 둥지 안에 있는 커다란 새를 그린 것 같았다고 한다. 당시 노인은 불법을 많이 저지른 탓에 자기가 본 것을 신고하지 못했다. 나는 그의 안내를 받아 그곳에 가보았지만 아무것도 찾아내지 못했다.

책 속의 여인

이제 움베르토는 젊지 않았다. 폐에 몇 가지 문제가 있어서 협회에서는 그에게 한 달 휴가를 주어 해변으로 요양을 보냈다. 절기가 10월이라 움베르토는 쓸쓸한 바닷가와 어정쩡한 계절 그리고 그곳에서 느끼게 될 고독이 싫었다. 무엇보다 그는 자신이 앓는 병이 싫었다. 그는 매우 염세적인 기분에 휩싸였고, 앞으로 자신이 영영 낫지 않을 것만 같았다. 오히려 병은 점점 더 심각해질 것이고, 자신은 휴가 중에 그가 알지 못하는 사람들 틈에서 죽게 될 거라는 생각이 들었다. 습기와 권태 그리고 바다공기 때문에 죽게 될 터였다. 하지만 그는 순응적인 사람이라 협회에서 보내준 곳에 가 있었다. 협회가 그를 해변으로 보냈다면 그건 그가 거기 있어야만 한다는 뜻이었다. 가끔 그는 에바와 밤을 보내기 위해 기차를 타고 도시로 돌아갔다. 하지만 아침이면 몹시 슬픈 마음으로 다시 그곳을 떠나왔는데, 그가 보기에 에바는 그 없이도 충분히 잘 지내는 것 같았기 때문이다.

만일 누군가가 일하는 데 적응을 했다면 시간을 낭비하는 데 죄의식을 갖기 마련이다. 그래서 움베르토는 시간을 허투루 낭비하지 않기 위해, 또는 낭비하고 있다는 인상을 주지 않기 위해 해안가와 주변 언덕을 걸으며 오래도록 산책을 하곤 했다. 산책을 하는 건 여행하는 것과는 다르다. 여행에서는 이전에 몰랐던 큰 발견을 하지만, 산책에서는 횟수가 많더라도 사소한 발견을 할 뿐이다. 작은 초록색 게들도 분주히 바위에 오르긴 하지만, 뒤로 걷는다는 건 사실이 아니다. 실제로 게들은 옆으로 걷는데 그 모습이 익살스럽다. 정이 가는 동물이긴 하나, 한번 건드렸다가 옴베르토는 손가락이 잘릴 뻔했다. 언제 지어졌는지 그리고 얼마나 오랫동안 버텨왔는지 모를 버려진 양수기들 주변에는 예전에 나귀들이 걸어 다닌 원형 도로가 여전히 남아 있었다. 근처에 위치한 보기 드문 간이식당 두 곳에서는 밀라노에서조차 꿈꿔보지 못한 가정식 파스타와 와인이 있었다. 하지만 가장 관심가는 발견은 인형집 같은 별장이었다.

봄보니에라는 깨끗한 정사각형에 이 층으로 된, 언덕 위에 있는 작은 별장이었다. 정면이랄 것도 없이 사방에 반질한 나무 재질의 문이 각각 하나씩 똑같이 나 있었고, 벽마다 회반죽 칠이 두드러진 리버티Liberty 스타일* 장식이 있었다. 네 개의 모서리에는 튤립꽃 모양을 한 네 개의 우아한 작은 탑이 높이 솟아 있었다. 하지만 실제로는 작은 방이었다. 그리고 벽면에는 네 개의 도자기관陶瓷器管이 아무렇게나 박힌 상태로 지표면까지 내려와 있었다. 별장의 창문은 언제나 검게 칠한 덧문으로 닫혀 있었고, 대문의 문패에는 '하모니카 그린키아비치우스'Harmonika Grinkiavi-cius라는 믿기 어려운 이름이 적혀 있었다. 문패 역시 이상했다. 이국적인 이름은 세 겹의 타원형 테두리가 에워싸고 있었는데,

* 19세기 후반부터 영국에서 유행한 스타일.

밖에서부터 안쪽으로 노랑, 초록, 빨강이 연달아 나타났다. 이것
이 별장의 하얀 회벽 위에서 유일하게 눈에 띄는 색깔이었다.

　움베르토는 거의 의식하지 못한 채로 매일 별장 앞을 지나
는 습관이 생겼다. 아무도 안 사는 곳은 아니어서 아주 가끔 별장
안에 있는 사람이 보였다. 그곳에는 나이 지긋한 부인이 살고 있
었는데, 단정하고 가냘픈 모습에 자기 집 색깔처럼 하얀 머리와
조금 지나치다 싶게 붉은 얼굴이 인상적이었다. 그러니까 그린
키아비치우스 부인은 하루에 딱 한 번, 날씨와 상관없이 항상 똑
같은 시간에 외출했다. 하지만 고작 몇 분 동안만이었다. 그녀는
몸에 잘 맞지만 유행이 한참 지난 차림을 하고, 작은 양산과 챙이
넓은 밀짚모자를 챙겨 나왔다. 그리고 턱 아래 목에는 검은 벨벳
리본을 두르고 있었다. 그녀는 서둘러 목적지에 도착하려는 것
처럼 종종걸음으로 걸어갔다. 그러나 산책 여정은 언제나 똑같
았다. 그녀가 다시 집으로 들어갈 때면 등을 돌린 채 곧바로 대문
을 닫아버렸다. 그러고는 전혀 창가에 모습을 드러내지 않았다.
움베르토는 주변 상점 주인들에게 물어봤지만 많은 정보를 캐지
못했다. 그의 생각이 맞았다. 부인은 외국인이었고, 적어도 삼십
년 전에 사별한 교양을 갖춘 부유한 과부였다. 그녀는 많은 자선
을 행했고 모두에게 미소를 지었지만, 아무하고도 대화하지 않
았다. 또, 정확히 일요일 아침이면 미사를 드리러 성당에 갔다.
그러나 병원은 물론 심지어 약국에도 가본 적이 없었다. 별장은
그녀의 남편이 구입했으나 어느 누구도 그녀의 남편에 대해서는

기억하지 못했다. 어쩌면 진짜 남편이 아니었을지 모른다. 움베르토는 호기심이 일어난 데다 고독감 때문에 괴로운 참이었다. 어느 날 그는 용기를 내어 길을 묻는 핑계로 부인을 멈춰 세웠다. 부인은 훌륭한 이탈리아어로 짧고 정확하게 대답했다. 그때 이후로 움베르토는 대화를 이어갈 만한 뾰족한 방법을 달리 찾지 못했다. 아침 산책 때 부인과 잠시 마주치면 인사를 건네고, 그녀는 웃으면서 짧게 대답하는 정도가 전부였다. 얼마 후 그는 병이 다 나아서 다시 밀라노로 돌아갔다.

　움베르토는 책 읽기를 좋아했다. 그는 자신을 즐겁게 하는 책 속으로 빠져들었다. 어느 영국인 병사의 기억을 다룬 책의 내용이 그랬다. 그는 키레나이카Cirenaica*에서 이탈리아군을 상대로 싸웠고, 포로로 잡혔다가 파비아Pavia**에서 구류되었다. 하지만 후에 탈옥하여 파르티잔에 합류했다. 그러나 뛰어난 파르티잔은 아니었다. 그는 무기보다 여자들을 더 좋아했고, 책에서도 자신이 다양하게 경험한 짧고 유쾌한 사랑을 주로 묘사했다. 그 중 가장 길고 열정적이었던 사랑은 리투아니아에서 망명한 여자와의 연애였다. 영국인의 이야기는 그녀와의 일화에서 점점 속도를 내서 빠르게 전개되어 갔다. 독일 나치군의 점령과 연합군의 폭격이라는 어둡고 긴장된 분위기 속에서 두 사람의 미친 듯한 도피 행각이 묘사되었다. 그들은 자전거를 타고 어두운 거리를 돌아다닌다든지, 감시와 통행금지령을 피해 몰래 만나고, 밀수와 암거래의 하수인 노릇을 하는 무모한 모험을 감행했다. 리

---

　*　리비아 동부 지역.
　**　이탈리아 롬바르디아 주에 있는 도시.

투아니아 여인에 관해서는 인상적인 인물 묘사가 두드러졌다. 그녀는 지칠 줄 모르는 성격에 불굴의 의지를 지녔으며 불가피할 때는 용감하게 총을 발사했고, 경이로울 정도로 생명력이 강했다. 한마디로, 그녀는 유노Juno*의 풍만한 육체에 디아나Diana**와 미네르바Minerva***가 결합된 존재였다. 두 미치광이 젊은이들은 아펜니노 산맥의 골짜기에서 서로 헤어졌다 만나기를 반복했고, 어떤 규율도 견디지 못해 오늘은 파르티잔, 내일은 도망자, 그리고 다시 파르티잔 생활을 반복했다. 그들은 야영지와 동굴에서 허겁지겁 저녁을 해결하고 그곳에서 에로틱한 밤을 보내기도 했다. 그에게 리투아니아 여인은 유일무이한 연인처럼 묘사되었다. 그녀는 충동적이고 우아하며 결코 방심하지 않는 성격이었다. 여러 언어에 능통하고 다양한 재능을 지닌 그녀는 자신의 모국어와 이탈리아어, 영어, 러시아어, 독일어 그리고 작가가 지나쳐버렸지만 적어도 두 개의 다른 언어를 구사할 줄 알았다. 그들의 격정적인 사랑은 영국인이 자신의 여전사의 이름을 밝히기를 주저하는 대목이 나오기 전까지 삼십 쪽이나 전개되었다. 31쪽에 이르러 그는 연인의 이름을 기억해냈는데, 그녀의 이름은 하모니카였다.

　움베르토는 깜짝 놀라 책을 덮었다. 이름이 똑같은 건 우연일 수 있었다. 하지만 궁금증을 자아냈던 부인의 성과 그것을 둘러싼 여러 색깔의 부호가 그의 기억 속에 생생하게 펼쳐졌다. 그 색깔들 역시 어떤 의미를 담고 있음이 분명했다. 그는 부질없이

---

　* 로마신화의 여신. 유피테르의 아내.
　** 로마신화의 여신. 동물과 사냥의 수호신이며, 달의 여신으로도 불린다.
　*** 로마신화의 지혜의 여신.

집에서 관련 자료를 찾다가 다음 날 저녁에 도서관으로 향했다. 거기서 그가 알고 싶었던 내용들을 찾아냈다. 양차 세계대전 기간 동안 짧게 존재했던 리투아니아 공화국의 국기는 노랑, 초록, 빨강으로 이루어져 있다. 그뿐만이 아니었다. 백과사전의 '리투아니아' 관련 용어에서 리투아니아어로 처음 신문을 발간한 '바사나비치우스'라는 창립자의 이름에 그의 눈길이 쏠렸다. 그다음에는 1920년 대 초대 장관인 '슬레차비치우스', 18세기 시인 '스타네비치우스' 그리고 소설가인 '네베라비치우스'라는 이름이 연이어 나타났다. 그게 가능한 일인가? 말없는 자선가와 자유분방한 여자가 동일 인물이라는 게 과연 가능할까?

　그때부터 움베르토는 해변 마을로 돌아갈 궁리를 하느라 여념이 없었다. 심지어 가벼운 늑막염 증세가 일어나길 바랄 정도였다. 그는 별로 신통한 방법을 찾아내지 못했다. 하지만 에바에게 거짓말을 둘러대고 전처럼 토요일에 해변으로 떠났다. 물론 이번에는 그가 읽은 책을 가지고 갔다. 마치 여우를 뒤쫓는 사냥개처럼 새로운 목적의식이 생기자 신이 난 기분이었다. 그는 기차역에서 별장까지 군인처럼 씩씩하게 걸어갔다. 그리고 조금도 망설임 없이 초인종을 누르고는 즉흥적으로 지어낸 거짓말을 섞어가며 곧바로 그녀와 대화에 들어갔다. 그는 밀라노에 살았지만 원래 발 티도네Val Tidonec**** 출신이었다. 부인이 그 지역을 잘 알고 그리워한다는 이야기를 들었기 때문에 그녀와 움베르토 자신의 고향 이야기를 하면 좋을 것 같았다. 그린키아비치우스 부

**** 이탈리아 북부 파비아와 피아첸차 사이에 위치한 산골마을.

인을 가까이서 볼 아주 좋은 기회였다. 그녀는 주름지긴 했지만 이마가 시원하고 아주 반듯했으며 눈가에는 웃음을 머금고 있었다. 그래, 그녀가 맞았다. 오랜 세월 전에 책 속에서 말한 바로 그곳에 그녀는 있었던 것이다. 그런데 그는 어디에서 그 정보를 알아냈을까?

움베르토는 단도직입적으로 물었다. "당신은 리투아니아인이시죠?"

"네, 거기서 태어났어요. 불행한 나라죠. 하지만 공부는 다른 여러 곳에서 했어요."

"그럼 많은 언어를 아시겠군요?"

그러자 부인은 눈에 띄게 방어적인 태도를 취했고, 요지부동이었다. "당신에게 질문 하나를 했는데, 제게 다른 질문으로 대답하시는군요. 제 신상을 어디서 알아내셨는지 궁금하네요. 제 요구가 당연해 보이는데 아닌가요?"

"이 책에서 알았습니다." 움베르토가 대답했다.

"이리 줘봐요!"

움베르토는 멈칫하다가 물러서보기도 했지만 별다른 확신이 없었다. 순간, 그가 해변마을로 돌아온 진짜 목적이 바로 그것이라는 데 생각이 미쳤다. 하모니카의 모험을 읽는 하모니카를 보는 것 말이다. 부인은 쉽게 책을 받아들고 창가 근처에 앉아 책 읽기에 몰두했다. 비록 움베르토는 초대받지 않은 손님이었지만, 그 또한 그녀를 따라서 앉았다. 여전히 젊어 보이긴 하나 정맥이 넓게 확장된 탓에 붉어진 하모니카의 얼굴에선 평야에 드리워진 구름의 그림자가 바람에 떠가듯 여러 가지 심경이 교차되어 나타났다. 그리움과 후회, 기쁨, 노여움 그리고 파악하기 어려운 여러 감정이 그녀의 얼굴 위로 스쳐지나갔다. 그녀는 삼십 분 남짓 책을 읽고 나서 아무 말 없이 그에게 책을 돌려주었다.

　"전부 사실인가요?" 움베르토가 물었다. 부인은 오랫동안 말이 없었다. 움베르토는 그녀의 기분을 상하게 했을까 두려웠다. 하지만 부인은 이내 미소를 지으며 대답했다.

　"삼십 년도 더 지난 일이에요. 이제 저는 다른 사람이에요. 기억 또한 다르고요. 기억이 추억 속에 그대로 머물러 있다는 건 사실이 아니죠. 기억 역시 몸처럼 변해가요. 그래요. 어느 한 시절 달랐던 내 모습을 기억해요. 책 속의 여자로 지내도 나쁘지 않겠네요. 그런 여자였다는 사실만으로도 흐뭇하겠지만 그건 결코 내 모습이 아니에요. 영국인을 끌어들인 사람은 내가 아니었어요. 하지만 그의 손안에서 점토처럼 유약했던 나 자신을 기억해요. 또 내가 사랑했던 사람들…… 이런 것들에 관심이 가죠, 맞나요? 그들은 자신들이 머무는 곳에서 잘 지내요. 내 추억 속에서, 표본 속의 꽃들처럼 본래의 색을 잃고 말았지만 향기가 감도는 모습으로 지내고 있어요. 그의 기억 속에서 나는 플라스틱 장난감처럼 반짝반짝 윤이 나고 소란스럽게 변해버렸어요. 어느 쪽이 더 아름다운지는 모르겠어요. 선택은 당신이 하세요. 그럼, 이제 책을 다시 받으시고, 밀라노로 돌아가세요."

손님들

전쟁은 아직 끝나지 않았지만 산테는 벌써 마음이 평화로웠다. 그는 고향마을로 내려갔고, 아버지에게 인사를 하러 집에 들렀다. 그러면서 한편으로는 아버지가 안심하기를 바랐다. 독일인들은 이제 보이지 않았다. 사람이 거의 없는 고지대와 골짜기에 몇몇 후방부대만이 남았을 뿐이고, 그 소수의 군인마저 사기를 잃었다. 그들은 전쟁을 하기보다는 집으로 돌아가고 싶어했다. 파도바와 비첸차에는 벌써 미군이 도착했다는 소식이 들려왔다. 그는 찬장 서랍에 권총을 넣어두었다. 식당에 가면서 신변을 보호할 필요가 없었던 것이다.

총은 마음 편히 식당에 가지고 갈 물건이 아니었다. 왜냐하면 들어가서 한잔 들이키고 곧장 떠나버릴 생각이었기 때문이다. 마치 그곳에 가지도 않은 것처럼 홀연히 사라져버릴 생각이었다. 그는 한 시간 남짓 단골손님들과 이야기를 나누었다. 그들은 평화로운 시절에도 전혀 그립지 않았던 사람들이었다. 그가 식당을 나오자 밖이 어두워져 있었다. 달빛도 없는 밤의 칠흑같이 검은 어두움이었다. 그는 술에 취하지 않았고, 다만 조금 유쾌할 정도로 기분이 좋았을 뿐이다. 포도주 때문도 아니고, 사나흘 동안 다시 자기 침대에서 잠을 잘 수 있겠다는 생각 때문도 아니었다. 침대는 이미 그의 막내 동생 에토레가 차지하고 있었다. 아무튼 집에서 자는 건 일 년이 훌쩍 지난 뒤로 처음이었다. 더 늦게 들어간다면 동생이 벌써 잠들어 있을 것이다.

그가 광장에 다다르자 누군가의 걸음 소리가 들렸고, 그는 멈칫했다. 산테는 밀수업자와 밀렵꾼에 버금가는 뛰어난 청력을 가지고 있었다. 그는 그 소리가 고향 사람들의 걸음소리가 아니라는 걸 알아차렸다. 무겁고 딱딱한 걸음소리는 부츠를 신은 사람의 걸음이었다. 아니나 다를까 "알트, 저기 누가 가고 있어"라고 말하는 목소리가 들렸다. 그것은 독일인의 목소리였다. 산테는 총을 생각했지만, 집에 두고 온 걸 기억하고는 자신을 멍청이라 욕했다. 깊은 어둠에서도 그는 그 지역 구석구석을 모두 알고 있던 터라 독일군이 단 한 명이라면 어떻게든 처치할 수 있을 것 같았다. 아무튼 그는 제자리에 멈춰 섰는데 그건 잘한 일이었다. 금세 또 다른 한 명이 밖으로 튀어나왔기 때문이었다. 별빛 아래서 두 독일군 모두 어깨에 소총을 메고 있는 것이 어렴풋하게 보였다.

　그들은 산테에게 다가와서 그가 누군지, 그 고장 출신인지 물었다. 그래서 그는 얼마 전부터 준비한 거짓말로 대답을 대신했다. 그들은 주변을 돌아다니는 파르티잔이 있는지 물었다. 청력이 좋은 산테는 그 목소리 톤에서 벌써 알아차렸다. 그 질문이 의미하는 것은 '만약 있다면 우리가 알아서 하겠다'가 아니라

'만약 있다면 조용히 안내해라'라는 뜻이었다. 그는 독일군들에게 대답했다. 파르티잔이 아주 많이 있으며 치아까지 무장한 데다 모든 걸 날려버릴 기관총을 가지고 있다고 말이다. 독일군들은 자기네들끼리 얘기를 하더니 그중 한 명이 나서서 배가 고프다고 말했다. 산테는 그들에게 자기 집까지 따라오라고 말했다. 대단하지는 않지만 약간의 빵과 포도주를 줄 수 있을 것 같았다.

집은 마을에서 이십 분 거리였고, 꾸불꾸불한 좁은 오솔길을 지나야 했다. 산테는 앞장서 가다가 가끔씩 그 둘을 기다리느라 멈춰 섰다. 숨을 헐떡이며 자주 걸음을 멈추는 것으로 보아 나이가 아주 젊은 것 같지는 않았다. 그 점은 목소리에서도 느껴졌다. 어쩌면 방위대 출신일 수도 있었다. 거기까지 생각이 미치자, 산테의 머릿속에 여러 가지 생각이 오갔고, 한 가지 좋은 계획이 떠올랐다. 그러나 상대가 지나치게 영리한 사람이라면 실행하느니 아예 접는 게 나은 계획이었다. 산테는 집으로 가는 길에 모든 방법을 동원해 그들을 안심시키려 노력했다. 그는 독일군과 파르티잔 그리고 파시스트를 불문하고 모든 사람이 무섭다고 말했다. 또 가족이 있다는 사실과 그가 한쪽 팔에 장애가 있으며, 공장에서 일을 하다가 병 때문에 쉬고 있다는 얘기를 꺼냈다. 거기에다 아직 회복중이라 몸이 조금 약하다는 얘기를 이어갔다. 독일군들은 이탈리아어를 충분히 잘 이해했다. 이번에는 그들 편에서 한탄 섞인 이야기를 늘어놓았다. 한 명은 천식이 있었지만 다른 사람들과 똑같이 입대해야 했고, 다른 한 명은 발칸반도 전

투에서 부상을 당하는 바람에 병원이라도 보내주듯 이탈리아로
배치되었으나 막상 현실은 그렇지 못했다는 얘기였다.

집에 도착하자 불이 모두 꺼져 있었고 식구들도 전부 잠들
어 있었다. 그 순간에는 오히려 깨우지 않는 편이 더 나았다. 산
테는 낮은 목소리로 독일인들을 불러 자리에 앉아 편히 쉬라고
하면서 배낭을 내려놓으라고 말했다. 그러기 위해서는 소총 역
시 힘들게 벗어서 함께 내려놓아야만 했다. 그는 두 사람이(정말
이지 그들이 영악한 사람이어서는 안 되었다) 무기를 의자 아래
바닥에 기대놓고서 안전장치를 제거하지 않은 것을 보고는 만족
했다. 그는 주방에서 약간의 빵과 치즈 그리고 우유를 찾아냈다.
그리고는 그들과 마주 보고 앉아, 함께 뭔가를 먹었다. 그들의 의
심을 사지 않고 예의를 갖추기 위해서이기도 했지만, 사실 그 또
한 배가 고팠기 때문이다. 그는 계속해서 나지막이 말했는데, 독
일인들은 그의 그런 행동이 자신을 따라 목소리를 낮춰달라는
요청임을 이해하지 못했다. 그래서 그들은 귀머거리마냥, 아니
면 시골 사람과 얘기할 때 큰 소리로 말하는 사람들처럼 목소리
높여 대답했다. 에토레와 아버지가 깨어나면 무슨 일이 벌어질
지 장담할 수 없었다. 산테는 위층 방에서 부스럭거리는 소리가
들리자 곧바로 계획에 착수하기로 결심했다.

산테는 몸을 돌려 찬장 서랍을 열고 그 안에서 권총과 삼색
기*를 집어 들었다. 그는 독일인들에게 국기를 보여주면서 권총
을 뒤로 숨겼다. 그러면서 독일인들에게 국기에 관해 두세 가지

* 이탈리아 국기를 가리킨다.

이야기를 들려주었다. 영문 모르는 그들은 두 마리 황소처럼 바라보기만 할 뿐이었다. 그러다 그는 갑자기 국기를 떨어뜨리고 그들에게 손을 들라고 하면서 순식간에 두 개의 소총을 집어 들었다. 그러고는 재빨리 그 총들을 화로 구석으로 안전하게 옮겼다. 바로 그 순간에 나무 계단에서 삐거덕하는 소리가 들렸다. 처음에는 막내동생 에토레가 눈을 비비면서 내려왔고, 그다음에는 키 크고 마른 아버지가 잠옷 차림에 수염이 헝클어진 채로 나타났다. 하지만 산테는 뒤를 돌아보지 않고 무척이나 침착한 말투로, 죄수 둘을 붙잡았다고 아버지와 동생에게 말했다. 그러면서 그들이 이미 무장해제가 됐으니 두려워하지 말라고 덧붙였다. 그는 에토레에게 배낭 두 개를 조금 더 멀찌감치 치우라고 말했다. 그러면서 그들이 있는 식탁 쪽을 힐끔 살폈다. 아버지가 망을 보게 된 독일인들은 일어서서 차렷 자세를 유지했지만 변함없이 양손을 들고 있었다. 산테는 그들에게 이제 모든 일이 끝났으며 감히 저질러서는 안 될 어리석은 일을 했을 뿐이라고 말했다. 하지만 빵과 치즈를 마저 먹고 싶다면 먹어도 좋으며 그때만큼은 손을 내릴 수 있다고 했다.

에토레는 배낭 안을 훑어보기 시작했다. 그러면서도 마치 어린아이가 솜사탕을 바라보듯 독일인들의 부츠를 쳐다봤다. 에토레는 둘 중 한 배낭에서 깨끗하고 더러운 속옷 안쪽으로 멋진 컴퍼스 상자 하나를 발견했다. 산테는 그것을 열어보고, 이탈리아 제품임을 확인했다. 에토레는 컴퍼스를 덥석 챙겼다. 학교에서 유용하게 쓰일 것 같아서였다. 이제 몇 달 후면 학교가 다시 문을 열 테니 말이다. 하지만 아버지는 부엌 한가운데서 맨발을 드러낸 채 일절 아무 말도 하지 않았다.

산테는 조심스럽게 자신의 주장을 펼치려 했다. 그들의 물건은 그 지역에서 빼앗은 물건이며 그는 그 물건이 강탈당한 시간과 날짜 그리고 사람까지 알 것 같다고 말했다. 더군다나 독일군들은 대량으로, 또 조목조목 훔치는 일만 하지 않았는가. 가축과 곡식, 담배 심지어 숲의 나무 장작까지 모조리 훔쳐가지 않았는가? 하지만 아버지는 이유를 듣고 싶어하지 않았다. "다른 사람들은 하고 싶은 대로 할 수 있어. 하지만 내 집에 사는 한 너희들은 아무것도 건드리지 마라. 다른 사람들이 도둑이면 우리는 선을 행하는 사람들이야. 저들은 이 집 지붕 아래서 음식을 먹었다. 그러니 그들은 비록 죄인이라 하더라도 우리 손님이야. 나는 큰 전쟁을 치렀고, 죄수들이 어떤 취급을 받는지 너희보다 잘 안다. 어서 소총과 배낭을 돌려줘. 그리고 그들을 사령부로 데려가라. 하지만 먼저 그들에게 빵과 벽난로 아래 있는 살라미를 더 줘라. 갈 길이 머니까."

독일인들은 그 말을 알아듣지 못해 두려움에 떨고 있었다. 산테는 여전히 그들에게 총을 겨눈 채 아버지에게 말했다. 일이 잘되어가니 아버지와 에토레는 안심하고 다시 잠자리로 돌아가라는 말이었다. 하지만 그 전에 에토레는 친구 안젤로를 찾느라 급히 뛰어다녔다. 에토레는 고작 열일곱 살이었기 때문에 그런 일을 수행하려면 더 실질적인 도움을 줄 동료를 찾는 게 나았다. 사령부는 걸어서 두 시간 거리였고, 그 과정에서 산테는 자신의 선택을 후회하게 되었다. 안젤로는 행동이 매우 빠른 유형이어서 산테는 그를 따라잡느라 옷이 땀으로 흠뻑 젖고 말았다. 사령부에 도착해서도 그와 똑같이, 어쩌면 그보다 더한 수고를 해야 했다. 왜냐하면 사령부에 있는 사람들에게는 사령관부터 시작해서 모두들 그 독일인들을 조사할 이유가 다분히 있었으므로, 즉시 그들을 잡아들이고 싶어했다. 그래서 산테는 이의를 제기해야 했고, 다행히 사령부까지 따라온 독일인들이 도망가지 않고 그를 기다리고 있었다. 아마도 독일인들은 고지대에서 산테가 행했던 특수한 임무 수행 때문에 그에게 약간의 두려움을 갖고 있었던 것 같다. 혹시라도, 잘만 하면 두 독일인은 겁에 질린 그들의 외양 덕분에 이득을 얻을지 모른다. 불쌍한 개들처럼 얼어붙은 그들은 여러 논의와 담판이 오가는 동안 꼿꼿한 차렷 자세를 유지했고, 그 모습이 전혀 독일인처럼 보이지 않기 때문이다. 결국, 며칠 동안 그들에게 장작 패는 일을 시킨다는 결정이 내려졌다. 또한 연합군에 인계할 수 있을 때까지 가혹하게 대하지 않는 데에 동의했다. 산테는 만족스럽게 집으로 돌아왔다. 그들을 친구로 여기는 건 아니지만, 그렇게 가혹하게 대하는 것은 그가 보기에 정당하지 않았다. 비록 그들이 그런 일을 저질렀다 하더라도 항복의 뜻으로 손을 든 사람에게 총을 발사하는 건 옳지 않았다. 만약 그들이 악행을 저질렀다면, 그건 낭패였다! 또한 가지, 그가 혼자서 그들을 체포하고, 그들을 사냥감이나 물건처럼 다룬 일 역시 마찬가지였다. 그들의 운명을 결정하는 일에 타인이 나서는 건 옳지 않았다.

팔 일이 지나자 전쟁이 끝났다. 기쁨에 찬 산테와 에토레 그리고 마을의 여러 사람들이 모두 벌거벗고 브렌타의 물웅덩이에서 수영을 즐기고 있을 때였다. 마침 거리를 지나는 파르티잔 소대가 보였다. 그들은 아시아고Asiago*를 향해 가면서 다섯 내지 여섯 명의 포로를 호위하고 있었다. 한 명은 파시스트였는데, 수갑을 찬 채 얼굴은 멍이 들고 퉁퉁 부어 있었다. 그의 뒤로 두 명의 독일인이 수갑 없는 손으로 여유로운 분위기를 풍기며 지나갔다. 산테는 벌거벗은 채 물가로 뛰어올랐다. 그러자 독일인들이 그를 알아보며 인사를 건네고는 감사를 표했다. 산테는 다시 맑고 얼음같이 차디찬 물속으로 뛰어들었다. 그는 그러한 방식으로 자신의 전쟁을 끝낸 데 대해 흐뭇한 기분을 느꼈다.

* 이탈리아 북부 비첸차 시의 근교 마을.

페인트 연구자로서의 내 지식과 감수성을 기반으로 판단할 때, 스프레이 페인트의 판매를 금지했으면 한다. 환상적인 용기에 담긴 그 페인트 제품은 나이트로셀룰로스nitrocellulose*에 반응해 에나멜을 뿜어내고 망가진 자동차와 열차를 정비하는 데 사용된다. 만약 이러한 목적으로만 쓰인다면 다행이다. 또 부패하고 오만한 공무원의 모습을 그리는 데 사용하는 것 역시 참아줄 만하다. 이것은 상대에 대한 모욕이 될 수 있지만, 에틸산으로 닦아내기만 하면 모든 것이 전처럼 되돌아온다. 그러나 벽에 낙서하는 데 사용하는 것은 받아들이기 어렵다.

　　우리 조상들은 "벽은 악당의 종이"라고 말해왔다. 어쩌면 이 말은 지나치게 엄격한 일반화일지 모른다. 물론 상식적으로, 합법 행위에 대한 각각의 판단 앞에서 개인이나 집단의 반응은 다르게 존재하기 마련이다. 하지만 이것은 극단적이고 비정상적이며 격랑에 휘말린 상황에서나 해당되는 이야기다. 벽에 낙서하는 행위가 멈추지 않는다면 모든 규율이 전복될 테고, 단지 벽에 낙서하는 것만이 아니라 결국에는 바리케이드까지 치게 될 것이다.

　　이러한 분위기 속에서 페인트칠이 가져오는 재난과 수고로

---

* 질산섬유소.

움이 대부분 간과된다. 스프레이 페인트가 지배하는 시대 이전에 벽에 글씨를 쓰는 것은 어떤 특수한 책임을 맡은 자의 임무였다. 페인트 양동이와 페인트가 뚝뚝 떨어지는 붓 그리고 그 붓을 씻어내는 용해제를 들고 길거리를 걷는 일은 번거롭고 불편하다. 특히 밤이면 더욱 그렇다. 따라서 불법으로 기울어지는 그라피티 작업에 방해가 될 뿐더러 도망가기에도 걸림돌이 될 만한 크고 불편한 도구가 필요하다. 얼룩 때문에 손과 옷이 더럽혀져서 작업인부들과 똑같아 보이게 하는 그런 도구 말이다. 만약 낙서라든가 공격적이고 변형된 기호를 훤히 드러내고 싶지 않다면 최소한의 숙련된 솜씨가 필요하다. 그러니까 페인트 낙서는 마땅히 그것이 있어야 한다는 어떤 강한 동기 없이는 시작되지 않는 활동일 것이다. 마터호른 정상에 오른다든지 기념상을 조각한다든지, 또는 아무런 정성 없이 저녁 요리를 준비하는 것처럼 그 행위는 바람직하지 않다. 잘 알려진 대로 심지어 에덴동산에서도 거저 얻은 과일은 좋은 것이 아니다. 더는 천국의 것이 아닌 현실의 지상에서 이 결실들은 가치와 판단을 해로운 평준화로 이끈다. 또 반드시 해롭지는 않더라도 탐탁지 않은 인공물의 확산을 유도한다. 예술과 과학은 활력을 얻지 못하고 오히려 위축되고 있다. 그래서 예술가나 과학자라고 자처하는 사람들과 지식이 부족한 아마추어들의 침입을 막기 위해, 그리고 자연수自然水와 에너지를 저장하고 그것을 개발하기 위해서는 제약이 뒤따르는 것이다.

　　이런 까다로운 생각과 의견들은 여름의 어느 늦은 오후, 언덕길을 걸어 내려오다가 문득 머릿속에 떠오른 것들이다. 산탄드레아 성당의 십자가와 교차되어 나타나는 길가의 전신주를 본 것이 그 시작이었다. 십자가의 네 팔에는 네 개의 직각 얼룩이 진녹색 페인트로 덧칠되어 만卍 자로 변형되어 있었다. 만자위에 더해진 기호는 이전 칠을 곧바로 수정한 것이었다. 반면, 반대 방향에 있는 전신주는 그 위에 오르는 사람에게 잘 보이는 위치여서 낙서 하나 없이 그대로 고스란히 남아 있었다. 스프레이 페인트가 높은 지대에서 악용되고 있음이 분명했다. 계속해서 내려오던 길에 나는 또 다른 만卍 자 표시가 있는 도로 표석을 발견했다. 그리고 어느 벽에는 나치즘의 신질서를 나타내는 양날 도끼가 그려져 있었는데, 그 옆에는 '중국인들, 이제 얼마 안 남았다'라는 슬로건이 적혀 있었다. 조금 더 가면 어느 예배당 측면에 'W le SS'라는 글자가 적혀 있었는데, 두 개의 S는 의자 모양의 딱딱한 룬문자* 형태였다. 그것은 히틀러와 로젠버그가 선호하고 자주 사용하던 필체로, 라이노타이프**와 제3제국*** 타자기 서체가 합쳐진 것이었다. 거기서 또 조금 가다 보면, 이번에도 진녹색 페인트로 '우리에게!'A noi!라고 적혀 있었다.

　　이쯤에서 내 감정을 분명히 밝히고 싶다. 파시즘적 구호만이 아니라 벽에 적힌 모든 구호가 나를 슬프게 하는데, 그 이유는 그것이 전부 부질없고 어리석기 때문이며 그 어리석음이 인간 사회를 파괴하기 때문이다. 위에서 말한 일부 혁명적이고 과격

---

　 * 고대 게르만 민족의 문자. 주로 의식과 주술에 사용되었다고 알려졌다.
　 ** 라이노타이프 식자기에서 유래한 서체.
　*** 나치 독일을 가리킨다.

한 구호가 청소년이나 그 정도의 정신연령을 가진 사람이 저지른 행위일 때만 애써 눈감아줄 수 있을 뿐이다. 그러나 대부분은 자신의 행위가 가져오는 영향을 내다보지 못하는 사람의 행동인 경우가 일반적이다. 실제로 이러한 보기 흉하고 어수선한 선전수단은 결코 어느 누군가의 생각을 변화시킨 적이 없었다. 심지어 별 생각 없는 독자나 어느 축구팀의 주전 선수에게조차 영향력을 미치지 못했다. 만약 그랬다면 영화관에서 강제로 상영되는 광고를 볼 때처럼 글쓴이의 의도와는 정반대 의미로 작용했을 것이다. 나를 더 화나게 하는 문구들은(다행히 소수지만) 나 역시 관심을 둔 사항을 적어놓은 것들인데, 내가 진지하게 여기는 생각의 가치를 떨어뜨리고 있어 더욱 참기 어렵다.

결과적으로 나는 벽에 적힌 낙서들을 좋아하지 않는다. 파시스트처럼 구는 어리석은 행태라면 더욱 그렇다. 나는 가던 길을 계속 걸어가면서 여전히 온갖 우파적인, 즉 국가사회주의nazionalsocialismo의 이니셜 n과 s가 교차되면서 얻어진 다양한 만卍자 표시를 발견했다. 그러므로, 우연히라도 만卍자를 그리는 사람들 중 절반은 우파이고 절반은 좌파일 것이다. 그러니까 모두 우파인 경우는 역사적이거나 이데올로기적인 최소한의 준비를 거쳐 나온 징후이자 사인이었다. 이는 훨씬 더 최악의 경우다. 다른 지역으로 빠져나가는 출구에는 여전히 'W SAM'이라고 적혀 있었다. 그 너머로는 우파든 좌파든 낙서의 흔적이 서서히 사라졌다. 어쩌면 그 지점에서 낙서의 주인공은 자동차나 오토바이를 타고 떠났을지 모른다.

　　나는 서두를 일이 생겨서 급히 도시로 가야했으므로 다시 똑같은 길을 거슬러 올라갔다. 낙서에서는 여전히 솔벤트 냄새가 약하게 풍기는 걸로 봐서 칠이 아주 오래되지는 않았을 가능성이 높았다. 고작해야 이틀 정도 지났을 것이다. 조금 더 낙서가 빽빽한 곳의 페인트는 여전히 물렀다. 나는 천천히 걸어 올라가는 동안 그가 남긴 증거를 토대로 낙서의 주인공이 지녔을 법한 성격을 재구성해보았다. 무슨 일을 하든 매력이 넘치는 그는 앞서 말한 이유에서 분명히 젊은이일 것이다. 전신주의 만㎘ 자들이 아래에서 위로 뿌려지면서 칠해진 데다 얼룩이 있는 것으로 보아, 아주 크진 않더라도 꽤 큰 키로 추정되었다. 그리고 아마 다부지고 건강한 체격일 것이다. 나치주의자들이 건강하지 못한 자들에 대해 어떤 생각을 가졌었는지는 널리 알려져 있다. 그리고 건강하지 못한 자들에 대한 나치즘 시대의 정서가 변화되었음을 추정해볼 만하다. 그 젊은이가 지적인지 여부는 명확하지 않다. 스프레이 페인트에 능숙한 전문가라 하더라도 선의 윤곽을 고르게 칠하기는 어려웠을 것이기 때문이다. 더욱이 똑같이 그린 선의 방향을 바꿀 때 발생하는 얼룩이나 방울 역시 일정하지 않았다. 교양이 있고 고등교육을 받았을까? 그건 대답하기 어렵다. 철자의 오류는 보이지 않았고, 글의 표현방식은 거리낌이 없었다. 중학교 3학년 정도의 수준이라고 말할 수 있겠다. 나름의 추측으로 구성한 주인공의 이미지는 중산층 가정 출신의 다부지고 건장한 체격을 지니고 있으며, 감정적으로 불안정하고 내향적이며, 거친 반항 행위와 폭력적 성향이 있는 열다섯 살 학생의 모습이었다. 가정환경을 상상하기에는 그럴 만한 자료가 부족했다. 어쩌면 그의 아버지 역시 파시스트일지 모른다. 왜냐하면 초록색 구호들 속에, 전쟁이 일어났던 이십 년 동안에는 광범위하게 사용되었지만 젊은 세대 사이에서는 잘 사용되지 않는 '우리에게!'라는 표현이 있었기 때문이다. 틀림없이 그의 아버지는 녹갈색 자동차를 소유하고 있었을 것이다. 만약 벽에 낙서를 하려는 용도로만 스프레이 페인트를 산다면 빨간색이나 검은색을 선택하기 십상이기 때문이다. 가장 그럴듯한 가정은, 그의 아버지가 녹색 자동차를 정비하려고 초록색 스프레이를 샀고 이후 아들에게 넘겨줘서 아들이 낙서에 사용하게 됐다는 것이었다.

걷는 동안 이러저러한 생각과 가정이 어지러울 정도로 출몰하는 가운데 B 광장에 도착했다. 나는 곧 마음을 바꿔 헌병대에만 ₫ 자 낙서를 고발하려던 생각을 접었다. 그들은 조무래기 도둑들을 체포할 만한 충분한 능력이 있지만, 어떤 종류의 사건에는 그것이 크든 작든 관심이 없다. 그들에게 잠복이나 추적 그리고 체포할 생각을 불러일으키지 않는 시시한 사건들이 그런 경우였다. 그 대신 나는 B 광장에 있는 유일한 상점이자 스프레이 페인트를 판매하는 '카살링기' 가게로 향했다. 내가 본 낙서에 사용된 스프레이 페인트는 멀리서 왔을 수도 있지만, 그 가게에서 알아보지 못할 이유 또한 없었다. 얼마 전에 알게 된 카살링기 부인은 자신이 다루는 품목에 대해서라면 모르는 게 없었다. 그녀는 기억을 힘겹게 떠올리지도 않고도 내 질문에 곧바로 대답했다. 최근에 그녀가 판매한 스프레이 페인트는 단 한 개였다는 것이다. 초록색 알파 12004 모델로 진녹색이었고 피소레 씨에게 아침 열 시에 판매했다고 한다. 완벽했다.

 B시에서는 모두가 서로서로 알고 지내는 터라 피소레 씨가 누구인지 알았다. 그는 보험회사에 다니는 미식가에 멋쟁이고, 조금은 허풍쟁이에 의심이 많고 잘 속기도 하며, 악의적이라기보다 가벼운 성격 탓에 짓궂은 농담을 잘하는 사람이다. 그는 자신이 속한 1980년대 후반에서 동떨어져 있는 인물로, 아직 우리가 겪은 과거 시대에 머물러 있는 듯하다. 그는 쉽게 곤경을 초래하고 모든 것을 부정하며, 주변의 것들을 직시하기 싫어하고, 주말에는 작은 요새의 공병처럼 자기집에서 담을 쌓고 지낸다. 만자를 그릴 만한 사람이 아닌 것이다. 그것이 초록색이라는 이유로 그나 그의 부인 줄리아를 의혹의 선상에 두지는 않았다. 하지만 그의 자녀들은?

 안타깝게도 다른 이들의 자녀에 대해서는 큰 관심이 없다. 그들과 직접 연락을 취할 수 있다면 관심이 가겠지만 그건 불가능하다. 그들은 아메바나 구름처럼 변화무쌍하고, 뭐라 표현하기 어려운 존재들이다. 매년 그리고 매달, 그들의 옷차림과 습관, 언어, 얼굴이 바뀌고 가장 크게는 생각이 달라진다. 어떤 구실로 프로테우스와 친해질 수 있을까? 그의 하얀 모습에 감탄하겠지만 역청처럼 검게 변한 그를 발견하게 될 테고, 그의 고통에 동정심을 느끼지만 그는 상대를 죽게 할지 모른다.

피소레 씨는 아들 하나와 딸 하나를 두었지만, 딸은 그 문제와 무관했다. 그녀는 그 한 달 전부터 스코틀랜드에 있었다. 아들의 이름은 피에로인데, 열다섯 살이라는 점을 제외하면 내가 추리해서 만들어낸 이미지와 잘 들어맞지 않는다. 피에로는 마르고 수줍음이 많은 데다 근시다. 그리고 정치에 관심 있어 보이지 않는다. 그렇게 말할 수 있는 이유는 지난여름 그에게 대수학과 기하학을 가르쳤기 때문이다. 과외수업을 해본 사람은 그런 수업이 학생을 탐색하는 좋은 도구이자, 지진계처럼 민감한 수단이라는 걸 안다. 게다가 말을 꽤 잘하는 편으로 내향적인 타입도 아니다. 오히려 어떤 면에서는 비관적 성향이라 할 수 있다. 세상을 마치 자신들에게 해를 끼치는 거대한 조직망이라도 되는 것처럼 바라보고 그들 자신이 세상의 중심에서 권력 남용의 희생양이 되고 있다고 믿는 유형이다. 이러한 경향 때문에 그는 다소 의기소침한데, 그것은 치유되기가 어렵다. 왜냐하면 권력의 횡포는 실제로 존재하기 때문이다. 나는 그처럼 자신을 박해받는 자라고 생각하는 사람들에게 이렇게 가르치고 싶다. 권력의 횡포가 비단 그들에게만 해당되는 건 아니며, 비관적일 필요는 더더욱 없다고 말이다. 무엇보다 개인적이든 집단적이든, 강인함과 지성 그리고 특히 긍정주의로 스스로를 지켜낼 필요가 있다고 일러주고 싶다. 긍정주의 없이는 난폭한 권력과의 싸움이 무

위로 돌아가고, 힘만 낭비될 뿐이라고 말이다.

　　며칠 뒤 나는 피에로를 만났다. 우연히 마주친 경우였는데, 그의 뒤를 미행하거나 표범처럼 잠복해 있다가 그가 나오기를 기다리는 건 별로 내키지 않았기 때문이다. 나는 그에게 학교생활이 어떠냐고 물었다. 그건 첫 번째 실수였다. 피에로는 좋지 않다고 말했다. 10월에 역사와 수학 시험이 있었는데 결과가 나빴다. 그는 그게 마치 내 탓인 것처럼 원망하는 투로 말했다. 이전 개인교사 탓도 피에로의 탓도 아닌, 다른 사람의 탓, 그러니까 그에게 피해를 입히려는 음모단의 일원 탓이었다. 나는 뭔지 모를 씁쓸함을 느꼈다. 존중받지 못하는 기분과 함께 후회와 같은 내면 깊은 곳의 감정이 밀려왔다. 그 불분명한 후회는 누구에게 향하는지 몰라 나중에 찬찬히 들여다봐야 하는 감정이었다. 피에로의 불행한 시험결과와 그를 의심했던 내 태도가 전부 내 탓일 수 있었다. 어린 청소년에게 기하학 수업을 하는 건 단지 현상의 분석 수단만이 아니라 대담한 치료 수단이 될 수 있다. 바로 그것이 어떤 교육 경력에 있어서는, 인간의 정신이 깃든 신화를 몰아내는 엄격한 이성의 권력과 지성의 허위적인 가면을 폭로할 첫 번째 계기가 될 수 있을 것이다. 인간의 정신에 우주의 거울을 비춰줄 내면의 감정을 고갈시키는 교육에 대해서 말이다. 그것이 장황한 수사학과 외부에 관한 무관심, 소홀함에 대항한 해법이 될 수 있다. 그 과정이 학생에게는 정신의 근육이 단련되었다는 기분 좋은 증명이 되든지 정신이 진보할 수 있는 기회가 될 수 있을 것이다. 어쩌면 나는 이러한 치료법을 사용하는 데 인색했을지 모르고, 전혀 사용하지 않았거나 아니면 그에게 맞지 않는 치료법을 적용했었는지 모르겠다. 나는 가까이서 그를 자세히 쳐다봤다. 그는 말랐다기보다 골격이 있고, 안경 너머의 눈빛은 어디에 시선을 둘지 망설이는 것처럼 자신감이 없고 불안정했다. 나는 어디서부터 낙서에 관한 이야기를 꺼내야 할지 몰랐다. 결국에는 단도직입적인 방법이 최선이라고 생각하며 그에게 외곽 도로 쪽에 있는 녹색 문구들을 본 적이 있느냐고 물었다. "제가 했어요." 그는 간단하게 대답했다. "꽤 여러 개 했는데, 이제 그만두려고요."

"뭘 꽤 많이 했지?"

"전부요. 학교에 대해서. 열다섯 살인 것에 대해서. 이 나라에 대해서. 그리고 수학에 대해서요. 왜 저한테 필요한가 하고요. 앞으로 저는 변호사가 될 거예요. 아니 법관이 되고 싶어요."

"왜 법관이 되려 하지?"

"왜냐면…… 정의를 실현하려고요. 사람들이 각자 책임을 다하게 하고 싶어요."

우리는 나지막한 담장에 앉았다. 피에로는 한 손을 주머니에 넣고 만지작거렸는데, 주머니가 이상하게 부풀어 있었다. 그는 조금씩 손을 움직이더니 주머니에서 탁구공 한 개를 꺼냈다. 그다음엔 캐러멜 사탕과 둥글게 만 사진 한 장, 담배 두 개비, 뭔지 알아볼 수 없는 검붉은색 배지, 빨래집게, 양쪽에 매듭이 지어진 손수건 그리고 빗 모양 머리핀이 줄지어 나왔다. 피에로는 조용히 자기 물건들을 담장 위에 내려놓았다. 그는 무관심한 척했지만 나를 의식한 장면이고 연기라는 걸 알았다. 결국 그가 먼저 입을 열었다. "선생님도 저를 포기하셨잖아요." 그는 핀을 집어 들더니, 화가 났는지 갑자기 담장 발치, 그러니까 잡초와 버려진 봉지들 사이로 흐르는 깊은 강물에 던져버렸다.

그 이상 세세히 캐묻기에는 좋지 않은 시점인 것 같았다. 피에로는 손톱을 물어뜯으면서 허공을 바라보았다. 그러더니 다른 물건들도 하나씩 강물에 떠내려 보냈다. 손수건을 제외하고는 나로서는 의미를 해독할 수 없는 상징물들이었는데, 오직 손수건만은 다시 주머니에 넣었다. 중국인들의 목숨이 그에게 달려 있었던 만큼, 이제 중국인들은 더 오랫동안 살아남을 수 있겠구나 하고 생각했다. 또 탄생에서 죽음에 이르기까지 우리 각자가 남기는 메시지들의 본질적 모호함을 통해서는 한 인간을 추론할 수 없는, 우리의 심각한 무능력에 대해 생각했다. 그는 글을 쓰는 인간에서 출발하여, 삶을 살아가는 인간인 것이다. 글을 쓰는 사람이라면 누구나, 그저 벽에 끼적이는 것일지라도 타인은 모르는 오직 자기만의 암호를 기록하는 것이다. 말하는 사람 역시 마찬가지다. 명확하게 전달하고 표현하고 표현되는 것 그리고 솔직해지는 것은 극소수 사람들에게만 가능한 일일 것이다. 가령 어떤 이들은 할 수 있으나 원하지 않고, 어떤 이들은 원하지만 할 줄 모르고, 대부분의 사람들은 원하지도 할 줄도 모르는 일일 것이다.

하지만 약자들과 무능한 이들의 무시당한 저력에 대해서도 생각했다. 살아가기 힘겨운 우리들의 세상에서 하나의 실패는, 비록 열다섯 살 피에로가 10월에 경험한 낙제와 여자 친구에게 버림받은 일처럼 웃어넘길 실패일지라도 다른 이들에게 연속적으로 부정적인 영향을 미칠 수 있다. 좌절은 또 다른 좌절을 낳기 때문이다. 도움이 가장 절실한 불행한 상태의 사람들을 돕는 게 얼마나 힘들고 씁쓸한지 생각했다. 그리고 마지막으로, 이탈리아 전역의 벽에 적혀 있을 다른 수많은 낙서 구호들을 생각했다. 구호들은 사십 년 세월 동안 비와 햇빛에 바래고 그것이 촉발한 싸움 때문에 흔히 구멍이 나 있지만 여전히 읽을 수 있다. 그것이 빨리 부패하긴 하지만 유해가 영원토록 남아 있는 것은 시체의 주인들과 잘 지워지지 않는 페인트의 심술궂은 완고함 덕분이다. 구호는 여전히 비극적일 만큼 풍자적이지만, 어쩌면 그 안에 자신들의 실수와 실패를 만회할 능력이 여전히 있을지 모른다.

주말

1942년 7월, 실비오와 나는 우리에게 닥친 대재앙에 대해 격렬한 토론을 벌였다. 도시에 살고 그곳에서 일하는 우리 같은 사람들에게 산에 대해 말하고, 세세한 계획을 세우고, 안내서와 지도를 참고하는 건 대재앙을 잠시 잊을 수 있는, 수고와 비용도 덜드는 꽤 쓸 만한 대리만족이었다. 그러니까 그것은 여러 사정을 근거로 우리에게 허락된 관음증의 한 형태였다. 지구의 절반 이상의 땅에서 무자비한 전쟁이 자행되고, 밀라노에 수많은 폭격이 쏟아지며, 인종법의 사슬로 우리 주위를 조여오던 일련의 사건들은 우리를 불안하게 했지만, 두려움에 떨게 하지는 않았다. 그러한 현실은 우리의 스물다섯 살 청춘을 누리는 데 전혀 방해가 되지 못했다. 산은 우리에게 그곳에서 위로를 찾도록 허락해주었다. 우리에게 금지되었던 많은 것을 보상해줄 위로를 발견하고, 비난이 덜한 피를 물려받은 우리의 동년배들과 우리가 똑같다고 느낄 수 있도록 해주었다.

　태양이 눈부신 토요일이었다. 우리는 덜컹거리는 콜리코Col-ico*행 완행열차를 탔다. 북새통을 이루는 피난민들은 우리의 산행배낭을 적대적으로 쳐다봤다. 이후 우리는 손드리오Sondrio*에서 키에사 인 발 말렌코Chiesa in Val Malenco*까지 우리를 데려다줄

* 콜리코, 손드리오, 키에사 인 발 말렌코 모두 이탈리아 북부 롬바르디아 주의 마을.

버스에 몸을 실었다. 우리는 밧줄과 손도끼까지 챙겨 갔다. 암벽 타기용 아이젠은 여윳돈이 없는 탓에 딱 한 켤레만 있었는데, 그 것을 사용할 책임과 권한이 실비오에게 있는지 아니면 내게 있 는지 불분명했다. 아무래도 목적지에 도착해서 결정하게 될 것 같았다. 하지만 이번에는 아니었다. 우리는 솔로몬처럼 지혜롭 게 아이젠을 한 짝씩 나눠 신기로 했다. 경사로 중간에서 얼음이 잔뜩 언 긴 등산로를 지나가야 했기 때문이었다. 경사가 급한 만 큼 실질적 이득을 주는 해결 방법이다. 하지만 실제로 이득을 줄 지는 또 다른 이야기다.

우리가 키에사에 도착했을 때는 벌써 밤이 가까웠다. 우리 는 그곳의 호텔들 중에 가장 저렴한 곳으로 들어가 신분증을 맡 기고 저녁을 먹었다. 밤 열 시쯤 우리는 방으로 들어갔고, 다음 날 아침 일찍 일어나야 했기 때문에 서둘러 잠자리에 들 준비를 했다. 그런데 누군가 신경질적으로 문을 두드리는 소리가 들렸 다. 호텔 여자 급사이거나 혹시 주인 부부의 딸일지도 몰랐다. 막 상 문을 열자 마르고 거무스름한 얼굴색을 한 집시 분위기의 여 자가 서 있었다. 그녀는 겁에 질린 표정으로 나지막이 속삭였다. "아래층에서 헌병대가 당신들을 기다리고 있어요."

우리는 놀랐다기보다 무슨 일인지 궁금해서 내려갔다. 로비 복도에는 헌병사령관이 있었다. 한눈에 보기에도 그는 술에 취 한 듯했다. 더 정확히 말하면, 사람들이 흔히 말하는 대로 술을 마시면 기분이 좋아지는 유형인 듯했다. 그는 책자를 손에 들고,

호텔 주인과 활기차게 이야기를 나누고 있었다. 그는 우리를 보자 정중하게 인사했고, 미소를 활짝 지어 보였다. 그러고는 우리가 불법 행위를 저지르고 있다고 말했다. 그 순간 우리는 그가 술에 취한 것이 아니라, 그러니까 내 말은 그가 기분이 좋아서 그런 게 아니라, 잘 알려진 것처럼 '헌병대 임무와 관련된 훈련'의 영향 때문이었던 것이다. 그것은 알코올만큼이나 잘 흥분시키고 중독성이 강한 요인이다. 그가 손에 든 책자는 몇 달 전에 발행된 정부기관지 『가제타 우피치알레』 한 부였다. 그는 직업적 당당함을 내비치며 그것을 보여주었는데, 말투는 우리가 놀랄 정도로 고마움을 표시하는 어조였다. 우리는 그가 전하려는 말을 가까스로 이해했다. 내용인즉, '유대인'이라고 낙인된 우리의 신분증을 호텔 주인이 그에게 건네준 덕분에, 정부기관지 담당 부서에 배치되는 드물고 귀한 기회에 비유할 만한 크나큰 기쁨을 느꼈다는 것이다. 그것은 맛있는 음식을 발견한 미식가들이 느끼는 기쁨이었다. 이 지점에서 말하자면, 당시 유대계 이탈리아 국민에게는 국경 지역 체류가 금지되어 있었다. 키에사는 스위스 국경 경계선에서 불과 10킬로미터 이내에 있는 국경 지대 마을이었다. 그래서 우리는 10킬로미터에서 아주 조금만 덜 가기로 합의했다. 직선거리로 9.9킬로미터, 시청에서 봉우리까지 가장 가까운 거리였다. 헌병사령관이 직접 2만 5,000분의 1 군사지도에서 확인하고 결정을 내려주었다. 아무튼 10킬로미터 미만이었다. 어쨌거나 그는 열심인 공무원이 아니던가.

그는 우리에게서 칭찬을 기대하는 눈치였다. 그러나 우리 얼굴에서 찬사와는 정반대되는 표정을 읽어내고는 실망감을 감추지 못했다. 그의 눈빛이 어두워지더니 얼굴까지 땀에 번들거렸다. 그 모습은 마치 이슬점 아래 있는 거울처럼 어딘가 흐릿해 보였다. 그는 자기 입으로 우리에게 어떤 개인적인 악감정도 없으며, 엄격한 법 때문에 궁여지책이 허락되지 않는다고 말했다. 결과적으로 우리는 키에사에서 하룻밤을 지낼 수 없었다. 고집을 부린다 해도 소용이 없었고(사실 우리는 아무 고집도 피우지 않았다), 그냥 되돌아가야 했다. 일이 그렇게 되자 얘기는 더욱 복잡해졌다.

실비오가 말했다. "돌아가다니, 어디로요? 이 시간엔 교통편도 이미 끊겼어요. 여기서 10킬로미터 떨어진 토레까지 하산할 수밖에 없어요."

헌병사령관은 곰곰이 생각에 잠긴 후 말했다. "당신들이 계곡으로 향하는 길로 갈 거라고 어떻게 장담합니까? 당신들을 안내할 만한 사람들이 내 휘하에는 없어요. 게다가 이 깜깜한 어둠 속에서는 아무것도 안 보입니다. 어떻게 할까요?"

나는 헌병사령관에게 우리 역시 법을 최대한 존중하지만, 그 권한은 그에게 있다고 말했다. 그래서 우리가 아니라 그가 어떻게 할지 결정해야 할 거라고 말했다. 무엇보다 우리는 그 법의 내용을 전혀 모르고 있었다. 헌병사령관 편에서는 서서히 상황이 꼬여가고 있었고, 우리 편에서는 재밌게 변해가고 있었다. 그

는 우리가 협조하기는커녕 억지주장을 편다고 화를 내는 동시에
이해할 수 없다는 반응이었다. 또 우리에게 다음 날에 떠나려는
의도가 뭐냐고 물었다. 그래서 우리는 서로를 똑바로 쳐다보면
서 당시 불어닥친 시대적 대재앙에 관해 말했고, 키에사에 온 이
유가 좋은 기분을 얻기 위한 것이라고 밝혔다. 헌병사령관은 잠
시 생각에 잠기더니, 우리를 유치장에 데려가는 것이 유일한 해
결책이라고 말했다. 하지만 호텔 주인이 우리를 옹호하고 나섰
다. 우리가 그의 손님이니 유대인인지 아닌지는 상관이 없으며,
우리가 선량한 사람이라는 걸 금방 알 수 있다고 말이다. 게다가
숙박비를 미리 지불한 것 역시 사실이었다. 이 대목에서 실비오
는 헌병사령관을 험상궂은 눈으로 봤다. 우리는 다음 날 산에 오
르기 위해 아침 일찍 떠날 생각이었기 때문에 일찍 숙박비를 계
산했다. 그러니 호텔 주인이 그 말을 괜히 떠벌리는 게 아니었다.
영리한 호텔 주인은 실비오의 얘기가 끝날 때까지 내버려두었
다. 그러고는 또 다른 반론을 제기했다. 유치장에는 이미 밀수업
자 한 명이 갇혀 있지 않느냐는 것이었다. 그 사실을 온 지역 사
람들이 다 알고 있었고, 유치장 침상에는 겨우 두 사람이 누울 자
리밖에 없었다. 그러니 그것은 비인간적인 대우가 될 것이었다.

　헌병사령관은 중재안을 내놓았다. 만약 우리가 호텔에 인계
되어 남는다면 어떻겠는가 하는 제안이었다. 호텔 주인이 우리
가 도주하지 못하도록 적절한 조치를 취하겠다고 약속하기만 한
다면 법은 지켜질 수 있었다. 결과적으로 우리 역시 좋은 공기를

쐬겠다는 본래의 목적을 이룰 수 있었다. 물론 창문만을 통해서
였지만 말이다.

　실비오는 우리를 호텔에 인계하는 건 유치장에 수감되는 것
과 똑같다며 반대했다. 그러므로 헌병대에서 숙박비를 보상해야
한다고 주장했다. 그뿐 아니라 저녁 식사 또한 그들이 부담해야
하는 것이라면 논쟁의 불씨는 여전히 남아 있었다. 왜냐하면 우
리가 이미 불법 행위를 저질렀을 때 식사를 했기 때문이었다. 만
약 그 사실을 먼저 발견하지 못했다면 그건 우리 잘못이 아니라
그들의 잘못이었다. 헌병사령관은 더는 웃고 있을 수 없었다. 일
부분 우리 주장이 옳을 수 있다는 생각이 있었는지 모르지만, 보
상에 대해서는 추후에 논의될 것이며 몇 달 걸릴 거라고 말했다.
그 지역 헌병대에 보고를 해야 하고 어쩌면 이전에 없던 경우라
밀라노의 헌병대 사단에도 보고해야 할 것이라고 했다. 또한 위
임장을 보내야 하는 등등 보상에 필요한 과정을 설명했다. 호텔
주인은 계산대로 가더니 우리에게 돈을 돌려주었다. 그러고는
그 방법이 가장 간단하고 적절하다고 말했다. 사령관은 그에게
일이 모두 잘됐다고 말했다. 우리는 하는 수 없이 사령관을 용서
했다. 그는 다음 날 우리가 실제로 열한 시에 첫 출발하는 버스에
오르는지 확인하기 위해 부하를 보내겠다고 했다. 그런 후 모두
들 잠을 자러 갔다.

　다음 날 아침 우리 둘은 기운이 회복되어 가뿐하게 잠에서
깼다. 국가의 비용으로 잠을 잔 덕분에 활기를 띠기까지 했다. 발

말렌코에서 겪은 우리의 이 모험은 두 장의 사진으로만 남아 있다. 한 장의 사진에서는 가보지도 못한 산봉우리들과 열 시 반을 가리키는 시계 종탑을 배경으로 잠옷 차림의 실비오가 창문턱에 앉아 있다. 다른 한 장에는 졸음이 몹시 묻어나는 얼굴을 씻고 있는 내 모습이 담겨 있다. 그 와중에 카메라 렌즈를 향해 들이댄 손목시계에서 똑같은 시간이 나타난다.

영혼과 엔지니어

"우리가 못 본 지 얼마나 됐지?" 귀도가 내게 물었다. 우리는 삼 년 전 어느 학회 세미나에서 만났었다. 어쩌면 오 년 전 졸업 30 주년 기념 만찬에서도 만났던 것 같다. 그러나 나는 세월과 변화 의 더께 아래서 계속 그를 보아왔다. 학창시절에 통통하고 게으르며 지각하기 일쑤였지만 멍청하지는 않은 소년이었던 그는 얼마 동안이었는지 모르지만 내 책상에서 가까운 자리에 있던 친구였다. 선생님이 그에게 질문하면 부끄럽게도 내가 몰래 답을 알려주었고, 내 라틴어 번역을 베끼도록 내버려두기도 했다.

예상과 다르게 귀도는 학년이 올라갈수록 실력이 늘었다. 우아함과 스타일을 갖추면서 비만은 사라졌고 게으름은 진화했다. 그것은 자신감 있고 느긋하며 반듯한 처신을 하는 남자의 고상한 여유로 변했다. 오늘날 귀도는 토레 벨라스카는 물론 몬테 카를로나 퀸타 스트라다의 유복한 환경에서 살아가는 행복한 혼혈인들* 중 한 명이다. 그는 모듬튀김 2인분을 주문하고 말을 이어갔다. "그럼 지난번 만남 이후의 일을 내가 아직 얘기하지 않았단 말이지? 앙리에트와 이혼한 얘기는? 내 담낭은? 매클리시 양의 영혼에 관한 일화 역시 얘기 안했나?"

이혼 얘기라면 하나같이 너무나 비슷해서 흥미를 갖기 어려

---

* 혼혈 유대인들.

웠다. 또 그가 미식가처럼 천천히 여유 있게 튀김을 먹고 있는 걸로 봐서 담낭에 관한 일은 별로 심각한 상태가 아닌 듯했고, 어쨌든 잘 해결될 수 있어 보였다. 그래서 나는 영혼에 관한 이야기로 화제를 옮겨보려 했다. 그가 하는 이야기는 언제나 흥미진진한데다, 앵글로색슨족 여인의 영혼과 광산 엔지니어인 귀도 베르토네가 무슨 연관성이 있는지 알고 싶어서 안달이 날 지경이었다. 혹시 점점 더 깊은 터널 공사를 맡게 되어 이상해진 걸까?

귀도는 어깨를 슬쩍 올리면서 대답했다. "아니 전혀. 그때 터널은 전혀 깊지 않았어. 그리고 영혼은 땅에서 어느 정도 벗어나 있잖아. 그 무렵 우리는 유타 주에 있었어. 우리 회사는 역청탄瀝青炭을 찾아내 발굴할 수 있는 채굴 허가를 얻었어. 그야말로 황금알을 낳는 사업이지. 역청이 도처에 있었으니까. 어디든 드릴로 50~100미터 깊이로 파 내려가면 질 좋은 암석에 도달하지. 역청은 밀도가 높은데다 깨끗하고 부드러워서 맨손으로도 캐낼 수 있을 정도야. 아무튼 버터같이 무른 광산이지. 회사는 그 맛을 느끼기 시작했어. 아주 비싼 값을 치르며 최대한 많은 땅을 구입했지. 몇 달 지나지 않아 모든 소유주가 광산을 내다팔았어. 한 명을 제외하고는 말이야. 채굴 허가지 한가운데에 아주 작은 부지가 있었는데, 0.5에이커 정도 되는 미경작지와 숲, 인형집 같은 아담한 주택 그리고 차양 아래 낡은 포드 자동차가 있는 땅이었지. 모두 매클리시 양의 소유였는데, 그녀는 전혀 팔 생각이 없었어."

"그건 그녀의 권리잖아. 나름의 이유가 있을 거야." 내가 말했다.

"자네는 그녀 편이군. 맞지?" 귀도가 대답에 이어서 말했다. "물론 그녀의 권리지. 하지만 사업상 심각한 장해물이었어. 우리 사장이 그녀에게 직접 가격을 정해달라고 요청하는 글을 써 보냈지. 그녀로부터 정중한 답장이 왔는데, 원하지 않는다거나 할 수 없다는 내용이 아니었어. 그녀는 자신이 가난하고 혼자이기 때문에 흔쾌히 제안을 받아들이고 싶다고 했어. 하지만 deep-seated, 즉 중대한 이유로 땅을 팔 수가 없다고 말했지.

보스는 편지를 읽었어. 그러고는 화를 잔뜩 머금은 미소를 짓더니, 나한테 상황이 어떻게 되어가는지 가서 확인해보라고 말하더군. 상황은 이상한 방식으로 흘러가고 있었어. 매클리시 양의 소유지는 작은 섬처럼 되어가고 있었지. 그녀의 소유지를 에워싼 사람들이 삽을 든 채 소란스럽게 항의하고 있었지만, 그녀에게선 생각을 돌릴 기미가 없었어. 아예 무슨 일이 일어났는지조차 모르는 것 같았지. 그녀는 단정한 옷차림에 키가 훤칠하고 등이 곧은 아름다운 노인이었어. 그녀는 자신이 여든다섯 살이라고 말하더군. 바로 거기서 태어났고, 그녀 어머니의 영혼이 내려앉아 있는 가장 높은 나무 때문에 그 땅을 팔 수 없다고 했어. 내게 그 나무를 보여주었지. 눈부시게 아름다운 떡갈나무였는데, 높이가 40미터나 되고 무성한 나뭇잎이 돔 모양을 이룬 나무였지. 마치 식물로 지은 대성당 같았어. 그 나무는 젊음과 힘을 지닌 묘한 인상을 주었는데, 마치 땅과 하늘이 결합된 것 같았지."

"로부르róbur, 로보리스robŏris군." 나는 인용하는 실례를 범하며 말했다. "라틴어로 떡갈나무라는 뜻이지만 힘을 의미하기도 하지."

"대단해. 하지만 자네의 라틴어는 이제 필요하지 않아. 어쨌거나 나무는 어리지 않았고, 수명이 백 몇십 년이나 됐다고 소유주가 자랑스럽게 말하더군. 그녀의 어머니가 태어난 날 심은 나무였지. 나는 내가 보고 들은 것을 사장에게 보고했고, 사장이 또다시 크게 비웃으리라 예상했어. 하지만 그는 이렇게 말했어. 만약 사정이 그렇다면 행정기관위원회에 보고할 필요가 있다는 거야. 그는 그렇게 했고, 넉 달 뒤 전문가위원회가 도착했어. 회사의 재무담당 직원, 산림학 전문가, 심리학자 그리고 초자연현상을 연구하는 전문가 두 명이었지. 현장조사와 평가가 진행되는데 또 한 달이 지났어. 그러는 사이 광산 시위대는 매클리시 양의 집 주위로 점점 더 좁혀 들어왔어. 하지만 그녀는 참나무에 머물러 있는 어머니의 영혼을 자신의 운명 때문에 버리는 것이 도덕적으로 불가능하다는 주장을 계속했어.

나는 전문가들의 보고서를 읽었어. 그들 중 어느 누구도 그녀가 제기한 반론의 합법성을 문제시하지 않았더군. 영혼이 나무에 깃들었을 가능성이 있는 만큼 계획을 시도하라거나 그것을 반대한다는 언급을 자제했어. 대신에 떡갈나무를 뿌리째 뽑아 소유주가 허락하는 장소로 옮겨 심자는 제안을 했어. 그녀는 잠시 망설이더니 제안을 받아들였어. 하지만 나무를 괴롭히지 말 것과 나무의 자생적 생존 조건을 보장하는 보험계약(물론 회사 비용으로) 약정 조항을 보증서에 쓰고 나서야 허락했지. 그녀는 뛰어난 법률가의 도움을 받은 거야.

떡갈나무는 뿌리를 뽑는 데만 토목작업원 서른 명이 일주일 동안 땅을 파야 했을 만큼 크기가 크고 뿌리가 단단했어. 나는 기중기가 나무를 들어 올릴 때 그 자리에 있었어. 자네한테 장담하는데…… 그래, 그러니까 그 뿌리가 마치 살아 있는 것처럼 싸우더라고. 기계에 저항하고 신음 소리까지 냈어. 그런 후 땅에서 뽑혀 나갔을 때 뿌리 모양이 어떤 소중한 것에서 떨어져 나가는 여러 개의 손처럼 보였어. 다행히 회사는 탄탄하고 특수 운반에도 오랜 경험이 있어. 그 나무를 들어 올려 운반하기 위해 양쪽에서 기계가 작동해야 했고, 주변 도로 역시 통제해야 했어. 또 경찰이 동원됐고, 여러 전기선을 자르고 다시 잇는 작업이 필요했지. 지금 그 떡갈나무는 어느 언덕 꼭대기에 있어. 회사는 그 발치에 그녀가 두고 떠나야 했던 작은 집과 차양을 그대로 지어줘야 했지."

"그래서 그녀가 만족했어?"

"그녀는 아주 완벽한 방식으로 처신했어. 몇 달 후 우리에게 해방감이 담긴 편지를 보내왔지. 떡갈나무가 잘 뿌리를 내렸고, 오히려 이전보다 더 많은 열매를 맺는다더군. 확실히 그녀는 헐값에 땅을 양보한 거야."

짧은 꿈

알렉산드리아까지 기차의 침대칸은 비어 있었고, 리카르도는 잠자리에 들 준비를 했다. 기차에서 그는 앉아서 자는 것을 좋아했다. 그것은 오랫동안 몸에 밴 습관과도 같았다. 하지만 불을 끄기 전에 한 여자가 그의 칸에 들어왔다. 그녀는 손에 망토와 여행가방을 들고 있었다. 보아하니 다른 침대칸에서 온 모양이었다. 분명히 남자들이 큰 소리로 떠드는 소란스러움을 피해 근처 침대칸에서 왔을 것이다. "안녕하세요?" 여자가 노래하듯 신기한 목소리로 인사하고는 외투와 짐을 맞은편 자리에 내려놓고 앉았다.

리카르도는 이 새롭고 낯선 상황이 불쾌하게 여겨지지 않았다. 순간 그는 톨스토이와 모파상의 단편집에 등장하는 기차 이야기가 떠올랐다. 그들의 소설에는 괴이하거나 아름다운 철도 이야기가 스무 편 이상 담겨 있다. 또한 이탈로 칼비노Italo Calvino* 역시 기차를 소재로 아름다운 소설을 남겼다. 마지막으로, 셜록 홈스가 왓슨에게 전수한 유명한 추리기법이 등장하는 소설 역시 생각났다. 홈스는 누군가의 손을 보면 그 사람의 과거와 현재, 심지어 미래까지 알 수 있다고 했다. 그러한 생각과 함께 리카르도의 마음에는 갈등이 일어났다. 그의 오래되고 부정적인

* 이탈리아 소설가.

행동 지침이 이 만남을 헛되이 흘려버리지 않겠다고 다짐했지만, 졸음을 견디기가 어려웠다. 그는 "안녕하세요"라고 대답하고는 여자의 손에서 정보를 캐내려는 시도로 넘어갔다.

그러나 많은 정보를 얻지는 못했다. 손이 무디거나 지나치게 손질된 것도 아니고, 세제 때문에 붉어졌거나 화장품을 발라고운 것도 아니었다. 오히려 그녀의 손은 단단하고 통통하면서 살집이 있었고, 희끗한 색깔에 껍질이 조금 벗겨진 손톱에는 매니큐어가 칠해져 있었다. 혹시 그 여자는 멀리서 오는 중일지도 모르고, 치장을 하는 데 많은 시간을 들이는 타입이 아닐지 몰랐다. 그녀는 방수 재킷을 걸치고 있었고 그 안에 검은색 터틀넥 스웨터를 입고 있었다. 바지는 갈색 벨벳 재질이었고 양쪽 허벅지 안쪽에 가죽이 덧대어져 있어 상당히 낡아 보였다. 가죽으로 덧댄 부분이 그에게는 부적절해 보였다. 무슨 용도일까? 빗자루를 타는 용도? 하지만 마녀 같은 분위기가 아니라 차라리 가정주부 같았다. 여자의 다른 부분 역시 다부지고 통통했다. 리카르도는 자기와 그녀 둘이 나란히 일어선다면 그녀의 키가 겨우 그의 어깨쯤 올 거라고 짐작했다. 실제로 그녀는 잠시 후 자리에서 두 발로 일어섰다. 하지만 그는 앉아 있었기 때문에 확인이 불가능했다.

아무튼 여자는 일어나 짐칸 위에 있는 가방 안을 뒤졌다. 그러고는 아르고스** 같은 눈으로 탐색 중인 리카르도 앞에서 책한 권을 꺼냈다. 그 책은 추리소설도 공상과학소설도 아니었고,

---

** 백 개의 눈을 가진 거인으로 그리스신화 속 인물.

몬다도리 출판사의 문고판도 아니었다. 그것은 표지가 바래고 너덜너덜해진 낡고 오래된 책이었다. 리카르도는 천천히 조금씩 제목을 읽어 내려갔다. '페트라르카 전집 카탈로그, 유산으로 증여된······ Catalogue of the Petrarch Collection, bequeathed by······' 그는 그 책이 누구의 유산으로 남겨졌는지는 읽어내지 못했다. 'be-queathed'라는 단어가 제목을 복잡하게 만들었지만, 나머지 제목 때문에 그는 졸음이 확 깨고 말았다. 그 역시 가방 안에 책이 한 권 있었지만, 꺼낼 생각은 없었다. 그 책은 섹스와 공포에 관한 문고판이었다. 그러니 그냥 제자리에 두는 게 나았다. 그의 머릿속에는 나폴리에서 넘겨줘야 할 신문 삽화가 떠올랐다. 그는 삽화의 이미지를 밖으로 꺼내 스케치로 옮겼고, 조금 과장된 허영심으로 수정 작업에 들어갔다. 어디를 봐도 고칠 곳이 없었다. 하지만 여자가 잠이 들어버렸기 때문에 몰두하던 일을 금세 그만두어야 했다. 그녀는 서서히 잠이 들면서, 책을 들고 있던 손에서 힘이 빠지기 시작했다. 곧 책이 덮이고 그녀의 무릎 사이로 책이 미끄러지더니 결국 바닥에 떨어졌다. 리카르도는 책을 집을 엄두가 나지 않았다.

　　그녀는 조용히 평온하게 잠들었고, 리카르도는 그 틈을 타서 조금 더 찬찬히 그녀를 관찰했다. 무겁고 특징 없는 구두는 그녀가 영국인이라는 인상을 주었다. 미국인이라기에는 지나치게 집에서 신는 신발 분위기를 풍겼다. 그러나 얼굴을 보면 그렇지 않아서 영국인의 특징은 전혀 찾아볼 수 없었다. 그녀의 얼굴은

둥글고 갈색 빛이 돌았으며, 머리는 짙은 밤색에 단정하고 말끔
하며 예스러운 가르마였다. 그 모습은 졸음에 겨운 얼굴이거나,
말이 없고 표현이 적은 얼굴이었다. 통통하든 섬세한 모습이든,
지적이든 어리석든 별 상관이 없을지 모른다. 오직 말로 표현될
때에만 그녀의 특징을 구별할 수 있을 것이다. 그 상태에서는 단
지 그녀가 젊고 예리해 보인다는 정도만 말할 수 있었다. 짧은 코
는 위로 향해 있었고, 보기 좋은 긴 입술에, 광대뼈와 눈동자는
어딘가 동양적인 모습이었다.

　　잠시 후 리카르도 역시 잠이 들었다. 그리고 꿈속에서 곧바
로 위대한 시인이 된 자기 모습을 인식했다. 시인이 된 그는 관대
하고 교양 있으며 불안정한 성격이었다. 꿈에 그는 로마에서 스
트레가상* 수상을 마치고 돌아오는 길이었다. 그는 기차를 타고
보클뤼즈**로 향하는 여행 중이었는데, 내부가 벌과 프랑스 백합
으로 장식된 터무니없을 정도로 화려한 특별열차를 타고 있었
다. 그가 쉬고 있던 매트리스는 마른 월계수 잎으로 가득해 시끄
럽게 바스락거렸다. 그의 여행가방 역시 월계수 가지로 가득했
다. 그런데 그의 맞은편에 있는 여자는 얼굴이 전혀 닮지 않았는
데도 라우라***와 어딘지 모르게 일치했다. 라우라와 닮은 그녀
는 그가 누리는 영광이나 그에 대해서는 관심이 없었고, 심지어
그의 존재조차 깨닫지 못하는 것 같았다. 그는 어떤 식으로든 그
녀에게 말을 건네보거나 손이라도 잡아보려고 했지만, 딱 한 가
지 방해물에 가로막혀 있었다.

---

　* 이탈리아의 권위 있는 문학상.
　** 프랑스 남동부 지역의 주.
*** 14세기 이탈리아 시인으로 페트라르카가 사랑한 여인.

그것은 거의 코믹한 방해물이었다. 그러니까 자세히 말하자면, 그는 매트리스에 달라붙은 느낌이었다. 머리에서 발끝까지 전부 달라붙어 있었는데, 그 모습이 흡사 끈끈이에 붙은 파리 같았다. 일이 그렇게 되자 그녀에게 말을 해보려는 욕구조차 사그라들었다. 꿈속에서 그는 라우라 같은 그녀를 생각했으나 전성기에 썼던 모든 황홀한 문장이 단 한 줄도 기억나지 않았다. 더욱이 매트리스에 들러붙은 상황이 아주 불만스러웠던 것도 아니었다. 왜냐하면 그 여자는 이상한 이름을 가진 어느 기사(그래서 그는 그 기사의 이름을 기억하지 못했다)의 아내였는데, 그 기사는 질투심이 많고 잔혹하기로 유명했기 때문이었다.

열차 침대칸에 들러붙은 느낌이 드는 데는 다른 이유도 있었다. 젊은 외국 여인과 경쟁이라도 하는 듯 그의 주위에는 정체가 불분명한 또 다른 젊은 여자가 있었다. 그래서 그는 자연스레 이중생활을 하기로 결심했다. 그는 1966년 토리노의 조베르티 가에 살면서 동시에 1366년 프로방스 어느 지역에 사는 것이었다. 이러한 모순된 상황을 그는 완벽하게 해결할 수 있을 것 같았다. 하지만 꿈속의 그녀는 타협을 허용하지 않는 타입이라 1366년의 경쟁자 또한 받아들이지 않을 터였다. 그럼 어쩐다? 리카르도는 잠재의식 속으로 그녀를 되돌려 보냈다. 그 순간 상황이 한결 나아졌다.

이후 그는 더 깊고 심각한 곤경에 처했다. 꿈에서 그는 선량한 그리스도인으로서 합당하고 적합한 사람이었다. 그에게 어떤 여인이 나타났는데, 평생토록 그 여인의 이미지를 사랑하려는 목적으로 꿈이 만들어낸 존재였고, 그는 유명한 시인이 될 목적으로 이 사랑을 키워가려 했다. 그래서 다른 시대의 시인이 되어 완전히 죽지 않고 조베르티 가의 다른 여인과 교제하려던 것일까? 너무 위선적이지 않은가?

　벌써 위선자라는 외투의 무게가 그를 짓누르는 듯했다. 외투의 겉은 화려하지만 안은 납덩이처럼 무거웠다. 기차가 서서히 속도를 늦추더니 어느 역에서 멈춰 섰다. 기계적인 여자의 목소리였지만 틀림없이 토스카나 방언이었다. 어둠 속에서 안내방송이 흘러나왔는데, 그곳이 피사 역이라고 했다. 피사 역에서 피렌체행과 볼테라행으로 나누어 환승하라는 방송이었다. 리카르도는 잠에서 깼다. 그리고 (완전히 다시 보게 된) 여자 역시 일어나 있었다. 그녀는 몸을 쭉 펴고 얌전하게 하품을 하고는 수줍은 미소를 지었다. 그러고는 말문을 열었다. "피사. 그 백성의 치욕거리여."* 그녀는 분명하고 강한 영어 악센트로 말했다. 리카르도는 잠과 꿈 때문에 여전히 어수선했다. 잠시 숨을 들이키고는 정확하게 되풀이했다. "…… 소리 울려 나오는 거기 아리따운 나라."** 하지만 다음 시구가 기억나지 않았다.

　그는 여자가 서시를 읊자 화들짝 놀라고 말았다. 그러나 기차가 다시 움직였고, 구름에 가려졌던 달이 나타나면 그녀에게 카프라이아와 고르고나***의 모습을 보여주리라 생각했다. 그러나 달은 보이지 않았고, 그는 이론적 설명에 만족해야 했다. 즉

---

　* 단테, 『신곡』 「지옥편」 33곡, 최인순 옮김, 가톨릭출판사, 2013, 79~80쪽.
　** 위의 책, 79~80쪽.
　*** '카프라이아'와 '고르고나'는 단테, 『신곡』 「지옥편」 33곡에 등장하는 피사 근교의 섬들.

피사에서 바라보이는 그 두 개의 작은 섬이 당시 정치 상황에 분
노한 시인에게, 아르노 강 하구의 제방이 무너져 피사의 모든 사
람이 강물에 빠지는 바로크적이고 잔인한 이미지를 연상시켰을
것이라고 설명했다. 그가 설명을 할 때마다 그녀 또한 흡족해했
다. 그녀는 우골리노 백작에 관한 일화의 흐름을 충분히 이해한
듯했다. 하지만 다시 졸음에 겨워했다. 그녀는 연거푸 하품을 하
더니 시계를 쳐다보고는(리카르도 역시 시계를 봤는데 새벽 한
시 사십분이었다) 형식적으로 물었다. "손발을 좀 펼 수 있을까
요?" 그러고는 대답을 기다리지도 않고 구두를 벗고 세 명이 앉
을 자리를 모두 차지하면서 좌석에 드러누웠다. 그녀는 양말을
신지 않아 발이 훤히 보였는데, 무척 단단하지만 우아하고, 어린
아이 발처럼 연약해 보였다.

　　리카르도는 다시 잠들기가 어려웠다. '오직 나만을 위한 여
인의 아름다운 손발이 놓인 곳에'le belle membra pose colei che sola a
me par donna.* 결코 어떤 이탈리아인도 '손발'이라고는 말하지 않
을 것이다. 그것은 쓸 수는 있지만 발음할 수는 없는 표현으로,
우리의 불가사의한 국가적 금기다. 그러한 표현은 여럿 있다. 누
군가 말을 하면서 '이므로'poiché나 '일부'alcuni 또는 '경청하다'as-
coltare라고 말한 적이 있는가? 아무도 없다. 만약 그가 그렇게 말
한다면 그 전에 먼저 비싼 대가를 치르게 될 것이다. 피에몬테 사
람이나 롬바르디아 사람이라면 누구나 원과거를 사용하기 전에
혹독한 대가를 치르는 것처럼 말이다. 여기에 옮긴 다섯 개 어휘

---

* 이탈리아 14세기 시인 페트라르카의 시 구절.

중 적어도 한 개는 추한 단어라도 되는 것처럼 말로는 표현할 수 없다.

새벽이 되자 기차는 로마를 조금 지나쳐 갔다. 여자는 잠에서 깨어 다시 눈을 떴다. 리카르도는 담배 한 개를 건넸고 그녀는 자신과 그 모두를 위해 흔쾌히 받았다. 대화를 시작하는 건 어렵지 않았다. 몇 분 정도 만에 리카르도는 그녀에 관한 핵심 정보를 알아냈다. 그녀는 현대문학을 공부하고 있었고, 적은 여행 경비를 가지고 이탈리아를 처음 방문했으며, 이탈리아인과 결혼한 친척 아주머니가 살레르노에서 그녀를 기다리고 있었다. 그녀는 청각 자료를 통해 이탈리아어 발음을 공부했다. 내용이 전부 14세기 문학이었는데, 특별히 그녀의 논문 주제인 페트라르카의 『칸초니에레』*Canzoniere*가 주를 이뤘다고 했다.

리카르도는 자신의 삶에 깃든 괴로움과 투쟁, 고통과 승리, 반복되는 좌절, 더불어 언젠가 유명하고 존경받는 작가가 되리라는 뿌리 깊은 확신, 마지막으로 일상의 일에서 자신이 느끼는 극도의 권태에 대해(하지만 광고회사에서 일했었다는 얘기는 하지 않을 참이었다) 들려주려고 마음먹었다. 그러나 여자는 얘기를 시작할 여유조차 주지 않았다. 담배를 다 피우자 작은 거울을 꺼내 기분 좋은 듯 얼굴을 찡긋하며 말했다. "제가 무서운 거 보여드릴게요!" 그러고는 기차 칸 밖으로 나가며, 머리를 빗고 세수를 하러 간다고 말했다.

리카르도는 혼자 남아 머릿속으로 계산하기 시작했다. 그도 그녀를 따라 살레르노까지 갈 수 있었다. 그곳 지리를 잘 알기 때문에 그녀에게 안내를 해줄 수 있었고, 경비도 어느 정도 여유가 있었다. 하지만 나폴리에서 제출해야 하는 삽화 교정쇄와 고객이 확인하고 통과시켜야 할 다른 작은 삽화가 있었다. 아니면 그녀에게 나폴리에서 같이 내리자는 제안을 할 수도 있었다. 나폴리라면 제작자가 그를 잘 대해줄 테니 말이다. 페트라르카에 대해서는 기억이 가물가물하지만(그 때문에 그는 솔직히 생애 처음으로 후회했다. 게다가 사람들은 고전문화가 별 쓸모가 없다고 말한다!), 자신이 살레르노의 친척 아주머니보다 그녀를 더 즐겁게 해줄 수 있기를 바랐다. 아니면 그녀를 살레르노로 보내고, 다음 날 나폴리에서 약속을 잡을 수도 있었다. 그는 하루(어쩌면 이틀이라도. 안 될 이유가 없지 않은가?) 늦게 토리노로 돌아가도 괜찮았다. 하지만 그럴듯한 핑계를 찾아내야 했고, 그런 구실로는 파업이 좋을 것이다. 파업은 항상 있으니까 말이다.

그러는 사이 여자가 다시 들어왔고, 기차는 곧바로 속도를 늦추기 시작했다. 리카르도는 재빨리 쉽게 결정을 내리는 남자가 아니었다. 그는 자리에서 일어나 짐칸에서 가방을 꺼내 열었다. 그러고는 다시 수정 작업에 들어갔는데 그사이 여자의 호기심 어린 시선이 느껴졌다. 그는 열광적 공상에 빠져 들어가 스스로에게 지나친 부담을 지우지 않는 동시에 확실한 결정으로도 보이지 않는 모호한 이별 방식을 상상했다.

기차가 나폴리 역에 멈췄을 때 그는 고개를 돌렸고 여자의

시선과 마주쳤다. 그녀의 시선은 흔들림이 없고 친절했지만 뭔
가를 기대하는 암시를 주었다. 그녀는 어느 책이 그러했듯이 그
의 내면을 훤히 들여다보는 것 같았다. 리카르도가 그녀에게 물
었다. "나폴리에서 나와 함께 내릴래요?" 여자는 고개를 저으며
아니라는 사인을 보냈다. 그녀는 그를 바라보면서 미소를 지었
는데 그녀 역시 상상에 몰입하면서 차마 드러내지 못하고 있는
대답을 따라갈까 고민하는 분위기였다. 그녀는 어린아이처럼 손
가락 하나를 깨물고 있었다. 그런 후 그의 마음을 감동적으로 흔
들며 마지막 운을 뗐다. "세상이 정말 좋아하는 건 짧은 꾸-움이
죠." "'꿈'이라고 발음해요." 리카르도는 그렇게 대답하고는 기
차에서 내리기 위해 복도로 향했다.

켄타우로스의 시간을 만나다

『이것이 인간인가』(이현경 옮김, 돌베개, 2007)의 작가로 널리 알려진 프리모 레비의 『릴리트』는 아우슈비츠 수용소에서의 기억을 비롯해 자연, 과학, 신화 등의 폭넓은 소재를 아우르는 단편집이다. 아우슈비츠의 생존자로서, 냉철한 화학자이자 예리한 관찰자로서의 레비의 시선과 독특한 그의 작가적 상상력을 엿볼 수 있는 작품들이 수록되어 있다. 또한 『릴리트』에는 인간의 정신과 지성의 스펙트럼이라 할 만한 다양한 이야기들과 인류의 미래에 관한 예언적인 성찰까지 담겨 있다.

『릴리트』는 '가까운 과거', '가까운 미래', '현재'라는 세 가지 테마로 구성되어 있으며, 각 작품들은 레비가 직접 분류하여 수록한 것이다. 작품 전반에 레비의 인간과 자연을 이해하려는 시선과 진실을 '알고자하는' 열망을 발견할 수 있다. 레비에게 진실을 이해하는 것은 선악의 판단을 넘어서는 궁극적인 목적이다. 본질을 향한 레비의 관심은 감정적인 치우침이나 극단적인 이분법과 일정한 거리를 유지하면서, 인간과 자연 그리고 이 세상의 진실을 치밀하면서도 차분한 어조로 들려주는 특징이 있다. 이러한 레비의 시선은 「유대인의 왕」에 나타나는 선악의 이분법,

「이종교배」에 등장하는 인간과 자연이라는 이분법을 넘어서는 방식으로 나타난다.

　　이러한 배경에는 레비 자신이 스스로를 켄타우로스로 인식했던 점이 주요하게 작용한다. 그리스신화에 등장하는 반인반마 켄타우로스는 이탈리아인이자 유대인인 레비의 사회적·문화적 상황을 나타내는 동시에, 인간 본성에 관한 레비의 폭넓은 성찰을 상징하는 존재라 할 수 있다. 레비는 흑백을 구별할 수 없는 '회색지대'의 개념과 맞닿는 이 '혼종'의 존재를 통해 인간과 사회, 역사, 문명 등을 이해하려고 시도한다. 더 나아가, 자연과 과학에 관한 레비의 관심은 이 세상이 인간 중심이거나 서구의 로고스 중심주의로 이뤄진 것이 아니라 복합적이고 다양한 이종교배가 일어나는 세계라는 메시지를 던지고 있다.

『릴리트』의 단편들은 자전적인 이야기와 픽션 사이의 구분이 모호할 정도로 기존의 소설들과는 다른 서사전개와 표현방식을 보인다. 또한 시간의 흐름과 각 단편의 배치가 상징적이라 할 수 있다. 대표적으로 레비에게 시간 진행은 과거, 현재, 미래가 아닌 과거, 미래, 현재로 나타난다는 점을 예로 들 수 있다. 레비의 시간은 가까운 과거인 아우슈비츠에서의 기억을 출발점으로 해서 이종교배와 같은 미래의 세계, 이후 인간이 중심인 현재로 이어진다. 레비에게 이러한 시간의 흐름이 나타나는 이유는 이미 일어나 사건들이 현재에 영향을 주고, 앞으로 일어날 수 있는 일들을 품은 현실이 미래이며, 과거의 기억과 미래의 가능성이 모두 모이는 시간의 접점이 현재이기 때문일 것이다.

이외에도 『릴리트』는 자전적이고 문학적이며 공상과학적인 특징을 동시에 보인다. 레비에게 소설은 그의 폭넓고 깊이 있는 관심사를 동시적으로 표현하는 방식이자 정신의 해방구로서 작용하고 있다고 볼 수 있다.

『릴리트』는 신화의 인물을 의미하는 「카파네우스」에서 시작하여 상상과 실재의 혼돈인 「짧은 꿈」으로 끝을 맺는다. 이 혼돈 상태는 신화를 탄생시킨 카오스에 비할 수 있다. 과거와 미래, 현재에 이르는 시간의 순서를 지나오면서 현재의 이야기들은 과거와 미래가 혼종하는 세계로 수렴되어 나타나는 것이다.

표제작 「릴리트」에서 릴리트 신화가 말하는 세상창조의 또 다른 진실이 의미하는 바처럼 레비에게는 기존의 관념과 지식 너머를 보려는 시선이 두드러진다. 이미 알고 있다고 여겨지는 것들의 낯섦을 보여주는 것이다. 구전으로 전해지는 유대신화에서 릴리트는 하와 이전에 창조된 인류 최초의 여자이다. 유대신화에서 릴리트의 타락과 반항은 유대민족이 겪는 고통과 탄압 그리고 디아스포라의 운명을 암시한다.

그래서 신은 혼자가 되었고, 많은 사람이 그렇듯이 고독과 유혹을 견디지 못해 또 다른 연인을 얻었지. 그게 누구인 줄 알

아? 바로, 악마 릴리트야. 이 사실은 전대미문의 추문이 되었
어. 그들 사이에 한쪽이 모욕을 가하면 상대편이 더 심한 모
욕으로 응수하는 말다툼이 벌어진 것 같았고, 그 싸움은 끝없
이 이어져 산사태처럼 커져만 가지. 이 음탕한 관계가 끝나지
않았고, 쉽게 끝나지도 않을 거라는 걸 알아야 해. 한편은 세
상에서 악을 일으키는 존재이고, 다른 한편은 자신의 사랑을
전하는 존재인 거야. 신이 릴리트와 잘못을 저지르는 한 지상
에서는 피흘림과 고통이 계속되겠지. 그러나 언젠가 모두가
기다리는 구원자가 오면 그가 릴리트를 죽일 거고, 신의 탐욕
도 우리의 유배생활도 끝이 날 거야. 그래, 너와 나의 유배생
활도 말이야. 마젤 토브Màzel tov, 행운을 빌어.(35~36쪽)

　　릴리트는 아담의 짝으로 창조되었으나 신에게 저주받아 떠
도는 존재가 되었고, 급기야 신의 애인이 되는 추문의 주인공으
로 끝없이 변신한다. 이러한 릴리트의 모습은 이데올로기와 시
대상황에 따라 주변 민족들로부터 끊임없는 편견과 선입견의 대
상이 되어 살아왔던 대다수 유대인들의 삶을 대변한다고 볼 수
있다. 레비는 릴리트 신화를 통해 서구 그리스도교 문명에 가려
진 인류창조의 이면을 이야기함으로써, 유대민족의 특수성과 그
들의 운명적인 고통 그리고 포기할 수 없는 구원의 희망을 나타
내고 있다.
　　「릴리트」가 수록된 1부 '가까운 과거'에서는 『이것이 인간

인가』를 비롯한 레비의 전작들에서 일관되게 다루어 온 아우슈
비츠 수용소에서의 체험과 기억 그리고 그곳에서 만난 인물들에
관한 이야기가 펼쳐진다. 특히 『이것이 인간인가』에 등장했던
로렌초와 엘리야, 체사레 등에 관한 이야기가 주를 이루고 있으
며, 수용소에서의 일화와 전쟁 후 그들에 관한 후일담이 전작의
에피소드와 연장선상에 놓여 있다.

　「로렌초의 귀환」은 여러 면에서 상징적인 의미를 지닌다.
이야기의 주인공 로렌초는 레비에게 헌신적으로 음식물을 제공
했던 인물이라는 사실 외에 '조건 없는 이타주의'라는 비현실적
인 '인간성'의 상징적인 존재와 같기 때문이다. 레비에게 "아우
슈비츠의 폭력적이고 비열한 환경에서 순수한 이타주의로 남을
돕는 한 인간은 마치 하늘에서 온 어느 구원자처럼 이해할 수 없
는 낯선 존재"였기 때문이다. 전쟁 후, 이탈리아에서 로렌초와
재회한 레비는 악에 물들지 않았던 그의 이타주의를 다시 한번
확인하게 된다.

　　그는 신자도 아니었고 복음에 관해 많이 알지도 못했다. 하지
　　만 아우슈비츠에서 내가 알아채지 못했던 한 가지 사실을 내
　　게 말해주었다. 거기서 그가 도와준 사람은 오직 나 한 사람
　　이 아니었다. 그는 나 말고도 이탈리아인들과 다른 외국인들
　　까지 돌봐주었지만 그 사실을 내게는 비밀에 부치는 게 좋겠
　　다고 여겼던 것이다. 그는 허영심을 뽐내기 위해서가 아니라

선을 행하기 위해 세상에 존재하는 사람이다.(108쪽)

　　이와 같이, 전쟁 이후 고향으로 돌아온 로렌초의 삶은 폭력의 목격자로서 짊어진 상처로 인해 고통받는 인간의 모습으로, 삶의 의욕과 목적을 잃고 죽음을 향하는 체념적인 태도로 나타나고 있다.

　　하지만 레비는 「체사레의 귀환」을 통해, 수용소에서 살아남은 이들의 삶이 로렌초의 경우처럼 비극적인 삶으로만 귀결되지는 않는다는 사실을 이야기한다. 레비는 이 소설에서 체사레라는 인물의 귀환과정을 다소 풍자적인 분위기로 묘사하고 있다. 우여곡절 끝에 이탈리아로 돌아오는 체사레의 이야기는 귀환의 수고로운 여정을 마치 한 편의 기록영화처럼 묘사하고 있다.

　　「우리들의 인장」과 「로렌초의 귀환」에 등장하는 엘리야의 경우, 로렌초나 체사레와는 또 다른 인물유형을 대변하고 있다. 그는 선악의 경계가 불분명하고 모호한 인물이지만, 수용소 내에서 누구보다 뛰어난 생존능력을 지닌 유형이라 할 수 있다. 이타적이지도 이기적이지도 않은, 지극히 현실타협적인 인물로서 '살아남는 자'의 조건을 갖춘 인물인 것이다.

　　반면 「어떤 제자」는 아우슈비츠에서의 삶이 비현실적으로 여겨질 수 있으나 특수한 상황 안에서 얼마든지 기적 같은 현실이 일어날 수 있음을 전제로 한 에피소드이다. 주인공은 비밀리에 가족에게 편지를 보냈고, 기적적으로 답장을 받는다. 독일어로 쓰인 편지를 동료에게 들려주는 대목에서, 고통만큼이나 비현실적인 기쁨을 말하고 있다.

> 희미한 전등 불빛 아래서 나는 어설픈 독일어로 편지 내용을 번역해 들려주면서 그 기적의 편지를 읽었다. 반디는 내 말을 주의 깊게 들었다. 그러나 독일어는 내 모국어도 그의 모국어도 아니었기 때문에 확실히 많이 이해하지 못했다. 편지 내용이 짧고 말을 삼가고 있어서 더욱 그랬다. 하지만 그는 자신이 이해한 것이 얼마나 중요한지 알았다. 내 손에 들려 있는 그 작은 종이가 그토록 아슬아슬하게 내게 도착했다는 것을, 그리고 저녁이 되기 전에 없애버릴 것임을 그는 알았다. 그 편지는 희망이 지나갈 수 있는 어두운 세계의 빈틈이라는 것을 말이다.(43쪽)

이처럼 레비는 아우슈비츠의 비극적인 폭력에 초점을 맞추기보다 '인간성'과 '신념', '가치관' 등에 주목하고 있음을 알 수 있다.

2부 '가까운 미래'는 공상과학적이고 상상력 넘치는 이야기들이 주를 이루고 있으며, 『릴리트』 전반에서 일관되게 말하는 문명과 과학에 내재된 폭력성에 대한 메시지를 잊지 않고 전달한다.
　「신전의 야수」는 신전에 갇힌 야수를 통해 일상에 숨어있는 폭력을 이야기하고 있다. 세상과 격리된 야수는 결코 탈출구를 찾을 수 없는 신전에 유폐되어 인간의 이성에 도전할 기회와 자유롭게 존재할 권리마저 박탈당한다. 만약 야수가 신전을 탈출한다 해도 바깥세상에서는 목숨을 노리는 인간들이 기다릴 뿐이다. 레비는 인간에 의해 억압당하는 야수를 통해 인간이 야기하는 폭력성을 폭로하고 있다.

이와 달리 「이종교배」에서는 동물과 동물, 식물과 식물 간의 이종교배를 넘어선 동물과 식물의 이종교배를 다루고 있다. SF적이고 환상적인 이 이야기는 미래에 출현할 돌연변이의 세계를 통해 이종교배와 이식에 몰두하는 현대과학의 현실을 조심스럽게 직시하고 있다.

「소용돌이치는 열기」의 경우, 레비는 언어유희에 가까운 팰린드롬Palindrome, 즉 한 문장이나 구절을 거꾸로 읽을 때에도 똑같은 문자열을 이루는 회문을 시도한다. 이러한 언어적 시도는 단순히 언어유희가 아니라 깊이 있는 언어적 지식과 관찰력이 요구되는, 즉 하나의 언어적 건축물을 완성하는 행위라 할 수 있다. 더 나아가 팰린드롬을 활용한 이야기 전개는 레비가 지닌 이야기꾼의 면모를 새롭게 발견하게 한다.

이와 달리, 「사랑하는 엄마」는 브리타니아의 국경 요새, 빈돌란다에서 발견된 로마군인에게 보내는 한 통의 편지를 모티브로 한다. 실제적인 고고학적 발견이 레비의 소설에서는 엄마에게 편지를 보내는 로마군인의 목소리로 발화되기에 이른다. 로마제국 시대의 오래된 과거가 현재 시점으로 이동하면서 상상력은 현실의 생명력을 입고 고대문명에 대한 새로운 이해의 차원으로 옮아간다.

화학과 관련한 이야기도 빼놓을 수 없다. 「탄탈럼」에서는 불행을 없애고 행운을 가져오는 물질 탄탈럼이 등장한다. 창세기에 등장할 정도로 오랜 역사를 지닌 도료의 생산자인 '나'는 탄탈럼이 들어간 새로운 도료를 만들어내어 놀라운 결과물을 만들어낸다. 그러나 불행을 없애려는 과도한 집착은 친구의 죽음으로 파국을 맞는다. 주인공은 탄탈럼의 본질이 '속임수'였음을 알게 되는데, 이는 이야기의 서두에 이미 암시되어 있다.

상당히 여러 해 전부터 나는 화학도료塗料 생산에 관여하고 있다. 더 정확히 말하면 제제製劑 과정에 참여하고 있다. 이 기술로 나와 가족의 생계를 이어가는 것이다. 그것은 고대의 기술이어서 귀하고 드물게 여겨지는데, 그에 관한 가장 오래된 기록은 「창세기」 6장 14절에서 찾아볼 수 있다. 높으신 분의 분명한 명령에 따라 노아가 어떻게 방주의 내부와 외부를 용해된 역청으로 칠했는지(아마도 솔로 칠했을 것이다) 들려주는 구절이다. 하지만 한편으로는 감쪽같이 속임수를 부리는 기술이기도 하다. 밑바탕의 성질을 숨기면서 실재가 아닌 색상과 외양을 그것에 덧입히는 속임수에 비유할 수 있다. 이러한 특성 때문에 이것은 화장술이나 미용과 연관성이 있다. 이것들은 모두 똑같이 모호하고 거의 똑같이 고대부터 내려온 기술이다(「이사야서」 3장 16절). (223쪽)

이는 과학의 발전이 오히려 고도로 발달된 '속임수'가 될 위험을 경고하는 대목이기도 하다.

3부인 '현재'에서는 1부와 2부에서 다뤄졌던 주제를 다시 '지금'의 시점에서 바라보고 있다. 가령 「분자의 도전」에서는 화학자로서의 분석적인 시각이 돋보인다. 과학에서 인과관계가 중요한 만큼 소설 속 화자 역시 '진실'을 파악하기 위해 원인과 결과의 관계를 살피고 있다.

「암호해독」에서 레비는 여전히 나치즘의 구호가 난무하는 현실을 지적하고 있다. "벽은 악당의 종이"라고 말한 조상들의 이야기를 기억하는 주인공에게 글은 낙서 이상의 의미를 지닌다.

이쯤에서 내 감정을 분명히 밝히고 싶다. 파시즘적 구호만이 아니라 벽에 적힌 모든 구호가 나를 슬프게 하는데, 그 이유는 그것이 전부 부질없고 어리석기 때문이며 그 어리석음이 인간 사회를 파괴하기 때문이다.(304쪽)

구호를 외치고 벽에 낙서하는 이조차 모르는 전체주의 폐해를 경계해야 한다는 사실은 오늘날에도 유효한 것이다.

레비에게 현실은 바로 '지금'만이 아니라 그때의 '지금'으로
도 나타나기에 소설 속 시점은 다시 1940년대로 돌아가기도 한
다. 「손님들」과 「주말」은 전쟁 전후를 배경으로 삼아 전쟁의 폭
력 대신 관용의 가능성을 보여주고 있다. 여기서 등장인물들의
'인간성'은 다시 한번 빛을 발하며 어둠을 가르는 기적처럼 나타
난다.

이처럼 레비는 여러 유형의 이야기들을 통해 인간 의식의 다양
한 가능성을 보여주는 작가라 할 것이다. 그리고 『릴리트』는 냉
철한 지성과 철학적인 사고, 과학적이고 예언적인 메시지 그리
고 상상력의 한계를 허무는 작업이 백과사전적일 만큼 다채로운
주제 안에서 전개되어 있다.

레비의 시선은 여전히 인간의 운명에 대해 비관적이지 않지
만, 이것이 과도한 확신이나 무조건적인 긍정을 의미하지는 않
는다. 그의 시선에는 진실을 알고 이해하기 위한 일정한 '거리'
와 '왜'라는 의문이 공존한다. 레비는 자신의 주장을 일방적으로
독자들에게 강요하지 않는다. 다만 그의 목소리를 들으려하는
이들에게 인간과 세상에 대한 메시지를 조용히 그리고 조심스럽
게 전할 따름이다. 레비의 목소리에 귀 기울이는 이들은 각자의
해답을 찾아 인간과 세상이라는 복잡한 미로에 발을 들여놓게
될 테지만, 켄타우로스의 시간 안에서 어느새 스스로 길을 내어

출구로 향해 가는 자신을 발견하게 될 것이다.

2017년 봄
한리나